# 中國現代詩歌欣賞

主 編
李 怡

副主編
蕭偉勝、段從學、李應志、鮑昌寶

《中國現代詩歌欣賞》編委會

編委會顧問：劉　納
編委會成員（按姓氏筆劃排列）：
　　　　王　毅、孫曉婭、楊　欣、李應志、
　　　　李　怡、蕭偉勝、張桃洲、柏　樺、
　　　　段從學、晏　紅、唐利群、曹而雲、
　　　　梁　鴻、敬文東、彭志恒、鮑昌寶、
　　　　臧　棣

# 序

劉納

　　2003年秋天，十幾位年輕學者聚集在美麗的重慶北溫泉，就「新詩欣賞」討論了三天。專注而熱烈、坦誠而艱難的討論圍繞著新詩與讀者的關係展開，意圖是在新詩和讀者之間架起橋樑——這實在不是輕鬆容易的事。

　　於是有了這本李怡主編的《中國現代詩歌欣賞》。

　　自從近九十年前自由體白話詩開始嘗試，「問題」也就出現了。相對於以「自由」為標識的「新」，新詩把既往所有的漢語詩體形式都推為了「舊」，它也因此遇到了中國詩歌不曾到過的問題，以往完全不必討論的問題，則不得不追究了。

　　直至五四之前，中國歷代詩人和詩評家都不必去探尋詩存在的意義和理由，也不必去追究什麼是詩、什麼不是詩，而對新詩本體的追問卻貫穿著它自誕生起近九十年的全部過程。一個新詩人寫作生涯的始終都會伴隨著對「什麼是詩、什麼不是詩」的辨析以及詩存在理由的追問。這追問甚至可能十分急切、十分焦灼。

　　早在1931年，陳夢家在〈《新月詩選》序言〉中說：「新詩在這十多年來，正像一支沒有定向的風，在陰晦的氣候中吹，誰也不知道它要往哪一邊走。早上和黃昏的流雲，本沒有相同的方向，因為地面上直流的長河有著它們不變的邊岸。」又是六十多年過去了，新詩仍然沒有定向，「誰也不知道它要往哪一邊走」。

不少研究者關注過20世紀80年代以後對於新詩的共識的破裂，實際上，自新詩誕生之日，就從來沒有過共識。

如果說中國古典詩歌兩千多年發展演變的歷史像「地面上直流的長河」，新詩則成為「早上和黃昏的流雲」——宗白華五四時期的小詩集正題名為《流雲》。

看慣了「直流的長河」的中國人遙望流雲，難以欣賞它的變幻莫測、它的奇形怪貌。新詩的成就不如新的小說、新的散文，幾乎成為定論。天才的批評家李健吾卻以他特有的犀利明辨的眼光看到「通常以為新文學運動，詩的成效不如散文，但是就『現代』一名詞而觀，散文怕要落後多了。」（《新詩的演變》）從這個角度看，被公認為「運氣顯得不佳」（李健吾〈《魚目集》——卞之琳先生作〉）的新詩也可以說運氣極佳。

也許正是由於新詩「就『現代』一詞而觀」邁出了雖蹣跚卻跨度較大的步子，聲言崇尚「現代性」實則葉公好龍的批評者與研究者持續不斷地傳達著對新詩命運的擔憂。從上一世紀擔憂到這一世紀，似乎還會擔憂下去。

新詩擺脫了舊詩的各種規範模式，這種擺脫體現了追求自由的渴望和掙扎，而自由與解放的獲得又伴隨著困惑感和危機感。近九十年間，有多少次新詩「向何處去」的討論，近年來，人們不斷以驚歎句發問：「詩怎麼了！」與此同時，近九十年間，始終可以看到重建評價標準的嘗試和努力。

兩年前，《詩刊》曾組織「中國新詩標準」的討論，編者希望筆談者提出「建設性意見」。然而，如果當真存在或者可能存在這樣一個「中國新詩標準」，它必得擁有相當程度和相當範圍的公認性，倘若你立一個標準，我立一個標準，尋求權威性的建設性意圖只是意圖而已。難道有可能你讓一步、我讓一步，找

到共同認可的標準？

　　在20世紀初，艾略特曾談到標準對於文學批評及文學整體的意義：「維護經典作品的標準，並用它來測度所有具體的文學作品，就等於認識到我們的文學作為整體可能包含一切……如果沒有我所說的那種標準，即一種單靠我們自己的文學無法始終看清楚的標準，那麼我們首先會出於錯誤的原因而崇拜天才的作品──例如我們讚揚布萊克的哲學，霍普金斯的文體；我們進而還會犯更大的錯誤，甚至給予二流作家以一流作家的地位。」（《什麼是經典作品？》）艾略特關於以經典作品作為標準的見解是通過讚頌羅馬詩人維吉爾表述的，他指出了標準的意義，並且作出了改變既有標準的努力。他試圖樹立羅馬詩人維吉爾的作品作為經典作品的標準，以代替以往西方傳統中希臘詩人荷馬的位置。

　　當年胡適提倡白話詩，做過重新樹立經典、重新建立標準的工作。他重新評價古典詩歌，例如，抬舉杜甫的《石壕吏》、《兵車行》而題《秋興》。同時，他以對當代作品的評價建立新的標準，他對詩壇巨匠陳三立持鄙夷態度，而反復闡釋自己與新詩同道的嘗試工作「決不是那舊式的詩體詞調所能達得出的」，他宣稱周作人的《小河》是「新詩中的第一首傑作」（《談新詩──八年來的一件大事》），他將康白情的《廬山紀遊》抬舉為「中國詩史上一件很偉大的作物」（《康白情的〈草兒〉》）。胡適否定了既往中國詩歌的評價標準，他曾說「我們徽州俗話說人自己稱讚自己的是『戲臺裡唱彩』」，而他承認自己談論新詩「常引我自己做例，也不知犯了多少次『戲臺裡唱彩』的毛病。」新詩存在與發展的近九十年中，一撥又一撥詩人「戲臺裡唱彩」，把自己與相同追求、相似風格者的探索作為稱衡詩的水準品質的標準與尺度。

龍泉明、鄒建軍作《現代詩論》，其第六章「詩的審美價值標準論」列舉了「真、善、美」統一說、「價值」與「效率」統一說、「內容」與「形式」統一說、「現實」與「藝術」平衡說、「普及」與「提高」說、「明白易懂」說、「朦朧之美」說、「純正趣味」說八個標準。兩位作者其實還沒有把詩人和詩評家曾經提出的新詩評價標準搜集完全。

任何時代對詩的評價都可能存在著不同的標準，從而形成對同一作品大相徑庭的判斷，但對於中國新詩來說，不僅是標準的歧異與標準的混亂，而且是有了太多的標準。太多的標準相似於無標準。

面對多標準或無標準的迷離，談論新詩欣賞問題的困難顯而易見。倘若湊一些作者，分別去做一篇篇作品的欣賞，如同幾乎已經汗牛充棟的《詩歌鑒賞辭典》、《中外詩歌鑒賞大全》之類的書籍主編所做的，當然輕車熟路，簡便易行，然而李怡和他的朋友們為自己預設的學術目標是寫出一部新詩的「欣賞論」，其難度恐非事倍功半所能形容。

近九十年間，能夠想得到的招數都被新詩人演練過了，每一條新開闢的路都迅疾地被推向極致，走到盡頭。在21世紀初由十幾位學者合作一部「中國現代詩歌欣賞」，比以往任何時候都更加困難。

何況，談到詩歌欣賞，我們不能不面對現代闡釋學帶來的闡釋態度和闡釋方式的變化。

我們從伽達默爾那裡知道了理解行為的主現性，知道了文學文本的意義是在被闡釋過程中不斷生成、不會被窮盡的。又從堯斯的接受美學知道了「期待視域」，從伊瑟爾的審美反應理論知道了「文本的召喚結構」，還知道了德里達的「異延」、「播

撒」和耶魯學派的「修辭性閱讀」……我們已經知道得太多。我們也已經見識過許多文本解讀的範例，例如，羅蘭・巴特以近十倍篇幅對巴爾扎克小說《薩拉辛》作分解分析的《S／Z》；例如，希利斯・米勒對史蒂文斯詩〈岩石〉雲山霧罩、漫無邊際的修辭性閱讀。在知道了這些、見識了這些之後，闡釋的天地變得無限寬廣。任何一個文本都可以成為變化無窮的魔力，都有可能展現出令人眼花撩亂的豐富性。同時，也使文學作品的鑒別與欣賞完全失去了客觀性。

當年徐志摩為說明並非諧句都是詩，曾舉例：

他帶了一頂草帽到街上去走
碰見一隻貓，又碰見一隻狗

徐志摩以不容置疑的鄙夷口吻寫道：「誰都會運用白話，誰都會切豆腐似的切齊字句，誰都能似是而非地安排音節——但是詩，它連影兒都沒有和你見面！」「要不然」，就連這「一類的諧句都是詩了！」（《詩刊放假》）徐志摩這些話寫在1926年，他嘲笑這兩行有「貓」有「狗」的文字，是那樣理直氣壯，但到了近八十年後的今天，有幾個以「新」自語的詩評家願意判定它不是詩？有幾個將自己定位於「現代」的詩評家肯於承認它不是詩？

難道我們不能對徐志摩嘲笑的兩行文字闡釋一番、欣賞一番？例如，我們可以讀出「他帶了一頂草帽到街上去走」的隱喻義，「帶」而非「戴」，也就是防範天氣會有變化，但既無日曬又無雨淋，原本該「戴」的草帽只能「帶」著，成為累贅。人生中有多少「防患於未然」的預防性措施是無意義的！我們還可以

讀出，這個人「到街上去走」，他「走」的地點大約是城市，至少是小鎮，卻沒有「碰見」人，只「碰見」了「貓」和「狗」。街上怎麼會沒有人？還是他對人視而不見，只注意到了貓狗。我們再加揣摩思索，是否還可以琢磨出平淡的句子裡似乎隱藏著什麼情緒？這裡雖然沒有我們以往習慣在詩中感受的情感投入，卻造成了潛在的效果。我們還可以分析出平靜中的茫然，或者平常中的戲謔，甚至城市生活中現代人的孤獨感什麼的⋯⋯於是，我們可以有理由說被徐志摩鄙夷嘲笑的這兩行句子其實是好詩，我們甚至可以說句子中出現的看似不相干的事物「草帽」、「街」、「貓」、「狗」其實是有潛在的聯繫的，我們可以繼續費心找出其間的聯繫並且作一番頭頭是道的論述。薩特不是說過，讀者有責任去發現作者的「不言之意」嗎？「要是讀者不是從一開始而且在幾乎無人引導的情況下去極力領會這種不言之意，簡而言之，要是他不去虛構這種不言之意，沒有把他所喚醒的詞和句子放在那兒並把它們緊緊把握的話，那麼他就會一事無成。」（《為何寫作》）

當現代闡釋學取代了古典闡釋學，批評空間已經拓展得無邊無際，而無數匪夷所思的文本解讀使得原本簡單的「欣賞」變得撲朔迷離。

《中國現代讀歌欣賞》的論述從「中國現代詩歌與當代中國讀者的需要」開始。新詩與讀者的關係實在被談論得太多了，從20世紀的20年代談論到21世紀初，「新詩少讀者」幾成定論。然而，看看一代代青年的閱讀情況，又未必是這麼回事。我們還會記得公劉先生的名言：「寫詩的人比上公共廁所的人還多」，這些「寫詩的人」可能不讀詩嗎？我們更會記得1986那詩的狂歡節。直至21世紀初，到處是自費出版的或者自行列印的詩集，到

處是教人寫詩並幫人發表詩的「函授」廣告，到處是詩歌評獎的消息，中學生和大學生們依然熱衷於把抄來的或者自作的分行文字寫在日記本上、賀年卡上……

讀者不是天生的，詩的讀者是培養薰陶出來的。直至五四之前，中國所有讀書人幼時最初的功課即包括讀（朗讀）詩和寫詩的入門練習，作為律詩寫作預備培訓的「做對子」後來被郭沫若稱之為「詩的刑罰」。這樣，一代代讀詩者兼詩人被薰陶培養出來。《中國現代詩歌欣賞》所要做的，則是培養薰陶新詩讀者的工作。

讀詩要以詩的眼光而不是散文的眼光，讀新詩要以新詩的眼光而不是舊詩的眼光。新詩的讀者非歌者、非吟者，甚至非朗誦者，新詩欣賞需要建立起只針對新詩讀者的閱讀理論和閱讀方法。

李怡和他的朋友們所做的，是早該做卻尚未有人認真去做的事。

2004年4月於廣州

# 目次 | CONTENTS

# 緒論　中國現代詩歌與當代中國讀者的需要

　　詩歌是靈魂的記憶，是我們與世界的私人聯繫，它刻寫下我們面對外部世界時留下的傷痕、苦痛、歡樂和思考。只要人類還與動物存在區別，只要人類還有靈魂，只要我們還有希望、憧憬和激情，還有生活的打擊留給我們的孤獨、絕望和感傷，詩歌就將繼續伴隨我們，她是我們最執著、最忠誠的知音。一首詩記錄下的可能是我們某一時刻的心情，但一個民族的詩歌歷史，留下的則是一長串民族精神的腳印。一部詩歌史就是一部民族思想史。正因為如此，艾略特才說：「沒有任何一種藝術能像詩歌那樣頑固地恪守本民族的特徵」。[1]

　　我們今天是否還需要詩歌？答案是肯定的，因為我們靈魂的河流始終還在流動。只是它可能越過河床，流向其他方向：面對生活對靈魂的擠壓，有人熱愛上帝，也有人熱愛人民幣的「詩意」和魔力；面對心靈的創傷，有人遺忘，也有人瘋狂。這就是今天的中國現代詩歌能不面對的「問題」——人們似乎不再需要詩歌了，這個最忠誠的知音如今也似乎帶上了一層難以識破的面具，讓人不敢輕易信任。

　　我們的靈魂依舊需要詩歌。現代詩歌今天出現的問題，人們也許會拿出各種各樣的解釋，但是我們都不能忽視一個現代靈魂和詩歌之間出現的斷裂，現代詩歌的危機，從某種意義上說其實是信任危機，人們需要的是一座走向詩歌的橋樑。這正是本書

---

[1]　艾略特：《詩歌的社會功能》，見《西方現代詩論》，花城出版社1988年版，第87頁。

力圖解決的問題。

## 第一節　中國讀者已不需要詩歌？

　　詩歌語言的凝練，它的想像製造的廣闊空間，它充滿音樂性的節奏韻律等等，它的這些魅力依然存在嗎？現代詩歌是否依舊忠實於我們民族的精神歷程？它是否依舊聆聽我們靈魂的震動？在我們需要撫慰的時候，它究竟說了些什麼？難道現代詩歌真的從一開始就選擇了一步步遠離我們？或者，所有問題都不是，而是讀圖時代的中國讀者的確拋棄了詩歌？要回答這些問題，我們有必要先簡要回顧一下現代詩歌本身的艱苦旅程。

### 一、中國現代詩歌運動遠離了讀者？

　　新詩，這一術語的運用最早見於胡適的〈談新詩〉（1919）一文，指的是與古典舊詩（即文言律詩）相對立，用白話而非文言，用自由體而非格律體創造的詩歌，有時也稱白話詩。

　　五四新詩是文學革命最初的實踐領域。無論我們今天怎樣看待這一場革命，我們都不能否認五四知識分子在面對當時的國家、民族和個人狀況時所承受的靈魂陣痛。傳統詩詞的「鏡花水月」，空靈的「意境」，它的淡遠的感傷、憂愁已經難以描摹中華民族在脫胎換骨中的撕裂感，它對宇宙人生和社會前景的痛苦的思索，必須要有新的方式來適應胡適所說的「高深的思想和複雜的情感」。於是才有了胡適於1920年出版的、現代文學史上第一部新詩集：《嘗試集》，才有了同時期劉半農、周作人、沈尹默、康白情、俞平伯、傅斯年等人的早期白話詩實踐。它也許是稚嫩的，但它是一個新的充滿希望的生命。伴隨郭沫若詩歌創作

的崛起，新詩迎來了「開一代詩風」的時代。《女神》等作品所體現出的強烈的自我意識、狂放的自由精神和個性主義的詩歌觀念，其形式方面的「絕端的自由、絕端的自主」都使得新生的自由體詩傳達出那個時代的人們追求新生活的豪情和破舊立新的決心。然而，對有著深厚的詩歌文化背景的中國讀者來說，自《詩經》時代開始，詩歌的韻律感就已成為我們的一種心理積澱、一種集體無意識，他們對新詩在形式上的不拘一格、汪洋恣肆不可能不產生一種陌生感和本能的抗拒。當中國新詩在自由體的道路上繼續探索時，以聞一多、徐志摩為代表的「新月派」（前期）於是提出了「新詩格律化」的要求。聞一多提出的音樂美、繪畫美、建築美的「三美論」，戴望舒提出的「內在音樂美」等概念，在詩歌外在規範和內質兩個方面開始第一次考慮傳統詩歌欣賞方式在新時代尚可延續的生命力。聞一多的〈死水〉、徐志摩的〈再別康橋〉等作品中或鏗鏘或優美的旋律，現代派詩人戴望舒的〈雨巷〉中意境的營造與節奏的協調都給幾代讀者留下了深刻的印象──使我們似乎又回到了古典詩歌那清淡而恬靜的「丁香一樣的憂愁」中去。但是正如戴望舒當時所受到的批評一樣，他們或多或少與自己內心的傷痛，與民族的呻吟、吶喊這一時代深處的聲音之間存在某種程度的游離。直到艾青及「七月詩派」、穆旦及「九葉詩派」的創作崛起時，中國現代詩歌才開始漸漸走向成熟：艾青的憂鬱和深沉的情懷、穆旦的理性和豐富的痛苦以及馮至冷靜中激烈交鋒的對生命和時代的沉思……正是他們的創作，讓我們在一種與古典詩歌迥異的述說方式中看到那個時代的特有的生活萬象，聽到整個民族內心繁複的聲音。如果我們今天依然對現代詩歌有些隔膜的話，那也首先應該考慮一下這種聲音本身的複雜性，考慮一下處於中西文化對撞、古今文化

嬗變以及家仇國恨等各種力量作用下的人們的心靈顫動，只有如此，我們才能真正瞭解這些聲音織就的深邃的樂章。

以上回顧可以看到，現代詩歌的誕生和發展都是不斷適應人們的需要的，並且和整個民族一起，一直在走一條現代化的道路。這種現代化自然是伴隨人類社會現代化的步伐而出現的。現代詩歌按袁可嘉的觀點來看，至少在正反兩個層面上表現了詩自身的變化。其一，「在反對的方面，現代詩否定了工業文化底機械性而強調有機性」。[2]其二，「在肯定的方面，現代詩接受了現代文化底複雜性、豐富性而表現了同樣的複雜與豐富。」

古典詩歌強調「詩言志」，強調詩的社會性，而現代詩歌無論是從肯定方面還是否定方面，都釋放出豐富的資訊，呈現出一種複雜性和豐富性。古典詩歌重視清晰的畫面造就的「意境」，而現代詩歌已越來越重視「意象」的非常的組合；古典詩歌就已經存在大量空白，具有跳躍性，而現代詩歌則更注重意義的空白、時空的跳躍、意識在瞬間之中完成的各種轉換；古典詩歌重格律，現代詩歌則更重視詩的情緒律動，語言的押韻平仄已不是詩歌音樂性的惟一體現。總之，從詩歌自身的形態所發生的變化來看，現代詩歌主要是以哲理性、象徵性和意象的非理性化組合等與古典詩歌不同的方式來實現對現代生活的深度表現的，這不僅順應了現代社會複雜的精神流動，而且也同樣適應了這個時代讀者潛在的需要。

因此，中國現代詩歌並沒有遠離我們民族的內心生活，儘管它也經歷了嚴重的挫折，即使這一挫折本身也是與民族生活的磨難共生共振的。朦朧詩遠離我們了嗎？沒有。今天的詩歌遠離

---

2 錯誤! 尚未定義書籤。袁可嘉：《論新詩現代化》，生活・讀書・新知三聯書店1988年版，第50頁。

我們了嗎？也沒有。在我們的傷口急需要撫慰的時候，當我們認真思考自身、真實面對，而不是回避自己和整個民族靈魂的時候，我們不但聽清了，而且理解和感動了，因為這就是來自我們內心的和我們置身其中的時代深處的聲音。

那麼，問題究竟出在哪裡呢？

## 二、讀圖時代的讀者不再需要詩歌？

當下中國詩歌所受的「冷遇」的確是一個事實。因為我們至少可以看到幾種「遠離」的情況：有人說，當下人們的生存方式越來越趨於現實，伴隨人類的文明進程，人們對物質層面的需求也更繁多，並且層出不窮，市場製造產品的同時也製造著人們不斷變換的欲望。而詩歌是一種不關乎吃穿的東西。也有人認為，今天這個時代，由於科技的進步，傳媒的發達，加之人們快節奏生活的需要而成為一個「讀圖時代」，網路、報紙、廣告宣傳以及影視，它們不僅提供了人們需要簡便快捷的感觀資訊，而且也同時佔據了人們的業餘的娛樂休閒生活。還有人說，從當代流行歌曲的創作來看，其鋪天蓋地的創作已代替了人們對詩歌的需要，等等。

但我們仔細分析就會發現，以上各個方面與詩歌之間並不存在根本的衝突。物質需求的變換和滿足並不能代替靈魂的平和與充實，快感不等於快樂，幸運不等於幸福，虛榮與光榮也相去甚遠。財產、名譽、地位並不能消泯一個現實的悲歡、苦痛和他對外部世界的思索，這是兩個不能互相取代的領域，但常常被人們混淆和遺忘。因此，讀者對詩歌的需求並沒有消失，只不過由於這種需求與詩歌之間的溝通問題而一方面處在潛在的地位，另一方面這些需求也被另外的藝術形式在某種程度上「分流」並在

某些層面上被其替代。

在這些替代形式中，當代歌（詞）曲的詩意保留最為明顯。搖滾樂的宣洩和吶喊直擊著人們靈魂深處的苦悶，描繪著人們掙扎的痛苦形狀以及面對未知前途時的憂傷和迷茫：〈一無所有〉的執著、「指南針」樂隊的痛苦和對現實生活的質問、〈夢回唐朝〉的歷史回憶和對現實的諷喻、〈姐姐〉的心酸和孤獨、〈垃圾場〉的責罵、〈鐘鼓樓〉的「天問」等等。20世紀80年代的校園歌曲和90年代的校園民謠作為「誠意音樂」的另一部分，同樣給我們留下了極為詩意的回憶。羅大佑的〈童年〉、〈光陰的故事〉，高曉松〈同桌的你〉、〈睡在我上鋪的兄弟〉，等等，以一種情緒記憶和特有的意象深深喚起人們對年少時期的回憶，青春期淡淡的感傷，年少時莫名的憂鬱。而一般商業性的流行音樂作品，其中同樣不乏優秀之作：〈白天不懂夜的黑〉，〈我很醜，可是我很溫柔〉；〈牽手〉的溫馨、〈狼〉的孤獨和執著、〈朋友〉的真誠……更是細膩地刻畫了愛情、友情等心理的各個層面，春雨般撫慰著人們的心靈。

有的歌詞飽含情感的張力，思想尖刻、冷峻，甚至是詩歌也有所不及的。張楚的「孤獨的人是可恥的」，僅一句就足以表現一個時代人們的精神狀態，人群之中那種荒荒之感湧上心頭；而洛兵的「生者依舊習慣地擦去淚水，逝者已矣，請返回你們的天堂」則字字於平靜中透露出人世的心酸和蒼涼。現代歌詞中的不少作品，某種程度上說，就是詩。

當代歌（詞）曲的狀況說明，當代讀者依舊需要心靈的安慰，需要在詩歌中找到靈魂的回音，需要詩歌對現實生活的思考和對人生問題的解答。但是否歌（詞）曲作為一種詩意的保留形式將會完全取代詩歌的存在？對於這個問題，簡單說來，答案是

否定的。因為，這是兩種各具特點的藝術形式，都存在對方力所不及的地方。

　　寫到這裡，實際上我們已經比較清楚的注意到，詩歌今天面臨的問題，一個最為重要的方面就是欣賞，欣賞才是詩歌和讀者之間的橋樑，而一旦欣賞成了問題，我們就無法消除橫亙在現代詩歌和讀者之間的屏障。

　　那麼，今天的詩歌欣賞究竟是怎樣的一種狀況呢？

## 第二節　欣賞的問題

　　從藝術心理學角度看，「欣賞，是基於欣賞經驗的，欣賞主體通過欣賞經驗去發現、判斷物件的藝術價值，並通過欣賞經驗在欣賞中能動地創造藝術價值。在這個過程中，欣賞經驗也就進一步得到豐富與發展。」[3]這種欣賞心理，在文學理論上被歸納為一種文學接受過程，經過讀者的接受，形成審美物件並實現作品的價值。這種接受過程，可分為文學接受的發生、文學接受的發展與文學接受的高潮三個階段。

　　欣賞經驗是我們進行文學欣賞的前提。這裡的經驗，既包括一個人的生活、情感、思想的經歷，同時也包括文學閱讀和接受的經歷以及在此基礎上形成的文學接受方式、路徑。前者來自於我們現實的生活，而後者則來自於我們的文化培養——前人經驗的繼承和發展。中國不僅是一個詩的國度，同時也是一個詩歌鑒賞的國度。幾千年來，詩歌與每一個古代文人的現實生活息息相關，不僅創造了無數的作品，同時在詩歌理論和欣賞方面也形成了十分深厚的文化傳統。一個古代文人自小接觸文字時開始，

---

[3]　高楠：《藝術心理學》，遼寧人民出版社1988年版，第266頁。

就不斷接受著這一文化傳統的薰染。詩歌的歷史、理論，詩歌創作中的意象、詞彙、音律、平仄、對仗等等，不僅是他們接受教育時的必修課，甚至也是他們一生都不斷面臨的事情。在這樣的文化傳承過程中，他們不僅知道如何寫詩，同時也很清楚如何讀詩和論詩，於是，在產生一代又一代優秀詩人的同時也產生了一代又一代優秀的鑒賞家和理論家。因此我們說，古典詩歌時代同時也是一個鑒賞的時代，創作與欣賞相得益彰，形成了一種十分協調的關係，而這對於現代詩歌來說，正是它所缺乏和有待建設的──它不僅沒有適應於自身的完整的欣賞體系，同時還得抵制來自傳統欣賞習慣的壓力。

## 一、古典詩歌創作與鑒賞之間的協調

從古典詩歌作品本身來看，它的表現物件和創作方法都為鑒賞打下了良好的基礎。在表現物件方面，古典詩歌堅持現實性的原則；而在創作方法方面，主要堅持的則是可感性原則。它們共同構成了古典詩歌由淺入深的完整的欣賞結構。

### 1.表現物件的現實性原則

「詩言志」和「詩緣情」是古典詩歌的兩大根本原則。它規定了古典詩歌的表現物件。一方面，詩歌反映現實的社會，強調「言志」、「載道」的社會功能；另一方面，在情感上古典詩歌主要抒發的也是現實的人倫道德情感。

屈原執著於「路漫漫其修遠兮，吾將上下而求索」；杜甫會深切體會到「朱門酒肉臭，路有凍死骨」的悲哀；杜牧發出「商女不知亡國恨，隔江猶唱後庭花」的慨歎，而這一切，都與當時的社會緊密相連，息息相關。事實上，從《詩經》開始，這

種鮮明的現實性就表現出來。《詩經・國風》中的〈七月〉、〈伐檀〉、〈碩鼠〉，漢樂府中的〈婦病行〉、〈白頭吟〉等作品所表現的強烈的怨憤與反抗，都是十分現實的情感，自然也是那些具有相似社會經歷的讀者內心的聲音。

　　還有一方面，古典詩歌中表現的人倫道德情感，既是一種現實的情感，同時也是一種普遍的情感，本身具有廣泛的認同性和民間化傾向。因為這種情感本身就是注重群體性的產物。「勸君更進一杯酒，西出陽關無故人」，「海記憶體知己，天涯若比鄰」中的曠達的友情；「日暮鄉關何處是？煙波江上使人愁」的鄉情；「每逢佳節倍思親」，「慈母手中線，遊子身上衣」的親情；「知君用心如日月，事夫誓擬同生死」的哀怨和忠貞等等，更不用說國恨家愁，山水閒情。這些情感既有同封建時代的現實生活相適應的普遍性，同時也有同整個人類生活歷史相伴隨的普遍性和永恆性。

　　具有現實性特點的古典詩歌描寫人們普遍關心的事件和經常出現的情感經歷，使得欣賞具有了廣泛的認同基礎。而與這個基礎相協調的，則是古典詩歌在創作上的可感性原則。

## 2.表現方法的可感性原則

　　現實性要求下的古典詩歌經常直接描寫具體的事件和行為。在具體的事物與抽象的感念之間，它更側重於具體；在婉曲的抒情與直接的敘述之間，它更側重於直接的敘述。無論是農家勞作，士卒征戰，還是愛情婚姻，大多首先描寫事件本來的情況，坦率，不偽飾，不造作，絕不遮遮掩掩，吞吞吐吐，欲語還休。[4]如〈送元二使安西〉、〈逢雪宿芙蓉山主人〉、〈春夜喜

---

[4]　李怡：《中國現代新詩與古典詩歌傳統》，西南師範大學出版社1999年

雨〉、〈月下獨酌〉等，我們甚至從其題目中就能直接瞭解事件
的情況。對具體事件的直接描寫，使讀者較為容易把詩歌內容還
原為生活表像，從而很大程度上與讀者期待視野中的情感體驗與
人生經驗直接相適應，因而獲得不同的讀者群在最大程度上的認
識統一。另外，可感性原則也表現在古典詩歌清晰、優美的畫面
感上。古典詩歌無論其意味有多麼深遠，都極少是直接通過議論
和述說來完成，而是有清晰的畫面，有「畫」有「說」，甚至有
相當多的作品完全是「畫」而沒有明顯的「說」。「關關雎鳩，
在河之洲。窈窕淑女，君子好逑。」這是先畫後說；「京口瓜
州一水間，鐘山只隔數重山。春風又綠江南岸，明月何時照我
還？」三句是「畫」，一句是「說」；而〈敕勒歌〉、〈楓橋夜
泊〉、〈江雪〉等名作，幾乎全是畫。中國古典詩歌的畫面造就
了無數的通用意象和悠遠的山水意境。這種詩中之畫本身就是明
確的欣賞物件，並且它們不是意象的非常規組合造就的抽象畫，
而是我們司空見慣的大自然的本來模樣，因此在欣賞時，幾乎每
一吟誦者都能輕易地把它還原為我們感同身受的經驗。除此之
外，在聽覺上，中國古典詩歌韻律所形成的音樂性，也同樣拉近
了詩歌同讀者之間的距離。這一點我們比較熟悉，在此略而不論。

### 3.欣賞結構的層次性和完整性

現實性和可感性原則並不說明中國古典詩歌都是些淺顯之
作，相反，說明的是古詩作品在此基礎上形成了較為完整的欣賞
結構。由淺入深，我們可以把這一個欣賞結構整體分為感性結
構、言說結構和言外結構，它們可以形成各自相對獨立的欣賞領
域。感性結構是指詩歌中字面上直接述說的事件、情感和直接描

版，第122頁。

寫的感性畫面以及音樂性等，是讀者走向深度欣賞的第一個入口。從以上的例子可以看到，正是這一結構首先迎得了讀者的直接認同和親和感。

　　言說結構指的是詩歌中出現的議論和情感抒發的部分，是我們通常所說的作品的思想內容。對這一欣賞結構，畫面和事件都不直接提供，而是通過畫面和作者的議論述說而獲得。試以〈春江花月夜〉為例：「春江潮水連海平，海上明月共潮生。灩灩隨波千萬里，何處春江無月明？」這一景色本身可以作為獨立的感性結構欣賞，但還不提供言說結構的內容。「江天一色無纖塵，皎皎空中孤月輪」，一個「孤」字，讓整個畫面的中性特徵開始出現變化，抹上情感色彩。「人生代代無窮已，江月年年只相似……此時相望不相聞，願逐月華流照君……」，根據作者的述說，我們於是理解了整個畫面情景中的離人相思之情和悠長的人生感慨，並在此基礎上引發我們自身在生活中的情感經驗，產生情感共鳴。

　　而言外結構是古典詩歌的深層欣賞結構，對作品描繪的事件或者畫面就事論事是無法把握這一結構的精髓的。讀者不僅需要自己融入到作者的處境中去分析體會，而且還必須瞭解作者的具體情況、作品誕生的歷史文化環境，從而在深層次上把握詩歌表現出的時代精神和美學、哲學內蘊。「人閒桂花落，夜靜春山空。月出驚山鳥，時鳴春澗中」一詩，感性結構欣賞的是一幅畫，言說結構欣賞的是悠悠閒情。而作者的隱逸的苦澀，融入大自然的空靈，對生命圖景和自然之道的體悟等等，則常常成為人們探索該詩言外結構的中心。這就要求讀者必須具備一定程度的相關知識，準確地說，就是從一般的欣賞跨越到鑒賞的層次。實際上，中國古典詩歌雅俗共賞的祕密，正在於這種欣賞結構的豐富性

和完整性。它可以滿足不同層次的讀者。而對於言外結構這一深層鑑賞物件，中國古代詩歌理論恰恰為讀者提供了最為有力的支撐。

## 4.詩歌鑒賞理論的豐富性

從中國古典詩歌理論的發展來看，從孔孟、老莊開始，不僅詩人論詩，思想家論詩，並且還出現了劉勰、陸機、鍾嶸、司空圖等一大批以論詩而著稱於世的文論家和不計其數的文賦、詩品和詩話著作，從而形成了豐富的、體系十分完備的詩歌鑒賞理論，它不僅提供了相應的詩歌品評語彙、概念，同時也打開了讀者走進詩歌欣賞結構的各種有效路徑。

〈詩大序〉作為較為完備的早期詩論，較為全面地闡述了詩歌的性質、作用、內容、體裁和表現手法等問題。在〈詩大序〉中不僅提出了「言志說」，還提出「詩六義」的重要理論，即認為詩有風、雅、頌、賦、比、興六義，前三者論述詩的體裁，後三者說明詩的藝術表現手法，其中，起興手法為詩歌走上主觀思想感情客觀化、物象化起了相當重要的作用。

在欣賞方面，它不僅指明了言說結構的欣賞性質，同時也指出了這一結構同感性結構之間的關係，為日後的詩論奠定了基礎。

漢代「緣情說」為欣賞的言說結構開闢了新的領域，從此同「詩言志」一起構成了欣賞中國古典詩歌言說結構的兩大主要方向。宋代的「理趣」出現以後，這一結構領域已逐漸趨於完備。魏晉時期的「言意之辨」和陸機、劉勰等人的著作，將「元氣論」、老莊的「自然之道」、「虛靜無為」和佛教「萬法皆空」的觀念融入詩論，較為全面地探討了作品風格、作家個性、創作心理和詩歌的審美旨歸等各個領域，在欣賞方面則比較明確地開始注重詩歌深層的言外結構和內在機制。同是在感性結構和

言說結構方面不僅進一步討論了物象、言說之間的關係，同時也把言外結構的「意」聯繫起來，從而使得三大欣賞領域連成一個由淺入深、相互關聯的整體，並且由於佛學的影響，詩歌的「聲律」問題開始補充進感性結構之中。至此，中國古典詩歌的欣賞框架已基本完整地建立起來，後來者所做的工作基本上是在此基礎上的不斷深入。

就感性結構而言，「天人合一」一直是中國人最深層的文化根基，從《易經》中的「立象盡意」說以來，物象在詩歌中的重要地位在各種詩論中並無多少爭議。

從鍾嶸的「滋味」、司空圖的「韻味」到宋代的「餘味」、嚴羽的「興趣」和清代王世禎的「神韻」，從橫貫唐代的「意境」到王國維的「境界」，無一例外都圍繞詩歌的言外結構，形成了古典詩歌深層欣賞的深厚悠遠的傳統和可供選擇的眾多的欣賞指向。

而宋代以後的張戒、陸游、朱熹和王夫之、袁枚等的詩論，「前後七子」與「公安派」、「竟陵派」之間的「復古」與「反復古」之爭等，則主要是對言說結構中的「言志」、「抒情」問題的進一步強調和闡發。

中國古代詩論在鑒賞理論方面的豐富成果還來自於詩歌與詩歌創作之間的特殊關係。眾所周知，中國的詩歌批評是在創作的高度成熟之後出現，中國古代的詩論家不是與詩歌的生長而是與詩歌的介紹、傳播和鑒賞聯繫在一起的。中國古代詩話的大興是在有宋一代，而在這個時候，中國的知識分子倍感壓力的是唐代詩歌那難以企及的藝術高峰。「讀古人詩多，所喜處，誦憶之久，往往不覺誤用為己語。」（葉夢得《石林詩話》）對於崇尚獨創性的藝術家來說，無法跳出前人的窠臼這是多麼可怕的事

啊！「唐人精於詩而詩話少，宋人詩離於唐而詩話乃多。」[5]這話移作對於宋代文人的無奈心態以及無奈中的寫作轉換的說明，倒也是頗為恰切的。的確，當前人的藝術創造的高峰一時難以逾越之際，詩人何為？詩論家又能何為？恐怕積累知識，積累關於詩歌的五花八門的知識，摸索閱讀詩歌的一些經驗就成了一件理所當然的事情。

我們的中國古代詩論的特色就在這裡：它們並不是以直接思考主體創作規律、揭示藝術創作的奧妙、探討創作者複雜精神活動為目標的；關注「成品」的閱讀、彙集「成品」的知識、傳達個人的鑒賞心得才是其主要的特色。從這個意義上說，中國古代詩論可以說就是一種讀者對於詩歌的「鑒賞論」。

總之，古典詩歌時代豐富的詩歌理論儲備無疑為當時的詩歌鑒賞奠定了堅實的基礎。正是如此，古典詩歌時代也可稱之為鑒賞的時代。然而，現代詩歌出現的則是完全不同的情形。總體來看，現代詩歌時代是一個作者的時代，鑒賞在一定程度上被忽略，而古典詩歌的鑒賞傳統又無法適應新的需要，創作與欣賞之間出現了斷裂。

## 二、現代詩歌與欣賞之間的斷裂

相對於古典詩歌而言，現代詩歌走過的百年歷程其實是彈指之間的事情，況且這一過程還經歷了相當長時間的非正常發展。詩歌要從幾千年傳統中痛苦地脫胎轉型出來，決定了如何創作有自身特點的、適應新的時代精神狀況的現代詩歌才是首要的任務。只有在現代詩歌本身的特點成型以後，才具備發展與其相

---

5　吳喬：《答萬季野詩問》，見丁福寶匯輯《清詩話》上冊，上海古籍出版社1978年版。

應的鑒賞理論的基本條件。現代詩歌與欣賞之間的斷裂面臨的正是這樣的狀況：一方面，現代詩歌以自己獨立於古典詩歌的新品質，正在走向定型和成熟；另一方面，現代詩歌的新品質形成了的是一種新的欣賞結構，古典欣賞理論不能適應，較為成型的新的欣賞理論還沒有建立。

## 1.現代詩歌的新品質

首先，經歷晚清一系列詩文界革命之後，早期白話詩歌逐步脫胎文言而形成，這體現在批判與建設兩個維度上，有一個破與立的過程。破的目標當然是舊體文言詩，其矛盾焦點是文言與白話。梁啟超認為：「古人文字與語言合，今人文字與語言離，其利病既縷言之矣」。[6]希望人們對當時言文分離的情況引起重視。而其時白話文運動高舉「崇白話廢文言」的大旗，將白話的普及與國民的整體素質緊密聯繫在一起。詩界革命強調「我手寫我口，古豈能拘牽？」（黃遵憲）這為白話詩歌建立了一個新標準，使其在誕生之初便承載起啟發民智的啟蒙功能和「新道德」、「新政治」的社會功能。雖然這也有古典詩歌「言志、載道」的意味，但所言之「志」與所載之「道」卻具有完全不同的新指向，與儒家詩教正好相反，它承載的是「科學、民主、個性解放」的新時代精神。其次，新的時代生活內容進入詩歌，對創作產生了深遠的影響。伴隨資本主義萌芽的產生及外來文化的影響，特別是帝國主義列強的入侵，中國這個古老的封建社會，逐步突破了其封閉的保守的束縛，艱難地向工業化、商業化邁進，由此產生的工業文明、商業文明、都市文明等等使中國社會呈現出異常豐富的複雜的情形，例如，馮至的〈蛇〉中所體現的「熱烈的鄉思」與冰冷的「蛇」的

---

6　梁啟超：《變法通議‧論幼學》，見《時務報》第8冊，1897年。

形象的極大反差來自詩人一次偶然的觀畫經歷；穆旦的〈森林之魅〉來自1942年他加入中國遠征軍赴緬甸作戰時的特殊經歷等特殊歷史情形；城市的燈火、高樓、橋樑，乃至飛鳥、太陽、麥地等等意象所積累的現代文化底蘊，都需要新的欣賞機制的闡釋。

再次，在深度上，現代詩歌注重的是「高深的思想」和「複雜的情感」（胡適）。新詩朝向深度的容量方向發展，就這一發展過程來看，新詩的內在空間不僅超出了中國文化提供的儒釋道資源，以一種全球的眼光容納中西思想，更重要的是超出了傳統的情感方式，走向以獨立的個人為基點的、沒有具體約束的全方位的情感體驗：有傳統的注重群體精神的倫理情感，也有張揚個性的反叛的情感；不僅包括理性的喜樂悲歡，同時也包含了非理性的情緒流

動；體會現實人生苦痛的同時，也承載人類整體的關切和慨歎；詩人的創作在一定程度上呈現出個人化，隱秘化的傾向，尤其是現代主義詩歌。現代詩歌踏入的是一條個性化和意志化的道路。這是古典詩歌很少涉及的，也是它簡潔、嚴格的形式無法包容的新內涵。

## 2.現代詩歌欣賞結構的特點

新詩不僅具有了與古典詩歌極為不同的精神空間，相應地，在創作上也出現了越出現實性和可感性原則的狀況，從而形成了它特有的欣賞結構。第一，清洗古典詩歌意象身上的文化沉澱，造成了感性欣賞結構的陌生化和模糊化。古典詩歌「立象盡意」的深遠傳統，使中國詩歌意象浩浩蕩蕩，幾乎窮盡了能見到的一切自然物象；同時，幾千年來，經過無數文人的使用，又有了厚重的文化積澱，形成了欣賞的定式。從落日、明月、青山、河流到梅、

蘭、竹、菊，都積累了較為固定的美學含義。所以才有了「一切詩歌到唐代已經做完」的感慨。生活在同一個天空下的現代詩人除了開掘新的意象外，不得不以一種新的意象組合方式來洗除這些意象身上的傳統美學旨趣，傳達新的情感體驗、思想精神和美學追求。由於古典詩歌的意象組合是保持自然原態為特徵的，所以，新的意象組合方式首先想到的就是超越這種「客觀化」的現實性和可感性原則。例如，古詩中的月亮這個意象常常是同鄉愁、思念連在一起的，而現代詩歌中呈現出的則是多姿多彩的新模樣：「半死的月下，／載飲載歌，／裂喉的音，／隨北風飄散。」（李金髮〈有感〉）「明月裝飾了你的窗子，你裝飾了別人的夢」（卞之琳〈斷章〉），「炊煙上下／月亮是掘井的白猿／月亮是慘笑的河流上的白猿」（海子〈月〉），這幾首詩中，「月亮」通過與「半死的」、「裝飾」和「掘井的白猿」等詞語聯繫，使它與其餘意象一起組合成了幾幅我們在古典詩歌中從來沒有見過的畫面，古典詩歌白描式的風景畫，由於意象之間的跳躍轉換變成了抽象畫，使詩歌欣賞的感性結構呈現出陌生化和模糊化的特徵，通過這種組合後的「月亮」，傳達出的再也不是古典詩歌中出現的「月亮」的意味。

　　第二，意志化傾向造成了現代詩歌言說結構對感性結構的扭變。中國古典詩歌主要是在保持自然物象和物態的本來模樣的條件下使用意象，從而形成了空靈的意境和清晰的畫面。「孤帆遠影碧空盡，唯見長江天際流」、「淚眼問花花不語，亂紅飛過秋千去」，都是把作者的意緒融入物景之中，以保留物景的客觀狀態為前提。古典「詩歌遊刃有餘地呈示著物態化的自我所能感受到的世界本來的渾融與韻致，這就是中國古典詩歌藝術的基本文化特徵」。而現代詩歌初創的動力來自西方文化及文學的影響，而西方詩歌的文化特徵就是「意志化」。自我意識

在詩歌中不斷被強化，使藝術世界成為「一個為自我意識所浸染的世界」，詩人們著力於自然的「人化」而不是自我的「物化」。[7]因此，新詩中的言說結構很少獨立於感性結構，而是通過把作者的主觀意志加在意象之上，形成相互紐結的狀況，並且使自然的、原態的物象產生變形，使之服從於一種複雜微妙的意緒傳達。這可以分為幾種情況：一是詩人自我意志侵吞了感性物象，使言說結構直接淹沒感性結構的自然狀況，如郭沫若的〈天狗〉，「我要把那日來吞了，我要把那月來吞了」，「我便是我」，「我是全宇宙底Energy底總量」一類的詩句宣洩的是詩人自我的情緒，主體意識十分鮮明，正是「外物於我何加焉！」。二是直接把抽象的自我意識實體化，言說結構感性化。如劉大白的《淘汰來了》、聞一多的《一個觀念》、穆旦的《裂紋》等詩歌都在以一種抽象意念叩擊世界、追問人生，似乎他們就是某種自然事物。三是在描述客觀世界的同時，又為詩人的自我意志所掌控。上述的幾種「月亮」的意象就是如此，在貌似客觀描寫的同時，被詩人的情緒和想像變形，欣賞的感性結構被言說結構所扭曲，這也是現代詩歌的普遍狀況。

第三，現代詩歌的欣賞結構還出現了言外結構的形而上學化趨向，這也是造成欣賞斷裂的一個重要原因。就言外結構的性質本身而言，現代詩歌與古典詩歌是一樣的，但在指向的內容上，與古典詩歌言外結構中相對穩定的、並且在某種意義上是相互補充和相互協調的儒、釋、道精神不同，現代詩歌一直是在西方各種不斷變換的哲學、宗教、思潮流派的影響下成長起來的，這些影響形成了現代詩歌駁雜的言外結構，使之呈現出形而上學

---

[7]　李怡：《中國現代新詩與古典詩歌傳統》，西南師範大學出版社1999年版，第55頁。

化的傾向，為現代詩歌的深層欣賞帶來新的問題。例如，郭沫若的泛神論宇宙觀，卞之琳的相對性觀念和英國玄學，廢名的佛學思想，馮至的存在主義，穆旦的拯救意識和基督教思想，以及20世紀80年代以來的後現代主義詩歌、女性主義詩歌，等等。（例證可以參見《智慧的力量》一章）詩歌創作走向個人化體系，這使得言外結構的深層欣賞必須具有複雜的各種作者的、時代的和西方思想的相關知識。

中國現代詩歌除了以上這些反映在文本當中的「結構性」變化之外，更重要的情況還在於，對這些詩歌文本進行概括的中國現代詩歌理論也發生了重要的變化，過去的以「鑒賞」為中心的詩歌理論傳統不復存在了。

中國現代詩論的新變、中國詩論現代性意義的建立實際上就源於一種詩歌生態環境與知識分子的特殊文化心態的根本變化，就是說，20世紀的中國詩論家們再也無法在對固有的經典文本的「有距離」的閱讀中表達自己的心得了。因為，幾乎所有關於中國古典詩歌的背景知識都已經為前人所道盡，幾乎所有經典閱讀的體驗也不斷被古人所闡發，而他們也未必能說得比前人更仔細、更獨到，更重要的是，中國詩歌界的現實已經發生了翻天覆地的變化，一種全新的詩歌樣式──現代白話新詩佔據了歷史的舞臺，而這一足以喚起人們莫大興趣的新的韻文文體還正在成長之中，詩論家與它的關係再也不是那種「有距離」的，這些看起來遠未成熟的新的文本還不足以以一種「經典」的姿態對他們形成莫大的壓力，迫使他們在藝術的仰視中小心翼翼地表述自己的閱讀體會。現代詩歌作為中國現代文人集體參與、集體建設的一種文學活動，新的詩歌創造與詩歌發展的命運常常就聯繫著眾多文化人自己的生存與藝術事業的選擇，也就是說，在這些現代

新詩的批評者提出對他人作品的評論之前，他們本人很可能就首先是一位新詩運動的積極宣導者，是現代新詩寫作的那少數的先行者，對於詩歌，他們是休戚與共、命運相融，對於詩歌的評說，自然也就不再是一個超脫的「品味」與「鑒賞」的問題，而是自身的價值和生命展開的過程與方式。

這樣深刻的歷史情景的變化最終就決定了中國詩論的現代轉換，而轉換的一個重要的方面便是從「讀者」詩論向「作者」詩論轉換。

儘管中國古代詩論的寫作者也都可以被稱作是「詩人」，但是從他們寫作詩論的立場來看，卻分明屬於欣賞詩歌的讀者心態，也就是說，這些本也作詩的詩論家不是以創作詩歌而是以閱讀詩歌的體會來從事詩論活動的。於是便出現了前文所述的那種情形：絕大多數有影響的詩歌論著都不是出自創作成就突出的詩人之手。到了現代，由於新詩的實際創作經驗成了眾多文人普遍關心的問題，而且首先就是詩歌創作者自己需要對此發言和討論的問題，所以其寫作現代詩論的立場和態度也就自然發生了翻天覆地的變化：愈是創作成就突出、創作經驗豐富的詩人愈有參與詩論寫作的欲望和條件，胡適、郭沫若、康白情、聞一多、穆木天、王獨清、戴望舒、梁宗岱、廢名、艾青、胡風、田間、袁可嘉等等在中國現代詩論發展史上留下名篇傑作的詩論家同時也是卓有成就的詩人。新詩作者們的創作自述構成了中國現代詩論中最主要的部分，此情此景與中國古代相比，已經有了根本的不同。中國現代詩論在超越古代詩論的鑒賞傳統，轉而借助心理學、哲學為自己開拓道路的選擇中逐漸建立起了一套更具有思辨性和嚴密性的理論體系，從而也與中國古代詩論的概念的模糊含混有了根本的差異。然而同時也失去了像中國古代詩論那樣精細

地感受詩歌文本的能力。如果說中國現代詩論在進入當代後有什麼失落的話，那麼這失落之一就是中國傳統詩論閱讀藝術作品的「興味」越來越少了，特別是加上後來的政治話語霸權的影響，我們對所有作品的解釋都不得不納入到既定的政治思想模式中。在「文化大革命」結束之後的很長一段時間裡，我們都不得不面對這一零落慘苦的現實。新的思想的認同平臺需要重新建立，與此同時又喪失了藝術感受的能力與習慣，這是多麼糟糕的局面！

那麼，當前可以調動的欣賞理論資源究竟還有哪些呢？

### 3.當前詩歌欣賞理論的資源狀況

第一，古典欣賞理論已不能滿足現代詩歌欣賞的需要。當然，對於現代詩歌的複雜狀況而言，古典詩歌欣賞理論並未完全失去它的作用。比如，對於傳統意象較多、意境性強、畫面感較為清晰、欣賞結構層次較為分明的詩歌，由於其較強的物態化特徵而仍舊可以在一定程度上運用傳統資源進行欣賞。例如徐志摩的〈再別康橋〉，全詩所使用的河岸的「金柳」、飄搖的「水草」和蕩漾的「柔波」等中心意象，其輕盈、柔軟、搖擺的外部特徵恰如作者心中傷感惆悵和依依惜別、一步三回頭的柔情。作者較為清晰地保留了詩歌感性結構的客觀性和完整性，「輕輕的我走了，／正如我輕輕的來」，言說結構十分分明。

然而，正如上文的分析，對於物態化特徵不夠鮮明，而意志化特徵相對突現的詩歌，由於其獨特的新的欣賞結構，傳統詩論已無能為力。一方面，隨著意境的消失，傳統的「意境」概念失去了作用；另一方面，傳統的意象所具有的文化內涵也不能對這種新的情感意志傾向作出解釋。

第二，西方詩論處於駁雜和表層狀態。如前面所述，由於

新詩與西方思想和西方文學的特殊關係，因此，利用西方詩論資源來彌補新詩的欣賞裂痕完全是題中之意。例如，法國象徵詩學之於中國象徵派、現代派和「九葉詩人」的詩歌；馬克思主義文論之於「七月派」詩歌，存在主義文論之於馮至、穆旦和海子詩歌，等等。但問題在於，這些資源本身不是統一的和協調的，任何一種資源都沒有普遍適用的可能。另一方面，除了馬克思主義文論在中國有較為充分的研究之外，其餘文論在中國的探討都有待進一步深入，尤其是20世紀80年代以來湧入中國的各種西方文論思想。這種狀況在中國學界已是共識，在此不再展開。

第三，新詩的理論依然存在對鑒賞的忽略。如前所述，現代詩歌的時代是一個作者的時代，雖然在理論上除了研究傳統詩論、引進和探討上述西方理論思想外，自身的理論也在中西理論資源的基礎上不斷地進行建設，但這種理論建設卻主要集中在詩歌的創作論和本質論上，而鑒賞論缺乏。當代中國詩歌理論的發展也在很大的程度上強化了這一特點。當代詩歌理論尤其是新時期以後的理論，逐漸形成了兩條道路，一是學院派的詩歌史研究，一是作家協會的詩歌現象批評，無論哪一種理論都將作家的創作遭遇與選擇作為「問題」的中心，唯獨缺少對作為讀者所需要的詩歌文本耐心的關注，如何寫作新詩和新詩的文體本質就一直是理論探討的重心，而鑒賞問題，相對來說，由於現代詩歌的激烈變換而處於滯後和被忽略的狀態。這不能不說是一個亟待解決的問題。

如何整合以上三種資源，對傳統詩論進行改造、對西方詩論進行整合，同時從現有的詩歌理論中轉換總結出成型的鑒賞論，成為解決現代詩歌欣賞問題的根本任務，也是編寫此書的長遠目標和提出欣賞的意義所在。

## 第三節　現代詩歌走近讀者的原則

任何一個人，只要不是生活在真空之中，那麼，他那作為對外界的一種反映的思想和情感，就不可能不打上外界的印記。事實上，詩人與讀者的關係正是處在各種層次的共同性之中。有作為人類的共同性，面對同樣的自然；有作為中國人的共同性，承續同樣的歷史和文化積澱；有作為當代中國人的共同性，浸浴同樣的時代生活和社會潮流、家庭悲歡、人生挫折、價值趨向等等。只有在這些不同層次的共同性基礎之上，才有我們自己的個性。從這個意義上說，詩人與讀者並不是水與火的關係，也不是製造商和消費者的關係。詩人的特殊性在於，他不僅領受自己的內心波動，同時也承擔他人、社會乃至整個人類的靈魂衝擊。因此，站在詩歌的情感本質這一根底上看，詩人與讀者首先是一種同甘共苦的手足關係，而詩歌，是這種關係的表現和見證。

不過，詩歌作為這種密切關係的表現，除了純真和一見鍾情式的直接外，更重要的是，它也追求古典愛情式的委婉，以及在這種方式下產生的情感的純厚和久遠。不過，困難就在於此：當詩歌的這種隱藏特徵減弱，它就失去了純厚和久遠的效果；當這種隱藏特徵過度，讀者就可能懷疑詩人的真情，這就是今天的詩歌欣賞面臨的問題。恰如「九葉」詩人袁可嘉當年分析新詩弊病時所說，新詩的病態，即對詩之性質的誤解存在三種現象：一是現代詩的政治感傷性，「指作者在某些觀念中不求甚解地長久浸淫，使他對這些觀念的瞭解帶上濃厚的感傷色彩，而不擇手段地作傳達與表現」[8]，亦即過分強調詩中政治觀念及其所可能產

---

[8]　袁可嘉：《論新詩現代化》，讀書・新知・三聯書店1988版，第54頁。

生的社會意義或宣傳價值和因而引致的自棄式傷感傾向；二是過分依賴主題，凡是詩之主題能表現一種作者意識，尤其是政治意識，那就一定是一首好詩，作為讀者，你不必問情景是否交融，節奏張弛或意蘊如何，只有被感動的義務；三是把詩當做觀念的衣架，過於重視詩的抽象哲理性，將詩作為表現哲學的載體。這三種病態表現，會使對於新詩有一份眷愛與關的人們，面對這類詩歌徘徊遲疑，裹足不前，甚至喪失對詩的熱愛！[9]因此，要密切現代詩歌與讀者的關係，並不是說他們存在關係本身的距離，而是如何表現識別這種關係。基於以上討論，應該從兩個方向來考慮一些要堅持的基本原則：一是新詩要體驗讀者的心理期待，二是總結現有的欣賞經驗。

## 一、詩歌創作上體驗讀者的心理期待

讀者需要怎樣的詩歌？這個問題本身無法具體地回答，所謂蘿蔔青菜，各有所愛。過分強調讀者需求，詩歌就會沾上量體裁衣的匠氣，但是讀者的心理期待並非沒有合理的共同性。

首先，讀者需要的是真誠。無論詩歌怎樣隱曲地表達對這個世界的看法，但是情思應當是真誠的。只有忠實於自己的時代，忠實於自己的內心生活，詩人與讀者的同甘共苦的密切關係才有了基礎。詩人的矯情一旦識破，失去的可能是讀者永久的信任。當代小說家葉兆言的一段話耐人尋味：「唐詩宋詞太遙遠，老惦記著有些像迂夫子。不像新詩，一伸手就能摸到它血淋淋的心跳。新詩更能讓人感到活生生的現實，當然，我說的這個現實，不是俗世的現實，是詩人的現實。詩無所謂新舊，好壞卻有

---

9　藍棣之：《現代詩歌理論與走勢淵源》，清華大學出版社2002年版，第247頁。

共同標準。……新詩不僅能夠對付無聊，打倒無聊，更重要的是
讓人類在難堪的俗世裡獲得拯救」。[10]葉兆言所說的「詩能對付
無聊」，正是詩歌真實性的體現，也是讀者心理期待的一個重要
層面，讀者在好詩那裡獲得對現實的真實感受，獲得對現實的詩
性表現，正如作家畢飛宇所說：「我們熱愛詩，說到底熱愛的還
是真本性──語言的真本性，人的真本性」。[11]

　　除卻真實，詩歌另一個讓我們期待的層面是表現上的自
由。千百年來，對詩的定義非常之多，但詩的本質是自由的，尤
其在今天這個日趨多元的社會中，複雜的社會形態決定著人個體
意識的豐富多樣，而這種豐富的個體意識也就決定著詩歌讀者審
美趣味的多元與自由。語言的自由，形式的自由，格律的自由，
節奏的自由，情感的自由，想像的自由，以及一切現實社會中無
法大膽實現的自由與夢想，等等。當代作家張煒曾這樣比較唐詩
和《楚辭》：「唐詩的精美，它的完整性，……會將生命感動的
形式導向某種簡單化，……感動的複雜與過程給一起濾掉了，完
全與粗礪激越的現代生活脫節。比起《楚辭》無可遏止的生命感
動、形式上的無拘無束，唐詩更像一種刻意製作，一個走向封閉
的系統」。[12]且不論唐詩、《楚辭》之間的區別，至少我們注意
到「生命感動」、「形式上的無拘無束」指的就是詩的自由。同
時，張煒更喜歡《楚辭》，這也是一種自由。從讀者角度來看，
只要符合他的欣賞趣味並從中感受
　　到美和感動的，就是一首好詩。今天再用某種統一的標準
去規定現代詩歌及其讀者的取向，已是一種自欺欺人的做法。

10　葉兆言：《小說家談詩》，見《詩選刊》2003年第5期，第86頁。
11　畢飛宇：《小說家談詩》，見《詩選刊》2003年第5期，第87頁。
12　張煒：《小說家談詩》，見《詩選刊》2003年第5期，第85頁。

　　當然，自由不是隨隨便便，詩歌真情的傳達不能一句「我愛你」或者「我恨你」就完事，它得講究合理的愛法和恨法，這已是複雜的詩歌創作問題了。

## 二、總結現代詩歌既有的欣賞經驗

　　中國現代詩從其草創到相對成熟，走過了一條異常艱難的道路。其所有的耕耘似乎都不足以使它能夠在世界詩壇上昂首天外，從整體上看，似乎也不足以與它試圖超越的中國古典詩歌相媲美。連續不斷的責難貫穿了現代詩史，時時昭示著現代詩歌創作的尷尬處境。同時，現代詩歌在其發展過程中，至少存在以下一些矛盾：本土的與外來的，社會性與主體性，自由與格律，純詩化與散文化，明白與朦朧。創作的艱難和矛盾造就了闡釋的艱難，中國現代詩歌的欣賞自然也無法拋開這些矛盾而進行簡單的閱讀。因此，有必要對現有的欣賞經驗進行總結。

　　第一，把握現代詩歌的形態特徵。相對於古典詩歌而言，中國現代詩歌有以下幾種形態特徵：一是時代性。相對古典詩歌來看，現代詩歌具有鮮明的時代性，其「新」，既是指相對於舊體文言詩歌在形式與內容上的新，又是指相對於後代的詩歌在社會背景、思想情感方面的獨特。不把握、不關心現代歷史的變遷和時代的精神走向，欣賞就會造成困難。二是多元化。從五四白話詩、「九葉派」到朦朧詩、先鋒詩、後現代詩，現代詩歌流派紛呈，不瞭解這種多元化的基本狀況，欣賞就會失去一定的針對性，造成一定程度的錯位。三是不成型特徵。相對古典詩歌在詩歌流派、表現手法、藝術風格等方面的豐富完整，現代詩歌顯然是不成型的。它有完整的歷史流脈，卻缺乏自成系統的詩學體系。這種不成型特徵使我們進入詩歌時會遇到一些困難。回到詩歌本體，對詩歌從多

種文化的價值標準進行探究，恢復詩的立體的面目，以此來彌補整個現代詩歌的不成型特徵，這是詩歌欣賞一個重要的內容。

第二，研究現代詩歌欣賞結構。正如本文上述，現代詩歌的欣賞結構出現了一些新的特點，這些特點有待進一步研究，儘管現代詩歌形態複雜，但是，欣賞結構仍然具有共同之處。弄清欣賞結構的重要性在於，它為現代詩歌欣賞提供了基礎。一方面，它可以讓我們認識到與傳統欣賞方式的不同，以及如何轉化傳統欣賞方式；另一方面，研究欣賞結構也有助於我們找到現代詩歌欣賞的入口，也就是說，一首「看不懂」的詩，究竟該如何著手欣賞。最後，欣賞結構的探討是完善詩歌欣賞的重要前提。好詩總是具有豐富的層次性，是經得起闡釋的，完善的欣賞不能只是停留在淺表的或者模模糊糊的狀態，因此對其欣賞結構的層次理解就顯得尤為重要。

第三，嘗試具體的欣賞路徑。在研究現代詩歌的欣賞結構特點的基礎上，可以嘗試各種具體的欣賞路徑。在這方面，西方詩論為我們提供了較多的資源。例如，對於失去了古典詩歌那種清晰的感性結構的詩，我們就不能從感性畫面入手，由於感性結構的陌生化和模糊化，加上詩人意志這一言說結構的扭曲，單個意象可能是美的或者富於想像的，但感性結構整體卻失去了古典詩歌那種獨立的欣賞價值，因而必須首先把握詩歌言說結構整體，然後感受每一個獨立的意象所粘附的詩人獨特的情感和意志傾向。感性結構的模糊造就了現代詩歌意象的相對獨立性，因此宜於考慮更為複雜的、整體性的「意象結構」的概念，對詩歌情感意志傾向進行再綜合，經過反復達到對整首詩的情感和詩思的體驗。與古典詩歌相反，這是從言說結構到感性結構再到言說結構的反復過程，同時也是整體和細讀的反復過程。

例如，當代詩人昌耀的一首短詩〈斯人〉，全詩僅三行：

靜極──誰的歎噓？
密西西比河此刻風雨，在那邊攀緣而走。
地球這壁，一人無語獨坐。

這首詩的言說結構在「靜」、「無語」、「獨」幾個字上表現出來，形成整首詩的氛圍。在這種氛圍的基礎上，「歎噓」的聲音價值被「靜」所淹沒，形成的是「鳥鳴山更幽」的效果，增加了「靜」的力度。同樣，「獨」字浸染的也是所有的意象，河流、風雨和地球，都是孤獨的。這時，我們再看整個意象結構：行走、歎噓的「風雨」與「無語獨坐」的「人」，龐大的「地球」和渺小的「人」形成鮮明的對比關係，立刻把人的渺小、孤獨擴散，放大到整個宇宙時空，加上「風雨」、「河流」產生的人世滄桑感，湧動的情感席面而來，詩歌的言外結構就開始顯現：這寂靜是絕望後的寂靜，平靜的表面是內心翻滾的波濤。我們彷彿聽到「無語獨坐」的人的考問：宇宙之大，人為何物？風雨如昨，人生意義何在？……如果偏執一點，說不定你會擔心他是否輕生。

一種具體的欣賞，面對詩人，常常是一件費力不討好的事情，但對於成長中的中國現代詩歌，以及需要詩歌的讀者來說，卻具有十分重要的意義。從總結現代詩歌欣賞經驗開始，走向成熟的欣賞機制和鑒賞理論，是我們共同的期待，其最終目的是希望我們在同一時代洪流中，相互撫慰和安頓我們的靈魂。

人世短暫，詩心永存，願充滿才德的人類，詩意地棲居於這片大地。

# 第一章　詩歌欣賞：直觀生命的韻致

　　每一首詩都有它的讀者，每一個人也都會有自己喜愛的詩。

　　詩不能夠直接地滿足我們日常生活的物質需求，更不能增加我們的物質財富，但我們卻可以自覺不自覺地喜歡上某些詩歌。作為人的生存，我們與詩歌之間有著某種必然的聯繫。

　　欣賞便是把一個人與詩歌聯結起來的最重要的方式，它一方面體現為審美的感性過程，另一方面，更重要的，它也是人的生存活動的構成部分。

　　那麼，具體到中國現代詩歌，欣賞最根本的含義是什麼呢？當我們閱讀戴望舒的〈雨巷〉或者聞一多的〈死水〉並為前者淡淡的憂傷或後者濃烈的憤懣深深吸引的時候，當我們完全沉浸在由閱讀引起的某種情緒性的、忘我的精神狀態的時候，我們的生命所呈現的那種狀態究竟意味著什麼呢？這便是我們首先要在本章探討的內容。

## 第一節　詩：生命韻致的直寫

　　對現代詩歌欣賞根本屬性的認識包含了兩個方面，一個是現代詩歌欣賞是什麼，另一個是欣賞的物件即現代詩歌是什麼。讓我們從分析現代詩歌的本質內涵入手，來回答這個最基本的問題：現代詩歌欣賞的本質是什麼。

### 一、生命

　　詩到底是什麼？什麼是詩的本質？這是自有「詩學」以來

理論家、哲學家們一直苦苦追問的問題。對於這個問題，在漫長的歷史過程中，各種理論派別都有自己的解答。各種解答不但互不相同，而且有的甚至還是彼此對立的，比如，在古希臘哲學家柏拉圖看來，詩歌不過是一種堂皇的虛假，而德國18世紀著名詩人歌德則認為，詩不但不是虛假，而且是比歷史與生活更高的真。形成於20世紀初期、對現代主義文論影響深遠的俄國形式主義學派認為，形式決定一切，形式是文學的本質，在他們眼中，作品的本質就是由詞語的組合、材料的安排、篇章結構的佈置、文本各部分的互斥與聯結等要素構成的「形式」，而我們過去所說的「思想內容」也被外化到形式因素中去了。

對詩歌本質進行詮釋的澈底的形式主義的做法無疑是對創作主體的極大排擠，在純形式主義的意義上，創作主體的感性生命存在似乎是無足輕重的，其偏頗之處相當明顯。從「生命」概念出發對包括詩歌在內的文學的本質進行闡釋，這種做法近代以後越來越受到文藝理論研究者的普遍重視。文學是生命的審美體現，這個命題成了許多美學主張和文論探討的預設和前提。在多種現代文藝思潮中，我們都可以發現這個命題的深遠影響。對於象徵主義而言，對感性生命的觀察和哲學詮釋成了各種創作主張的根本出發點；在「意識流」派那裡，生命概念則是各種創作探索的永恆的思想背景；對於在文論史以及文學史上佔有極其重要地位的表現主義文藝思潮，「生命」更是一個不可超越的形而上學前提，從某種意義上說，表現主義文學創作就是對生命之現代情態的深刻詮釋。

在中國，「生命」概念進入文藝理論視野雖然是很晚近的事，但就創作實踐來說，卻一直是中國現代詩歌從五四時代到今天的或顯或隱的主要品質，雖然在一個時期內，「生命」一度

被貶為資產階級文藝觀的核心概念，屬於被打倒之列，然而到20世紀80年代，中國詩歌與中國文學的生命意識卻再度覺醒了。以後，隨著自我意識的覺醒和批評精神的蔓延，「生命」的現代之光開始燭照中國的文學寫作尤其是新時期的詩歌創作，如舒婷的〈惠安女子〉：

> 天生不愛傾訴苦難
> 並非苦難已經永遠絕跡
> 當洞簫與琵琶在晚照中
> 喚醒普遍的憂傷
> 你把頭巾一角輕輕咬在嘴裡
>
> 這樣優美地站在海天之間
> 令人忽略了：你的裸足
> 所踩過的城灘和礁石
> 於是，在封面和插圖中
> 你成為風景，成為傳奇

　　這種對生命的悲劇性生活形態的充滿韌力的吟詠，從某種程度上說成了20世紀80年代詩歌作品的一個最值得注意的美學特徵。

　　「生命」無疑是我們進入中國現代詩歌的最直捷的途徑。在過去一個相當長的時間裡，由於過多地強調了外在生活的真實性，詩歌理論的現實主義很大程度上忽視了主體自身的價值，這種情況在中國詩論與批評當中都有相當嚴重的表現。以「生命」來詮釋詩歌的本質將使我們能夠克服這種詩學觀念必然造成的理

論偏頗。生命離不開生活，然而也並不完全等同於外在的生活。作為客觀過程的外在生活只是生命存在的表像，若沒有生命充實其中，它是毫無意義的；惟有生命才是最後的真實。所謂的「現實主義」詩學恰恰由於過分強調外在生活而導致詩歌本身價值的失落。

## 二、生命的韻致

中國現代詩歌是現代中國人的「生命」意識的表達。但「生命」在這裡不是抽象的籠統的概念，而是指人的一種區別於日常生活狀態的內在精神存在方式，我們可以將這樣的存在方式更形象地命名為「生命的韻致」。所謂「生命的韻致」，可以包括兩個方面的內容，一是一種比日常生活更微妙更深厚的「意味」，二是一種節奏性的存在。

生命是有「韻致」的。不管是在現實生活中，還是在文學創作中，生命都具有區別於日常生活狀態的另外的存在方式，同時還顯示為某種十分微妙的節律性。

日常生活的狀態往往都是指一種現實的、功利的、具有明確「理智性」目標的生活態度，而詩歌所蘊涵的生命的「意味」恰恰是理想的、超功利的，它帶有十分明顯的模糊性與非理性。秋天裡，詩人們也許會為鋪滿小巷的一片金黃的落葉所感動，後來，這片落葉在他的詩歌裡便生動地傳達了他所感悟到的內在生命的韻致：一片金黃的落葉並不是一片黃色，如果把小巷漆成黃的顏色我們未必會喜歡，對於一位敏於感受的詩人來說，所謂金黃的落葉除了黃顏色之外還有別的——它似乎是模糊地喚起了詩人對生命隕落與消亡的聯想。一陣微風吹來，引起了詩人徐志摩心中莫名的悸動，於是便有了下面的這首〈我不知道風——〉：

我不知道風
是在哪一個方向吹──
我是在夢中，
在夢的輕波裡依洄。

我不知道風
是在哪一個方向吹──
我是在夢中，
她的溫存，我的迷醉。

我不知道風
是在哪一個方向吹──
我是在夢中，
甜美是夢裡的光輝。
……

　　詩人反復追問的是「風是在哪一個方向吹」，但顯而易見，這絕對不是一個「氣象學」的問題，它表達的是詩人自己的人生迷惑。在述說近代以來中國人的困惑和方向缺失的內心生活方面，這首詩堪稱傑作。詩歌用愛情詩的手法傾訴了「我」的內心與外在現實之間的矛盾，同時也以含蓄的口吻象徵性地表述了一個人在中國社會環境裡靈魂深處的絕望。但在「詩歌」的形態中，這一切都沒有明確的理性的內涵，都不是可以清清楚楚加以表達的，詩的奇妙、幽微之處恰恰在這似乎可以表達又似乎不可表達之間，這就是「韻致」。假如我們放棄詩歌這種形式，改用別的方式把這首詩中的意思說出來：唉，最近我覺得特別

煩，真不知道人生到底有什麼意義；我像對待戀人一般熱烈地嚮往生活，可生活卻是太沒勁；也只有待在自己個人的小世界裡的時候，只有幻想的時候，我才能體會到溫暖和美麗。這種表達方式，我們就不會為它所吸引了。由此可見，韻致是具有某種本質的意義，詩歌體現了生命的韻致，所以對於我們才會魅力無窮。

韻致不是日常生活的「意義」。日常的意義總是明確的，我們總是說我們知道了什麼東西，那便是說那個東西對於我們意義是明確的。一般說來，在日常化生活中，詞語的意義基本上都是明確無誤的，如若不然，我們平時的言談和交流就無法進行了。我們固然也說「這個詞語的意義不明確」，但那也無非是說我們要求意義的明確性，我們指望把某個說法的意義明確出來，意義的本性就是明確化。韻致則是生命的某種原初狀態，在邏輯上是先於意義的東西，所以不屬於明確的意義的範疇。同時也正因為這樣，「韻致」比之「意義」是更廣泛、更深厚的生命領域，詩歌總在述說這個領域，然而卻永遠無法完盡。

在詩歌中，生命「韻致」的另外一個重要體現便是詩歌的韻律節奏。傳統詩歌理論往往按照內容—形式的理論模式把詩歌分行的現象簡單歸入「形式」的範疇，並在強調作品內容的同時，嚴重貶低了詩行這種文本現象的重要性。這種觀念的錯誤在於，它把詩行看成了某種偶然性的東西，看成了缺乏內在依據的東西。實質上，詩歌分行是詩歌創作的必然行為，詩行的根據在於詩之為詩的本質。詩行並不是詩歌作品的外部現象，而是詩歌內在本質的必然體現。生命韻致在文學創作中的自然流露形成詩歌，在這個過程中，韻致由原初的生命狀態具體化為文學的語言形態，由是自然形成了言語分段的文本現象，這便是「詩行」。因而，詩行是生命韻致的直接表現，是不可取消的。一旦取消詩

行，詩性也就不存在了。我們可以舉一個比較「極端」的例證來
說明「詩行」所形成的語言節奏的重要性。下面這一段文字顯然
不是「詩歌」：

便　條
我吃了放在冰箱裡的梅子。它們大概是你留著早餐吃的。
請原諒，它們太可口了，那麼甜又那麼涼。

　　但是，出自美國詩人威廉斯（William Carlos Williams）的這
一「便條」卻被他作了有趣的分行排列，這樣的新的文字組合方
式事實上已經改變了我們先前的文體定位：

便條（This Is Just to Say）
我吃了（I have eaten）
放在（the plums）
冰箱裡的（that were in）
梅子（the icebox）
它們（and which）
大概是你（you were probably）
留著（saving）
早餐吃的（for breakfast）
請原諒（Forgive me）
它們太可口了（they were delicious）
那麼甜（so sweet）
又那麼涼（and so cold）

　　分行帶來了什麼呢？顯然，它帶來的就是語言的節奏和韻律效果，並且因為這樣的節奏和韻律又似乎進一步暗示了一種人與人之間的交流的溫厚。當然我們很難說這就是一首多麼好的詩歌，但這樣的分行也充分證明了對詩歌而言，行列不僅僅是單純的「形式」，或者說這「形式」也是「內容」的一部分，更準確地說是「韻致」的一部分。[13]

　　我們還可以舉一個相反的例子。下面這首詩是香港詩人古蒼梧的〈二十五歲見雪〉的前兩段：

　　　　流浪了二十五年
　　　　雲終於像木棉那樣
　　　　一絲絲地散落下來了

　　　　我張開手臂
　　　　迎接它
　　　　像遠方歸來的遊子
　　　　我是那父親
　　　　年輕的時候
　　　　也曾厭倦過山
　　　　厭倦過水
　　　　厭倦過花草樹木
　　　　厭倦過城市和人群
　　　　……

---

13　張隆溪：《二十世紀西方文論述評》，生活・讀書・新知三聯書店1986年版，第117、118頁。

　　這首詩以對流浪際遇的人生感慨為情緒背景，把「二十五歲見雪」時生髮的思鄉情寫得真摯而熱烈，是很感人的。如果我們取消它的分行，把它寫成「流浪了二十五年，雲終於像木棉那樣一絲絲地散落下來了。我張開手臂迎接它；（它）像遠方歸來的遊子，（而）我是那父親。（我）年輕的時候也曾厭倦過山，厭倦過水，厭倦過花草樹木，厭倦過城市和人群」，那麼它就不但不成為詩，而且還多出了許多語病，甚或令人費解。

　　除了詩的分行形成整體的節奏韻律外，詩行內部也存在一種語言的節奏。在過去，我們往往也把它當做是作詩的「技巧」加以運用。其實，從文學史邏輯上講，詩歌節奏與音樂節奏發生於同一個源頭，它們都是原初的生命韻致在文藝實踐領域裡的體現。所不同的只是，當生命進入實踐這一邏輯環節之後，音樂節奏與旋律結合了起來，而詩歌節奏則走向了與語言的融合。正因為此，節奏對於詩歌來說，不是後來附加上去的，而是原初的，是屬於詩歌本身的。詩歌節奏一方面體現在詩句的發音上，押韻是其典型表現，押韻而外，詩句中其他詞語語音上的和聲關係也會形成節奏感；另一方面，節奏更主要體現在詩句的語義方面，比如，徐志摩的〈沙揚娜拉一首──贈日本女郎〉：

> 最是那／一低頭的／溫柔，
> 像一朵／水蓮花／不勝涼風的／嬌羞，
> 道一聲／珍重，／道一聲／珍重，
> 那一聲／珍重裡／有蜜甜的／憂愁──
> 沙揚／娜拉！

　　語音方面的合韻對於這首詩而言並不是最重要的，總體

上，這首詩的節奏是語義化的，也就是說，詩歌中所傳達的「和諧」、「熨帖」的音韻效果來自於詩人在幻覺中與日本女郎的心靈的呼應體驗，缺少了這樣的體驗，單純音韻的「和諧」、「熨帖」也就失去了意義。

### 三、直寫生命韻致

詩歌是對生命韻致的直寫。

由於詩歌是內在生命情感與情緒的噴吐物，因此它在呈現方式上就具有自己獨特的特點。較小說、散文、戲劇而言，它更多地不是通過採用「故事」、「情節」等敘事手段，而是直接面對「語言」，是對「語言」的裸寫。關於這一點可以從三個方面來理解。

第一，詩歌活動在語言中，因而詩歌的本質要通過語言的本質來理解。這就意味著，在詩歌創作活動中，語言並不是被當做某種資料加以運用，而首先是詩歌才使語言成為可能。正如德國的詩人哲學家海德格爾所指出的：「本真的詩絕不是日常語言的某種較高品類；毋寧說日常語言是被遺忘了的因而是精華盡損的詩。」[14]從另一方面講，語言本身就是根本意義上的詩歌，當然，這裡的語言就不是流行意義上用於傳達工具和相互理解的日常語言，而是一種原初的命名。「語言第一次為存在者命名，於是命名把存在者首次攜入語詞，攜入顯現」[15]，這種將存在者帶入存在敞亮空地的語言就是詩歌。詩歌的「命名」令存在者的生命本真朗現。這意味著「詩」揭示、創建和開啟，是「道（言）

---

[14] 海德格爾：《林中路》，孫周興譯，上海譯文出版社1997年版，第58頁，譯文有所改動。
[15] 海德格爾：《林中路》，孫周興譯，上海譯文出版社1997年版，第57頁。

成肉身」的原初方式，因而「詩」之道說具有開端性與創建性。這使得詩歌顯然不同於小說、散文、戲劇等敘事性藝術樣式，它由於是直接憑藉語言的呈現方式，這一點使詩歌也確實在各種藝術方式中高標獨立。

　　第二，詩歌是一場對話。既然是對話就不僅要求能說，而且要求能聽。如果說詩歌是一種本真的言說，那麼言說者就必先領受存在者的存在才能真正言說。這意味著在言說之前要學會聽，詩歌本真的言說乃在於聆聽「存在的無言的聲音」，也就是直接諦聽生命韻致的節拍與律動。於是，在詩歌對生命韻致的直寫活動中，往往感受到的不是詩人自己在說，而是語言本身在說話。蘇聯詩人帕斯捷爾納克就很生動地描繪了這一情形：「在這樣的時刻，決定藝術創作的諸種力量的關係彷彿倒轉了。主導力量不再是藝術家所欲表達的心態，而是他欲以表達心態的語言本身。語言，美和意義的鄉土，自己開始思考，說話……有如急流的河水以自己的流動磨光河底的亂石，轉動磨坊的輪盤，從心中流出的語言，以其自身法則的魅力在它流經的路途上，順便創造出詩格和韻律以及成千上萬種形式和構型，但至今仍未被人們認識、注意和命名。」[16]在詩歌創作活動中，詩人覺得主要的工作不是他自己在完成，而是那個在他之上並支配著他的力量即本真的語言在替他完成。於是，他覺得自己不過是使它進入這種運動的一個緣由和支點罷了。作為詩人的帕斯捷爾納克在這段話中不僅指出詩歌創作能讓從未被說出的東西說話，而且還指認了詩歌是對語言的裸寫。當然要很好地做到這一點，就必須學會聆聽和領受語言自身的言說，從而在回應和諦聽中順便創造出成千上萬

---

[16] 帕斯捷爾納克：《日瓦戈醫生》，藍英年、張秉衡譯，灘江出版社1997年版，第505～506頁。

種形式和構型的詩歌。

　　第三，由於詩歌是對「語言」的裸寫，因此它就不必像小說、散文或戲劇等藝術樣式要借助「故事」、「情節」等敘事手段。雖然詩歌中也可以有「故事」。比如，艾青的《大堰河——我的保姆》裡就有故事。在這首詩中，詩人交代了「我」與我的保姆「大堰河」的關係，交代了「大堰河」的家境和身世，以極為激動的語氣講述了發生在「我」與「大堰河」之間的那些事情。然而另一方面，我們也發現，這首詩真正吸引我們的地方不是它講的「故事」；事實上，那種嬰兒與乳娘之間的故事離今天已經很遠了，已不可能對我們有什麼吸引力了。很顯然，它是通過詩化的敘事語言本身所喚起的情感與韻律來打動和吸引我們。同樣詩歌中也可以有情節。比如，《小木屋搬走了》[17]的敘事便包含了這麼幾個環節：「她」在山中迷路了；一個男人幫助了她；「她」後來又去找那個男人。這是最通常不過的情節，對於絕大多數讀者不會有什麼感染力。真正使《小木屋搬走了》成為一首讓人體味到淒美愛情的好詩的，是詩歌韻律化的文本形態，是段落與段落之間的反差極大的節奏性。顯然，詩歌不看重「故事」，也不以「情節」為主。故事或情節的敘事功能主要傾向於我們世界的客觀方面，它們的作用在於告訴我們客觀生活方面發生了什麼。而詩歌創作的本性在於直截了當地把書寫焦點定在此時此地的生命存在上，盡可能地讓生命的韻致獲得完整的文本體現。

　　因此，所謂「直寫生命韻致」，就是指詩歌對生命本真生存狀態的抒寫，也就是對「語言」的裸寫，這種面對「語言」的

---

[17] 呂貴品組詩《流淚的男人和女人》之一首。

直寫不採用「故事」、「情節」等敘事手段，而是讓語言自己說
話，從而將生命韻致徑直帶入到澄明朗現的「林中空地」。生命
韻致無疑屬於生命的本真形態，在邏輯上，它是先於由明確的意
義運動昭示出來的現實生活的。因而，對直接書寫生命韻致的追
求必然導致對日常語言的某種程度的拒絕。由此可見，詩歌的本
質決定了，在詩歌語言與具有明晰意義的日常詞語之間，存在著
某種緊張關係。

　　這種緊張關係是必然的，但這並不意味著鼓勵詩人全面地
放棄日常語言，更不應該被發揮成某種創作主張。事實上，全面
放棄具有意義明晰性的日常語言也是不可能的，這條路只能將詩
歌創作引向死胡同。在中國現代新詩史上，不少詩人都有過失敗
的例子。象徵主義詩人李金髮，儘管在新詩藝術的現代探索方面
頗多貢獻，但長期以來很難得到廣大讀者的青睞，其中一個重要
原因，就在於不少詩歌作品的語言與現代日常語言距離過大，讀
起來難以理解，缺乏日常語言的韻律和味道。當代新鋒詩歌實驗
中，也有不少語句奇奧難解，既缺乏語義的可理解性，又沒有語
音的和諧美感的失敗之作。實際上，不少新鋒詩人的實驗性作
品，比如，四川整體主義者宋渠、宋煒兩兄弟共同完成的〈大曰
是〉，鐘鳴的〈樹巢〉等作品，主要的意義恐怕只是在於其中體
現出來的實驗性意向，至於在詩歌審美經驗的建構和生成方面，
則連專門的學者也很難說出有什麼具體的貢獻。有興趣的讀者，
不妨自己試著讀一讀這樣的作品，體會一下脫離語言的日常性的實
驗可以成為什麼樣子，寫出怎樣難以索解、亦難以卒讀的文本。

　　我們通常會覺得某一首詩的思想內容是模糊不清的，或者覺
得詩中的某一個詞語的意義可以這樣理解也可以那樣理解，其原因
就在於詩歌是生命韻致的直寫。在對「語言」的裸寫中，本真語言

由於不同於一般流俗意義上具有固定含義的語言，因此使得詩歌的內涵理解起來非常複雜。比如就前面引用的〈我不知道風──〉這首詩而言，整首詩的思想內涵並不清楚明白，我們可以把它理解為愛情詩，說的是一個人感情生活上的遭遇，也可以把它理解成對一個時代的人的心靈生活之不幸的傾訴，詩中詞語如「風」、「夢」、「依洄」、「迷醉」、「甜美」、「光輝」等的意義也是不確定的。這種意義的不確定、不明晰並不是作詩選詞不準確，而是基於詩歌本質特徵的必然結果。事實上，許多詩歌，比如徐志摩的詩都是沒有明晰意義的。從反面來說，在詩歌創作中，如果詩句以及詞語的意義太確定，那麼詩歌文本也會喪失其表現生命韻致的本性，而成為徒有詩歌形貌的一堆敘事文字，例如，林奮儀（香港）寫的下面這首有些格律味道的〈飛天夢〉：

飛天夢，
夢想數千年，
牛女渡河憑鵲翼，
嫦娥奔月賴催眠，
因為缺飛船。

飛天夢，
夢境已成真，
民族英雄楊利偉，
世人景仰太空人，
宇宙報佳音。

這首詩由於採用過於日常化的語言，語詞意義的太確定，

使得生命韻致的表達受到了損害。

在詩歌對「語言」的裸寫創作活動中，也有時會使用那些看似具有最平常意義的語詞。在日常生活中，為了提高彼此交流的效果，我們所使用的詞語作為意義的載體往往都是專門化了的，惟有這樣我們才能把自己的思想比較精確地表達出來。另一方面，每一個詞語都有一個最通常的含義，這個含義是在漫長的歷史過程當中形成的，因而具有最為普遍的有效性和豐富的文化積澱。比較而言，這種葆有最普遍含義的詞語也可接近於生命的本真形態，揀選這樣的詞語入詩也同樣能使詩歌創作敞顯生命的美妙韻致。比如，林庚的〈春天的心〉：

> 春天的心如草的荒蕪
> 隨便的踏出門去
> 美麗的東西到處可以揀起來
> 少女的心情是不能說的
> 天上的雨點常是落下
> 而且不定落在誰的身上
> 路上的行人都打著雨傘
> 車上的邂逅多是不相識的
> 含情的眼睛未必是為著誰
> 潮濕的桃花乃有胭脂的顏色
> 水珠斜打在玻璃車窗上
> 江南的雨天是愛人的

在詩歌創作中揀選具有最平常意義的語詞來表達生命韻致，這首詩做得相當典型。通過了這樣的處理，詩行能夠引領我

們通過最為熟悉的日常語言而去見證生命自我的存在之真。

## 第二節　欣賞即直觀生命韻致

### 一、直觀

　　當我們從某個時候開始「喜歡上」了某一首詩歌時，通常會有這樣的誤解，即以為讀詩的人是經過了一個判斷、比較的過程之後才喜歡上的，這個過程甚至也是相當嚴謹的，包含著概念、判斷、推理等思維活動。對於詩歌以外的其他的敘事文體，這種看法或許還有它一定的道理，比如，就一篇小說而言，讀者的確要經歷一個判斷、比較的過程才能做到喜歡或者不喜歡它。但對於詩歌來說情況卻不是這樣。詩歌欣賞是一種直觀方式，欣賞主體通過欣賞行為達到喜歡或者不喜歡的結果是直接的，是不經過間接的理性判斷的。

　　在詩歌閱讀中，只要細心體會就會發現，對於那些真正感動我們的詩篇，我們是首先喜歡上然後才知道為什麼會喜歡它們。這種先喜歡後尋找理由的情況是閱讀過程中的普遍現象，是每一個詩歌讀者都能夠經驗到的。這種閱讀經驗事實很大程度上說明了詩歌欣賞活動的內在規律──直觀；在知道某一首詩到底好在哪裡之前，亦即早在對詩歌作品的審美價值進行理性判斷之前，欣賞主體就已經直接地與作為欣賞物件的詩歌文本建立了完全合一的審美關係。讓我們一起欣賞詩人余光中的〈鄉愁〉，以便進一步體會「先喜歡後理由」這個經驗性的欣賞規律：

　　　　小時候

鄉愁是一枚小小的郵票
我在這頭
母親在那頭

長大後
鄉愁是一張窄窄的船票
我在這頭
新娘在那頭

後來呵
鄉愁是一方矮矮的墳墓
我在外頭
母親在裡頭

而現在
鄉愁是一灣淺淺的海峽
我在這頭
大陸在那頭

　　這首詩不但整齊，而且這整齊並不僅僅只是某種視覺效果。只要讀上一遍就會發現，詩體視覺方面的整齊與整首詩統一、一貫的節奏感是完美合一的。這種合一是詩行與節奏感必然聯繫的一個體現。這首詩沒有押韻現象（「頭」字的重聲並不是「押韻」），但整首詩卻有很強的韻律感。節奏感的獲得固然與創作過程的選詞成句有關，但更重要的是，韻致的語義化對詩體節奏感的形成起到了關鍵性的作用。詩歌是語言的藝術，其節奏

感是在語言裡面的，是語義化了的。這首詩語義化了的節奏感前後一貫、完整統一，極好地體現了作為詩歌本源的生命韻致。欣賞主體作為現實生命與體現為詩體的生命的同一性決定了審美直觀的必然發生，因而，在知道這首詩主要講了哪些意思之前就喜愛上這首詩是很自然的。

　　所謂審美直觀強調的是一種非強制性、非理性的牽動之下的感覺的自然生成，是審美主體在心靈保持一種自然敞開狀態時與詩歌文本內在韻致的無形契合。通過審美直觀，詩歌內在生命韻致得以整體性呈現。因此，只有在審美直觀活動發生以後，欣賞行為才會進入理論釋義階段。對詩體的審美直觀是鑒賞釋義的先導，關於詩歌的任何評析性活動都是在審美直觀的基礎上發揮出來的。就〈鄉愁〉而言，我們第一眼喜愛上這首詩之後，緊接著便進入一個理論賞析的過程。在這個後發的、釋義性的過程裡，我們喜愛這首詩的理由——一定程度上亦即詩體的審美價值會得到儘量完滿的說明。按照現在流行的欣賞模式，首先關注詩歌的主題思想：鄉愁是人類生活中一種普遍的情緒，而〈鄉愁〉的特別之處在於，由抒寫個人感情方面的愁情到抒寫民族性的思念，這首詩體現了一個個人情愫逐漸昇華的過程；濃縮在這個過程裡的思想內涵極好地反映了近代以來個人與中國歷史變遷之間的悲劇性關係。緊接著關注的是詩歌的形式方面：「它的形式美一表現為結構美，一表現為音樂美。〈鄉愁〉在結構上呈現出寓變化於統一的美。統一，就是相對的均衡、勻稱；段式、句式比較整齊，段與段、句與句之間又比較和諧對稱。變化，就是避免統一走向極端，而追逐那種活潑、流動而生機蓬勃之美」。[18]此

---

[18] 李元洛：《新詩鑒賞辭典》，上海辭書出版社2003年版，第598頁。

外，如果有興趣，還可以就詩體中其他引起注意的方面作些評
析，比如語言的樸實，是否有典型的意象，乃至具有特別意味的
字、詞如詩中的「頭」字，等等。值得注意的是，目前通行的詩
歌欣賞方式從各方面來講都是不可取的。它從內容形式兩方面展
開詩歌欣賞，模式化的弊病太嚴重；它是受到庸俗化的現實主義
文論深刻影響而形成的一種不健康的欣賞方式，平庸乏味，缺乏
對現實生命的必要體悟，缺乏必要的個體主義精神。鑒賞釋義的
過程是對審美直觀的理性發揮，是在生命主體與詩歌文本直接契
合之後產生的超越一切功利關係和現實規則的對藝術的深愛，因
而，只要出於真誠的體會，具體的欣賞方式應該是不拘一格的。

## 二、直觀物件與體驗自我

　　以上我們從「先喜歡後理由」這樣的閱讀經驗事實出發，
對審美直觀的概念作了一般性的闡釋，從中瞭解到審美直觀在欣
賞行為中的一般表現和通常的作用。除此而外，需要再進一步說
明的是，審美直觀裡包含著生命自我的消息。生命自我是對直觀
之所以為「審美」的最終說明。這也就是說，所謂的欣賞是「非
強制性牽動中的感覺的自然生成」，並不意味著將欣賞者置於消
極被動的境地，因為，在讓審美物件自然「進入」我們心靈的同
時，我們其實也在敞開自己的生命感受，直觀物件與直觀自我幾
乎就是在無意識中同時進行的。

　　生命自我是指此時此地的現實生命，亦即欣賞行為中的欣
賞主體。不管是作為欣賞活動起點的審美直觀，還是作為具體的
欣賞活動的理論釋義過程，都是以現實的生命存在為根本依託
的；我們以生命的方式此時此地地存在著，這是任何欣賞活動得
以發生的第一前提。我們能夠欣賞某一首詩歌是因為我們有審美

的能力，我們能夠評析它是因為我們有理論的能力，但實行欣賞
行為的不是我們作為人的某一種「能力」，而是現實的生命存在
整體；當我們欣賞的時候，生命便以欣賞這種精神性活動的方式
存在著。在詩歌欣賞的審美直觀中，作為直觀物件的生命韻致在
現實的意義上正是生命自我的存在方式。詩體化的生命韻致——
體現在詩歌中的生命韻致固然是一種文本形態，然而卻是對現實
生命的一種表達。在欣賞主體與詩歌文本建立直接聯繫的一刹
那，即在審美直觀當中，詩體對現實生命的這種表達獲得了最終
的實現。因而，所謂審美直觀，也是現實生命的自我直觀，是欣
賞主體生命存在以詩歌文本為仲介的自我展現。正是在這個意義
上，欣賞活動中對生命韻致的直觀才是審美的。

　　在詩歌欣賞中，我們會發現，雖然這個世界可以供我們欣
賞的好詩很多，但我們卻並不能對每一首詩歌都獲得同樣深刻的
感受，也不是每一位欣賞者都講述著同樣的閱讀感受；隨著自我
人生體驗的加深，我們對同樣一首詩歌作品的感受也會變得不同
起來。這都說明了自我生命體驗之於審美直觀的重要性。例如，
當代詩人傅天琳的〈七層塔頂的黃桷樹〉：

　　　七層塔頂的黃桷樹
　　　像一件高高晾著的衣衫
　　　曠野
　　　拖著它寂寞的影子

　　　許是鳥兒口中
　　　偶爾失落的一粒籽核
　　　不偏不倚

在磚與灰漿的夾縫裡
萌發了永恆的災難

（略一節）

它盼望什麼呢？我不知道
猶如我不知道
它搖曳的枝葉
是掙扎，還是舞蹈
是的，它活得多彆扭
但絕不會死去

它在不斷延伸的歲月
把孤獨者並不孤獨的宣言
寫在天空

　　在一位天真爛漫的孩子眼中，黃桷樹就是一棵黃桷樹，它那奇形怪狀的枝幹所喚起的可能也就是童年嬉戲的記憶。然而，對於一位歷經人生風雨的閱讀者來說，這樣的姿態或許就會引發他對生命艱辛的諸多聯想，當他看到這樣的黃桷樹，讀到詩人如此這般的描述，審美物件的生存方式會與他自身的生命體驗同時呈現。所以，即便是漫不經心的閱讀也不會影響這首詩深刻的吸引力。我們的心靈會不自覺地為這首詩的巨大的衝擊力所統攝，詩中蘊含著的對於生存的好奇、對生命苦難的敏感和與黃桷樹一樣的強烈求生意志具有極強的感染效果。在對黃桷樹的生存姿態的「直觀」中，我們達到了「反觀」自我生命形式的目的。「直

觀」的意義依託於「反觀」，而「反觀」的基礎則在「直觀」的
感受。

# 第二章　詩歌欣賞的心理流程：應和與感動

　　詩歌欣賞，體現為一種豐富、複雜的心理過程，熟悉和瞭解這一過程，將深化我們對欣賞的自覺認識，最終有助於欣賞能力的提高。從心理角度來看，詩歌欣賞包括了應和、感動與克服等過程，下面我們分別探討。

## 第一節　應和：愉悅與協暢

### 一、什麼是應和

　　應和就是欣賞者（主體）與被欣賞物件（客體）在精神上形成了共鳴，或者說，欣賞者自己的某種精神需要在欣賞物件（詩歌作品）當中得到了順利的實現。

　　美學家告訴我們，審美物件的身上存在著一種基本特質，它有若胎兒在母腹中的躁動那樣，使我們激動起來，並且以一種特殊的方式喚起我們「尋求滿足的急切欲望」。例如，大自然美麗景色就對我們構成了一種特殊的價值，這種價值顯然不是由冷漠的判斷來評價的，而是我們直接感受到的，它使我們產生一種新的強烈情緒，這種激動的情緒變成了一種對客體（美麗景色）的審美特質的「愛」，它不可抗拒地佔據了我們的心身，進而真的成了一種快感和愉悅，一陣「沉醉」——就好像沉醉於濃郁的花香一樣。

　　現在我們關心的問題是：審美體驗狀態中為何會湧現出愉悅與快感的激動情緒？這種情緒發生的心理機制是什麼？根據格式塔心理學的解釋，審美快感就來源於審美物件與大腦皮層在力

的結構上的一致，也就是來源於內外生命力的應和。在格式塔心
理學的代表人物美國學者阿恩海姆（Rudolf Arnheim）看來，藝
術的本質歸根結底是一種力的表現，而這種力本身又體現了外部
世界和內部世界的本質。同時，這內外兩種力都服從共同的組織
規律，這就導致藝術作品與大腦皮層的某些區域產生同構，即藝
術品中存在的力的結構可以在大腦皮層中找到生理力的心理對應
物。藝術品的力的結構與人類情感的結構之間的同構性是藝術之
所以具有審美表現性的最終原因，而審美欣賞使藝術品的力的結
構與主體情感結構的一致性得到具體實現。在審美欣賞中，欣賞
者的神經系統並沒有把藝術品的主要樣式原原本本地複製出來，
而是在他的神經系統中喚起了一種與它的力的結構相同形的力的
式樣，內外兩種力的彼此對應與激盪，使得「觀賞者處於一種激
動的參與狀態」，[19]從而獲得一種審美的快感和愉悅。

## 二、應和的幾種形式

具體到現代詩歌的欣賞過程之中，這種內外生命力的應和
大致可分為三種情況：即人生經驗的映證和確認，人生情緒的契
合，以及生命韻律的共振和協暢。

第一種應和主要來自於欣賞者自我人生經驗在詩歌文本中
得到映證和確認，從而獲得情感上的滿足與愉悅。也就是說，讀
者的「經驗期待視野」含有與詩歌文本相同或相似的思想見解與
情感體驗，從而獲得映證的快感與共鳴。德國哲學家黑格爾曾指
出，「詩所特有的內容」重點「不在當前的物件」，而是在「發

---

[19] 阿恩海姆：《藝術與視知覺》，滕守堯、朱疆源譯，中國社會科學出版
社1984年版，第630～631頁。

生情感的靈魂」所具有「精神方面的旨趣的東西」。[20]因此，在
這種詩歌欣賞的應和狀態中，情感體驗是其核心。我們知道，所
謂情感，是人對客觀事物或自身狀況所採取的一種受制於個體需
要、社會閱歷和人生觀念的態度，而這種態度又必須能引起他以
某種生理感覺為特徵的體驗。由此看來，情感是一種具有複雜而
穩定的社會內容與人生經驗的態度體驗。因此，凡是那些為使情
感得以充分傳達的現代詩歌，就主要偏重於對社會人生經驗的感
悟以及對事物本質的洞察。相應地，發生在這些詩歌欣賞過程中
出現的應和也就主要來自於讀者自身的人生感悟與文本中所傳達
的社會人生經驗之間的「同構」。為了從感性層面體認這些詩歌
欣賞中所發生的應和，不妨來閱讀下面這樣一首詩：

> 好像一根
> 被遺棄的竹笛
> 當山風吹來的時候
> 它會嗚嗚地哭泣
>
> 又像一束星光
> 閃耀在雲層的深處
> 可在它的眼裡
> 卻含有悲哀的氣息
>
> 其實它更像
> 一團白色的霧靄

---

[20] 黑格爾：《美學》第3卷（下冊），朱光潛譯，商務印書館1995年版，第
192頁。

沿著山崗慢慢地離去
沒有一點聲音
但彌漫著回憶

　　這首詩歌的標題是〈失去的傳統〉，作者為生於四川涼山自治州的吉狄馬加。從整個詩歌文本所傳達的思想意蘊來看，它以非常悲愁的曲調吟唱了一曲對即將逝去的傳統的憂心挽歌。當現代文明的強大衝擊波波及到大涼山的腹地的時候，當綿延千年的彝族傳統文化受到巨大震盪與搖撼的時候，作為具有強烈的種族認同感和歸屬感的詩人所產生的「靈魂陣痛」確乎是難以估量的。因此，吉狄馬加要用詩性的語言將這種「靈魂陣痛」的掙扎與呼喊傳達出來：「我寫詩，是因為在現代文明和古老傳統的反差中，我們靈魂的陣痛是任何一個所謂文明人永遠無法體會得到的。我們的父輩常常陷入一種從未有過的迷惘中。」（〈一種聲音〉）在詩人焦慮的眼神裡，民族文化的氣脈，一如「白色的霧靄」，「慢慢地離去，沒有一點聲音」，又如一根當山風吹來時嗚嗚哭泣的「竹笛」，或者像閃耀在雲層深處眼裡含有悲哀氣息的「一束星光」。在這裡，詩人用慢慢飄散離去的「霧靄」，嗚嗚哭泣的「竹笛」和那含有悲哀氣息的「星光」比擬即將「失去的傳統」，很顯然，從格式塔心理學的角度來看這些意象之間具有相當的「同構性」，因此，能夠在讀者心靈深處喚起一種哀婉悲戚的情感體驗。

　　於是詩人像那個「站在山崗上」的孩子，「雙手舉著被剪斷的臍帶／充滿著憂傷」（〈一支遷徙的部落──夢見我的祖先〉）。被剪斷的臍帶，聯繫著生，也維繫著死；意味著民族生命脈息的繁衍或寂滅，也意味著民族傳統的賡續或中斷。

「媽媽，你能告訴我嗎？／我失去的口弦是否還能找到」（〈追念〉）。這詰問，源自於詩人對於土著民族文化傳統的斷裂和消逝的深切憂慮，他曾經異常冷靜地將自己的這種憂心明白形諸於文字：「面對這個世界，面對瞬息即逝的時間，我清楚地意識到，彝人的文化正經歷著最嚴峻的考驗。在多種文化碰撞和衝突中，我擔心有一天我們的傳統將離我們遠去，我們應有的對價值的判斷，也將會變得越來越模糊。」[21]對於神人支呷阿魯的生活在20世紀末期的後裔，吉狄馬加不能不面對全球化浪潮所引發的強烈的衝擊波，不能不正視自己傳統文化與現代文明的齟齬與衝突。可以說，吉狄馬加的上述詩歌文本完成了他作為一個彝族人對自己民族文化休戚的道義擔當。

　　同樣地，處於全球化浪潮裏挾下的各種民族文化，尤其是那些處於弱勢邊緣位置的土著文化也面臨著與彝族文化幾乎相同的遭遇與命運。吉狄馬加作為民族文化心理——情感的表現者，其價值就不會僅限於詩人自身，因為引發他個體詩性衝動的，不是自發的生存狀態和刷新欲望，而往往來自於本民族文化在現代文明夾擊下棄舊圖新的內心籲求與催發。這樣一來，吉狄馬加的詩歌就不僅僅是「一種種族的觸角」（艾茲拉·龐德），甚至超越了本民族文化的固有視野而獲得了廣泛的世界性。〈失去的傳統〉文本內在的深層情感結構顯然與那些處於弱勢邊緣位置的土著文化的讀者之間存在著「力」的對應與契合。如此這般，我們就不難理解，為什麼吉狄馬加那奔湧著彝族血液的詩行不只是迴盪在涼山的氤氳霧靄之中，而是飄盪在世界遼闊的詩美空間，他的名字也踏上了義大利、英國、法國等異邦的土地。因此，凡是

---

21　《吉狄馬加詩選》，四川文藝出版社1992年版。

那些身處本民族的傳統文化受到來自占霸權地位的文化衝擊與擠壓的讀者，就無疑會被吉狄馬加〈失去的傳統〉這樣的詩歌所吸引與震撼，在詩歌文本所渲染的哀婉與憂戚的氛圍中達到情感的共鳴。因為他們的處身經驗與文本所傳達出的社會文化意蘊是如此相似，如此「同構」，於是在社會人生經驗的映證快感與確認中，欣賞者無疑獲得了情感上的共鳴與滿足。

雖然現代詩歌要傳達自我的人生經驗，但這種詩性經驗並不像小說、散文那樣具有較完整的形態，同時，由於現代詩歌是與現代工業文明辯證對抗的產物，因而較傳統詩歌而言，它主要以抒寫內在生命的情感，尤其是情緒為核心，也就是主要對內在生命韻致的直寫。這樣一來，使得現代詩歌欣賞中的應和不再像傳統詩歌那樣，主要來自欣賞者自我人生經驗在詩歌文本中得到映證的快感，而是取決於兩者在情緒上是否契合與和諧。

三、應和的效果

詩歌欣賞中的應和效果可以分為兩種：激情型與心境型。

當社會處於大變動的時代，往往也就是時代精神激揚噴發的時代。詩歌作為感應時代精神最為敏銳的神經，就會迅速地發出自己深情的呼喊。郭沫若就是這樣一位被「五四」烈焰烘烤常常不能自製而吼叫的激情詩人。他自述道：「我回顧我所走過了的半生行路，都是一任我自己的衝動在那裡賓士，我便作起詩來也任我一己的衝動在那裡跳躍。」[22]因此，他曾以〈天狗〉、《日出》、《湘累》、《立在地球邊上放號》、《鳳凰涅槃》、《新生》等詩篇抒寫了自我生命掙脫傳統韁繩束縛後的自由激

---

[22] 《沫若文集》第10卷，人民文學出版社1957年版，第105～106頁。

情，塑造了一個個打倒偶像、崇尚創造和意志自由的「我」。他假借《湘累》裡屈原的口說：「我效法造化底精神，我自由創造，自由地表現自己。」於是，客觀世界成為了「我」創造、吞噬和鞭策的物件，同時也是「我」的精神的外化：「我創造尊嚴的山嶽、宏偉的海洋，我創造日月星辰，我馳騁風雲雷雨，我萃之雖僅限於我一身，放之則可氾濫於宇宙。」「我有血總要流，有火總要噴，不論在任何方面，我都想馳騁！」至於〈天狗〉中塑造的「我」就不僅只創造與馳騁，而且「我把月來吞了，／我把日來吞了，／我把一切的星球來吞了，／我把全宇宙來吞了。」〈立在地球邊上放號〉把這種奔突不息極富動與力的情緒體驗非常有力地傳達出來：「無限的太平洋提起他全身的力量來要把地球推倒。／啊啊！我眼前來了滾滾的洪濤喲！／啊啊！不斷的毀壞，不斷的創造，不斷的努力喲！」這種對動與力的情緒體驗也同樣存在於〈新生〉中：通過一列賓士在春陽朗照的綠野上的火車，詩人宣洩了心頭湧動著的豪情：「地球大大地／呼吸著朝氣」，「飛……飛……飛……／飛跑！／飛跑！／飛跑！／好！好！好！」這些語句中不難見出詩人當年面對此類情景時幾近語塞的激動與莫名亢奮，這種具有無限包容性的混沌情緒逼迫詩人只得採取直接呼喊的表達方式。郭沫若的《女神》世界是一個空前自由的審美天地，在這裡，人的一切複雜交織的情緒都被引發迸射出來，作無拘無束的、真實的、自然的表現。這種無所顧忌地對人性「放恣」狀態的抒寫和個性的真實袒露，對於長期習慣於壓抑自己的情感、心靈不自由的許多中國人，尤其是呼籲個性解放的五四時期的讀者來說，無疑具有令人神往的無窮魅力。田漢肯定是由於被《女神》中流溢出來的激動昂揚情緒所傾倒才這樣深情地對郭沫若訴說：「你的詩首首都是你的血，

你的淚，你的自敘傳，你的懺悔錄呵，我愛讀你這樣的純真的詩」。[23]五四時期的很多讀者像田漢一樣深深地被《女神》自由恣肆的世界所打動，在個性解放籲求的同氣相求中無疑達成了同聲相應，這使得《女神》成為了那個激情噴發時代的鮮明標識。在《女神》這樣自由恣肆的詩歌文本中，我們事實上無法尋找到一種像〈失去的傳統〉詩歌中那樣明確的主旨或確定的「意義」旨向，而只能觸摸到文本中迸射出來的生命激情和亢奮莫名的情緒。很顯然，這種應和效果的達成就不再是欣賞者自我人生經驗在詩歌文本中得到映證和確認，而是自我生命激情與文本的內在情緒達到高度一致的契合，從而獲得和諧的愉悅和歡暢。

詩歌欣賞中的情緒應和除了激情型外，還有心境型。如果說激情型主要來自於詩歌文本中爆發性的、短暫而較單向的情緒與欣賞者生命情緒之間的契合，那麼，心境型則是詩歌文本中平穩的、持久而彌散的情緒與鑒賞者生命情緒之間的和諧律動。當一個人處於某種心境中，他往往會以同樣的情緒來浸染一切事物，此所謂以我觀物，皆著我之色彩。中國現代詩歌中以表現流連光景的感傷，漂泊人生的意緒，以及眷戀土地等方面的心境最為頻繁和突出。在這些將情緒體驗心境化的現代詩人中，何其芳無疑是個中佼佼者，尤其是他對歲月流逝、青春易盡的感傷心境的抒寫。我們現在關心的是，他此類詩歌為什麼會激起欣賞者在心境上如此強烈的應和，以至於今天的讀者仍然為其詩歌所渲染的情緒所著迷，譬如他創作於20世紀30年代的〈休洗紅〉：

　　寂寞的砧聲散漫寒塘，

---

[23] 郭沫若、宗白華、田壽昌（田漢）：《三葉集》，上海書店1982年版，第79頁。

澄清的古波如被搗而輕顫。
我慵慵的手臂欲垂下了。
能從這金碧裡拾起什麼呢？

春的蹤跡，歡笑的影子，
在羅衣的變色裡無聲偷逝。
頻浣洗於日光與風雨，
粉紅的夢不一樣淺褪嗎？

我杵我石，冷的秋光來了。
它的足濯在冰樣的水裡。
而又踐履著板橋上的白霜。
我的影子照得打寒噤了。

　　閱讀完這首詩，我們心中喚起的肯定不再是欣賞《女神》那樣的激情，而是被個中的清冷而沉思的意境所感染，或許還夾雜著些許凝想、歡息與悵惘，尤其對於那些咀嚼了失去愛情苦痛的欣賞者來說，無疑還會在他們心中激起層層漣漪。整個詩歌讀來散發著一種平穩的、持久而彌散的悵惘情緒，這種情緒雖然是通過一個浣衣的少女即詩裡的「我」來進行抒寫，但它顯然是詩人心象的外化，自我人生經驗的一種象徵性表達。我們不妨來細細品嘗個中的心境意緒，看看它是怎樣讓我們追憶起曾經歡樂的過往，又激起我們今朝幾多的歡息與感慨？

　　詩的前兩行描畫的是一幅清冷而寂寞的秋景。在一個寂寞的散滿了砧聲的寒塘邊，清澈而古老的水波，由秋風吹拂而顫動起輕輕的漣漪。這裡「如被搗而輕顫」的古波意象既是寫景也是

寫情，因而是心境的一種客觀呈現。不過，詩到了第三行才出現抒情主體：「我慵慵的手臂欲垂下了」，浣衣者或許是擣衣已很久了，已有一種疲倦慵懶的感覺；或許是在單調的擣衣中突然有所醒悟，再也無法集中注意手中的勞什而欲垂下自己慵懶的手臂了。「能從這金碧裡拾起什麼呢？」這句顯然蘊含著浣衣者的了然所悟。聯繫到後文，這裡的「金碧」可以說是寒塘夕照的古波，是羅衫褪色染紅的秋水，或許還是對過往的愛的溫暖追憶。雖然我們無法確認其真正的所指，但不管怎樣，這一個朦朧的問句中暗示了一種失落美好情感之後無法追回的悵惘之情。在接下來的一節裡，抒情主體不正是感歎春的蹤跡已消逝漸遠，歡樂的日子不再了嗎？詩中的「羅衣」意象顯然象徵主人公過去美好的愛情。但隨著時光的「偷逝」，粉紅的羅衫幾經頻洗已變色了。很顯然，主人公由春光與歡樂隨浣衣的褪色，聯想到自己逝去的愛情，於是便不無感傷地發問：「頻浣洗於日光與風雨，／粉紅的夢不一樣淺褪嗎？」惋惜羅衣的褪色只是一種象徵而已，過去美好愛情隨時光而消失，才是詩人真正的哀歎，這歎息顯然浸透著幾多無奈和悵惘。

在一段凝思悟想中清醒過來，詩人把情景又拉回到眼前秋寒的現實。「我」仍在孤獨地杵石擣衣，任冷的秋光襲來。「我杵我石」，詩句中有倔強，更充滿著哀歎與無奈。因為冷的秋光的腳步是如此不可阻擋，個中還夾雜著幾分殘酷：「它的足濯在冰樣的水裡。／而又踐履著板橋上的白霜」，以至在這樣蕭瑟的氛圍中，寒塘中「我的影子」也「照得打寒噤了。」

這首詩將浣衣女內心失望的情緒外化為秋天寂寞的寒塘，營造出一個清冷而沉思的意境。寂寞的寒塘，冷然的砧聲，澄清的古波，冰冷的秋水，板橋的白霜，和主人公內心的寂寞感、失

落感及寒冷的感覺融合成了一幅令人顫慄又充滿著憂傷冷色調的
圖畫。因此，如果要通達這首詩所敞顯的美妙世界，對欣賞者來
說，就不需要像欣賞〈失去的傳統〉那樣主要憑藉一種人生社會
經驗，或者像閱讀《女神》那樣光靠一種亢奮莫名的激情，而是
要全身心地浸潤其中，觸摸與玩味詩行縫隙間所彌漫開來的悵惘
情緒，只有這樣，才能喚起自己心靈深處的層層漣漪，從而在詩
歌文本平穩、持久而彌散的情緒與自身生命情緒之間的和諧律動
中獲得愉悅和歡暢。

　　不管是依靠人生經驗映證和確認的情感應和，還是仰賴詩
歌文本平穩、持久而彌散的情緒與自身生命情緒之間和諧律動的
情緒應和，都是從詩質方面進行考察。現在，我們要從詩歌形式
即節奏、押韻及聲調上（主要分析最為核心的節奏）對應和發生
的心理進行另一番探討。

　　如前所述，現代詩歌往往不假借小說、散文中常用的敘事
手段，即「故事」、「情節」等，而是一種語言的「裸寫」，因
而常表現為一種有著自己「旋轉中心」的韻律性存在。這種韻律
性存在樣式在形式上的典型表現就是詩歌的節奏。另外，由於現
代白話文詩歌不再像成熟的傳統詩歌那樣遵守嚴格規範的格律，
而是追求生命情緒內在節奏的自然律動，因此，現代自由體詩歌
在審美形式上的應和就不再來自於外在音節的對稱和勻齊，而是
來自於生命韻律與文本內在節奏之間的自由共振與協暢。

　　節奏是情緒流動的一種規律性表現。[24]郭沫若在《論節奏》
中說：「我們在情緒的氛圍中的時候，聲音是要戰慄的，身體是
要搖動的，觀念是要推移的。由聲音的戰慄，演化為音樂；由身

---

[24]　這裡的情緒不是狹義上的相對於情感而言的，而是廣義上的包括情感在內。

體的搖動，演化為舞蹈；由觀念的推移，表現為詩歌。所以這三者，都以節奏為其生命。」由此看來，情緒外在表現特徵不同會產生不同的節奏特徵：聲音表情會出現音樂的節奏，而觀念的推移則會出現詩的節奏。音樂與詩所用的媒介有一部分相同，那就是聲音。因此，音樂與詩具有內在的血緣關係，「抒情詩的真諦在利用音律的反復引我們深入一個夢幻之境」。[25]如果說在審美形式上，傳統的格律詩主要追求外在語言所體現的聲韻節奏，即致力於節奏的匀齊、有規律的押韻及聲調的和諧，那麼，現代自由體詩歌的情調則更多仰賴於生命內在韻律的自然律動，這樣一來，現代自由詩則在節奏、押韻及聲調的處理上表現出了較多的隨意性、自由性。這就使現代詩歌往往排除了任何模式的牽制，讓不同長度的詩行有自己的主動權，憑主體情緒起伏的內在要求進行隨意化的組合。由詩行主動組合而成的詩節總是長短不一的，從表面上看它不再像傳統格律詩那樣受到嚴格的規範制約，一般來講，節奏、押韻的有規律性和聲調的和諧都不是它必然遵守的準則，但實際上真正優秀的現代自由詩總會潛在地遵守詩行節奏表現規律，也就是說，現代詩歌中的詩行節奏具有與抒情主體情緒內在高度的同構性。這種「同構性」不再來自以平仄為標識的音頓節奏的協暢，而來自於以音節的抑揚與生命情緒的起伏的契合。[26]再看昌耀的〈這是赭黃色的土地〉：

　　這土地是赭黃色的。

[25] 成仿吾：《詩之防禦戰》，見《創造週報》第1號。
[26] 關於現代詩歌音韻問題的論析，可參看李怡《中國現代新詩與古典詩歌傳統》，西南師範大學出版社1999年版，第三章相關內容。

　　有如它的享有者那樣成熟的
　　玉蜀黍般光亮的膚色，
　　這土地是赭黃色的。

　　不錯，這是赭黃色的土地，
　　有如象牙般的堅實、緻密和華貴，
　　經受得了最沉重的愛情的磨礪。

　　……這是象牙般可雕的
　　土地啊！

　　這是當年被流放於大西北的昌耀對於那塊荒曠、粗悍具有風霜感的土地所吟唱的一支戀歌，顯然抒情主體心目中交織著對洪荒的粗礪土地的悲劇感和紮根於強蠻原生力的決絕的信念。對餵養了他的生命的大地既感受生的荒涼又體驗著力的倔悍的複雜心境使昌耀的內在情緒顯示為低抑與昂揚交替的節奏特徵，而這很顯然也在詩節組合的形式上呈現出來：第一節只有一個二頓體詩行──由兩個四字音組組成，二頓體詩行是次輕緩或「次揚」的節奏特徵，但由於是以兩個重急的四字音組組成，「次揚」也不免帶有一點沉鬱感。第二節由六個詩行組成，前三行是一個四頓體加兩個三頓體，是對第一節「次揚」的詩節節奏的承續回應，已顯出「次抑」的節奏特徵，而後三行三個五頓體，是「抑」，所以這一節總體是「抑」的節奏感。第三節由一個三頓體詩行和一個一頓體詩行組合，作為對第二節總體「抑」的節奏感的過渡性回應，三頓體詩行「這是象牙般可雕的」延續為「次揚」，但隨即與一個一頓體詩行「土地啊」組接，則使這一節總

體獲得了「揚」的節奏感。於是，整個詩讀來具有一種「揚—抑—揚」的內在節奏流動和旋律化進程。[27]很明顯，由於先抑後揚有一種興奮人的節奏效應，這就和昌耀對生命的土地潛在的原生力更其信賴的情緒流向相應和。從詩行的表面上看，全首詩節與節一點不勻稱，參差得很厲害，但由於篇章節奏的形式安排是按照主體情緒起伏的內在要求進行隨意化的組合，因而獲得了內在情緒流勢外現的真實。欣賞者無疑也會隨著這種內在情緒流勢外現的審美形式而觸摸到自我內心低抑與昂揚交替的生命顫動，在自我生命韻律與詩歌文本的內在節奏的自由共振與協暢中獲得閱讀的歡暢和審美的快感。

## 第二節　感動：自我生命躍升

### 一、什麼是感動

　　現代詩歌欣賞中應和來源於詩歌文本結構與欣賞者的內部精神的親和性，它們彼此對應合二為一，從而創造了詩歌文本與接受主體的心靈同一狀態。事實上，在詩歌欣賞過程中還會出現這樣的情況，即在心靈應和與共鳴之後出現整體「提升」狀態，也就是欣賞者進入到比應和與共鳴更為闊大的情感、情緒空間，我們把這種審美心理狀態稱為感動。如果說應和的達成主要來自於欣賞者原有人生經驗的映證和確認，或者人生慣有情緒節奏的契合，那麼，感動的心理緣由則主要來自於詩歌文本拓展了讀者的生存經驗或擴大了其情緒空間的疆域，從而使得欣賞者進入到一種前所未有的審美自由境界。因而，從某種意義上可以說，感

---

[27] 駱寒超：《20世紀新詩綜論》，學林出版社2001年版，第701～702頁。

動是在應和創造的心靈同一狀態基礎上的整體性提升，是對同一
性狀態的突破。在共鳴與應和中，欣賞主體既有的情感經驗和心
理結構狀態，在欣賞過程中得到的是進一步的肯定和強化。而在
感動中，受作品所表現的情感經驗的衝擊與震驚，欣賞主體往往
要突破既有的情感經驗和心理結構狀態，才能進入並真正領悟情
感經驗作品的內蘊，因此，欣賞的過程體現為欣賞者不斷調整自
己既有的心理結構狀態，重新組織情感經驗的動態過程，其結果
是欣賞者的生命狀態因此而得到了整體性的提升與超越。總的看
來，古典詩歌的欣賞活動比較注重共鳴與應和的一面，而現代詩
歌追求的是創造新奇的境界、表現獨特的情感經驗，相應的欣賞
活動因此也比較注重感動和震驚的一面。穆旦的〈五月〉，在古
典與現代兩種形式的尖銳對比中，為我們觀察欣賞主體如何在感
動中突破自身的情感經驗範圍和心理結構狀態提供了一個恰當的
例子，這裡僅選其中的第一、第二兩節：

　　五月裡來菜花香
　　布穀流連催人忙
　　萬物滋長天明媚
　　浪子遠遊思家鄉

　　勃朗寧，毛瑟，三號手提式，
　　或是爆進人肉去的左輪，
　　它們能給我絕望後的快樂，
　　對著漆黑的槍口，你就會看見
　　從歷史的扭轉的彈道裡，
　　我是得到了二次的誕生。

　　無盡的陰謀；生產的痛楚是你們的，

　　是你們教了我魯迅的雜文。

　　在這兩節詩中，詩人有意識地把古典和現代兩個不同的生存世界並置在一起以造成尖銳的對比，突破我們習慣了的形式所喚起的欣賞期待，迫使我們以一種驚奇的眼光來看待作品。第一節所表現的是和諧的古典世界，這個世界中的一切都是我們所熟悉的，它喚起的是一種程式化了的反應，我們既有的情感經驗和心理結構狀態幾乎自動地就在其中找到了相應的位置，不需要什麼特別的反思過程。但第二節就不一樣了。這裡的一切都是第一次出現的個人經驗，與活生生的現實生存狀況糾纏在一起，帶著令人震驚的現代氣息。欣賞這樣的作品，我們無法借鑒任何已有的模式來把作品提供的審美經驗同一化，而只能從我們直接的閱讀感受和體驗出發，跟著作品的內在結構和詩人的體驗意向，進入詩人為我們創造出來的新的審美世界之中。這種情形，就是我們所說的感動的開始。詩人在〈五月〉這首詩中表現的是一個突破了我們的常識和習慣性思想方式的審美世界。諸如「絕望後的快樂」，「第二次的誕生」等詩行，都需要我們放棄自己的常識和思考問題的慣性，重新以一種新的眼光來看待詩人所展示給我們的審美經驗，才能進入和欣賞作品。簡單說來，詩人在這裡乃是站在兩個相互衝突的世界的邊緣，一方面體驗著對即將死亡的世界的絕望，一方面又在這種絕望之中感受著進入新生世界的快樂，而這兩個世界之間的衝突，在詩人的自我意識中體現為分裂的兩個主體之間的相互爭鬥和糾纏。我們必須分別進入兩個不同的世界，在清理詩中兩股相互衝突的情感支流的起源的基礎上，辨析兩者之間的衝突，進而才能體驗詩人是如何把兩種相互衝突

的情感經驗熔鑄為一個充滿了張力的審美世界，才能欣賞新生與死亡、絕望和快樂糾纏在一起的警奇。

看得出來，〈五月〉中的兩個世界並置所產生的震驚，相互衝突、相互對抗的情感和意向紐結在同一個詩行之中的奇崛，從根本上說都來自於一種無法獲得平衡與和諧的生命體驗中所包含著的內在衝突。一股隱藏著的生命力，急切地向上掙扎突進，任何力量都無法阻擋它的漫溢與伸張，也無法使之平靜下來。閱讀這樣的作品，彷彿這股無形的生命力也突進和伸展到了我們的身體之中，衝撞著我們，使我們的生命也急切地要求突破、要求伸張、要求擴展自身的存在形態和生命強度。這種能使精神激蕩的心理動因顯然不再只是前面所說的內外生命「力」的彼此應和，而是來自於詩歌中濃縮的獨特人生體驗拓展了讀者的生存感受，我們的生命在感動中以全新的姿態敞開自身，進入到了一個超脫塵世、無比純潔的境界。

這種在閱讀過程中因為作品的審美世界的震驚和衝擊而使得我們的生命境界得到提升和超越的心理過程，就是我們所說的感動。在某種意義上，可以說感動乃是我們欣賞現代新詩的一種主導性的心理過程，而優秀的新詩作品，也往往是能夠穿透日常生活中的慣性和常識，給我們帶來全新的審美經驗的作品。

欣賞過程中感動狀態的達成除了來自詩歌文本拓展了讀者的生存經驗外，還有來自於文本擴大了欣賞者的情緒空間。在此自我生命感動過程中，讀者由於受到詩歌作品所渲染情緒的感召或震撼，暫時忘卻了世俗的困擾和人生的煩惱，從而使壓抑的某種心頭鬱結得以紓解，畸變的心態得以矯正，扭曲的人格變得聖潔與純正。像艾青寫於獄中的〈搏動〉就具有這樣的效果，全詩如下：

　　　　心的搏動，能衡量
　　　　這病的搏動麼？

　　　　都市的，夜的光之海，
　　　　常給我乙太重的積壓；

　　　　積壓的縱或不是都市的
　　　　繁雜的音色也吧；
　　　　積壓的而是回想的
　　　　音色的都市也吧！

　　　　但是，心的搏動果能
　　　　衡量我這病的搏動麼？

　　讀者禁不住被抒情主體反復提出的問題所打動、共鳴，以致發出同樣的呼聲：「心的搏動能衡量這病的搏動麼？」在這種應和、複遝的旋律節拍中獲得生命情緒的顫動。事實上，全詩傳達的是一個青年詩人內心痛苦與憂患的情愫。從詩的構思方式來看，它採用的是循環式結構，起句與結句重複，中間三句是析解「心的搏動」無法衡量「病的搏動」的原因，從起句展開到結束，構成了一個封閉的整體。另一方面，雖然中間三句是在析解「心的搏動」無法衡量「病的搏動」的原因，但抒情主體實際上並沒有將原因具體化，也就是沒有說明「病的搏動」的內涵，因而無疑擴大了它的聯想效應和朦朧感。正是由於這兩個方面，使得詩歌沒有一個穩定明確的「意義」旨向，於是，無論是「都市的夜的光之海」，還是現實的或回想中的「都市的繁雜的音

色」，帶給這年輕人心的，都不是生命的歡樂與希望，而是心理上沉重的「積壓」。抒情主體由這「太重的積壓」引起內心的憤怒與創痛，是無法以有形的「心的搏動」來衡量的，痛苦之深由此可見一斑。全詩傳達出現代人的焦慮、痛苦與心理騷動，一種比心的搏動更深沉、更博大的憂患情緒，一種莫可名狀的現代生命情緒！

## 二、智慧的獲得也是一種感動

　　詩歌欣賞中除了情感和情緒的感動外，還有一種智慧的感動，這種自我生命的感動主要來自於智慧型詩歌世界的激發，相應地，前面的情感和情緒的感動則主要來自於情韻型詩歌世界的觸發。一般來說，主體對情韻型詩歌世界的追求偏於現象直觀而得的感興，這感興往往具現為知覺情感或情緒聯想的審美意象，而主體對智慧型詩歌世界的追求則偏向於現象領會而得的靈思，這靈思憑藉感知活動誘導的情理而導向直覺頓悟的審美體認。[28]我們知道，欣賞情韻型詩歌而獲得的感動更多的是來自於詩歌文本對讀者生存經驗的拓展或情緒空間的擴大，而閱讀智慧型詩歌而獲得的生命感動就不一樣，它在自我生命感動中所獲得的是一種不同於理性抽象力的詩性智慧。維柯（Vico）在《新科學》中指出，這種詩性智慧的產生要靠感覺力與想像力。因此這種智慧型詩歌中的知性並不是邏輯推理式的純粹的理性，而是具有情性的基礎，又和理性有著血緣關係。這也就意味著詩的智慧乃是一種感覺到的、想像出來的、從一層濃濃的情緒氛圍中感發頓悟的「靈思」。在詩歌欣賞中，它顯現為一種突然瞥見的「光」感。

---

[28] 參見駱寒超：《20世紀新詩綜論》，學林出版社2001年版，第391頁。

顯然，這種智慧的感動，不是哲學上的論證與說服，而是自我內在理性能量的釋放。不妨來讀讀鄭敏〈金黃的稻束〉這樣純粹的知性美的傑作：

金黃的稻束站在
割過的秋天的田裡，
想起無數個疲倦的母親
黃昏路上我看見那皺了的美麗的臉
收穫日的滿月在
高聳的樹巔上
暮色裡，遠山是
圍著我們的心邊
沒有一個雕像能比這更靜默。
肩荷著那偉大的疲倦，你們
在這伸向遠遠的一片
秋天的田裡低首沉思
靜默。靜默。歷史也不過是
腳下流去的小河
而你們，站在那兒，
將成為人類的一個思想。

這首詩是對晚秋收割後的一垛垛「金黃的稻束」的如實直觀，在直觀中發生了一種形象性很強的「類似聯想」：「想起無數個疲倦的母親」。由「金黃的稻束」轉向為黃昏路上無數個「疲倦的母親」的意象轉換，一方面具有莊嚴的象徵符號意義，另一方面它又和接下去的一連串直觀表像：滿月、高聳的樹巔、

暮色、遠山等若即若離地組合起來，造成了一種極具興發感動力的濃郁的「靜默」氛圍，從而讓「疲倦的母親」在這種氛圍的烘托渲染中又轉向另一個意象：「雕像」。由於「雕像」是在如此富有意境的氛圍中轉化凸顯出來，因而它就格外顯示出一種肅穆、莊嚴而神祕的情態，於是又有了「雕像」的更其曠遠的延伸：「肩荷著那偉大的疲倦，你們／在這伸向遠遠的一片／秋天的田裡低首沉思」。這是一個如此靜默的意象群體，它特具有寧靜致遠的感發功能，以致使抒情主體直覺到一次極其曠遠的生命頓悟：「靜默。靜默。歷史也不過是／腳下流去的小河／而你們，站在那兒，／將成為人類的一個思想。」在這裡，「金黃的稻束」是新陳代謝的表徵；「疲倦的母親」則具有「永恆的女性引領我們向前」的象徵意味；「雕像」也就成了在新陳代謝綿延不絕的歷史中凝固的「人類的一個思想」。本詩由眼見的實體的「稻束」到想像中的「疲倦的母親」，再到「人類的一個思想」，虛實結合，達到了「形似」與「神似」的完滿統一，「思想」也因為有著雕像般靜默而沉厚的支撐而給人以「抽象的肉感」，同時在既形象立體又含蓄蘊藉之中展現出了豐富的生存宇宙蘊。這無疑是抒情主體的一次大智慧的閃光。

　　欣賞這樣的充滿靈思的知性詩歌文本，我們生命的感動與震撼更多不再來自於情感或情緒的激發，而是來自於文本所閃射的智慧之光。因此，這種智慧的感動就既不同於應和所獲得的愉悅，也不同於情感或情緒的感動。它是以領悟到一種詩性智慧為前提，而這種智慧既具有情性的基礎，又和理性有著血緣關係，因而其結果，必會有效地豐富和擴充讀者的「經驗期待視野」，使讀者主動生髮起一種積極的人生嚮往。正如我們讀罷《金黃的稻束》，讀者往往會在那肩荷著「偉大的疲倦」的「稻束」或

「無數個疲倦的母親」的感同身受中得到精神上的提升,同時也會在她們雕像般靜默裡所蘊涵著的堅忍生命與永恆偉力的感召下,極力想穿越歷史的「小河」而成為一幅凝重豐厚的「思想」雕像。

由此看來,那些既飽含詩情同時又具有深廣的哲理意蘊的詩歌作品,最能引發智慧的感動。

當然,在具體的詩歌欣賞活動中,實際上情感感動,或者情緒感動,抑或智慧感動三者很難截然分開的。尤其是那些偉大的詩歌作品,給予讀者的,往往是建立在情感、情緒和智慧之流的交匯融合之上渾厚深刻、難以盡言、百感交集的複雜感受。

## 第三節　期待受挫及其克服

### 一、期待受挫

詩歌欣賞過程中不管是應和的愉悅還是自我生命的感動,都會產生一種我們通常稱之為「暢通」的閱讀體驗。所謂「暢通」,是指在詩歌欣賞活動中讀者(主體)與作品(客體)達到的某種應合:讀者的自我人生經驗在作品中得到映證,自我情緒同化於作品之中,自我生命韻律與作品和諧共振,也就是客體(詩歌)與主體(讀者)處於裸程、同一狀態;或者是在這同一狀態的基礎上達到整體的超拔與飛升,即主體(讀者)的自我人生經驗進一步擴展,自我情緒空間進一步擴大,自我生命韻律進一步明朗與強勁。在「暢通」體驗中,讀者與他欣賞的物件(作品)之間不存在任何障礙,它們之間的關係如同互相發射電磁波並形成環流的兩塊磁石:作品以它獨有的藝術魅力召喚讀者產生閱讀行為,而讀者在詩歌閱讀過程中對作品的個別片斷、意象的

領會與把握會作為有效的閱讀經驗順利地移入對下一個片斷、意象的領會與理解之中，從而促使讀者最終達到對整個作品的諸片斷、諸意象的綜合把握。對一次有著暢通體驗的詩歌閱讀活動的愉快記憶甚至會對同一作品的再次閱讀發生強烈的吸引與深刻的影響。

但實際情形卻是，讀者並非每次都能獲得「暢通」的詩歌欣賞體驗。詩歌閱讀的心理環流總會出現某種阻礙甚至根本無法連結。要很好地解釋這種現象，有必要引入接受美學的主要代表人物姚斯（Hans Robert Jauss）關於「期待視域」的分析與研究。在他看來，作為具體的接受主體（讀者），在開始文學閱讀之前及閱讀過程中，在閱讀心理上往往會形成一個既定的心理圖式。它是在主體（讀者）既往的審美經驗（比如，對詩是什麼的先決假定，對詩歌欣賞的價值與效果的預估，對詩歌的類型、風格、形式、主題等的審美經驗累積）的基礎上形成的，這就是姚斯所謂「文學期待視域」。任何文學作品都必須經過主體（讀者）的這種既定心理圖式的整合才最終完成被閱讀和理解。具體到詩歌欣賞活動中，這種心理圖式（期待視域）「可以呈現出三個層次即主體期待、意象期待、意蘊期待。」[29]讀者一旦開始閱讀活動（甚至包括準備開始閱讀活動）就展開了對期待的預計、印證、檢驗，而期待的每一環節的轉換、倒錯、阻塞都會形成期待受挫而最終導致心理環流的斷裂。「期待」是一把雙刃劍，它既是文學作品之所以是文學作品的保證，是文學作品的閱讀理解得以實現的基礎，又因其「既定」所導致的保守與凝固而限制了讀者對作品的深入理解，同時還可能犧牲掉那些真正具有新質的文學作

---

[29]　童慶炳編：《文學理論教程》，高等教育出版社1992版，第431～432頁。

品。因為「期待受挫」，讀者不能完整而順利地閱讀欣賞，而「克服受挫」卻是調整既定的心理圖式，重建寬闊、動態發展的期待視域以便主體更深入地理解作品的開始。

## 二、期待受挫及其克服過程

期待受挫及克服過程有這樣幾種情況：

### 1.文體期待及其受挫

文體期待指讀者由於文學作品的文體特徵而引發的期待指向。詩歌欣賞的文體期待指讀者希圖在詩歌欣賞中可以感受到詩歌藝術所獨有的特殊魅力和韻致。我們經常聽到讀者對一首詩發出這樣的批評：「沒有詩味！」「哪像一首詩！」其實這正是讀者慣常的既定文體期待沒有在作品閱讀中得到證同與滿足亦即期待受挫的直接反應。「任何文學體式都程度各異地具有對特定意蘊的內在約束度。」[30]詩固然沒有長篇小說的巨大容量，長篇小說也不可能具有詩的張力，就是在同一文體的歷時性發展中，「期待受挫」也時常產生。以20世紀70年代末80年代初的「朦朧詩」之爭為例。當時的詩界對「朦朧詩」的那些頗具新質的作品分歧尖銳。批評者多指斥其思想藝術傾向的不健康，指出其反「現實主義」的性質，認為它們撾拾西方「現代派」的餘唾，扣除了表現「自我」以外的東西，把「我」擴大到遮掩整個世界。著名詩人臧克家、艾青、公劉等都表達了他們對朦朧詩的情志上的「不勝駭異」和接受圖式上的強烈不適應。[31]而批評家謝冕的「對於這些『古怪』的詩」主張「聽聽、看看、想想、不要急

---

30　童慶炳編：《現代心理美學》，中國社會科學出版社199年版，第289頁。
31　洪子誠：《中國當代文學史》，北京大學出版社1999年版，第296頁。

於『採取行動』」、「急著出來『引導』」的善意籲請，[32]正是
提醒人們通過反復接觸作品、放慢閱讀速度以給不適的心理感受
「脫敏」進而拓寬期待視域、克服受挫的一劑良方。

## 2.現代詩歌欣賞的意象期待及其受挫

　　「意象」，是藝術家的生命體驗如何轉換成成型的藝術品
之間的一個不可或缺的中間環節，與「表像」有根本的不同。首
先，就其與外在相關物的關係而言，「意象具有多向性，表像只
有單向性。」其次，意象是「包容著理解和情感傾向的複合性心
理構成」，而表像則只是「關於某一事物外部形態的記憶」；[33]
詩歌中的意象恰如「九葉派」詩人鄭敏所說「（是）詩人的理性
和感性在瞬間的突然結合」，它是「呼吸著的思想，思想著的身
體」。[34]比如關於「楊柳」的表像是枝葉柔細下垂的樹木，而關
於「楊柳」的意象則是傷心別離、依依不捨的形象。（如〈詩
經・小雅・采薇〉中之「昔我往矣，楊柳依依。今我來思，雨雪
菲菲」，以及王維〈送元二使安西〉中之「渭城朝雨浥輕塵，客
舍青青柳色新」等。）現代詩歌欣賞中的意象期待指的就是讀者
基於歷史文化的積澱、審美經驗的傳承累積而在閱讀活動中對詩
歌作品中的意象的期待指向。讀者總是對詩歌作品中因高度凝聚
了人類共同的思想感情的意象感到熟悉和易於理解，反之則感到
陌生和不適應，受挫即由此產生。以我國著名的「九葉派」詩人
穆旦寫於1975年的〈蒼蠅〉一詩為例。「也不管人們的厭膩，／

---

[32]　洪子誠：《中國當代文學史》，北京大學出版社1999年版，第295頁。
[33]　童慶炳編：《現代心理美學》，中國社會科學出版社1993年版，第320～
　　　321頁。
[34]　鄭敏：《詩歌與哲學是近鄰——結構—解構詩論》，北京大學出版社
　　　1999年版，第64頁。

我們掩鼻的地方／對你有香甜的蜜。／自居為平等的生命，／你也來歌唱夏季；／是一種幻覺，理想，／把你吸引到這裡，／飛進門，又爬進窗／來承受猛烈的拍擊！」這裡，穆旦出人意料地將「蒼蠅」這一意象翻出了新意，詩人的並未因長期壓抑而窒息的靈魂，他的永不枯死的對理想信念的追求，他的「反抗絕望」的悲劇性的抗爭，都通過蒼蠅這一極其卑微的生命形態而轟然迸發，讀來給人以強烈的震撼。「蒼蠅」的表像是一種傳播疾病的有害昆蟲，關於「蒼蠅」的意象則是令人厭惡的醜陋的形象，帶著這樣的意象期待去欣賞穆旦的〈蒼蠅〉，則受挫必然發生。

### 3.現代詩歌欣賞中的意蘊期待及其受挫

意蘊，指文本內在的意義、含義。現代詩歌欣賞中的意蘊期待指的是讀者對於作品內在意義、主題的綜合性把握的期待指向，意味著讀者希望能明確地感受和理解到作品的諸片斷與整體所可能呈現的全部含義。如果說先前的文體期待、意象期待等還是以「漸悟」的方式被讀者納入實際的詩歌欣賞活動中，那麼意蘊期待則主要以一種「頓悟」的方式參與讀者對作品的解讀。在每一次具體的詩歌活動中，漸悟與頓悟總是交替發生的，漸悟的累積、疊加就可能導致頓悟，而頓悟是漸悟累積與疊加的結果。如果讀者對作品的個別片斷、個別意象的理解把握上出現障礙，那麼最後對作品諸片斷、諸意象的整體把握也會受挫，意蘊期待就不能得到滿足與實現。以穆旦的〈智慧之歌〉為例，全詩如下：

　　我已走到了幻想底盡頭，
　　這是一片落葉飄零的樹林，
　　每一片葉子標記著一種歡喜，

現在都枯黃地堆積在內心。

有一種歡喜是青春的愛情，
那是遙遠天邊的燦爛的流星，
有的不知去向，永遠消逝了，
有的落在腳前，冰冷而僵硬。

另一種歡喜是喧騰的友誼，
茂盛的花不知道還有秋季，
社會的格局代替了血的沸騰，
生活的冷風把熱情鑄為實際。

另一種歡喜是迷人的理想，
它使我在荊棘之途走得夠遠，
為理想而痛苦並不可怕，
可怕的是看它終於成笑談。

只有痛苦還在，它是日常生活，
每天在懲罰自己過去的傲慢，
那絢爛的天空都受到譴責，
還有什麼彩色留在這片荒原？

但惟有一棵智慧之樹不凋，
我知道它以我的苦汁為營養，
它的碧綠是對我無情的嘲弄，
我咒詛它每一片葉的滋長。

　　默默承受著不公正的命運所加諸於他的苦難二十多年，身心兩方面都受到嚴重摧殘的詩人穆旦，到了生命的盡頭仍未泯滅詩性的光芒與詩思的厚度與力度。其詩歌主題仍然圍繞著詩人30、40年代的詩歌主題如主體的分裂、變形、壓抑和矛盾的痛苦以及個人的奮力反抗；在反映對現實世界和自我的懷疑、追問和超越方面，仍保持了相當尖銳而厚重的精神穿透力，只是較之早年的創作而言，詩人晚年的作品因其悲劇性的個體人生經驗的融入而增加了些許沉鬱、滄桑、淒涼的況味。此詩作於1976年3月，是詩人最後的生命奮力迸發的耀眼火花（詩人於1977年因病去世）。「我已走到了幻想底盡頭」，一個以「幻想」為藝術生命泉源的詩人發出了如此沉痛的喟歎，不由使人感到逼人的淒涼，使作品一開始就彌漫出一股縈繞全詩的悲劇性的精神氛圍。而支撐了詩人苦難一生的之於愛情、友誼、理想的體驗與感悟，此時都堆積在這幻想的盡頭，破敗凋敝而無法升騰。這裡，詩人將詩思直接指斥荒謬的現實，發出了「那絢爛的天空都受到譴責，還有什麼彩色留在這片荒原」的沉痛控訴。如果詩思至此而止，那麼作品的意蘊還是不難把握的。然而詩人筆鋒一轉：在幻想終止的荒野猶自兀立著一棵智慧之樹。此「樹」是詩人主觀精神的客觀象徵物，它繁茂不凋的生命姿態無疑對應著詩人堅忍執著的精神自守及其對苦難命運的自我確認。然而詩人獨特的生命視角與判斷又並不停滯、凝固，「無情的嘲弄」、「咒詛」等色彩強烈的詞句使「樹」這一苦難結晶式的意象顯出了某種流動與不確定的複雜蘊含。如果讀者帶著對其他詩人的同類作品（諸如艾青的〈魚化石〉，牛漢的〈半棵樹〉、〈早熟的棗子〉，曾卓的〈懸崖邊的樹〉等，大多通過對「苦難」的正面確認而達成主體精神世界的重新統一）的欣賞經驗去讀解此詩，顯然會在對

「樹」這一複雜意象的理解上缺乏沉致細膩的心理體驗，最終導致無法對整首作品獲取豐富而確定的意蘊把握。

那麼，怎樣才能克服詩歌欣賞中的上述各種「受挫」現象，進而尋求到通達詩歌文本的路徑呢？我們知道，個體（讀者）不是生活在真空中，文學活動也不能脫離具體的社會歷史環境而單獨發生。個體的「期待視域」並不單單在既往的審美經驗基礎上形成，它還會與更為豐富的個體生活經驗滲透融合。因此，個體（讀者）的審美心理圖式不會真正地趨於凝固，它必然地處於一個不斷受挫、調整、擴充再重建的開放的動態發展之中。「期待」的實現固然是個體（讀者）的審美心理圖式與欣賞對象達成同化的結果，「受挫」則更是個體（讀者）的審美心理圖式經受欣賞物件的挑戰而對作品展開更深入理解的開始。它當然可能導致個體（讀者）對欣賞活動的放棄，但它更可能激起個體（讀者）強烈的好奇心與征服欲從而經過調整自己的心理圖式以求與之在更高層次上的順應。具體到現代詩歌欣賞活動中，個體（讀者）的期待受挫可以通過以下幾種路徑得到一定程度的克服。

(1) 擴大閱讀視野，建立開放的知識結構，儘量尋求與作者相似的文化背景。「九葉」詩人鄭敏在論及英美現代詩歌的特點時曾這樣精闢地分析：「（現代英美詩歌的特點）就是：強度大、思想深、突出矛盾，」因此「它不能按部就班地敘述，當讀者和詩人有著共同的文化橋樑時，跳躍式的思考就進行得格外順利」[35]。比如在中國人看來，「荒原」就是「不毛之

---

[35] 鄭敏：《詩歌與哲學是近鄰—結構—解構詩論》，北京大學出版社1999年版，第71、75頁。

地」、「荒蕪」的代名詞；而對西方人來說，「荒原」則與二戰以後人類普遍感受到的無可皈依的絕望處境有關。這正如在西方人聽來，貝多芬的《英雄》、《命運》所演繹的主體精神的強悍，總是那麼悅耳，而對中國古曲《高山流水》的大道無形、人與自然水乳交融的境界卻感覺隔膜的道理一樣。「交流」是「理解」的基礎，而「理解」可能促進進一步的「交流」。越是擁有開闊的文化視野，豐富而不褊狹的欣賞趣味，就越是容易在最大程度上與作品呈現的全部意義達到「同一」狀態；即使「受挫」也較容易在短時間內達到順應。

(2) 放慢閱讀速度，反復接觸文本，積累閱讀資訊，逐步提高閱讀能力。反復接觸文本實際上就是一次又一次試圖進入作品的過程，每一次的閱讀都融進了上一次閱讀獲得的哪怕極細微的感受和體驗，從朦朧到明晰，從淺表到深層，從局部到整體，最後獲取的閱讀資訊越來越多，對作品的理解和感受就趨於完整、深刻。讀者在反復接觸的過程中還可能會出現「恍然大悟」、「豁然開朗」的情形，也就是讀者原先貯存在大腦中的某種資訊與作品提供的某種資訊在極偶然狀態下互相刺激、碰撞而導致的一種思維暢通狀態。正如古人所說：「讀書百遍，其義自現」，就是強調反復接觸文本，放慢閱讀速度，重視「吟誦」和「推敲」。最終獲得對作品文本的深刻感受和理解。

(3) 退而求其次。「退而求其次」不是放棄，而是指讀者在詩歌欣賞中降低自己的閱讀目標指向，也可以指欣

賞受挫之後暫時將作品擱置一邊的做法。一方面，時光的流逝可以自然淘汰掉那些喧囂一時但曇花一現的作品，經得起歲月洗禮的作品必定是沙裡真金；另一方面，詩歌欣賞並不等同於單純的求知，求知是獲取資訊，而詩歌閱讀的目的是主體心靈的感動。並不是每一次反復接觸文本都必然導向暢通，有時讀者的閱讀心理圖式的生硬楔入、「為賦新詞強說愁」似的理解都會離作品越來越遠而不是相反。降低閱讀指向、暫時擱置作品是一種科學、審慎的閱讀態度。隨著讀者個人生活經驗的逐漸豐富、情感的逐漸深厚細膩、閱讀經驗的逐漸累積，重讀文本就可能克服心理環流的阻礙，進而產生「通暢」體驗。

# 第三章　從意境到意象

　　在詩歌欣賞和詩歌批評中，「意境」和「意象」是兩個使用得最頻繁的概念，當讀者拿起一首詩閱讀，本能的反映是這首詩有沒有意境，意境美不美，或者是意象是否獨特、新穎、有趣，意境和意象在讀者心目中儼然成為詩歌藝術的最為本質的特徵，沒有意境，缺乏意象，詩便難以成為詩。然而，「意境」和「意象」又是詩歌理論中最為複雜的概念，人言人殊，難成定論。因此，現代詩歌欣賞面對的第一個問題便是對「意境」和「意象」問題的清理和辨析。

## 第一節　意境與意象

### 一、意境詩

　　在討論「意境」和「意象」問題之前，先來對照著閱讀兩首詩。第一首是劉禹錫的〈和樂天〈春詞〉：

> 新妝宜面下朱樓，深鎖春光一院愁。
> 行到中庭數花朵，蜻蜓飛上玉搔頭。

　　另一首是當代詩人小君的〈日常生活〉：

> 我坐著
> 看著塵土的玻璃窗
> 心境如外面的天空

　　陰鬱
　　或者晴和

　　沒有第一個欲望
　　也沒有其他的欲望

　　某個女朋友
　　她要出嫁了
　　另外一個
　　我很想念她

　　就這樣
　　我的表情
　　一會很滿足
　　一會很空虛
　　如窗外的天空

　　這兩首詩都是對一個女子平淡的日常生活的表達。但無論內涵、情趣和形式，它們之間的差別都是如此之大。劉禹錫的〈和樂天〈春詞〉寫得如此富有情趣，當春天來了，萬物復甦，深閨中的女子內心中那份被沉埋的生命欲求也隨之搖曳、警醒，她在深閨裡坐不住了，繁花似錦的春光召喚著她，牽動她生命中那最柔軟的情思，她精心地鄭重地梳洗打扮，穿上美麗的衣裳，來到春光融融的庭院中，希望無邊的春景能夠排遣心中深深的幽怨，然而，滿園含苞欲放的花朵，都在似嗔似怨地等待著她，彷彿責怪她冷遇了它們，沒有她，它們不願徒然地開放。她憐愛地

撫摸著它們，把滿腹的心思低低地對著花兒訴說，她癡立在花叢中，彷彿等待著憐愛的一株鮮花，飛來飛去的蜻蜓在她頭上翩翩起舞，為她的美麗而陶醉，為她的幽怨而同情。這是一幅美麗的賞春圖畫，幽怨的少婦、含苞的花朵、輕靈的蜻蜓，三位一體，互相指代，構成和諧的風景。在這裡，人與自然息息相通，和諧互應，共同把一種生命的幽怨和對生命的憐惜、關愛渲染得淋漓盡致。我們閱讀它時，彷彿在欣賞一幅圖畫，為之陶醉。

而當我們閱讀小君的〈日常生活〉時，我們卻是隨著詩中的意念不停地流動而變化，在這線形的心理展現中，我們關注於詩中的「我」的零亂的願望碎片，沒有企盼，沒有等待，甚至沒有幽怨，自足的日常生活的心靈圖景滯留於片刻的一念一覺之中。在這裡，生命不再奢求永恆與完美，現實的世俗狀態下的欲望的消長構成平常人生的實在。這裡只有一個人的情緒的流動，雖然也有自然的物象：塵土、玻璃窗、天空，但它們組不成一個和諧的空間形式，它們只是心境的象徵。

第一首詩我們認為它有意境，第二首詩就缺乏意境。

那麼，什麼是意境呢？還是以〈和樂天〈春詞〉為例，這是一首典型的閨怨詩，寫的是一位少婦由於丈夫長期遠離自己，蟄住在深深的閨樓中，在「女為悅己者容」的心情下，不事粉黛與修飾，她的內心雖然對自己的愛人有怨恨，怨恨自己的生命在等待中一天天老去，怨恨美好的青春漸漸不再，如花的容顏將隨時間的流去而憔悴，內心中生命的欲望不能得到滿足，然而，她心中的怨恨是基於對愛人的思念，是永遠的企盼，是無限的堅貞。她的全部身心都在愛人的身上，因此，詩中的人與人之間的關係沒有對立和衝突，沒有情感上、思想上的背叛和紛爭，只有在愛的名義下的自我憐惜以及在憐惜中的無私牽掛，

淡淡的哀怨中有一種對愛的堅守、凝定。不僅人與人之間是和諧
的，宇宙自然間一切事物也是和生命息息相通，在詩中，花兒
彷彿是少婦貼心的伴侶，知曉她的心事，也是似愁似怨的情態，
當她在無限的愛憐中撫弄著花兒時，飛來飛去的蜻蜓也把她當
作一朵美麗的花，愛憐地撫弄。一切是和諧、親近、明淨，充滿
著生命的情趣。這種以人與自然、人與人之間的和諧關係為主
體的詩歌追求，就是意境的基本特徵。意境是中國古代藝術最高
的審美理想，它源於一種生命意識的覺醒：生命理當順應宇宙
變化的節律，遵天命以應四時，涵虛養性，以空明的心境容納萬
有，在寧靜淡泊中保持生命的清純與明淨。中國古典詩人在「日
出而作日入而息」的自然時序中面對的是山水田園所組成的世
界，「由於中國古代社會以農業經濟為主，而農業生產在相當大
的程度上依賴風調雨順的自然條件，故在人與自然的關係注重
二者的和諧一致。」[36]中國古典詩人體味的是「天地有大美而不
言」的宇宙之道，他們以無限敬畏之心傾聽自然的啟示，期待著
奇跡的降臨，從而保持生命與自然的親密無間的和諧共振，息息
相應，達到「天地與我並生，萬物與我為一」的境界。在此宗旨
下，中國古典詩歌發展了一套與鄉村文化相適應的藝術旨趣。在
詩人的人格養成上，古典詩人強調以一種虛靜與閒適的心境面對
生存所依賴的自然萬物，「直接觀察自然現象的過程，感覺自然
的呼吸，窺測自然的神祕，聽自然的音調，觀自然的圖畫。風聲
水聲松聲潮聲都是詩聲的樂譜。花草的精神，水月的顏色，都
是詩意詩境的範本。」[37]因此，「采菊東籬下，悠然見南山」成

---

[36] 蔣凡、郁源主編：《中國古代文論教程》，中國書籍出版社1994年版，
　　第2頁。
[37] 宗白華：《新詩略談》，見《少年中國》第1卷第8期，1920年2月15日。

為詩人理想的生活情趣。在詩歌創作方法上，多用「比興」，「體物緣情」[38]是其主要的特點。它強調的是觸物以起情，索物以托情，從而達到情景交融的藝術境界。歐陽修在《六一詩話》曾記載一則相當有趣的故事，形象地說明了古典詩歌與自然山水環境的關係：「相傳宋代有九個和尚，都善詩。進士許洞有一天與他們相會賦詩，出一紙，約曰：『不得犯此一字。』其字乃『山』、『水』、『風』、『雲』、『竹』、『石』、『花』、『草』、『霜』、『星』、『月』、『禽』、『鳥』之類，於是諸僧皆閣筆。」[39]離開了自然中的風花雪月，詩人的情感便失去了依託，處於失語狀態中。

中國古代詩人陶醉於這種人與自然的「共在」關係，不是以主體的資格主宰支配著自然萬物，也沒有征服和改造自然的企圖。比如在王維的〈鳥鳴澗〉中，詩人寫道：

> 人閒桂花落，夜靜春山空。
> 月出驚山鳥，時鳴春澗中。

四句中完全是景物的依次呈現，詩人自己隱逸在文本之外，作者不以主觀的情緒或理性的邏輯介入去打破自然景物內在的秩序與和諧，而是任其自在自為地演出生命的靜穆和變化的痕跡。

---

[38] 葉夢得在《石林詩話》中曾說：「詩語固忌用巧太過，然緣情體物，自有天然工妙，雖巧而不見刻削之痕。老杜『細雨魚兒出，微風燕子斜』，此十字殆無一字虛設。細雨著水面為漚，魚常上浮而淰，著大雨則伏而不出。燕輕體弱，風猛則不能勝。」

[39] 張葆全等：栏歷代詩話選注枠，陝西人民出版社1984年版，第12頁。

## 二、意象詩

　　然而，正如中國傳統文化不是世界上惟一的文化形式，在中國古代自然經濟和古典文化基礎上生成的中國古典詩歌也不是詩歌惟一的形式，意境藝術理想更不是詩歌的惟一理性。隨著科學和民主思想的傳入，工商業化逐漸成為中國現代社會的主流趨向。當我們在無奈地告別了中國古典文化走向工業化都市化過程中，中國現代詩歌同時失去了意境生成的社會和文化基礎，古典詩歌所追求的美學範疇在現代語境下基本失效了，正如羅門〈古典的悲情故事〉所感歎的：

　　　都市裡的
　　　休閒中心到不了文化中心
　　　天橋到不了鵲橋楓橋
　　　證券行到不了桃源行琵琶行
　　　卡拉OK到不了坐看雲起時
　　　塞車的街口到不了
　　　萬徑人蹤滅

　　雖然古典詩歌為人類創造了許多具有永恆價值的美學精品，成為滋養生命的寶貴財富和弘揚民族精神的豐富遺產，它所蘊涵的充沛的生命力、豐滿生動的形象、寧靜悠遠的韻味仍然是我們無限嚮往的理想境界，但我們已經回不了唐詩宋詞的時代，」並非是語言或形式上的不可能復古，而是現代人的生命從整體上已經破碎、蒼白、殘缺，從根本上已與唐詩時代的人類屬

於截然不同的世界」[40]。唐詩宋詞的境界已經是一個可望而不可重臨的烏托邦，已經成為生命永恆的追想。在現代都市生存空間裡，現代詩歌「抓住都市新的生活環境、新的生活感受、新的觀物態度、新的審美角度、新的自然觀，以較偏向『多元性』、『現場感』、『行動化』、『前衛性』與具『創新性』的語言性能與表現技巧，所推出的具有新的美感經驗、新的空間存在感、時間節奏感與新的精神意境的詩境」[41]。現代詩歌以其表現現代人生的豐富性、深刻性和複雜性而獲得了現代美學特質。在前面所引小君《日常生活》中，出現了一個非常醒目的「我」的形象，它是個性解放思潮催生的現代文明的產物，充滿獨立的個性和主體人格。在詩中，可以說正是人的一覺一念間的欲望碎片，才構成生命的實在。詩中雖然仍有自然界的一切物象呈現，但已經支離破碎，成為人的主觀思想和情緒的映射物，失去了它的可親可近的品質。人與自然分離了，自然成為人的主觀化的對象，「外面的天空」時時對「我」造成一種可怕的壓力，滿是「塵土的玻璃窗」隔斷了「我」與世界的關係，「我」只能在獨自的房間裡做著孤獨的寂寞的懷想，而這懷想又表明一個個的朋友不再和我有任何情感或精神上的聯繫，「出嫁」和「去看她」變成一種非常世俗的事務。世界成為被「看」的存在，成為「我」的「心境」和「欲望」的物件，不斷地遠離主體，變成不可控制、不可捉摸的客體。人與自然、人與人之間的原始的和諧親近關係消失了。具有現代性的「我」的出現，使詩歌的創作的思路發生

---

[40] 錢文亮：《回到唐詩》，見汪劍釗編選《中國當代先鋒詩人隨筆選》，中國社會科學出版社1998年版，第227頁。

[41] 羅門：《都市詩的創作世界及其意涵之探索》，見《羅門論文集》，中國社會科學出版社1995年版，第74頁。

了巨大的轉向，現代詩歌進入了「意象」時代。

　　中國現代詩歌中的「意象」是以現代生命意識為中心的事物的形象，它是獨特的個體面對外在世界的心理印痕，是私人化的即時性的對世界的感知是以「意」為中心對世界「象」的直覺體悟，是現代生命意識中人與世界新的關係式的確認。這種詩學理論的表述近似於英美意象派詩歌的宣導者龐德（Ezra Pound）的表述，即「一個意象是在瞬息間呈現出的一個的理性與感情的複合體」[42]。中國現代詩人鄭敏對它的解釋是：「意象自身完整，它像一個集成線路的元件，麻雀雖小五臟俱全，既有思想內容又有感性特徵。它對詩的作用好像一個集成線路的元件對電子儀器的作用」[43]以個體的存在和人格發展為中心，現代詩歌進入對生命的心理世界和欲之流的表現和沉思的時期。主觀化、理性化和情緒化是其主要特點。由此，意象成為現代詩歌表現的主要策略和顯著特徵以意象為核心的現代詩歌，雖然也設置了鮮活的生活的現象，堅持為主觀情緒尋找物質世界的「客觀對應物」，但它卻與意境追求有著本質的不同，在現代詩歌這裡，主觀化和意志化已經成為了詩的靈魂，是凌駕於物象之上的存在。自然不再是與詩人共在的息息相通的生存基礎，而是淪落為詩人深深的「鄉愁」對象；不再是詩意的歸宿和棲居地，而是悲劇性地變成詩歌表情達意的手段和媒介。這是舒婷的〈神女峰〉：

　　　　在向你揮舞的各色花帕中

---

[42] 龐德：《回顧》，鄭敏譯，《象徵主義·意象派》，中國人民大學出版社1989年版，第132頁。

[43] 鄭敏：《意象派詩的創新、局限及對現代派詩的影響》，見《英美詩歌戲劇研究》，北京師範大學出版社1982年版，第3頁。

是誰的手突然收回

緊緊摀住了自己的眼睛

當人們四散離去，誰

還站在船尾

衣裙漫飛，如翻湧不息的雲

江濤

高一聲

低一聲

美麗的夢留下美麗的憂傷

人間天上，代代相傳

但是，心

真能變成石頭嗎

為眺望遠天的杳鶴

而錯過無數次春江月明

沿著江岸

金光菊和女貞子的洪流

正煽動新的背叛

與其在懸崖上展覽千年

不如在愛人肩頭痛哭一晚

　　全詩是一種記遊式的感興，雖然出現了大量的自然物象，並且是詩人身處其中的自然景物，然而，自然不再是簡單美麗、令人心曠神怡的所在，不再是心物交融的怡然自樂，詩人關注的是隱藏在其中的文化景觀，是一種現代生命的覺悟：神女峰傳說中對女性頌揚的表像背後所隱含的對女性生命欲望的壓抑和遮蔽。詩中高揚的是現代生命對欲望的尊重，對幾千年傳統文化中

的女性生存困境的反思。正是詩人主體意識的覺醒與高揚，現代詩歌中的「意」的成分成為詩的主導因素，它統轄、肢解了「物象」，使「物象」變成詩人意識的附屬物，物我交融的和諧境界消解了。

　　在現代詩歌中，「意象」不斷地從「象中之意」走向「意中之象」，它越來越背離事物的原始性和直接性，成為詩人思想和情緒的心靈圖景。在顧城的「黑夜給了我黑色的眼睛／我卻用它尋找光明」（〈一代人〉）中，「黑夜」、「黑色的眼睛」、「光明」等自然物象漸漸失去了普通語詞中的意義，變成具有豐富的文化意味的符號。

## 第二節　意象時代的中國現代詩歌

### 一、傳統抒情模式的危機

　　20世紀的中國社會是從自給自足的農業社會向工業化、商業化、都市化社會轉型的時期，在這艱難的現代化歷程中，中華民族的精神結構和意識形態經歷了痛苦的嬗變。隨著現代工商業都市文化進入人們的日常生活，一個充滿欲望、追求時尚的時代已經到來，各種紛繁複雜的矛盾及其心理張力已經使我們的心智活動失去了單一純粹的狀態，「現代詩人從事創作所遭遇的第一個難題，是如何在種種藝術媒介的先天限制之中，恰當而有效地傳達最大量的經驗活動；過去如此豐富，眼前如此複雜，將來又奇異地充滿可能；歷史，記憶，智慧，宗教，對於現實世界的感覺思維，眾生苦樂，個人愛憎，無不想要在一個新的綜合裡透露些許資訊；捨棄他們等於捨棄生命，毫無選擇地混淆一片又非藝術

許可。」[44]在豐富和複雜的現代社會裡，中國現代詩歌進入意象豐富的時代。

　　在現代文明中，古典的單純寧靜明朗的生活逝去了，與之一同消失的是古典詩人遊山玩水、香草美人、傷春悲秋的閒情逸致。現代詩歌不再是詩人消解悶、酬唱應和、怡情養性的工具，它屬於現代中國知識分子「職業化」生活的一部分，按照社會分工的需要，深刻地被嵌入社會機器的齒輪中，承擔起獨特的社會功能。這是穆旦〈城市的舞〉中所描寫的現代文明的景觀：

　　　　為什麼？為什麼？然而我們已跳進這城市的迴旋的舞，
　　　　它高速度的昏眩，街中心的鬱熱。
　　　　無數車輛都慫恿我們動，無盡的噪音，
　　　　請我們參加，手拉著手的巨廈教我們鞠躬：
　　　　呵，鋼筋鐵骨的神，我們不過是寄生在你玻璃窗裡
　　的害蟲。
　　　　把我們這樣切，那樣切，等一會就磨成同一顏色的
　　　　細粉死去了不同意的個體，和泥土裡的生命；
　　　　陽光水分和智慧已不再能夠滋養，使我們生長的

---

[44] 袁可嘉：《新詩現代化的再分析》，天津《大公報·星期文藝》1947年5月18日。不僅如此，人在拋棄了大地之後，成為機器與現代工業體制的奴隸，沒有了存在之思，八小時躲開了陽光和泥土，／十年二十年在一件事的末梢，／……長期的漠然後他得到獎章。（穆旦《線上》）平庸、麻木的心態下生命失去了激情和野性，社會在秩序化體制化的過程中，扼殺了個體的創造欲和豐富性。「是惟一的世界把我們溶和，／直到我們追悔，屈服，使它僵化，／它的光消殞。（穆旦《詩二章》）工業化、都市化、世俗化這些被稱為現代性的因素剝除了生命的神聖光環，新的經濟組織形式改變了人的物質和精神存在基礎，穆旦對都市生存的貧困性給予了充分的揭示。

　　是寫字間或服裝上的努力，是一步挨一步的名義和
頭銜，
　　想著一條大街的思想，或者它燦爛整齊的空洞。
　　哪裡是眼淚和微笑？工程師、企業家和鋼鐵水泥的
文明一手展開至高的願望，我們以渺小、匆忙、掙扎來服
從許多重要而完備的欺騙，和高樓指揮的「動」的帝國。
　　不正常是大家的軌道，生活向死追趕，雖然「靜
止」有時候高呼：
　　為什麼？為什麼？然而我們已跳進這城市迴旋的舞。

　　我們被拋入這巨大的城市之中，手足無措，無所適從。在
一片盲動之中，個體的生命失去了它的獨特性，失去了與大地的
親密關係。人們面對的是「鋼筋鐵骨的神」，「是寫字間或服裝
上的努力，是一步挨一步的名義和頭銜」，廣泛的世俗化正在深
入到生命的血肉之中，窒息生命中靈性與神聖的嚮往和衝動。

## 二、現代詩歌的意象特徵

　　中國現代詩歌在意象的處理上經歷了三個時期，分別表現
出了不同的形態，這三個時期分別可以稱作「抒情性意象」階
段，「戲劇化意象」階段與「還原的意象」的階段。

### 1.抒情性意象

　　這是中國現代詩歌中比較典型的意象處理方式。在這些詩
裡，詩人擺脫單純的主觀抒情和客觀寫實，而用一種融入了主觀
情思的客觀物象來展示詩人對現實的感覺情緒，從而獲得豐富複
雜的藝術效果。例如施蟄存的〈嫌厭〉：

迴旋著，迴旋著，
永久環行的輪子。
一隻眼看著下注的
紅的綠的和白的籌碼，
一隻眼，無需說，是看著
那不敢希望它停止的輪子。
但還有──還有一隻眼，
使我看見了
那個瘦削的媚臉，
湧現在輪子的圓渦裡。
迴旋著，迴旋著，
她底神祕的多思緒的眼，
緊注著我──
紅的綠的象牙，
遂忘情地被拋撇了，
像花蕊繽紛地墮下流水。
噤訥的嘴唇
吹不出習慣的口哨，
漿挺的胸褶
才給我乙太硬的感覺。
迴旋著，迴旋著，
我是在火車的行程裡，
繞著圓圈退隱下去的
異鄉的田園，城郭，
村舍，河流，與陵阜
全不覺得可戀哪

去！讓它們退去，
萬水千山，悠遠的途程哪！
迴旋著，迴旋著，
惟有這瘦削的媚臉，
永遠在回環的風景上。
我要向她附耳私語：
「我們一同歸去，安息
在我們底木板房中，
飲著家釀的蜂蜜，
捲簾看秋晨之殘月。」
但是，我沒有說，
誇大的「桀傲」禁抑了我。
迴旋著，迴旋著，
我是在無盡的歸程裡，
指南針雖向著家園，
但我希望它是錯了，
我祈求天，永遠地讓我迷路，
對於這神異的瘦削的臉，
我負了殺人犯的隱匿，
雖然渴念著，企慕著，
而我沒有吩咐停車的勇氣。

　　這是一首以現代意象表現現代情緒的詩歌。它抓住現代生活中快速節奏中生命的躁動與煩亂，以永遠不停頓的「迴旋著」的意象展開現代生活的各種現象，把賭場中輪盤的旋轉所激起的瘋狂和舞池中舞女的旋轉所產生的「太硬的感覺」以及火車旋轉

的輪子所帶來的故鄉的遠離聯繫在一起，從而表現詩人對都市生活的嫌厭和對故鄉的留念。「那個消瘦的媚臉」的意象暗示著城市人的異化，舞女的「堅挺的胸褶」象徵著城市欲望的氾濫與直露，「紅的綠的和白的」顏色交織形容都市生活的斑駁錯綜，然而，在都市里詩人是感到處在「無盡的歸程裡」，找不到回家的路途，永遠在一個「悠遠的途程」中。但是，田園的失去和都市的到來畢竟是不可抗拒的歷史指向，詩人雖然厭嫌，但也只能無奈地接受，「我祈求天，永遠地讓我迷路。／對於這神異的瘦削的臉，／我負了殺人犯的隱匿，／雖然渴念著，企慕著，／而我沒有吩咐停車的勇氣。」「抒情性意象」是20世紀30年代中國現代派詩歌的主要表現選擇，向外，它迅速地感受到現代生活中現的各種現代物象，並把它們納入詩的表現範疇；向內，它深入到生命的潛意識層面，認真地處個體內心的情緒律動，開始了現代詩歌中對個體的私人話語的重視。二者的結合形成了現代派詩歌的「意象」內涵。杜衡在戴望舒的詩集《望舒草》序言中曾談到這一群現代派詩人在創作詩歌時的心態，他說：「我們可以說是偷偷地寫著，秘不示人，三個人偶爾交換一看，也不願對方當面高聲朗誦，而且往往很吝嗇地立刻就收回去……望舒至今還是這樣。他厭惡別人當面翻閱他的詩集，讓人把自己的作品拿到大庭廣眾之下去宣讀更是辦不到。」[45]現代派詩人都把詩看成自己隱秘的靈魂的洩露，屬於自己的「私人話語」。他們選擇隱晦的方式吞吞吐吐地「隱藏與表白」之間遊移，把詩當作是白日夢。在這裡，私人生活不再是可有可無的存在，每一個感覺或意念都構成生命的實在形式，現代派詩人對私人生活的重視使他們開拓

---

[45] 杜衡：《望舒草·序》，見《望舒草》，上海現代書局1933年版，第2頁。

了一個詩歌從來沒有表現的生命空間。極端的例子是發表在《現
代》4卷3期的署名為「次郎」的詩歌〈一九三三年十月二十三日
一蒼蠅投水自殺〉，這是一個具有新聞性質的標題，具體的時間
顯示的是事件本身的重要性，然而它所記錄的卻是一隻蒼蠅落在
水杯裡的微小事情，這看起來彷彿具有一種荒謬性的寓意，但詩
人卻一本正經地發現了一種悲劇：

　　　　書案的平面上，
　　　　一分鐘以前曾透射過，
　　　　它直線與弧線的影，
　　　　這是證明了，
　　　　它在極短的時間的線段裡，
　　　　窄狹的空間有過它的痕跡。
　　　　……
　　　　生的奧義透盡了，
　　　　透露在它的，
　　　　減速的雙翼上，
　　　　──落，
　　　　抱住生前，
　　　　自己的靈魂。

　　蒼蠅落水而死，在詩人瞬間的感覺中所激起的感傷與對生
命奧義的聯想使事件本身擁有了一種價值，雖然平常瑣碎，但卻
對詩人具有不能忘懷的震驚。陳時的〈流行型的太陽〉把太陽賦
予一種現代的形式「流線型」，並把它比做一條魚，從而拉近了
詩人與物件的關係，獲得了一種新的感覺：

流線型的太陽
是一隻魚
在藍天上游泳著。
憂鬱的魚，
吐著虹的泡沫呢。
但天空是多幻想的。
那飛翔著的
不是大鳥的染著血跡的骨骼嗎？
不是風的骨骼嗎？
天空上
很少有憂鬱的影子。
流線型的太陽，
是原始的敏感的魚。

　　像這一類詩在中國詩史上是從來沒有過的，私人話語空間的開拓極大地豐富了詩人的想像力，並且由於私人經驗的參與，事物被最大程度地陌生化，造成了一種新鮮奇特的藝術魅力。

## 2.戲劇化意象

　　現代文明給中國人帶來的並不僅僅是種種的便利和新奇，它同時也產生了種種的精神困惑。傳統藝術所營造的「和諧」與「渾融」被破壞以後，現代詩人發現每一個個體都在為自己的生存而奔忙，「行動」與「過程」往往就我們生命的形象，戲劇化意象就是對這一生命形象的表達。所謂戲劇化意象，就是拋棄古典詩歌中的直觀描寫式的營造意境的方法，通過大量的敘述，將大批的生活事件融合在一起，意象的設計讓位於生活現象的呈

現，從而保留了生活事件的豐富性，更充分地展示了人生的「行動」與「過程」，讓人生事態如「戲劇般」自我呈現和上演，戲劇化意象更能促進詩人對人生和世界的多角度觀察。在這方面，比較成功的代表是詩人穆旦。

穆旦的意義在於他已經深入到都市的社會文化體制內部，體認生命在工化、商業化過程中所遭遇的全面異化和物化，他深切地感到這是一個墮落的不可免而救贖又不可能的過程，面對都市中陰暗的生者，詩人陷入深刻的焦慮與苦痛之中。作為具有現代素質的詩人，穆旦在抒情詩中發展了一種戲劇化的敘事技巧，他把許多具有生活原生質的故事片段融入詩中。這是〈從空虛到充實〉中咖啡館裡的一幕：

> 這時候我碰見了Henry王，
>
> 他和家庭爭吵了兩三天，還帶著
>
> 潮水上浪花的激動，
>
> 疲倦地，走進咖啡店裡，
>
> 又舒適地靠在鬆軟的皮椅上。
>
> 我該，我做什麼好呢，他想。
>
> 對面是兩顆夢幻的眼睛
>
> 沉沒了，在圈圈的煙霧裡，
>
> 我不能再遲疑了，煙霧又旋進
>
> 脂香裡。

一個都市青年的慵懶、無聊、想奮起而又迷茫的心態在戲劇化的意象中得到了淋漓的表現。這是〈蛇的誘惑〉中在商場裡：

老爺和太太站在玻璃櫃旁
挑選著珠子，這顆配得上嗎？
才二千元。無數年輕的先生
和小姐，在玻璃夾道裡，
穿來，穿去，和英勇的寶寶
帶領著飛機，大炮，和一隊騎兵。
衣裙窸窣響著，混合了
細碎，嘈雜的話聲，無目的地
隨著虛晃的光影飄散，如透明的
灰塵，不能升起也不能落下。
「我一向就在你們這兒買鞋，
七八年了，那個老夥計呢？
這雙式樣還好，只是貴些。」
而店員打躬微笑，像塊里程碑
從虛無到虛無。
這是躲在防空洞裡的抒情詩：
誰知道農夫把什麼種子灑在這土裡？
我正在高樓上睡覺，一個說，我在洗澡。
你想最近的市價會有變動嗎？府上是？
哦哦，改日一定拜訪，我最近很忙。
寂靜。他們像覺到了氧氣的缺乏。
雖然地下是安全的。互相觀望著：
黑色的臉，黑色的身子，黑色的手！

　　香港詩人梁秉鈞在分析穆旦的〈防空洞裡的抒情詩〉時精
闢地指出：「詩人把日常對話沒頭沒尾地並置在一起，強調了說

這些話的幾乎是無分彼此的普通人，話由誰的嘴裡說出來都差不
多。……所有人其實都置身相同的處境，同樣面對戰爭的威脅、
面對生活會變成瑣碎無意義的危險。」[46]

### 3.還原的意象

　　這主要體現在20世紀90年代以後的一些詩歌當中，隨著後
工業化社會的來臨，尤其是在西方後現代思潮影響下，當代詩歌
出現了一種新的特質，即放棄歷史的宏大敘事，切近日常人生的
凡俗生活，以反諷、遊戲的態度直接處理生活中凌亂的碎片，以
此達到對存在的本真的敘述。按照他們自己的說法就是：「生命
的具體性、自足性、一次性、現時性和不可替代性必須得到理
解。」[47]一些詩人試圖剝離附屬在個人身上的歷史、文化和政治
的成分，而把人還原為赤裸裸的自然生命現象。這是對人生與詩
歌的重新界定，是一種深刻的對傳統詩歌本體的顛覆。

　　在後朦朧詩人中，「詩歌精神已經不在那些英雄式的傳奇
冒險，史詩般的人生閱歷、流血爭鬥之中。詩歌已經到達那片
隱藏在普通人平淡無奇的日常生活底下的個人心靈的大海。」[48]
他們推崇對日常生活的感覺還原，現實的世俗狀態下的苦樂構
成了他們詩歌中的平常人生的實在。在這裡，一種幾乎沒有
修飾、沒有情緒的包裹的人生的「樸素」場景被「冷靜」地展
示著，意象，本來取自於複雜的生活，然而到今天卻幾乎「返
回」到了原始的生活場景之中，它們既沒有抒情性意象的主觀

---

[46] 梁秉鈞：《穆旦與現代的「我」》，見《一個民族已經起來》，江蘇人
　　民出版社1987年版，第45頁。

[47] 韓東《〈他們〉，人和事》，見《今天》1992年第1期。

[48] 於堅：《詩歌精神的重建》，見《快餐館裡的冷風景》，北京大學出版
　　社1994年版，第260頁。

性，也沒有戲劇化意象明顯的批判性指向，彷彿就是為了「還原」人生的本來面目，我們可以將這一藝術方式稱為「還原的意象」。

　　于堅是一個富有代表性的詩人。在于堅的詩中，一種和傳統迥異的詩風相當自如地得到展現，比如他的〈作品52號〉中所表現的一個都市職員的簡單而瑣碎的日子：

　　　　很多年　屁股上拴串鑰匙　褲袋裡裝枚圖章
　　　　很多年　記著市內的公共廁所　把鐘撥到7點
　　　　很多年　在街口吃一碗一角二的冬菜面
　　　　很多年　一個人靠著欄杆　認得不少上海貨
　　　　很多年　在廣場遇著某某　說聲『來玩』
　　　　很多年　從18號門前經過　門上掛著一把黑鎖
　　　　很多年　參加同事的婚禮　吃糖　嚼花生
　　　　很多年　箱子裡鎖著一塊毛呢衣料　鏡子裡臉默默無言
　　　　很多年　靠著一堵舊牆排隊　把新雜誌翻翻
　　　　很多年　送信的沒有來　鐵絲上晾著衣裳
　　　　很多年　人一個個走過　城建局翻修路面
　　　　很多年　有人在半夜敲門　忽然從夢中驚醒
　　　　很多年　院壩中積滿黃水　門背後縮著一把布傘
　　　　很多年　說是要到火車站去　說是明天
　　　　很多年　鴿哨在高藍的天上飛過　有人回到故鄉

　　一種接近生活原態的列舉，把城市普通生命的真實存在不加修飾地傳達出來，而在這些列舉中，生命的荒誕與困境通過事件本身之間的矛盾和反諷關係得到了深刻的表現。〈鄰居〉記錄

了街坊鄰居吵架的故事：

> 他們又吵架了十年來那女的總是嚷離婚離婚離婚
> 十年來鄰居們聽見他們吵就去關門像天黑要關門那
> 樣自然
> 那女的砸了醬油瓶砸水杯砸了碗櫃砸燈泡砸地板
> 孩子和雞站在門背後縮成一團
> 那男人不出聲氣鄰居從來沒聽見他哼一聲是啞了是
> 死了不知道
> ……
> 後來聽不見聲氣了後來窗簾下了燈熄了
> 後來他們手挽手進城後來買回來一大包東西
> 於是那些門又開了大家又去淘米洗菜又從他家門前
> 經過……
> 那女的笑起來可真是美麗呀

　　在這種沒有奇跡、沒有感人的故事之中，生活如水一樣流淌，無聲無息，于堅卻使它們肆意進入詩篇，並且被當做更高的真實來表現。即使如〈寄小杏〉這樣的愛情詩，他也沒有刻意營造傳統的詩意：

> 小杏　我現在想念著你
> 我在一個陌生的城市
> 和一群熟人坐在一起
> 今晚他們深感不安
> 見我沉默不語

不時停住談話　朝我看看

我的目光穿越牆壁

穿越朋友們的友情

望著他們望不見的地方

那是你拉開窗簾的地方

那是我遇見你的地方

這不是孤獨的時刻

生活就在我的近旁

這是屬於你的時間

我在把你想念

真奇怪　我想像不出你的樣子

我只是把你想念

我只是在想念著你

一切都已不在眼前

夏天過去　天氣就要涼了

小杏　你睡覺的時候

要關好窗戶

你出門的時候

要穿上毛衣

你要的圍巾　我明天就去買

現在是十一點了

街上空無一人

我看見你輕輕地轉過頭來

抿嘴一笑

我很高興　又加入朋友們的聊天

日常語言的平淡道出，普通意念隨意流露，拒絕煽情，拒絕造作，詩人的意念在質樸中自然顯現。沒有特殊的意象設置，也沒有精巧的詩歌技藝，意象的還原實際上就是意象的特殊的消失。

## 第三節　中國現代詩歌中的意境緬懷

### 一、意境何以需要緬懷

中國現代詩歌從總體上步入意象化時代的事實並不等於說中國現代詩人已經永遠拋棄了源遠流長的「意境」傳統，實際上，對於喧囂的現代文明，中國詩人既充滿了嚮往，同時又不無困惑的惶恐，就是這樣一種情懷讓人們不時緬懷著中國古代的「意境」理想。

在現代都市之中，中國詩人不時會產生出一種異樣的局促來，請看20世紀30年代詩人路易士的〈初到舞場〉：

初次來到舞場，
我有著陌生人的局促的：
我局促於太多的笑，
與陌生的燃燒的臉。
我之黑色的衣著
遂播著淡漠與寒冷了。
我眩暈於慘綠的太陽，
與塗血之魔柱，
爵士音樂之無休的嚎哭，
亦使我頭兒昏沉。

> 而在妖窟之一隅，
> 我獨坐著
> 如一北極熊。
> 初次來到舞場，
> 我有著陌生人的局促的，
> 嗚，為了我是一個
> 來自古城的生客，
> 而況在都市裡，
> 我是一寂寞的幽靈。

　　這是一首表現詩人初次來到現代化的都市中進入娛樂場所──舞廳的感受的詩歌，一種「陌生人」的局促與不適使詩人對現代文化娛樂有種本能的抵抗與否定。這是一個象徵，代表了中國現代詩人對現代文明的普遍態度。「陌生人」的身分反映了作家與現代文明的距離感，它使現代詩人能夠保持想像與虛構都市的自由，他們生活在都市，卻以一種疏離的姿態來對待都市，從而以流浪者的身分展開與都市的關係。戴望舒在他的詩中多次表示自己是一個「夜行人」躑躅、徘徊在都市中，做著懷鄉的夢，在〈我的素描〉中，他說：「遼遠的國土的懷念者，／我，我是寂寞的生物」。艾青在〈畫者的行吟〉中自稱是一個都市的「Bohemian」（波西米亞人），穆木天在詩中哀歎自己是一個「永遠的旅人」，李白鳳在《你，泥土的兒子》詩中寫到：「必須重返零落的家園／在都市，這罪惡的大海裡／沒有一塊磚一片瓦／與你相宜。」他們都是一群都市裡的異鄉人。

　　異鄉人的自我感受反映了中國現代詩人面對都市時精神世界的複雜性，他們一方面現實性地感受到現代都市裡新的美學特

性，另一方面又對古典文化的神韻表現出本能的守望和堅持。因此，現代詩歌不時表現出對古典「意境」的緬懷。

## 二、緬懷意境的種種方式

中國早期的現代詩人在來到現代大都市之前，都生活在農村，感受著親情和鄉情的溫暖，體味著故鄉美麗的自然風光，長期接受著古典詩歌傳統的教育。在長期的古典文化的教育中，他們一遍又一遍地被強迫地背誦著模仿著唐詩宋詞，並把唐詩宋詞的世界化為生命的血液。因此，在他們開始進行現代詩歌創作的時候，情不自禁地把古典詩歌中的意境帶入到詩歌之中。在五四時期，古典詩歌的「意境」思想是詩歌創作難以割斷的根系，不自覺地表現出來，大部分作品都在「意境」的範疇中運作。其中，沈尹默的〈三弦〉最有代表性：

> 中午時候，火一樣的太陽，沒法去遮攔，讓他直曬著長街上。靜悄悄少人行路；只有悠悠風來，吹動路旁楊樹。
> 　誰家破大門裡，半院子綠茸茸細草，都浮著閃閃的金光。旁邊有一段低低土牆，擋住了個彈三弦的人，卻不能隔斷那三弦鼓蕩的聲浪。門外坐著一個穿破衣裳的老年人，雙手抱著頭，他不聲不響。

全詩雖然運用的是白話語言和自由詩體形式，但作者卻創造了一種「言盡意遠」的境界，詩中通過三個場面的描繪，造成「蒙太奇」的藝術效果，給人以想像的空間。詩人沒有主觀地議論和抒情，人生的悲愴卻蘊涵在其中，這正是古典詩歌「意境」的神髓。

　　隨著新文化運動的深入，詩人的主體意識不斷覺醒和膨脹，現代西方社會文化思想進一步的傳播，現代詩歌慢慢獲得了自己的精神品質和美學特質，但古典詩歌的「意境」思想並沒有完全在現代詩歌中消失，它自覺和不自覺地成為現代詩歌藝術建構的主要成分而得到繼承。很多詩人雖然在精神和情緒上已經相當現代化了，但他們在具體的詩歌創作中仍然以「意境」為旨歸。徐志摩是現代富有個性的詩人，他曾留學歐美，廣泛接受了西方現代文化精神，信仰自由、民主、平等的政治理念，他徜徉在自己的理想世界中，盡情歌唱著生命的瑰麗和燦爛。在理想的層次上，他獲得了一種物我交融的生命境界，感受到人與自然的和諧的美妙。〈再別康橋〉便是一曲現代天、地、人充滿生命靈性和諧共振的理想之歌：

> 輕輕的我走了，
> 正如我輕輕的來；
> 我輕輕的招手，
> 作別西天的雲彩。
> 那河畔的金柳，
> 是夕陽中的新娘；
> 波光裡的豔影，
> 在我的心頭盪漾。
> 軟泥上的清荇，
> 油油的在水底招搖；
> 在康河的柔波裡，
> 我甘心做一條水草！
> 那榆蔭下的一潭，

不是清泉，是天上虹；
揉碎在浮藻間，
沉澱著彩虹似的夢。
尋夢？撐一支長篙，
向青草更青處漫溯；
滿載一船星輝，
在星輝斑斕裡放歌。
但我不能放歌，
悄悄是別離的笙簫；
夏蟲也為我沉默，
沉默是今晚的康橋！
悄悄的我走了，
正如我悄悄的來；
我揮一揮衣袖，
不帶走一片雲彩。

　　在英國劍橋，美麗的自然是一片富有靈性的生命體，它淨化了一切世俗的欲望和靈魂的躁動，詩人以無限虔敬的心情傾聽自然的律動，在平靜與安寧中體味著純淨與秀麗，為人與自然之間充滿靈性的親近關係而陶醉。「我」輕輕的來，融化在自然的風景中，化為一株金柳、一片夕陽、一條水草、一道彩虹，自然的靈性即是「我」的靈性，金色的夕陽、繽紛的彩虹便是康橋的綺麗，便是「我」的夢；「我」的瀟灑與浪漫的神韻便是天空與康橋的輕俏的神韻。「我」悄悄的走，天空依舊，康橋依舊，美麗的風景永恆靜謐，清明的心性永遠映現在湖光山色之間。在這天地人三位一體的靈性化世界裡，徐志摩建構起現代生命詩意化

生存的空間，一種具有意境化的生命意識。

徐志摩是能夠深入到自然萬象之中體悟萬物的神韻並與之共舞的詩人。他巧妙地運用「我」與自然的共在關係把自己的情思託付給自然物象，在對物的情態書寫中表達一種現代生命意識他的〈偶然〉一詩，雖然表達的是現代社會人與人之間偶然相遇時的震驚與相別時的灑脫，傳達的是現代生命對此在的歡愉與享樂的重視，從而擺脫了傳統詩歌中別離主題的「怨情」模式，但是，作者卻以古典詩歌中常見的比興手法精心營構一種意境，獲得詩意生成的途徑。

> 我是天空裡的一片雲，
> 偶爾投影在你的波心──
> 你不必訝異，
> 更無須歡喜──
> 在轉瞬間消滅了蹤影。
> 你我相逢在黑夜的海上，
> 你有你的，我有我的，方向；
> 你記得也好，
> 最好你忘掉，
> 在這交會時互放的光亮！

這裡「我是……」句式消融了「我」與「物」、本體與喻體之間的差異，從而使詩中的主體「我」與客體「雲」具有相互指代的功能，使全詩達到了「我」與「雲」融為一體的境界。我即自然，自然即我，這種人與自然親密無間的應合關係，與古典詩歌的意境觀一脈相承。

　　這種把古典詩歌的意境經過簡單的處理來表現現代都市中的感覺和情趣，是現代派詩人的主要抒情策略，戴望舒的〈雨巷〉便是一個典型的個案。在〈雨巷〉中，彌漫著現代都市中特有的頹廢和感傷情緒，表現的是一種渴望奇遇的都市流浪者的心態，然而，這種情緒和心態卻融化在「青鳥不傳雲外信，丁香空結雨中愁」的古典氛圍中。以古典意境表現現代情緒，現代詩人進行了一系列探索和嘗試，廢名、林庚、金克木、卞之琳等人的創作實際上都是走的這一條路子，他們以莊子、禪宗的心性來透視現代生活，表達的卻是現代的人生思想和智慧。而象徵派、現代派詩人在對西方象徵主義詩歌流派以及意象派詩歌的藝術主張中，直接找到了一種與古典詩歌意境論思想相通的路徑。屈軼在〈新詩的蹤跡與其出路〉中精闢地指出：現代詩人「受了過多西洋文學的影響，獲得了包涵於西洋文學裡的資本主義的精神，然而他們的美學觀點，卻又極其傳統的。最聞名於當時的例子，他們反對西湖造洋房築馬路，以為這有損於自然的美。在詩的王國裡也是如此。」[49]

　　中國古典詩歌的意象選擇和藝術風格直接被許多現代詩人所接受，詩人江帆的〈公寓〉寫都市中的旅人懷想故園的秋天：「七月使鼮鼠營巢了，／八月使螽斯振羽了，／九月使蟋蟀入我床下，／我家的秋天也有古典的秩序。」完全是化用〈詩經・七月〉中的意象，（〈詩經・七月〉：「七月在野，八月在宇，九月在戶，十月蟋蟀，入我窗下。」）其目的是企圖在對鄉土的懷念中建立通向古典文化的橋樑。在戴望舒的詩中，這種故園雖然已經破敗，但它仍承擔著支撐詩人情感的支點，他在〈深閉的園子〉中寫到：

---

[49] 屈軼：《新詩的蹤跡與其出路》，見上海《文學》第8卷第1期，1937年。

五月的園子
已花繁葉滿了，
濃蔭裡卻靜無鳥喧。
小徑已鋪滿苔蘚，
而籬門的鎖也鏽了——
主人卻在迢遙的太陽下。
在迢遙的太陽下，
也有璀璨的園林嗎？
陌生人在籬邊探首，
空想著天外的主人。

　　可以說，這是典型的古典詩歌中悲秋傷春情結的延續。這種情懷一頭連接著古典的感時傷世，一頭又迎合現代都市的病態生存，從而在現代派詩中肆意氾濫。典型的還有戴望舒的〈小病〉：

現在，我是害怕那脫髮的饕餮了，
就是那滑膩的海鰻般美味的小食也得齋戒，
因為小病的身子在淺春的風裡是軟弱的，
況且我又神往於家園陽光下的萵苣。

　　一種「尋尋覓覓，冷冷清清，悽悽慘慘戚戚」的孱弱氣息撲面。把這種病態的敘寫發揚光大的是路易士，他的〈三月之病〉幾乎成了現代派詩人精神的寫照：

三月來了，
我之飾著良夜的窗是悽迷的，

而我卻有著如棉的身子，

和數聲輕輕的咳嗽。

縱無灼膚之高熱，

（晚飯時如願的小菜亦是可口的，）

然對此良夜淒迷的窗，

我已不勝其寒冷了。

　　對古典意境的崇拜使現代詩人在都市中有意識地營造某種氛圍，林庚在這方面用力最多，他的〈滬之風雨〉被廢名稱為是「一篇神品」，認為「它真是寫得太自然，太真切，因之最見作者的性情了」[50]。詩中寫到：

來到滬上的雨夜裡

聽街上汽車逝過

簷間的雨漏乃如高山流水

打著把杭州的油傘出去吧

雨水濕了一片柏油路

巷中有人拉南胡

是一曲似不關心的幽怨

孟姜女尋夫到長城

　　詩人在大上海的小巷中見到的不是現代的車水馬龍和機器的轟鳴，而是一曲古典的幽怨的情致，古代的癡心女的故事完全遮蔽了現代景觀，從而引起一種悠遠的詩意的想像。在這種詩情

---

[50]　廢名：《林庚與同朱英誕的新詩》，見《談新詩》，人民文學出版社1984年版，第188頁。

的指引下，現代派詩人集體奔向晚唐五代的柔弱與脂香的境界
中，從而弱化對都市的直接敘述和對當下狀態中的現實感知。
「懷著鄉愁尋找家園」，這是支持著中國現代詩歌詩意重建的不
懈衝動。古典詩歌意境思想中所含的生命意識與禪意人生一直被
現代詩人所珍視，他們試圖在自然的返璞歸真中、在自我心性的
守望中保持古典的那份超然與優雅、渾融與愜意、傷感與悲情。
這是鄭愁予的〈錯誤〉：

> 我打江南走過
> 那等在季節裡的容顏如蓮花開落
> 東風不來，三月的柳絮不飛
> 你底心如小小的寂寞的城
> 恰若青石的街道向晚
> 跫音不響，三月的春帷不揭
> 你底心是小小的窗扉緊掩
> 我達達的馬蹄是美麗的錯誤
> 我不是歸人，是個過客……

　　人生的悲歡在「美麗的錯誤」中悵然，幽怨的心情在靜悄
中綻放，吐出如絲如縷的芬芳。在這芬芳的玩味中，現代詩人以
生命的「過客」身分遙想著那開落在古典中的「容顏」。

# 第四章　中國現代詩歌的情緒之流

## 第一節　情緒：新的欣賞物件

### 一、情緒的詩

　　在詩歌欣賞過程中，我們常說一首詩表達了什麼樣的「情緒」或「情感」，一般不會深究這兩個概念有何區別，為了作更細緻的辨析，可以先來看兩首詩，一首是杜甫的七律〈聞官軍收河南河北〉：

> 劍外忽傳收薊北，初聞涕淚滿衣裳。
> 卻看妻子愁何在，漫捲詩書喜欲狂。
> 白日放歌須縱酒，青春作伴好還鄉。
> 即從巴峽穿巫峽，便下襄陽向洛陽。

　　這首詩不好用「意境」或者「意象」來說明，因為它是直接抒寫飽受戰亂之苦、漂泊流離的詩人聽到官軍收復失地以後的那一瞬間的心靈感受。這種感受無疑是強烈的，詩人悲喜交加，甚至達到了「欲狂」的程度。然而這強烈的詩情卻仍然是循著一定的規範流瀉而出，「初聞」時落淚，再「回頭看」家人的反應，他計畫著如何「放歌」、「縱酒」以慶賀這個喜訊，並想像著回鄉的途程和路線……我們會發現，詩人並沒有因為巨大的驚喜而忘乎所以，一種理性的邏輯始終與心靈的激動相伴相隨，這，其實就屬於詩的「情感」範疇——情感尚未漲潮至衝破理性

框架的程度。相應的，這首詩也提供了與表達這樣的情感相適應的形式：它是律詩，每個單句字數相同，結構勻齊，都是按二、二、三的節拍有規律地停頓、綿延，有起有伏，但絲毫不亂。因此，這首《聞官軍收河南河北》雖然被稱作是詩風沉鬱頓挫的杜甫「生平第一首快詩」，它卻是輕快躍動的而決不至於輕飄飛颺，非常符合中國古典詩學所追求的「樂而不淫、哀而不傷」的審美理想。下面再來看另一首自由體的新詩──郭沫若的〈天狗〉：

> 我是一條天狗呀！
> 我把月來吞了，
> 我把日來吞了，
> 我把一切的星球來吞了，
> 我把全宇宙來吞了。
> 我便是我了！
> 我是月底光，
> 我是日底光，
> 我是一切星球底光，
> 我是X光線底光，
> 我是全宇宙底Energy底總量！
> 我飛奔，
> 我狂叫，
> 我燃燒。
> 我如烈火一樣地燃燒！
> 我如大海一樣地狂叫！
> 我如電氣一樣地飛跑！

我飛跑，

我飛跑，

我飛跑，

我剝我的皮，

我食我的肉，

我吸我的血，

我齧我的心肝，

我在我神經上飛跑，

我在我脊髓上飛跑，

我在我腦筋上飛跑。

我便是我呀！

我的我要爆了！

　　這首詩更不宜用「意境」或者「意象」來說明（詩中的「天狗」與其說是「意象」，毋寧說是一個被借用的「形象」），它是一次心靈激情的裸呈。然而，我們卻不清楚這激情從何而來，為何而來；突兀地、顯赫地闖入我們視野的，是詩句每一行開頭都豎立著的「我」，這個反復出現的字眼一下子打破了平衡，也打破了和諧，讓我們進入一個眩暈、顛倒的世界。這是一個什麼樣的「我」啊，吞日、吞月，把自我擴張成全宇宙，渾身漲溢著無窮的精力和能量……這個「我」似乎太激動、太興奮了，並且興奮得不知如何是好，只能任由飽滿到快要爆裂的生命感所驅使，奔跑、狂叫、燃燒，可這還遠遠不夠，洶湧的激情引領著「我」不斷旋轉、上升，直至進入一種類似柏拉圖所謂的「迷狂狀態」──「我剝我的皮，我食我的肉，我吸我的血，我齧我的心肝」；最後，詩中出現的便全成了驚心動魄的狂言、瘋話：「我在我神經上

飛跑,我在我脊髓上飛跑,我在我腦筋上飛跑。」這已經完全喪失了現實邏輯上的可能性,也迥異於一般意義上的誇張、想像,但只有這樣一種近乎怪誕的方式,才淋漓盡致地表現了詩人內心所達到的「高峰體驗」。這首詩與《聞官軍收河南河北》的不同是顯而易見的,詩人要表達的不再是一種清晰的、特定的、具有明確指向的「情感」,而是一種超越現實、完全掙脫了理性的羈絆,從生命深處升騰而上的衝動。這,其實就屬於詩的「情緒」範疇。〈天狗〉可以說是一首典型的「現代情緒詩」。相對於中國古典詩歌,〈天狗〉呈現出以下幾個顯著的特徵:

(1)詩中的情緒被推向了極致、極端,達到「極情」的程度。我們知道,「樂而不淫、哀而不傷」、「以理節情」、「中和之美」……這些都是中國千百年來流傳、積澱下來的詩藝傳統和審美傳統,它使得詩歌傳達的情感趨向於含蓄、優雅、深沉,而像〈天狗〉這樣將熱烈推向熱狂,將豪放推向恣肆,甚至帶上赤裸、粗直、怪誕色彩的詩,卻是前所未有的。初次閱讀這首詩一定會讓人感到陌生、不習慣,具有古典欣賞口味的讀者甚至會產生排拒的心理,原因或許就在於〈天狗〉中的情緒太不「規矩」,太「瘋」了,它完全冒犯了上面所提到的那些傳標準。然而,我們也要知道,人的生命中並不只有處於各種規則之下的感情,並不只有處於常態當中的感情,難道人的一生中就沒有過要掙脫外加於自己的一切律令、迸發出心內最原初的衝動的一瞬間?難道就沒有過被感覺的閃電猛然擊中的一剎那?難道就沒有過在情緒的巔峰上自由奔跑,直至升向天庭的一次體驗?其實,這就類似

於郭沫若的詩所提供的狀態，它同樣是生命的一種狀態，而且是很難達到的一種狀態，是現代新詩出現的新的表現物件和欣賞物件。

（2）〈天狗〉將「自我」提升到了一個空前的高度、一個至上的位置。古典詩歌在處理「物」與「我」的關係時，強調的是自我意識的消隱，所謂「天人合一」、「物我交融」的審美境界，指的就是人要盡量稀釋、沖淡自己作為主體的意志、欲望和精神，從而達到與物件的融和無間。所以在古典詩歌達到「無我」狀態、「以物觀物」的詩，比之於「以我觀物」，「萬物皆著我之色彩」的詩，通常被認為是更高一籌的。但在〈天狗〉中，作為主體的「我」卻以非常尖銳的方式被凸現出來。「天狗」這一神話傳說中的存在，遠遠超出了它的原型意義，詩人借用這個形象要寫的是人、人的主體、人的主體精神。在「日」、「月」乃至整個宇宙面前，人的自我不僅沒有變得渺小，反而不斷擴張，不斷強大，衝破一切束縛和局限，最終高高躍居於宇宙萬物之上。這是一個近乎「神」的自我，按照《聖經》的說法，神說「要有光」，於是世界才有了光，而〈天狗〉中的「我」竟敢宣稱：「我是……光」，是一切的光。這是何等的狂妄！但「人」也因此被提升，與偉大、崇高之物並立在一起。類似這樣一種強健有力的自我，是此前的傳統詩歌中從未出現過的。

（3）由於要表現絕端自由的情緒，絕端自主的自我，〈天狗〉採用的是一種不假思索、極度自由的形式。與詩

中四處發散、左沖右突的情緒相適應，〈天狗〉的詩行很不規則，完全依照情緒的動盪而長短不一。因為情緒始終維持在一個很高的點上，詩的節奏顯得很快，就那樣一直急促地行進，造成一種激烈、緊張的氛圍。它的每一個詩句如果單獨抽出來看，都很淺易直白，沒有什麼太多的詩意，像「我如烈火一樣地燃燒」，這樣的句子是很普通的，經不起太多的咀摸和回味，但一個個看似毫不出奇的句子，連在一起卻構成一個洶湧澎湃的整體，具有異常強烈的效果。實際上，這也是〈天狗〉不同於古詩的一個特徵：優秀古典詩歌的每個字、每個詞、每個句子都需要經過反復的推敲和打磨，使其充滿意義，煥發出美感的光輝，尤其是「詩眼」，更是一首詩中最為晶瑩剔透、令人難忘的部分。要感受古典詩的魅力就必須「吟誦」，在時間性的停頓中體味字句的內涵。而到了〈天狗〉中，個別的字句變得不那麼重要了，更重要的是詩的整體，所以〈天狗〉這首詩並不適合默讀，不適合一邊沉思，一邊細細地品味，而宜於進行一種高速度的朗讀，這樣讀者會被捲入詩的高潮，不斷情緒的拍打和衝擊，從而感受到在平常情境下極難體驗的東西。不能不承認，〈天狗〉的形式同樣也是一種美感形式，它對建構詩歌新的美學形態，具有十分重要的意義。

〈天狗〉一詩選自郭沫若1921年出版的詩集《女神》，詩集中有不少詩作如〈晨安〉、〈我是個偶像崇拜者〉等，都與〈天狗〉有相似之處，它們所表現出來的新異特徵，很早就被人注意到了，聞一多曾經評價：若講新詩，郭沫若君的詩才配稱新呢，

不獨藝術上他的作品與舊詩詞相去甚遠，最要緊的是他的精神完全是時代的精神——20世紀底時代的精神。聞一多所說的「20世紀底時代的精神」，有助於我們理解現代情緒詩產生的背景和原因。

如果我們注意一下這些詩的寫作時間，會發現那正是20世紀初的五四時期，是中國從社會到文學都經歷著現代轉型的時期，這一時期最重大的事件之一，就是對「個人」的發現。在對封建禮教的反叛中，「個體」不再如中國傳統文化那樣消融於「類」（社會、家族、國家、民族），而是作為獨立的存在受到了尊重，得到了肯定，那些被壓抑在各種規範之下人的個性覺醒了、復甦了，人自身、人的內在生命受到了前所未有的關注。當人意識到自我存在的時候，就會發現生命原本具有無限的豐富性和複雜性，現代人騷動不安的靈魂、動盪不寧的情緒世界，在此時被呈現了出來。「情緒」之所以成為現代詩歌的表現物件，可以說正是根源於「個性解放」的時代潮流。

## 二、繁複的情緒

個人的覺醒所帶來的情緒表現從一開始就是繁複、多元的，〈天狗〉代表的只是其中突出的一極：那昂揚的浪漫主義情緒，那宛如獲得自由和重生之後的狂喜。而更多的詩篇會讓我們繼續發現現代情緒的各個側面，例如艾青長約200行的長詩〈巴黎〉，就以罕有的力度揭示了現代情緒的複雜性，以下是它開頭的一小部分：

巴黎
在你的面前

黎明的，黃昏的
中午的，深宵的
——我看見
你有你自己個性的
憤怒，歡樂
悲痛，嬉戲和激昂！
整天裡
你，無止息的
用手捶著自己的心肝
捶！捶！
或者伸著頸，直向高空
嘶喊！
或者垂頭喪氣，鎖上了眼簾
沉於陰邃的思索，
也或者散亂著金絲的長髮
激聲歌唱，
也或者
解散了緋紅的衣褲
赤裸著一片鮮美的肉
任性的淫蕩……你！
盡只是朝向我
和朝向幾十萬的移民
送出了
強韌的，誘惑的招徠……
巴黎，
你患了歇斯底里的美麗的妓女！

……

　　如果說〈天狗〉中的「我」面對的是空濛宇宙，那麼〈巴黎〉中的「我」面對的則是一個喧囂動盪的現代化大都市。詩人艾青早年留學法國，巴黎給他留下了難以磨滅的深刻印象，這首詩寫的就是一個東方的青年在遭遇西方都市文明時所受到的巨大的精神撞擊。詩中最富有刺激性的是人格化的巴黎、生命化的巴黎——巴黎「用手捶著自己的心肝」，向著天空嘶喊，它或低頭沉思、「澈聲歌唱」，或「解散了緋紅的衣褲／赤裸著一片鮮美的肉」——這是一個集歡樂、憤怒、悲痛於一身的存在，一個靈性與肉感的結合體，它既豐富又邪惡，充滿活力也充滿腐朽。詩人將它比做「患了歇斯底里的美麗的妓女！」這句斷語準確地定義了矛盾的巴黎、分裂的巴黎，也真切地折射出生活於其間的「我」錯綜複雜的情緒：面對蠱惑力十足的巴黎，「我」既渴望又排拒，既接近又疏遠，既感受著它無處不在的迷亂，又想清醒地直面它、注視它，讓自己上升為一個堅定的主體。從一開始，「我」與「巴黎」就處在這樣一種緊張而微妙的關係中。

　　在接下來的部分，詩人用高度印象變形的方式，寫出了巴黎大街上的車水馬龍、人潮洶湧、死的叫囂和生的狂蹈，這幾乎是巴黎物質文明與精神文明的全貌。站在巴黎的風景線上放眼望去，無處不是美與醜、真與假、莊嚴與荒淫、崇高與卑下、文明與野蠻、驕傲與虛弱等對立統一的「珍奇的創造」，它們促成了主體「我」同樣對立統一的心理感受：愛與恨、崇拜與反叛，快樂與痛苦、熱鬧與孤獨、理性與非理性……它們交織在一起，相互衝撞又相互糾纏。例如下面的這段：

巴黎

你是健強的！

你火焰沖天所發出的磁力

吸引了全世界上

各個國度的各個種族的人們，

懷著冒險的心理

奔向你

去愛你吻你

或者恨你到透骨！

——你不知道

我是從怎樣的遙遠的草堆裡

跳出，

朝向你

伸出了我震顫的臂

而鞭策了自己

直到使我深深的受苦！

這是「我」在面對巴黎過去與現在的光榮時，升騰到意識

層面的「又愛又恨」

的情感。而到了接下來的一段，情緒則發生了轉換：

巴黎

你這珍奇的創造啊

直叫人勇於生活

像勇於死亡一樣的魯莽！

你用了

春藥，拿破崙的鑄像，酒精，凱旋門

鐵塔，女性

> 盧佛爾博物館，歌劇院
> 交易所，銀行
> 招致了：
> 整個地球上的──
> 白癡，賭徒，淫棍
> 酒徒，大腹賈，
> 野心家，拳擊師
> 空想者，投機者們……
> 啊，巴黎！
> 為了你的嫣然一笑
> 已使得多少人們
> 拋棄了
> 深深的愛著的他們的家園，
> 迷失在你的曖昧的青睞裡

在羅浮宮、鐵塔、歌劇院、交易所、銀行、拿破崙銅像、凱旋門、巴士底獄、巴黎公社牆的上面，激起的是隱伏在潛意識中的各種本能──創造的本能、性的本能、權力欲望、征服欲望……這些原始的衝動綿延奔騰，宛如巨浪滔滔的洪流。然而非理性的洪流並沒有淹沒作為主體的「我」，在詩的最後，「我」以一種挑戰的姿態，向著巴黎發出誓言般的呼告：

> 巴黎，
> 我恨你像愛你似的堅強，
> 莫笑我將空垂著兩臂
> 走上了懊喪的歸途，

我還年輕！

而且

從生活之沙場上所潰敗了的

決不只是我這孤單的一個！

——他們實在比為你所寵愛的

人數要多得可怕！

我們都要

在遠離著你的地方

——經歷些時日吧

以磨練我們的筋骨

等時間到了

就整飭著隊伍

興兵而來！

　　從以上的心理流程可以看出，在〈巴黎〉中，情緒的消長顯得十分複雜，這很大程度上是由於主體「我」與客體「巴黎」之間的緊張關係所致。如果與〈天狗〉作一個對比，我們會發現〈天狗〉裡的「我」沒有受到任何擠壓，所以其自我擴張帶有一種虛空的味道，詩中所表現的情緒也是相對單純的；而在〈巴黎〉中，巴黎這座城市就是現代人所處的現代生活環境，它匯合了「最偉大、最瘋狂、最怪異的個性」，使置身於其中的「我」感到巨大的威逼，同時主體也產生了掙扎、反抗、甚至征服它的欲望和激情。在這樣一種相互作用中，主客體各自豐富了對方。〈巴黎〉中的個人情緒更富有力度和密度，更富有現實感，〈巴黎〉中的「我」也更深刻地揭示了個人在進入現代以後的命運和困境：現代文明、都市文明帶來的不僅是被解放了的自由感，也

是巨大的壓力、異化的危險和迷失的可能。並不是所有的個人在面對現代都市文明的誘惑和擠壓時，都有〈巴黎〉中「我」的表現——強化主觀的欲望、意志，以之去迎受、去抗爭那個龐大的客體，更多的詩篇呈現的，是個人在現代文明咄咄逼人的威脅下轉身逃避的身影，是個人在現代都市中茫然無依、幻滅悲哀的情緒，他們彷彿染上了憂鬱病，連青春也露出病態，如何其芳的〈季候病〉：

　　過了春又到了夏，我在暗暗地憔悴，
　　迷漠地懷想著，不做聲，也不流淚！

　　這些詩中的主體往往是柔弱乃至怯弱的，如戴望舒的〈我的素描〉：

　　我是青春和衰老的集合體，
　　我有健康的身體和病的心。
　　……
　　但在悒鬱的時候，我是沉默的，
　　悒鬱著，用我二十四歲的整個的心。

　　他們大量的詩題目就叫做〈寂寞〉、〈煩憂〉、〈嫌厭〉……這些詩裡蔓延的多半是感傷、抑鬱、哀怨、頹喪、苦悶、迷惘、虛無的低沉情緒，類似這樣的內容在傳統的審美創作中似乎並不少見，為什麼我們還稱之為「現代情緒」呢？因為它們是對現代生活秩序產生的恐慌，特別是對機械文明實現後的社會生活——那充滿銅臭和喧囂的機器聲的生活的厭惡，以及由此

引起的困惑、失落和倦怠。在表達方式上，這些詩也由宣洩轉向渲染，由直寫轉向暗示。」一個人在夢裡洩露潛意識，在詩歌裡洩露隱秘的靈魂「（戴望舒），詩人通過詩來暗示出人「潛在意識的世界」，來傳達個人內心的隱蔽欲念和深層感受。如馮乃超的這首〈現在〉：

> 我看得在幻影之中
> 蒼白的微光顫動
> 一朵枯凋無力的薔薇
> 深深吻著過去的夢
> 我聽得在微風之中
> 破琴的古凋——琮琮
> 一條乾涸無水的河床
> 緊緊抱著過去的虛空
> 我嗅得在空殼之中
> 馥鬱的蘭香沉重
> 一個晶瑩玉琢的美人
> 無端地飄到我底心胸

　　詩中表現的是詩人對已經成為了過去的感情的追憶和懷戀。詩人沒有直接描寫這結束了的過去究竟是怎樣的一回事，也沒有直接從自己的感受入手，而是從描寫枯凋的薔薇、乾涸無水的河床兩個意象開始。枯凋的薔薇和乾涸的河床兩個意象，共同暗示了一種近乎絕望的痛苦，而無論是薔薇的「深深吻著過去的夢」，還是河床之「緊緊抱著過去的虛空」，都暗示著這種近乎絕望的痛苦與過去情感經歷的密切聯繫。與此同時，幻影、蒼白

的微光、微風、破琴的古凋等營造出來的模糊幽暗的情緒氛圍，又恰到好處地環繞在枯凋的薔薇和乾涸的河床這兩個中心意象的周圍，用遮蔽和隱藏的方式，暗示出了詩人的難以言說的痛苦心情。正是在這種朦朧幽暗的氛圍之中，詩人對於過去之情感經歷的記憶出現了，「一個晶瑩玉琢的美人」進入了我們的視域，但全詩也恰好在這裡戛然而止，只留下一個餘味無窮的空白世界，召喚著我們無盡的想像。可以說，這個晶瑩玉琢的美人在詩人營造出來的朦朧氣氛中一閃而過，並沒有向我們展示一個清楚明白的世界，而是引發了更多的朦朧悠遠的期待，進一步把我們引入了難以名狀的體驗狀態。在這個意義上，〈現在〉始終用現在來暗示過去，這種暗示用阻止我們真正進入過去的方式，向我們敞開了一個美好的情感世界，誘惑著我們不斷想像中一次又一次地回到詩人的情緒氛圍之中，與詩人一起低徊吟詠，一起在無可名狀的痛苦之中玩味那消失了的經歷與記憶。

　　馮乃超在〈現在〉中的自我玩味，在痛苦中流連低徊的心理氣質，帶有明顯的現代頹廢色彩，但還保留了較多的古典氣息，還顯得較為曼妙柔和，而蓬子的〈在你面上〉一詩，則帶有更詭異的色彩，更濃重的頹廢情調：

> 在你面上我嗅到黴葉的氣味，
> 倒塌的瓦棺的泥磚的氣味，
> 死地和腐爛的池沼的氣味，
> 以及雨天的黃昏的氣味；
> 在你猩紅的唇兒的每個吻裡，
> 我嘗到威士忌酒的苦味，
> 多刺的玫瑰的香味，糖硃的甜味，

以及殘缺的愛情的滋味。

但你面上的每一嗅和每個吻，

各消耗了我青春的一半。

這首詩寫「我」在面對戀人時產生的奇異感覺。一般來說，寫所愛的人應該盡顯其美，可是「我」在戀人的面上聞到的卻是腐爛和死亡的氣息，在戀人的熱吻中感到的是麻醉和劇毒。詩人為什麼要將愛與醜惡、死亡的意象並置在一起呢？為的就是享受一種醜惡之上的美、苦痛之中的快樂，這種陰暗、隱晦的心態其實就通達到了「頹廢」。整首詩由一個個的感覺連綴而成，喚起的卻是幻滅的、頹廢的情緒。這一類情緒詩往往給人沉溺於病態的印象，但它們在捕捉感覺、把握本能，表現人幽微難言的內在世界方面，進行了種種嘗試，使我們能窺見現代人脆弱、陰沉的靈魂的一角，所以自有其意義。

### 三、對情緒詩的小結

通過以上一些例子，我們分析了「情緒」在現代詩中各異的表現，現在可以得出下面幾個結論：

（1）情緒是一種心理流程，還沒有上升到意識層面，一旦能用概念或語詞來表述，就可能變成情感。情感的物件性較明顯，情緒則是混融的、不規則的。

（2）情緒之所以成為現代詩歌的表現對象，主要是由於個性解放的緣故，隨著個體意識的覺醒，詩人對個人的內在生命有了充分的自信，也更注重挖掘生命深層的欲望、本能、潛意識、衝動、夢幻……它們構成了現代新詩中的情緒之流。

（3）情緒詩是指以情緒表達為主體的現代詩歌。現代詩人
　　　有的以情緒裸呈的方式進行直接的書寫，也有的借助
　　　於意境、意象，但仍舊以傳達情緒為旨歸。還有一些
　　　情緒詩十分複雜，達到了對情緒、情感甚至玄思的高
　　　度融合，詩中的感覺、情緒、情感出現對流、轉換的情
　　　況（如艾青的〈巴黎〉），但仍然以表現情緒為主體。
（4）情緒詩讓我們觸摸到現代人複雜的精神世界，通過對
　　　現代詩中情緒的解讀，我們更能理解「完整的人」
　　　──理性與非理性的複合體的含義。

## 第二節　現代情緒詩的閱讀與欣賞

　　任何一種審美境界都要求人們以特定的方式來感受它。當
情緒成為詩歌新的表現物件時，我們也應該以特定的方式來欣賞
它。在閱讀〈天狗〉的時候我們曾經談到，古典的「樂而不淫，
哀而不傷」的審美標準已經不適合去評價這首詩了，這並不是說
這個古典的標準就是不好的，而是說任何一種標準都存在合理
性，同時也具有一種排他性，當新的潮流出現的時候，如上一節
所列舉的現代詩均不是「樂而淫」、「哀而傷」的，這些新的特
徵要求我們調整自己，採取更適合的方式去貼近欣賞物件。基於
此，提出以下幾點，作為閱讀與欣賞現代情緒詩時應注意問題。

### 一、把握情緒的範圍

　　「情緒」往往是難以言明的，但也並不完全是只可意會，
不可言傳的。對於一首情緒詩，我們在讀完之後應當感知其情緒
的邊界和範圍，也就是說，它大致屬於哪一類情緒。把握情緒的

範圍，並不等於對情緒進行硬性定義。欣賞當中最容易踏入的誤區就是追問「僵死」的意義。面對一篇作品，我們慣常的思維是：它是什麼意思？而且很容易用常見的、概念化的語言來總結和歸納，諸如聞一多的詩歌表現了「愛國主義的思想感情」，徐志摩的詩流露出「小資產階級情調」等等，其實，正是這些似是而非的概念使我們忽視了文本的內在肌理，阻礙了我們通往理解詩歌的道路。因此，我們不能將把握情緒的範圍混同於給情緒貼標籤，後者是從觀念出發，忽視詩歌文本，而前者則要求尊重文本、深入文本。那麼，到底應該如何把握情緒的範圍呢？當然還是從詩歌文本出發，在發現文本自身的特性的基礎上形成看法並不斷加以修正，最後才能得出一個較切近的答案。例如艾青的〈巴黎〉，其基本的情緒是什麼？不能簡單地認為是「對資本主義大都市的詛咒」，因為詩中雖然有很多地方表現了這種詛咒，然而也有更多的地方表現得恰恰相反——詩人也讚美巴黎！正是由於詩歌的文本昭示了這種悖論，我們就必須修正任何一種簡單化的結論。循著文本提供的線索，我們會發現詩人總是一邊描摹巴黎的不同景觀，一邊不斷插入評判性的語句，如：「巴黎，／你患了歇斯底里的美麗的妓女！」，「你是怪誕的，巴黎！」，「巴黎／你是健強的！」，「巴黎／你這珍奇的創造啊」「你——／龐大的都會啊／卻是這樣的一個／鐵石心腸的生物！」這些相互對立的評價，反映出主體精神上極大的不平衡，巴黎這個現代化的大都市對主體來說，具有的意義是多重的，主體既受到致命的吸引和誘惑，同時又保持著強烈的敵對。當我們有了這樣一個基本感受之後，就可以說出〈巴黎〉大致的情緒範圍了，它表現的是現代都市中的個人所經歷的靈魂騷動，以及由此帶來的理性與非理性錯雜交織的情緒洪流。這當然還只是最粗線條的說

明，要想領略情緒「錯雜交織」的具體情況，還需對文本繼續進行更細緻的解讀。

又比如蔡其矯創作於抗戰時期的政治抒情詩〈風雪之夜〉：

> 萬代千秋的長城啊！
> 風在怒號，雪在狂飆；
> 樹木被吹倒，道路被阻塞，
> 受難的中國在風雪裡困苦地呼吸。
> 風啊！你是要打倒敵人還是要摧毀田園？
> 雪啊！你是要孕育豐收還是要帶來災難？
> 寒冷到了最後，黑夜到了盡頭，
> 中國啊！你在勝利的面前站立起來！

這首詩雖然具有一個較為明確的主旨，即呼喚受難的中國儘快從敵人的踩躪與困苦中站立起來，亮出自己勝利的面容。但詩人顯然對抗戰的艱難有比較清醒的體認，因此，整個詩的真正主旨沒有像我們所想像的那麼明朗，而是交織著一種困厄、苦楚與希望的複雜情緒，正如那「風」，是要「打倒敵人還是要摧毀田園？」也如那「雪」，是「要孕育豐收還是要帶來災難？」詩人的詰問顯然是其複雜情緒的折射與彰顯。

再如詩人賀敬之1956年所作的著名詩歌〈回延安〉：

> 心口呀莫要這麼厲害的跳，
> 灰塵呀莫把我眼睛擋住了……
> 手抓黃土我不放，

緊緊兒貼在心窩上。

……幾回夢裡回延安，

雙手摟定實塔山。

千聲萬聲呼喚你。

——母親延安就在這裡！

對於今天生活在和平年代的青年讀者來說，可能不太容易理解這裡面對延安的激情了。但藝術欣賞就是需要「還原」，需要在「還原」詩人原初心理中把握其情緒的真切形式與範圍。我們知道，詩人賀敬之作為一位青年作家當年是在延安找到了自己的理想人生，延安伴隨著他的成長，伴隨著他樸素而真摯的生命態度，延安，本來就是他精神的家園。在50年代中期，在繁忙的事務之餘，他終於有機會返回這令他魂牽夢繞的所在，並以這樣樸素的家園享受來暫時推開那些繁雜的日常人生，這該是怎樣的激動和渴望呢！只有理解了詩人的這些人生過程，我們才能夠更準確地把握其詩歌情緒的範圍。

下面再來舉另外一個例子，想一想下面這首詩表達的是哪一類情緒：

我的記憶是忠實於我的，

忠實得甚於我最好的友人。

它存在在燃著的煙捲上，

它存在在繪著百合花的筆桿上，

它存在在破舊的粉盒上，

它存在在頹垣的木莓上，

它存在在喝了一半的酒瓶上，

在撕碎的往日的詩稿上，在壓幹的花片上，

在淒暗的燈上，在平靜的水上，

在一切有靈魂沒有靈魂的東西上，

它在到處生存著，像我在這世界一樣。

它是膽小的，它怕著人們的喧囂，

但在寂寥時，它便對我來作密切的拜訪。

它的聲音是低微的，

但它的話卻很長，很長，

很長，很瑣碎，而且永遠不肯休：

它的話是古舊的，老是講著同樣的故事，

它的音調是和諧的，老是唱著同樣的曲子，

有時它還模仿著愛嬌的少女的聲音，

它的聲音是沒有氣力的，

而且還夾著眼淚，夾著太息。

它的拜訪是沒有一定的，

在任何時間，在任何地點，

甚至當我已上床，朦朧地想睡了；

人們會說它沒有禮貌，

但是我們是老朋友。

它是瑣瑣地永遠不肯休止的，

除非我淒淒地哭了，或是沉沉地睡了；

但是我永遠不討厭它，

因為它是忠實於我的。

　　這是戴望舒的〈我的記憶〉。這首詩乍一看看不出有什麼情緒，因為它的句子好像在「敘述」，而且平淡、瑣碎、絮絮叨

叨。但只要注意一下「我的記憶」生存的地方，就會發現那「燃著的煙捲」、那「繪著百合花的筆桿」、那「破舊的粉盒」、那「頹垣的木莓」、那「喝了一半的酒瓶」、那「撕碎的往日的詩稿」等，組合成詩人過往日常生活與寫作生活的空間，並且這些意象都帶著陳舊、黯淡的色彩。如果再注意一下「我的記憶」來去的過程，又會發現那「膽小的」，「沒有氣力的」，「夾著眼淚，夾著太息」的樣子，宛若就是詩人的情態，是他漂泊、失意的一生的寫照。這首看起來不似情緒詩的詩，其實以最自然的方式帶出了悠悠情緒，它應該屬於感傷、寂寞一類。其實，「寂寞」也是戴望舒整個創作中貫穿始終的最基本的情緒。很多詩人的創作都有屬於自己的基本情緒，找到了這一點，也就找到了我們理解其詩、其人的鑰匙。「情緒」是進入現代詩的一個重要的角度，而發現「情緒的範圍」則是讀懂現代情緒詩的一個前提。

## 二、感受情緒的運動方式

　　「情緒」總是具有一定的長度，總是按照一定的方式和方向起落消漲。閱讀情緒詩，從某種程度上來說就是欣賞情緒的運動。在上一節提到的詩歌中，〈天狗〉、〈巴黎〉在總體上是昂揚的，但具體到細部又有所區別，前者是以高潮迭起的方式滾動向前，越來越高，戛然停止在最高點；後者雖然都維持在很高的點上，卻被那些對巴黎的評判性句子分割成不同的部分呈現出波浪狀起伏的態勢。而〈我從café中出來……〉、〈我的記憶〉則在總體上是低的，而且還回環往復，具有一種不勝徘徊的情態。情緒運動的方式不同往往體現了情緒主體的差異：〈天狗〉的主體是雄強的，〈巴黎〉的主體是分裂的，〈我的記憶〉的主體則是柔弱的。在欣賞的時候需要注意這些不同。

　　下面再看一首王獨清的〈我漂泊在巴黎的街上〉，注意分辨它與艾青的〈巴黎〉在情緒運動上的不同：

> 我漂泊在巴黎街上，
> 踐著夕陽淺淺的黃光。
> 但沒有一個人知道，
> 我心中很難治的痛瘡！
> 我漂泊在巴黎街上，
> 任風在我底耳旁，
> 我邁開我浪人的腳步，
> 踏過了一條條的石巷。
> ⋯⋯
> 多少悠揚的音樂，多少清婉的歌唱，
> 和多少的恥辱，悲哀，自殺，
> 都在這負著近代文明的河旁，
> 在這河旁來裝點著繁華。

　　同樣是異國的浪子，同樣是置身於大都市巴黎，〈我漂泊在巴黎的街上〉的情緒與〈巴黎〉的情緒在運動方式上有著顯著的差異。前者的「我」不把自己的主體性滲入到客體「巴黎」中去，它退縮在自我的內部，生髮出哀傷悲淒的情緒；即使是最後一段直接描寫巴黎外在的醜惡景象，「我」也類似於一個旁觀者。這就使得它對巴黎的憎惡和詛咒都是輕盈的、表面化的。所以這首詩不是要表達自我的痛苦和對巴黎的憤怒，而是像一聲歎息，迴響在巴黎寥廓的世界裡。這聲歎息幾乎是優美的，連它的句子都那麼和諧悅耳、勻齊、講究，情緒的運動也舒緩從容、

不疾不徐。上一節已經分析過〈巴黎〉，我們知道其中的主體
「我」與「巴黎」之間幾乎是一種相互撕扯的關係，主體和客體
分別成為對方的一部分，所以「我」的情緒根本無法平靜、無法
緩和，它是以一種急促而激越的方式，非常有力地噴射而出。詩
人的情緒十分繁複，可是又要儘快地傾吐，這也促成了〈巴黎〉
在形式方面的特徵：它的自然句非常長，以納入豐富的內容，但它
們都被截成短短的詩行，以表達主體急切的心態。如下面這段：

> 手牽手的大商場啊，
> 在陽光裡
> 電光裡
> 永遠的映照出
> 翩翩的
> 節日的
> Severini的「斑斑舞蹈」般
> 輝煌的畫幅……

這麼多行其實是一個完整的句子：「……大商場……映照
出……輝煌的畫幅」。再如：

> 同著一篇篇的由
> 公共汽車，電車，地道車充當
> 響亮的字母，
> 柏油街，軌道，行人路是明快的句子，
> 輪子＋輪子＋輪子是跳動的讀點
> 汽笛＋汽笛＋汽笛是驚嘆號！——
> 所湊合攏來的無限長的美文

　　這也是一句話：「一篇篇的由……字母……句子……讀點……驚嘆號……所湊合攏來的……美文」，語意的綿長與形式上的分割造成了奇特的混合效果，這是與〈我漂泊在巴黎的街上〉明淨的句子完全不同的。從上面的對比可以發現：如果僅僅根據詩歌的題材和表面的字詞，我們很可能得出一個簡單化的結論：兩首詩都批判了以巴黎為代表的現代文明，但從情緒的運動方式和節奏出發，我們卻捕捉到了它們根本的差別。

## 三、注意情緒的矛盾性

　　情緒是矛盾的，因為現代生命本身就是矛盾的。矛盾讓我們領略到情緒的複雜性，矛盾讓我們發現生命的內部構成。上一節所舉的情緒詩從不同的側面展示了現代人充滿矛盾的情緒世界，它們有一個共同的特點，即它們都是「人」的個體意識覺醒的產物，那麼「女人」呢？當女性的自我意識覺醒的時候，又會有什麼樣的表現呢？下面來看女詩人翟永明寫於1984年的大型組詩〈女人〉當中的一首〈獨白〉：

> 我，一個狂想，充滿深淵的魅力
> 偶然被你誕生。泥土和天空
> 二者合一，你把我叫做女人
> 並強化了我的身體
> 我是軟得像水的白色羽毛體
> 你把我捧在手上，我就容納這個世界
> 穿著肉體凡胎，在陽光下
> 我是如此眩目，使你難以置信
> 我是最溫柔最懂事的女人

看穿一切卻願分擔一切

渴望一個冬天，一個巨大的黑夜

以心為界，我想握住你的手

但在你的面前我的姿態就是一種慘敗

當你走時，我的痛苦

要把我的心從口中嘔出

用愛殺死你，這是誰的禁忌？

太陽為全世界升起！我只為了你

以最仇恨的柔情蜜意貫注你全身

從腳至頂，我有我的方式

一片呼救聲，靈魂也能伸出手？

大海作為我的血液就能把我

高舉到落日腳下，有誰記得我？

但我所記得的，絕不僅僅是一生

作為人類的一半，女性從誕生起就面對著一個完全不同的
世界，在現存的社會秩序中，女性始終處於一個被規定、被壓抑
的位置，許多歲月以來，女性世界和女性表達都是作為沉睡的
「黑暗大陸」，不為人所知，而當「她」意識到這一點，並想尋
求屬於自己的獨立和自由時，悖論和矛盾就出現了，這正是我們
在上面這首女性的獨白詩中所看到的：詩中的「我」從一開始彷
彿進入了一個迷狂的、非理性的狀態，因此獲得了一份絕對的自
由，那些對女性自我的想像，充滿了神性的光輝──「我」的誕
生是「泥土和天空二者合一」，「我」柔軟得「像水的白色羽
毛體」，捧在手上就可以「容納這個世界」。然而另一個主體
「你」卻與「我」不斷遭遇，「你」和「我」對應的其實就是

男、女兩性，在這個二元結構中，存在的是複雜而不平等的關係，即所謂的：「以心為界，我想握住你的手／但在你的面前我的姿態就是一種慘敗」。在「我」與「你」相互依存又相互對抗的過程中，「我」最後陷入了刻骨銘心的絕望與瘋狂。

　　這首詩帶有濃重的情緒性，詩人拒絕和摒棄了所謂「常態」的觀念和情感，以個人狂想的方式，揭開了女性自我的隱秘空間，從中我們看到的不僅有充溢的自信，神話般的自由，無聲燃燒的欲望，也有自我懷疑、焦慮、恐懼和絕望。只有這情緒中的矛盾才體現了女性個體意識覺醒後的真切狀況，也只有矛盾的複雜性才說明了情緒詩的「向內轉」——不是一個在現實面前轉過身去的簡單動作，而是一種冒險，一種在黑暗中和向著黑暗強行進發的冒險。

# 第五章　智慧的力量

　　中國詩歌有著悠久的歷史，隨著時代的發展和文化嬗變的進程，詩歌也出現了它特有的階段性特徵，我們可以從不同的方面對這種階段性特徵進行總結和闡釋。現代詩歌與古典詩歌之間的斷裂歷來被認為是一種激進的文化反叛的結果。現代新詩的確具有了與古典詩歌決然不同的特性，不過從歷史的整體性考察，這種新特性並非完全外在於古典詩歌悠遠的傳統，而是吸納了古典詩歌的若干素質。不僅如此，如果我們從詩歌的感性、理性與情感的構成性來考察的話，我們也會發現，現代新詩其實仍然是整個中國詩歌歷史邏輯的結果。簡單說來，古典詩歌因其特有的感性特徵和儒家正統的人倫道德限制，造成了情感與理性的分離：在唐代發展到最高峰的古典抒情詩是感性與情感的結合體，缺乏理性的深化；而宋詩作為對唐詩的反動，是感性與「理趣」的結合體，但停留在「理趣」上，同時只注重議論而缺乏情感的強度和由此帶來的衝擊力。中國現代詩歌以西方個性情感和意志文化為底色，感性特徵弱化，突出了情感與理性的結合，充滿了智慧的力量。

## 第一節　中國古典詩歌情感與理性的分離

　　中國幾千年的封建社會裡，現實生存之道幾乎是每一個文人的中心內容，不太注重現實生活以外的「高深」的哲學思考。從孔子「克己復禮」、漢「獨尊儒術」開始，兩漢經學、魏晉玄學、宋明理學、清代樸學，雖然在歷史發展過程中儒學接受了其

他思想體系的衝擊和修正，但在現實生活中的中心地位並沒有改變。「修身齊家、治國、平天下」又幾乎是現實生存之道的最為理想的方向。與之相應的常常是現實的追求、失落和矛盾的情感抒發。而「道」和「佛」常常是這一理想失敗後的選擇，從而與儒家體系形成一個協調互補的整體，因而我們才見到，從魏晉到唐代的那些以「道」的自然個性、和「佛」的境界為美學追求的詩歌，有時也仍舊透露出儒家的人倫情懷。宋詩「說理」，走向了較為客觀的觀察領會。一方面，它要維繫的依舊是儒家思想所限定的功利現實和家國、人倫道德傳統，只不過是從議論而不是情感抒發的角度去進行表現的。另一方面，它也超出這一範圍思考一些自然人生之理，但大多具有超然的特徵，不太涉及自身利害，缺乏切膚的情感力量，只停留在逸興和趣味的層面。「立象盡意」是從《周易》就開始明確的深遠的美學傳統。這既有「言不盡意」的苦衷，同時也是儒家詩教「諷諫、美刺」的一種要求。隨著「道」、「佛」思想對自然萬象的強調，中國詩歌的感性特徵不斷得到強化，一方面抑制了情感的理性深化，造成情感與理性分離，另一方面也限制了宋詩議論的展開，使之維持在「理趣」的層面。

## 一、情景交融與直抒胸臆

### 1.感性抒情

　　儒家詩教並不忌諱情感，但反對直接的情感抒發。儒家詩教占支配地位的中國古典詩歌在內容上主要提倡的是「言志」、「載道」。所謂「志」，其實是指詩人內心的東西，並且首先指情感，「心之憂矣，我歌且謠。」（〈詩經・魏風・園有桃〉）

而「夫也不良，歌以訊之。」（〈詩經・陳風・墓門〉）「式訛
爾心，以畜萬邦。」（〈小雅・節南山〉）表明說教也有強烈的
情感傾向。〈枛詩枛序〉中說，「在己為情，情動為志，情志一
也」，正是對「志」的情感內涵的總結。但儒家詩教講究「哀而
不傷，樂而不淫」的「溫柔敦厚」的詩風和教化方面的諷諫、美
刺的委婉，因此古老的「立象盡意」的策略在這裡得到了運用，
愛情、親情、友情，家國、民族之情等等，都常常寄之於景，形
成感性抒情的特徵。「感時花濺淚，恨別鳥驚心」，把自身情感
的抒發同客觀事物聯在一起，由情入景，物隨情變。「蠟燭有心
還惜別，替人垂淚到天明」，「誰言寸草心，報得三春暉」，其
中的「蠟燭」、「寸草」等物象帶上了強烈的感情色彩，作者
不直接道說人的情感狀況，物為我用，是典型的寄情於景。

現實人倫情感的感性化，使得情感本身就處於一種自我抑
制狀態，「春蠶到死絲方盡，蠟炬成灰淚始乾」，情感之濃，本
可泱泱成文，也由於寓情於景而失去了情感強度的抒發和深度的
理性追問的可能。

## 2.即景抒懷

在「立象盡意」這一美學方式應用過程中，隨著對「感物
而動」（《禮記・樂記》）的闡釋和魏晉「感物興情」、「興
寄」理論的發展，直到唐代的「意境」理論，物象的地位在中國
古典詩歌中不斷得到強化，即景抒懷就是這種強化過程的產物。
「即景抒懷」抒發的首先是由具體的情景感而發出的人世情感，
人的情感在詩歌中進一步弱化，處於被動生髮的地位。「青青河
邊草，綿綿思遠道」，一年一度，草青草枯，長滿綿長的路途，
說的是「遠道」，思的是遠道的人。「舉頭望明月，低頭思故

鄉」，由月光而想起故鄉，這是觸景生情。「小樓昨夜又東風，
故國不堪回首月明中」，同樣如此，愛情、鄉情，家國情，欲說
還休，深長的意味盡藏物景之中。另一方面，「即景抒懷」也抒
發人倫情感之外的情思，傷春悲秋，感於山水、花鳥和萬物流
變，是一種人面對自然現象時產生的共感。「夕陽無限好，只是
近黃昏」，人生感慨深藏不露。「草堂蛩響臨秋急，山裡蟬聲薄
暮悲」，「春眠不覺曉，處處聞啼鳥。夜來風雨聲，花落知多
少」，意緒清淡，幾近於無，已經沒有具體的情感導向了。即
景抒懷的極致，就是空靈的意境，情感消失，只剩下感性畫面：
「孤舟蓑笠翁，獨釣寒江雪」，什麼也沒有「抒發」，剩下的是
對「境外之境，象外之象」的領悟。即景抒懷方式，更是弱化了
情感的強度抒發和深度的理性追問。

### 3.直抒胸臆

屈原「發憤抒情」、魏晉時代的「詩緣情」一直到清代袁
枚的「性靈說」，形成的是中國古典詩歌的另一個傳統。這一傳
統雖然受以上所述的抒情感性化的影響，但也存在直接抒情的方
式，留下了很多張揚個性、獨抒性靈的詩歌，相對而言，具有較
明顯的情感強度。屈原《離騷》，洋洋灑灑，傾訴、感歎、疑
問，直接寫來，憤怒和痛苦力透紙背。李白〈將進酒〉中的豪邁
灑脫、狂放悲憤和悲涼憂愁；高適〈燕歌行〉中的激情、感傷、
焦慮和憤懣，同樣如此。但是，由於現實生存問題的中心地位，
「抒情」傳統中的「情」事實上也很少越出家國、人倫這一個核
心。因此，人倫道德情感仍然是詩歌中經常性的抒發對象，李白
的人生感慨，高適的家國情懷，都沒有超出。曹操的〈短歌行〉
開篇「對酒當歌，人生幾何？」似乎要考問人生本質，具有了理

性深化的氣象，但其歸宿則是落在「周公吐哺，天下歸心」上。直接抒情具有了理性深化的可能性，但古典詩歌情感的人倫道德限度使之失去了對宇宙人生的客觀性真相的思考，同時也由於這一限度，使得對人類生活的深層本質的追問也不多見。就是屈原的「天問」，留下的也是一連串問號，「問」而不「追」，沒有過程和成果。「前不見古人，後不見來者。念天地之悠悠，獨愴然而泣下」（陳子昂〈登幽州台歌〉），同樣已經臨近了對人生進行追問的門檻，但因其孤獨無力而止步，還沒有開始「問」，就變成絕望的人世情感的抒發了。

## 二、宋詩的寓理於景

中國古典詩歌以情感抒發為主的傾向直到宋代才有了一些改變。唐代那些具有意境特色的詩歌，感性畫面自由生發出來的「象外之象、境外之境」其實已經有了融合佛、道思想的「意」的味道，但這種東西縹緲不定，較為抽象。宋詩開始對此進行導向，但不是通過抒情導向具體的情感，而是通過言說議論把「意」導向較為具體的「理」。

### 1抑制情感

詩歌與情感從來關係密切，但宋代「存天理、去人欲」，卻十分謹慎地對待情感問題，力求「吟詠情性之正」，不只是「發乎情，止乎禮儀」的問題，而是要求「思無邪」，從而形成為對人事規律和現實人生基本道理的議論，而情感則幾乎消失在議論之中了。「橫看成嶺側成峰，遠近高低各不同。不識廬山真面目，只緣身在此山中。」這裡既沒有傳統中那種山水的閒情、雅興，也沒有江山豪情和觀光遊覽的美感激情，作者冷靜的眼光

看到的是認識事物的規律。「巨石來從十八盤，離宮複道滿千山。不因封禪窮民力，漢祖何緣便入關？」（李昉〈題岱宗無字碑〉），由石碑想到歷史，暗含感慨，直接指出的則是秦朝覆滅的原因，目的不是弔古傷今，而在警世上面。

## 2「理趣」

宋詩不但抑制情感，專注於說理，同樣也接受了「立象盡意」的影響，寄理於物景，生動可感，充滿趣味，但僅此而已，議論停留在點到為止的「理趣」狀態，有感悟的特點，而沒有理性思考深度。「亂條尤未變初黃，倚得東風勢便狂。解把飛花蒙日月，不知天地有清霜」（曾鞏〈詠柳〉），以風中之柳說人，沒有一句是直接的，全靠自己領悟。「江上往來人，但愛鱸魚美，君看一葉舟，出沒風波裡。」（范仲淹〈江上漁者〉）後兩句直接給人一個畫面，如果沒有前面的鋪墊，你看到的說不定是一幅美麗的風景，或者博浪的勇氣和力量。正因為有前面的鋪墊，我們才立刻領悟到勞動者的艱難，作者的同情和對只愛鱸魚味道之美的「往來人」的批評。

因此我們看到，一方面，宋詩作為對唐詩的反動，扭轉了中國古典詩歌的抒情傳統，開始冷靜地領會現實人生的真諦，忽略了情感帶給人的鮮活的生命感和靈魂深處的共振。另一方面，詩歌中的這種領會，仍然主要限制在儒家的人倫道德原則這個層面上，同時宋詩又接下了「立象盡意」的傳統，理性問題感性化，失去了真正的理性思考具有的廣度和深度。

## 第二節　現代詩歌的理性抒情

### 一、理性抒情的出現

　　現代詩歌不僅只是在語言上，而且在整個文化心理解構上對中國詩歌傳統進行了變革。現代詩歌要表現的是胡適所說的「高深的思想和複雜的情感」，不再只是「趣」的問題。「卑鄙是卑鄙者的通行證，高尚是高尚者的墓誌銘」，這簡單的兩句包含了人世的心酸，對不正常的社會的控訴和對文化的反思，帶來的不是理趣，而是一種心靈的震撼。自從鴉片戰爭打開國門和西方思想文化的湧入，中國人逐漸看到了一個完全不同的西方世界的存在。在一種新的思想資源的滋養下，五四以來的知識分子對宇宙人生真相和自身文化處境的認識和反思既有必要也有可能。在新舊文化轉型和中西文化碰撞中，有太多的問題需要思考和解答，正是在這種痛苦的精神嬗變和求索的歷程中，出現了現代詩歌的理性抒情，它不只是人世道理的感悟，而是對宇宙、時空、人性、生命和生存意義等重大問題進行更深層次的思考，相對於古典詩歌而言，思想更加深邃，情感更為複雜，充滿智慧的穿透力，在這方面，穆旦的〈控訴〉是一個比較典型的例子，來看其中的第二章：

　　　　我們做什麼？我們做什麼？
　　　　生命永遠誘惑著我們
　　　　在苦難裡尋求安樂的陷阱，
　　　　唉，為了它只一次，不再來臨；
　　　　也是立意的復仇，終於合法地

自己的安樂踐踏在別人心上
的蔑視，欺凌，和敵意裡，
雖然陷下，彼此的損傷。
或者半死？每天侵來的欲望
隔離它，勉強在腐爛裡寄生，
假定你的心裡是有一座石像，
刻畫它，刻畫它，用省下的力量，
而每天的報紙將使它吃驚，
以恫嚇來勸說他順流而行，
也許它就要感到不支了，
傾倒，當世的諷笑；
但不能斷定它就是未來的神，
這痛苦了我們整日，整夜，
零星的知識已使我們不再信任
血裡的愛情，而它的殘缺
我們為了補救，自動的流放，
什麼也不做，因為什麼也不信仰，
陰霾的日子，在知識的期待中，
我們想著那樣有力的童年。
這是死。歷史的矛盾壓著我們，
平衡，毒戕我們每一個衝動。
那些盲目的會發洩他們所想的，
而智慧使我們懦弱無能。
我們做什麼？我們做什麼？
呵，誰該負責這樣的罪行：
一個平凡的人，裡面蘊藏著

　　無數的暗殺，無數的誕生。

　　在這裡，詩人思考和追問的是自我的真實性、生存的自由
選擇之可能等帶有強烈現代性色彩的生存難題。但是，「我們做
什麼」這樣一個難題，對詩人來說顯然不是一個在冷靜的理性思
考中生成的問題，而是一個從自己的生存困境中生發出來的、帶
有強烈個人色彩的存在問題。詩人切身的生命體驗，使得形而上
的生存難題帶上了焦灼的個人感情，整首詩帶給我們的不是淡遠
的感傷，而是一種逼近並穿透我們肉身的切膚之痛。而這種強烈
的個人體驗又被詩人置於理性的審視之下，形成了理性和感性之
間的強大張力，受到強行抑制和束縛的個人感情因為抑制和束縛
而顯得更加強烈，反過來，理性也因受強烈個人感情的衝撞而顯
現出自身的力量。除了這種感性與理性相互生髮、相互強化的結
構特徵外，〈控訴〉與傳統詩歌的根本性差異，還在於它追問和
思考的問題是沒有現成的結論和答案的。任何既有的知識體系、
任何現存的倫理思想，都不能消除詩人的生存困境，不能解除詩
人在活生生中體驗到的痛苦與困惑。詩人在這裡的追問不是指向
解答問題，或者在物我兩忘的境界中消解問題的存在，通過這種
追問和思考，詩人實際上把我們帶進了一個沒有終極價值標準的
現代世界之中。在這個現代世界裡，一切都只能在變化與不確定
之中存在，永遠無法消除的困惑及其由此而來的追問與反思，成
為了我們生命中最基本的生存事實。

　　在這個意義上，我們所說的現代新詩中的理性抒情，首先
的一個特徵就是它思考的是現代人在自己的生存經驗中遭遇到的
生存難題，而不是抽空了個人存在的知識或者理論問題。因為個
人生存經驗的滲透，詩人總是帶著強烈的情感來突入現實生活的

深處，把自己的生存置於問題的核心之中，把理性的思索、冷靜的反思與切身的感情體驗熔鑄為一個整體，這就是智慧的、理性的抒情方式。

## 二、現代詩歌的形而上思考

　　原本就是主客契合的情感哲學，詩的起點恰是哲學的終點，最深沉的哲學和最扣人心弦的詩都聚合在哲學與詩的交融點上。所有偉大的詩人無不有其哲學，無不有獨特的對紅塵萬物的見解，大凡有衝擊力的好詩都凝結著哲學因數，只不過以感性形態呈示而已。就現代詩歌而言，思想本身已經成為表現和抒情的物件，現代詩人開始對思維深度、情感的複雜有更多的敏感和自覺。與古典詩詞中流溢的智慧比較，現代詩歌的智慧注意追蹤社會變化對於詩人的宇宙觀、人生觀以及對於事物的觀察方法和思考方法的影響，以使人深思而非經驗的展示為特點；它追求的是智慧的滿貯和凝聚，是對宇宙、人生等抽象命題智慧的感悟玄想，是對現代生命及其存在形式的體驗審視。這些特點在卞之琳、廢名、金克木、馮至、「九葉派」詩人、「朦朧」詩人、「先鋒」詩人等的創作中均有不同程度的體現。

　　與五四時期冰心和宗白華創作的頗有說理色彩的哲理小詩比較，20世紀30年代脫穎而出的現代派的詩作，多數表現了感性與知性、哲理與情趣、思辨與審美的統一追求的趨向。其中，最為典範的是卞之琳的〈圓寶盒〉：

　　　我幻想在哪兒（天河裡？）
　　　撈到了一只圓寶盒，
　　　裝的是幾顆珍珠：

一顆晶瑩的水銀

掩有全世界的色相，

一顆金黃的燈火

籠罩有一場華宴，

一顆新鮮的雨點

含有你昨夜的歎氣……

別上什麼鐘錶店

聽你的青春被蠹食，

別上什麼骨董鋪

買你家祖父的舊擺設。

你看我的圓寶盒

跟了我的船順流

而行了，雖然艙裡人

永遠在藍天的懷裡，

雖然你們的握手

是橋！是橋！可是橋

也搭在我的圓寶盒裡；

而我的圓寶盒在你們

或他們也許也就是

好掛在耳邊的一顆

珍珠──寶石？──星？

　　〈圓寶盒〉講的是理想追求和現實的矛盾，以及在變化的
時間之流中隱藏著的、由一系列相對性意象構成的人生哲學。
「天河」與「圓寶盒」，這是廣大與微小的一對關聯的事物；
「一顆晶瑩的水銀」與「全世界的色相」，「一顆金黃的燈火」

與「一場華宴」，「艙裡人」與「藍天」，大小的相對性都十分明顯，表現了佛學「以微塵見大千」，有限之中含有無限的思想。亦如詩人談及〈圓寶盒〉時所言「有白來客（W・Blake）的『一沙一世界』」的意思。[51]同時，詩人也沉浸在時空相對關係的思考中：「別上什麼鐘錶店」的四行詩，包含著時間的現在與過去，新生與陳舊的相對性矛盾。而「艙裡人」仰臥艙中任白雲變幻，時間在靜觀中流逝，一剎那未嘗不是千古，很有「逝者如斯夫，不舍晝夜」的感喟味道。最後，這「圓寶盒」好像是「萬物皆備於我」的一個世界了，它很大也很豐富，可是，在一般人們的眼裡，它無非可能是一顆「珍珠」，一顆「寶石」，天河裡一顆「星」？這結尾，依然是一種闊大與渺小的對立。用一連串的意象所組成的相對性的世界，象徵的也是一個相對性的人生的追求：人生的理想，看起來是豐富而無所不包的，但又可能是很普通，很微不足道的，但這種人生理想的實現，卻又不是輕而易舉之事，它也許要伴隨人的一生！而世界和人生永遠都無法逃離「相對的絕對」的樊籬：

> 你站在橋上看風景，
> 看風景的人在樓上看你。
> 明月裝飾了你的窗子，
> 你裝飾了別人的夢。

卞之琳善於在許多象徵的事物中發現並暗示他的哲學思辨的果實，而相對的觀念幾乎成為卞之琳詩歌哲理思考的骨幹，

---

[51] 卞之琳：《關於〈魚目集〉》，見天津《大公報・文藝》1936年5月10日。

〈圓寶盒〉與同年（1935年）創作的〈距離的組織〉都體現了詩人對世界之種種相對性關係的把握，在相對性的意象中完成了他詩意盎然的哲學，讓人在探奧知幽的同時也完成了哲理性的思考。

卞之琳詩歌在象徵意象中化入哲理思考，使「思」不留痕跡地從象徵境界中走出來，給人帶來從不解到領悟進而深思的閱讀體驗。卞之琳使用的科學意象，以及現代生活意象如「霓虹燈」（〈尺八〉）、「夜明表」（〈寂寞〉）、月臺（〈無題三〉）、「廣告」（〈車站〉）等，其著眼點也無一不在其中的哲理思辨，讓人在感性事物中產生領悟人生哲學的神祕感和快樂感。

卞之琳深受西方現代哲學詩學的啟迪，而廢名的詩歌則以充滿佛禪思想而著名。廢名並非簡單地套用中國古代的佛教禪宗的意識或道教思想，而是把靜觀頓悟滲入詩情與詩境，體現出現代人特有的哲思方式以及詩人對生存的理性思索，如他的〈十二月十九夜〉：

> 深夜一枝燈，
> 若高山流水，
> 有身外之海。
> 星之空是鳥林，
> 是花，是魚，
> 是天上的夢，
> 海是夜的鏡子。
> 思想是一個美人，
> 是家，
> 是日，

是月，

是燈，

是爐火，

爐火是牆上的樹影，

是冬夜的聲音。

　　詩人深夜裡獨對孤燈，從現實出發邀遊於想像之中，然後又回到現實。從情感的淺層把握，詩人抒寫的是其對冬夜的感受，但詩裡無處不蘊藏著佛教的禪味和詩人「頓悟」之後的意緒。孤燈，海，鏡子，日月星辰，等等，都是與佛家語有關的意象，這些意象打破了真實和虛幻的界限，發揮了禪宗的塵世本屬虛無、內心才是實在的觀點。同時，詩人又以燈為喻，從一個現代人的角度讚頌了人類思想是靈魂之家和生命之光，沒有思想則萬古長如夜。同時，「若高山流水」暗示詩人由孤燈產生的知己之感，於是出現了象徵和暗示人生之海的「身外之海」詩人在冬夜裡是孤獨的，但孤燈作了自己的知音，思想也就能在人生之海中自由地邀遊，可以在想像中獲得美麗的一切，使靈魂得到最澈底的滿足與自由。在看似不經意的抒情和日常事物中包含了智慧詩特有的冥思哲理，廢名的〈海〉、〈妝台〉、〈燈〉等詩，均是如此。20世紀40年代活躍在詩壇上的「九葉」詩人們以生活因數直接入詩，使之過濾、提純，力圖在表現生活與靈魂隱秘之時，融入自己的思考和人生體驗。正如穆旦的詩歌創作一樣，「他的全部生命感受都是與這滾動的思想融為一體，隨它翻轉，隨它沖蕩，隨它撕裂或爆炸」。[52]「誕生以後我們就學習著

---

[52]　李怡：《論穆旦與中國新詩的現代特徵》，見《現代：繁複的中國旋律》，中央編譯出版社2001年版，第216、217頁。

懺悔，／我們也曾哭泣過為了自己的侵凌，／這樣多的是彼此的過失，／彷彿人類就是愚蠢加上愚蠢，──」（穆旦〈不幸的人們〉）由於現實生存感受與思想複合運動、由於他們本身的複雜性和尖銳性，作品所包含的內涵不再是單一的和一覽無餘的，而是需要思考乃至分析才能最終把握和理解的。在當代詩壇，西川的創作同樣可歸於此類。西川被公認為當代詩壇的「智者」，長於用哲學的眼光思考現實生活中遇到的各種問題和來自生活之外的玄想。他「通過想像性的體驗使人類的智者們在以往年代的迷失與智慧成為了他個人精神生活和詩歌生活的一部分。[53]」②西川的詩有著廣闊的哲學思維背景，哲學與詩意思維的焊接，使我們感受到一種與詩人實際年齡不太相稱的「長老」的智慧和深邃的智力，在詩情浸泡哲思、感性和理性瞬間交匯的剎那，領受到一種詩歌智慧的光芒。

## 三、現代生命的詩意體悟

　　形而上思辨並不是現代詩歌智慧性的惟一表現，並且詩歌要是僅僅糾纏於哲學命題的話，那麼最多也就是一個承載思想或言說哲理的器皿，缺少鮮活的生命。事實上，現代詩歌寫作本身亦是一種生命的洗禮，思想的高蹈來自於詩人們獨特的現代生命觀。這一獨特性截然不同於傳統詩人的地方至少有兩個方面：一是對個體生命意義的彰顯；二是在日常生活中體味人生理、捕捉現代人的詩意情懷。首先看對個體生命意義的彰顯隨著科學的發展、社會的進步，以往注重群體經驗概括的詩歌越來越傾向於個體生命體驗，更加側重私人化親歷。確立這一觀念的首要前提是

---

[53]　劉納：《西川詩存在的意義》，見《詩探索》1994年第2期。

創作者將詩歌看做是一項獨立的個人工作，它堅持的是一種個人的而非集體的認知態度，它要求寫作者首先是一個具有獨立見解和立場的個人。看一看女詩人翟永明的〈女人‧世界〉：

　　一世界的深奧面孔被風殘留，一頭白燧石

　　讓時間燃燒成曖昧的幻影

　　太陽用獨裁者的目光保持它憤怒的廣度

　　並尋找我的頭頂和腳底

　　雖然那已是很久以前的事。我在夢中目空一切

　　輕輕地走來，受孕於天空在那裡烏雲孵化落日，我的眼眶

　　盛滿一個大海

　　從縱深的喉嚨裡長出白珊瑚

　　海浪拍打我

　　好像產婆在拍打我的脊背，就這樣

　　世界闖進了我的身體

　　使我驚慌，使我迷惑，使我感到某種程度的狂喜

　　我仍然珍惜，懷著

　　那偉大的野獸的心情注視世界，沉思熟慮

　　我想：歷史並不遙遠

　　於是我聽到了陣陣潮汐，帶著古老的氣息

　　從黃昏，呱呱墜地的世界性死亡之中

　　白羊星座仍在頭頂閃爍

　　猶如人類的繁殖之門，母性貴重而可怕的光芒

　　在我誕生之前，我註定了

　　為那些原始的岩層種下黑色夢想的根。它們，

　　靠我的血液生長

> 我目睹了世界
>
> 因此，我創造黑夜使人類倖免於難

〈女人〉是翟永明創作於1984年的大型組詩，其驚世駭俗的女性立場和個體生命意識震撼了當代文壇，也擾亂了兩性世界幾千年固定不變的人生處境和創作模式。〈世界〉作為該組詩中的一首，以獨立的女性姿態展示了隱秘的女性世界，宣告了當代女性意識的覺醒。詩中的「我」是一個追求精神獨立、敢於反抗男權世界的女性，這一形象顛覆了女性受孕的神話，否認「獨裁者」、「太陽」，摧毀了「有序」的社會意識，並將一切化入個體生命體驗的「無序」中。「我」成了一個自豪的承載苦難的女性形象，在打破不平等的男女精神歷程的基礎上，以女性自己的話語方式彰顯出女性生命之美，從而瓦解了傳統的性別歧視。尋找個體生命的意義，最根本的一點就是進入人的真實的生存狀態，表現生命的律動。在中國古典詩詞中，對個體生命意義的探詢常常屈從於群體的人倫道德情感，自我本位意識稀疏可見。隨著五四時期「人的文學」的確立，對人本體的關注、對生命意義的感悟和體驗共同構築了現代生命詩學，詩歌從此被賦予了新的責任。因而，我們會看到像馮至〈什麼能從我們身上脫落〉這樣富有詩意和生命質感的詩句：

> 伸入嚴冬；我們安排我們
>
> 在自然裡，像蛻化的蟬蛾
>
> 把殘殼都丟在泥土裡；
>
> 我們把我們安排給那個
>
> 未來的死亡，像一段歌曲，

歌聲從音樂的身上脫落，
歸終剩下了音樂的身軀
化作一脈的青山默默。

　　在大時代的蛻變中，詩人思考著個人生命蛻變的必然性的問題。但不同的是，詩人賦予死亡以美好的詩化想像，如同里爾克視死亡為生命的最高峰，詩人把死亡看成我們親自安排而並非被動承受或茫然等待的結果，從而體現出詩人承擔命運的自主姿態。

　　「黑夜給了我黑色的眼睛，／我卻用它尋找光明」（顧城〈一代人〉）從特定歷史語境中走出來，對一個時代進行反思和質疑的朦朧詩人，同樣表現出強烈的主體生命意識，詩中充滿了對自我價值的追問、對異己力量的抗爭──對自身命運和存在本身的反抗。因此，我們才能看到北島的詩歌裡嚴峻而堅定的「我」，舒婷詩歌裡執著而癡迷的「我」，芒克的詩歌裡敞開自在、野性、超道德的「我」，楊煉的詩歌裡穿越古今、洞見生死的「我」等形象。歷經「文化大革命」時期「人」的缺失和變異，「朦朧」詩人們對個體生命價值的重新確認和理解賦予了他們的作品以獨特的魅力，使人們為之震撼、驚喜或者疑懼、困惑的，正是那個具有自由探索和創造意志的活生生的個人。

　　同樣，如果我們能夠從個體生命的角度把握和理解現代詩歌，那就可以理解〈他們〉詩群中格外真實的、原生態的「我」；〈海上〉詩群中承受生命的焦慮、絕望的「我」；〈莽漢〉詩人激進的、粗鄙健壯甚至不斷「嚎叫」的「我」；還有90年代的詩人從柴米油鹽的平庸生活中挖掘智慧，獨特而富有人情味的「我」……個體生命意識的確立和張揚已經成為現代詩歌發

展不可忽視的詩學命題，並顯示了現代詩人的獨特智慧和勇氣。其次看對人類生存景況和生命意義的追問。現代詩歌不僅關注個體的人，同樣也關注整體的人類及其生命存在。從個人的具體處境走向普遍的人類生存景況，體現出的正是現代理性抒情詩廣遠深邃的力量。馮至的出現之所以為中國詩壇開闢出了一條獨到的審美之路，就在於他在日常的境界中體味出了精微的哲理，在平淡的生活中發現、體驗並昇華了個人的人生經驗，從敏銳的生命感悟進入到理性的沉思之中。讀過馮至詩作的人誰不會為他的「給我狹窄的心／一個大的宇宙」（〈深夜又是深山〉）的睿智和撼動心魄的穿透力所折服？不僅如此，詩人在體驗日常生活的哲理時，還努力將民族命運、生死以及人生價值等問題的思考，灌注到這些平凡的物象中，並把深邃的感情世界、哲理思考和廣闊的現實世界統一：

> 我們聽著狂風裡的暴雨，
> 我們在燈光下這樣孤單，
> 我們在這小小的茅屋裡
> 就是和我們用具的中間
> 也有了千里萬里的距離：
> 銅爐在嚮往深山的礦藏，
> 瓷壺在嚮往江邊的陶泥，
> 它們都像風雨中的飛鳥
> 各自東西。我們緊緊抱住，
> 好像自身也都不能自主。
> 狂風把一切都吹入高空，
> 暴雨把一切又淋入泥土，

只剩下這點微弱的燈紅

在證實我們生命的暫住。

　　20世紀40年代，馮至在西南聯大任教，為躲避戰火，詩人曾寄居在城外一個茅屋裡。本詩就一個暴風雨夜晚茅屋內外的景象，抒寫了詩人對現實的感受、對生命的體認以及天地萬物間的哲理。從自然裡來的一切東西都要回到自然中去，他們像風雨中的飛鳥，「各自東西」。生命雖「緊緊抱住」，但卻都「不能自主」。這種對於人的生存困境的終極性思考，帶有明顯的存在主義哲學的色彩。《十四行集》27首詩可以說表達了人生的奧秘和生命的種種形態以及深化過程。在這些詩作中，一切與生命有關的東西，即使再小，如一根草，馮至也予以悉心觀照。綜合這27首詩，足以構成詩人豐富的宇宙觀——天地宇宙間的一切，時間和空間，現在和歷史，人類和自然、社會，生命與死亡，都是互相聯繫、互相融合同時又是發展的、轉化的，它們共存又互有牽連，生生不息。然而，在閱讀中，所有這些強烈的哲理傾向和濃重的沉思體味卻沒有給閱讀者以晦澀模糊的障礙，其主要的原因就在於作者將他的敏銳的感覺和哲學的探索，融入進日常最平凡的生活情境中，作為閱讀者，我們很容易進入詩人的精神旅程，並感受到詩人思想穿透那些司空見慣的事物表層的智慧。

## 四、現代生活的文化反思

　　20世紀30年代現代派的一些青年詩人，對於大都會的現代生活方式和生活節奏，表現了一種新的認知和特有的敏感，他們將這些五四以來很少入詩的題材寫進詩中，在簇新的意象捕捉與營造中，顯示出一種新詩現代意識的強化，這是對於現代詩表現生

活或情感領域的拓展，也為現代詩歌意象的創造帶來了許多陌生和新穎。現代詩派詩人徐遲的第一本詩集《二十歲人》，其最重要的價值，就在於它給現代詩歌帶來了都會的現代生活的意象和氣息。如〈都會的滿月〉：

> 寫著羅馬字的
> I II III IV V VI VII VIII IX X VI VII
> 代表的十二個星；
> 繞著一圈齒輪。
> 夜夜的滿月，立體的平面的機件。
> 貼在摩天樓的塔上的滿月。
> 另一座摩天樓低俯下的都會的滿月。
> 短針一樣的人，
> 長針一樣的影子，
> 偶或望一望都會的滿月的表面。
> 知道了都會的滿月的浮載的哲理，
> 知道了時刻之分，
> 明月與燈與鐘的兼有了。

摩天大樓與被物質化的城市，變形的人與變了形的時鐘，詩中的意象和感覺，雖然是傳統和過去的現代詩歌裡所沒有的，但置身都市社會中的人卻不會感到陌生，在熟悉的都市夜景中我們讀到了什麼？吸引我們的是什麼？我們又品味出了什麼？詩人以他特有的現代眼光，在這個都會摩天大樓上的滿月似的大鐘上，找到了現代人所可能挖掘的詩意和哲理，一種生命匆促之感寓其中，讓我們感受到現代生活節奏對人的擠壓。表面上，該詩

似乎沒有什麼重要的思想或主題，但卻留給讀者深遠的思考。到了20世紀90年代，先鋒詩人們再次強化了創作主體對日常生活的詩性體驗，回到普通人的瑣碎日子裡，活著、觀察著、思考著，並且平靜地發出自己的聲音，富有平凡的人情味和不平凡的指向，體現了現代甚至後現代的某種精神，平庸的生活再次賦予詩人們思考的智慧。

人類的情感千古不變，變化的是思想。智慧的內涵不會變，變化的是方式。驚心怵目的生活裡固然有詩，平淡的日常生活裡也有詩。發現那些未發現的詩，將最平凡的情感意緒哲理化，這何嘗不是現代詩人的智慧！

而在現代詩歌創作的隊伍中，站在人類精神高度、對現實和歷史進行廣闊的批判的詩人是穆旦。哈姆雷特式的自審意識在穆旦身上體現得最為充分，他那種對異化和焦慮的體驗，那種自我搏鬥和否定的殘酷在現代詩歌史、甚至古代詩歌史上都極其少見。在〈五月〉詩中，穆旦運用反諷的手法，把古典的詩意詩境雜糅在現代話語中，使新舊兩種文化構成戲劇化的相互解構的張力：

> 而我是來饗宴五月的晚餐，
> 在炮火映出的影子裡，
> 在我交換著敵視，大聲談笑，
> 我要在你們之上，做一個主人，
> 直到提審的鐘聲敲過了十二點。
> 因為你們知道的，在我的懷裡
> 藏著一個黑色小東西，
> 流氓，騙子，匪棍，我們一起，

在混亂的街上走——
他們夢見鐵拐李
醜陋乞丐是仙人
遊遍天下厭塵世
一飛飛上九層雲

該詩在牧歌式民謠情調的輕鬆和現實生活存在的殘酷的對比中，唱出了個人生命的痛苦。當詩人看清那個令他失望的社會及權力者們用他們的特權和野心，粉碎清醒者們「光明的聯想」，使自己的一切熱情和理想化為「泡沫」，永遠成為奴隸後，詩人決心要真正做主人，開始反抗和復仇：混入「流氓，騙子，匪棍」的行列，在「混亂的街上走」，以藏在懷裡的「黑色小東西」伺機復仇，而且詩人明確知道這復仇與反抗的必然結果是接受生命的死亡。用一種反諷的心態，詩人對自己進行了赤裸的內心剖析、對社會和黑暗的集權者的批判正是在個體的生命反思、知識分子的生存困境的揭示中完成的。在穆旦的詩歌中，經常出現詞語的褒義貶用和貶義褒用的手法，使這些詞語在特定的語境中顯示出新的內含：所謂的「誕生」是從自然的自由自在的純樸狀態蛻變為成人化的世故與圓滑，實際上是人性的墮落（〈蛇的誘惑〉）；「成熟」意味著麻木不仁，拋棄生命本有的豐富（〈搖籃歌〉）；政治家的「機智」是「每一步自私和錯誤都塗上了人民」，在「美麗的言語」掩蓋下的私利與偽善（〈時感〉）。另外，他經常連貫使用意義相反的詞語，構成相互否定的語義場，產生一種機智效果。如「不情願的情願，不肯定的肯定」（〈三十誕辰有感〉），「一切事物使我們相信而又不能相信，就要得到而又不能得到，開始拋棄而又不能拋棄」（〈我歌

頌肉體〉），「在虛假的真實底下」（〈祈神〉），「燃燒的寒冷」、「充滿意義的糊塗」（〈一個戰士需要溫柔的時候〉），在現實生活中發現「句句的紊亂是真理」，等等。因此，隱含在表層的邏輯矛盾下是深層的更高的詩意真實。〈時感〉（二）中，詩人表現了生活中殘酷的合法化的現實性：「它是你的錢財，它是我的安全，／它是女人的美貌，文雅的教養」，「從小它就藏在我們的愛情中」，「它像金幣一樣流通」，等等，每一句都和常識相背離，但卻反映了現代文明中真實性的存在，在物競天擇、適者生存的現代理念下，國家和個人都在為滿足求生存的最基本的本能而殫精竭慮不擇手段，美德與良知變成了人生的累贅。殘酷通過各種變形形式在生活中獲取力量，取得成功，並被合法化。穆旦深刻地表達了現代性理念中所蘊含的殘酷和野蠻的非人道的思想。穆旦詩歌中的自然和社會也是分裂的：社會背離了自然的本來質性，自然不再是生命的中心場景，自然的生存和社會的生存相互疏離，生命因此而從自然中被放逐，成為無根性的存在。在這一點，西川與穆旦的感悟和反諷的表達極其相近，西川寫大自然的空靈神祕，卻對人的現實處境保持著適度的反思（〈體驗〉）；〈我在雨中和你說話〉表達了對一場暴風雨的獨特感受，表現了人的「冒險」的渴望和「升天」的衝動隨著這場雨的「過去」而過去，最後被作者還原為生活的原貌，又返回實在重新審視和檢討全部的精神歷程。人與物化現實之間的矛盾、人的變異和掙扎是現代文明的伴生物，他們的詩將現代人的內心多種矛盾的糾結心態、理性的反思批判精神深入地展示出來。

穆旦通過反諷的恰當運用建構了現代抒情詩，這增強了現代漢語詩歌的彈性和張力，為漢語詩歌的表達體系的完善、精神

向度的擴張，作出了彌足珍貴的嘗試。當我們解讀著穆旦的神魔之間的思與言時，面對部分當代詩歌解構一切神聖的創作指向，將如何恰當地理解和品評？我們先來看20世紀80年代初，韓東創作的曾引起詩壇極大混亂的〈有關大雁塔〉：

> 有關大雁塔
> 我們又能知道些什麼
> 有很多人從遠方趕來
> 為了爬上去
> 做一次英雄
> 也有的還來做第二次
> 或者更多
> 那些不得意的人們
> 那些發福的人們
> 統統爬上去
> 做一做英雄
> 然後下來
> 走進這條大街
> 轉眼不見了
> 也有有種的往下跳
> 在臺階上開一朵紅花
> 那就真的成了英雄
> 當代英雄
> 有關大雁塔
> 我們又能知道些什麼
> 我們爬上去

看看四周的風景

然後再下來

　　〈有關大雁塔〉始終都存在著一對矛盾的對立面：處於社
會場域邊緣的平凡的「我們」和代表權威的文化符號──大雁
塔。這首詩創作於1982年，當時在詩壇佔據盟主地位的朦朧詩，
已經開始對英雄主義、崇高人性、道德信仰歌吟，而這些主題被
詩中的「我們」從思想和行為上不留情面地澈底顛覆了。詩中的
反英雄主義表現了平民意識的覺醒，它用反諷的手法瓦解了傳統
文化霸權，用日常的公用話語對中心和既定秩序進行瞭解構，在
意義的反諷之間，指向了意義的深度。平民意識對英雄主義，渺
小對崇高，所有的對立拆解掉有史以來的深度意義，打破了「代
聖人立言」的觀念，更打破了千百年來被詩人們和正統文化反復
歌詠爛熟的英雄主義，給人呈示出反向思索的智慧和力量。文化
反思常常採用反諷的方式，除瞭解構意義和秩序進行主題性反諷
外，反諷還可以通過作品意義與文字風格的對立形成整體性反
諷。這種對立狀態的全面性，有時甚至會劇烈搖動「內容與形式
相統一」的固有詩學觀念。正因如此，複雜豐富的現代生活情狀
心態有了立體性映現，對立造成的表面效果的不諧調，反而促成
了思想意蘊的深化，從而完成一種文化的批判，這從車前子的
〈城市雕塑〉可見一斑：

一個城市

有一個城市的回憶

鑄成它特有的銅像

矗立在廣場中央

一個城市

有一個城市的願望

雕成它特有的石像

矗立在十字街頭

你

我

中午

在哪座雕塑下

都是在這個城中長大

卻沒有銅像的回憶

和

石像的願望

中午　太陽捐給雕塑許多金幣

無論銅像

還是石像

都接受了它饋贈

在廣場中央

在十字街頭

在自己的城市裡

我們　也用它的捐款

鑄自己回憶的銅像

雕自己願望的石像

　　作為城市的雕塑，本有其固定的審美品格、陳設價值和象
徵意義，然而，該詩賦予了城市中的銅像與石像新的內涵：代表
記憶和預示希望，無論是記憶亦或是希望，它們都僅僅屬於城市

本身的過去和明天。而城市中的「你」和「我」似乎是理所當然地佔有了一個城市全部的資源，也試圖擁有這過去和明天，所有的模式都是一樣的，那「你」、「我」兩個生命個體會擁有「自己」的回憶和希望嗎？沒有自己的記憶和理想實際上恰如不同形狀的雕塑，無非是在不同的地方矗立而已。詩人對現代人的生命意識、存在價值、文化的傳承方式進行了深度的拆解，最終呈現出隱藏在文字背後的個體生命本然的真實，詩人的精神旨歸是讓那些被各種意識形態左右的現代人對自己的價值取向進行質疑並確立新的自我價值。沉重的思考，對權威文化的質疑……在漫不經心的詩句裡，在淡然的敘事風格中完成了。作品意義與敘述風格的大面積對立，使讀者的參與性閱讀達到前所未有的心理深度。總之，對現代生活的文化反思體現出的是現代人精神智慧的穿透力──揭開一切權威、偽飾，打破既定的文化秩序，為更為合理的文化方式開闢了新的可能。

# 第六章　中國現代敘事詩與詩歌中的敘事

　　詩歌可以抒情，可以說理，也可以敘事。在通常情況下，我們對詩歌的討論都集中在抒情詩上，而敘事詩似乎是一種比較簡單的、易於理解的文體形式。其實，經過現代中國大半個世紀的發展，「敘事」之於詩歌的關係是相當豐富甚至複雜的。今天，欣賞中國現代敘事詩，起碼應當對這樣兩類表述加以區別：經典意義的中國現代敘事詩與中國現代詩歌中的「敘事」方式。在此基礎上，還有必要進一步解釋現代詩歌中抒情與敘事的複雜關係。

## 第一節　中國現代敘事詩

### 一、現代敘事詩的出現

　　我們先談經典意義的中國現代敘事詩。

　　敘事詩在中國古代詩歌史上所占的位置並不突出。正如荷馬史詩奠定了西方文學以敘事傳統為主的發展方向，《詩經》也奠定了中國文學以抒情傳統為主的發展方向。以後的中國詩歌，大都是抒情詩；而且，以抒情詩為主的詩歌，又成為中國文學的主要樣式。在《詩經》中，僅有少數幾篇敘事詩，如〈氓〉。漢樂府民歌出現，雖不足以改變抒情詩占主流的局面，但卻能夠宣告敘事詩的正式成立。現存的漢樂府民歌，約有三分之一為敘事性的作品，如〈十五從軍行〉、〈陌上桑〉、〈孔雀東南飛〉等都是非常著名的詩篇。〈漢書・藝文志〉說漢樂府民歌有「緣事

而發」的特色，主要就是從這一點來說的。五四新詩運動為現代詩歌所提出的諸多口號和目標，如「白話入詩」、「作詩如作文」、詩的「散文化」和「平民化」等，這為現代敘事詩的產生和發展提供了可能。1920年發表於〈民國日報‧覺悟〉上的沈玄廬的〈十五娘〉是中國現代新詩中的第一首敘事詩：

「五十」高興極了，

三腳兩步，慌慌張張：

「喂，十五娘，我們底人家做成了；

我要張羅著出門去，你替我相幫！」

就在這霎時間歡喜和悲傷在他倆心窩中橫衝直撞。

……

本來兩想合一想，

料不到勇猛的「五十」一朝陷落在環境底鐵蒺藜上。

工作乏了他也——不是，

瘟疫染了他也——不是，

掘地底機器，居然也嫉妒他來，

把勇敢的「五十」榨成了肉醬，

無意識的工作中正在凝想的人兒，這樣收場。

但只是粉碎了他底身軀，倒完成了他和伊相合的一個愛底想。

才了蠶桑，

賣掉繭來紡紗做衣裳。

一件又一件，單的夾的棉的，

堆滿一床，壓滿一箱，伊單佔著堆頭也覺得心花放。

「『五十』啊！

你再遲回來幾年每天都得試新衣裳，

為什麼從那一回再不聽見郵差問『十五娘？』」

……

以現在的欣賞眼光看，無論是詩的語言還是形式，〈十五娘〉都非常清淺、幼稚，甚至有點像分行的散文或小說，但這卻符合五四初期新詩運動所提倡的「廢韻廢律」、「作詩如作文」等目標，對以後現代敘事詩的發展起了一定的推動作用，從中我們也可以看到現代漢語的最初雛形和逐漸成熟的過程。這首詩敘述了一對農家夫婦的艱辛生活以及最終的生死別離和真摯悲哀的愛情。故事可以說是一波三折，從「五十」沒有活做的愁苦到找到活的喜悅，然後是妻子十五娘的叮嚀、擔心，再到十五娘的思念和「五十」的死，整首詩依照故事和人物命運的發展娓娓道來，悲哀、傷感但卻又非常含蓄，體現了中國傳統的詩學觀念。而在藝術上，詩歌兼收了民歌和古典詞曲的韻味，全詩八十一行，全部採用ang韻，自然和諧，比較工整，很有音樂的旋律美。作者還繼承中國傳統詩歌中的比興手法，融情入景，情景交融，季節變化與人物情感變化相一致，烘托了人物的悲劇命運。其實，五四以來的敘事詩並不多，除沈玄廬的〈十五娘〉、白采的〈贏疾者的愛〉、朱湘的〈王嬌〉，最有成就的是馮至的敘事詩〈蠶馬〉、〈吹簫人的故事〉等。馮至善於從民謠中直接獲取養分，結合中國民間傳統與古代神話故事，給我們敘述了一個個動人又具有濃烈的神祕感的故事，所表現的對封建婚姻制度的憎恨和對理想的追求反映了五四的時代精神，並且，馮至能把抒情和敘事融為一體，非常精緻，在一定程度上把現代敘事詩的創作提高到了新的水準。敘事詩〈蠶馬〉取材於我國志怪小說《搜神

記》中的一則神話故事，詩人以其豐富的想像力和熾熱的現代情感對其進行了藝術的再創造，為古老的神話故事注入了新的生命。作者所謳歌的主要對象是白馬，在它身上，作者賦予了對愛情忠貞不渝的人生理想和最高追求。白馬為姑娘奉獻了自己的一切，先是幫姑娘犁地、作伴，當姑娘想念父親時，它不遠萬里為姑娘尋回父親，回來時「跪在她的床邊，整夜地涕泗漣漣」，姑娘雖然喜歡它，但囿於「人馬」的界限，勸它不要「癡癲」，「提防著父親要殺掉了你」。最終，白馬被殺，只剩下一張馬皮，懸掛在壁上。詩歌的最後一章這樣寫道：

> 黃色的蘼蕪已經凋殘，
> 到處飛翔黑衣的海燕，
> 我的心裡還燃著餘焰，
> 我悄悄地走到她的窗前。
> 我說，姑娘啊，蠶兒正在織繭，
> 你的情懷可曾覺得疲倦？
> 只要你聽著我的歌聲落了淚，
> 就不必打開窗門問我，「你是誰？」
> 空空曠曠的黑夜裡，
> 窗外是狂風暴雨；
> 壁上懸掛著一件馬皮，
> 這是她惟一的伴侶，
> 「親愛的父親，你今夜
> 又流浪在哪裡？
> 你把這匹駿馬殺掉了，
> 我又是淒涼，又是恐懼！」

「親愛的父親，
電光閃，雷聲響，
你丟下了你的女兒，
又是恐懼，又是淒涼！」
「親愛的姑娘，
你不要淒涼，不要恐懼！
我願生生世世保護你，
保護你的身體！」
馬皮裡發出沉重的語聲，
她的心兒怦怦，發兒悚悚；
電光射透了她的全身，
馬皮又隨著雷聲閃動。
隨著風聲哀訴，
伴著雨滴悲啼，
「我生生世世地保護你，
只要你好好地睡去！」
一瞬間是個青年的幻影，
一瞬間是那駿馬的狂奔；
在大地將要崩潰的一瞬，
馬皮緊緊裹住了她的全身！
姑娘啊，我的歌兒還沒有唱完，
可是我的琴弦已斷；
我惴惴地坐在你的窗前，
要唱完最後的一段，
一霎時風雨都停住，
皓月收束了雷和電；

　　馬皮裹住了她的身體，

　　月光中變成了雪白的蠶繭！

　　在暴風雨之夜，在大地將要崩潰之時，白馬忠實地實踐了「我生生世世地保護你」的誓言，「馬皮裹住了她的身體，月光中變成了雪白的蠶繭！」這不由得讓人想起漢樂府中的愛情宣言，「上邪！我欲與君相知，長命無絕衰。山無陵，江水為竭，冬雷震震，夏雨雪，天地合，乃敢與君絕！」最後一章既是整個故事、人物命運發展的最激動人心的時刻，也是全詩情感的最高潮，先是狂風暴雨、電閃雷鳴，天和地呈現出恐怖、絕望的氣氛，而當白馬和姑娘融為一體的瞬間，風停雨住，皓月當空，一片寧靜和諧的景象，敘事和抒情兩者完美結合在一起，使讀者內心充滿著豐盈的情感，既為人物的命運所感動，同時，也被詩中強烈的情感所震撼。自然界、愛情、動物、人類幾者之間既形成巨大的空間感覺，又彼此相互關聯，構成了一個完整、富於生命力的空間意象和至烈又至純的精神境界。在詩中，「蠶馬」的故事不是由詩人直接敘述出來的，而是通過一個抒情主人公在自己所傾心的姑娘窗前唱出來的，意在借此抒發自己對姑娘的愛慕之情，感動對方：只要你聽著我的歌聲落了淚，就不必打開窗門問我，「你是誰？」這樣一來，抒情主人公的感情故事就與「蠶馬」故事的情節相互交織、映襯，暗示了主人公的命運和馬的命運一樣，以不幸而告終。另外，就形式而言，〈蠶馬〉也非常工整精巧。全詩共124行，分三章，每章又分五節。每句句尾力求押韻，但並不拘泥呆板；語句多排比、反復，回環照應，由此加強了全詩的抒情氣氛。也因此，馮至的敘事詩被朱自清稱作為「堪稱獨步」（朱自清〈中國新文學大系・詩卷序〉）。

## 二、現代敘事詩發展的高潮

　　20世紀40、50年代是中國現代敘事詩發展的高潮期。40年代在敵後根據地，「文藝為工農兵服務」成為文學的主要口號，為了適應這一點，包括詩歌在內的所有文學樣式連同詩人，都開始進行改造，改造的結果是中國現代詩歌發生了根本性的變化：民間詩歌資源成為新詩發展的主要方向。正是「詩的歌謠化」決定了這一時期以及後來的解放區詩歌的基本創作特徵，也造就了長篇敘事詩的大量興起。最著名的如李季的〈王貴與李香香〉、阮章競的〈漳河水〉、張志民的〈王九訴苦〉等。〈王貴與李香香〉以陝甘寧邊區土地革命時期農民鬥爭為背景，描寫了一對青年男女悲歡離合的愛情故事。它突出地體現了敘事詩所具有的完整的故事情節和人物形象的特徵和現代敘事詩借用民歌的特點。整部作品近八百行，全部採用陝北民歌「信天遊」形式寫成。「信天遊」本為兩句一首，每一首表達一個獨立的意思，歌唱者在敘事和抒情時，往往聯唱，一首接一首，所以人們常說，「信天遊，不斷頭」。李季採用了「信天遊」的聯唱形式，同時又有所創新。他不是用兩句表達一個獨立的意思，而是兩句為一節，幾節表達一個意思、一幅情景，最終敘述了一個長篇故事。這樣，也就完成了民間抒情詩向現代敘事詩的轉化，同時又保留了「信天遊」詩體中濃郁的抒情色彩。詩歌的押韻並不嚴格，每一節換一個韻，詩句基本按照七言詩的節拍，但又沒有七字一句的呆板，形式上靈活自由，讀起來也琅琅上口：

　　　　山丹丹開花紅姣姣，
　　　　香香人才長得好。

一對大眼水汪汪，
就像那露水珠在草上淌。
二道糜子碾三遍，
香香自小就愛莊稼漢。
地頭上沙柳綠蓁蓁，
王貴是個好後生。
身高五尺渾身都是勁，
莊稼地裡頂兩人。
玉米開花半中腰，
王貴早把香香看中了。
……
太陽出來滿地紅，
革命帶來了好光景。
崔二爺在時就像大黑天，
十有九家沒吃穿。
窮人翻身趕跑崔二爺，
死羊灣變成活羊灣。
燈盞裡沒油燈不明，
莊戶人沒地種就像沒油的燈；
有了土地燈花亮，
人人臉上發紅光。
吃一嘴黃連吃一嘴糖，
王貴娶了李香香。
……
香香想哭又想笑，
不知道怎麼說著好。

王貴笑的說不出來話，
看著香香還想她！
雙雙拉著香香的手，
難說難笑難開口：
「不是鬧革命窮人翻不了身，
不是鬧革命咱倆也結不了婚！
「革命救了你和我，
革命救了咱們莊戶人。
「一杆紅旗要大家扛，
紅旗倒了大家都遭殃。……

　　「不是鬧革命窮人翻不了身，／不是鬧革命咱倆也結不了
婚」，「革命救了你和我，／革命救了咱們莊戶人。」在詩中，
革命與戀愛、革命與幸福均有一致性，它傳達了農民只有走革命
的道路才能避免悲劇命運，才能獲得自由與幸福的主題。正如
《中國現代文學三十年》中所說，「這些對民間傳統戲曲、歌謠
的故事原型的變體，卻融入了革命的意識：愛情的曲折、磨難，
是因為革命的曲折、磨難所造成；而對愛情的忠貞也即是對革命
的忠貞，最終也是革命的勝利才促成了情人的團圓。……這樣，
詩人就將民間歌謠、戲曲『情人曆難而團圓』的模式創造性地轉
化為『在革命（與愛情）的考驗中成長為新人』的革命詩歌的
新模式。」[54]這與抗戰時期毛澤東《在延安文藝座談會議上的講
話》的精神是基本一致的。它從通俗易懂、生動活潑的民間歌謠
中汲取養分，進行轉化和改造，配合並宣傳了革命的目的和意

---

[54] 錢理群等：《中國現代文學三十年》，北京大學出版社1998年版，第
　　593頁。

義。這首詩的特點還在於高潮不斷，在一個個高潮之間，又穿插了抒情場景，如香香的美，她和王貴的相互愛慕、相互關心、自由結婚等，形成了一種緊張與舒緩交織、節奏感很強的敘事風格。

　　20世紀五六十年代，現代敘事詩繼續發展，並形成一股文學潮流影響著詩歌的寫作方向，據粗略統計，這一時期的長篇敘事詩將近百部。如李季的〈菊花石〉，田間的〈趕車傳〉（共七部），郭小川的〈深深的山谷〉、〈白雪的讚歌〉，聞捷的〈復仇的火焰〉等。如前所言，敘事詩在五四初期就得到提倡，20世紀30年代的左聯詩歌和40年代的「解放區詩歌」使敘事詩、尤其是寫實傾向和民歌傾向的敘事詩得到很大發展，建國後，以民間形式寫作敘事詩基本上成為當代詩歌的寫作方向，所不同的是，詩的主題由「控訴舊社會的黑暗」轉移到對「新的世界、新的人物和新的氣象」的表現上。這時候的「敘事性」多是對社會重大主題的敘述，而對個人情感、日常生活持一種摒棄態度，幾乎所有的長篇敘事詩都有一個明確的政治主題，這種帶有「指導性」的敘述寫作逐漸抑制了詩人的想像力和對自我內心世界的發掘，另一方面，也導致詩與小說戲劇等文體之間的差異越來越模糊。如李季、阮章競、張志民、田間等詩人仍然堅持用民歌體來構造自己的長篇敘事詩，但是，成就都不如他們的前期創作。而郭小川和聞捷則把他們擅長的強烈的抒情風格和細節描述帶入到敘事詩之中，他們的長篇敘事詩如〈白雪的讚歌〉、〈復仇的火焰〉等代表了當時長篇敘事詩的水準。正如洪子誠在《中國當代文學史》中這樣評論，「這近百部的長篇敘事詩的思想藝術價值雖說不可一概而論，但以詩的體式去承擔小說、戲劇的體裁的『任務』」，和不從各文學樣式的形態特徵上去考慮藝術方法，這種情

況，在當年就有批評家提出質疑。」[55]「文化大革命」之後，朦朧詩的興起基本上取代了從20世紀30年代開始不斷擴大的敘事詩的地位。朦朧詩以抒情為主要特徵，以表達情感、情緒和內心精神世界為抒情的基本內容，儘管理想主義衝動和對歷史的承擔意識使朦朧詩陷入對「自我和社會」的某種衝突之中，它卻始終以表達個人情感和個人對世界的感知為出發點，從而引導中國現代新詩朝著另一方向發展。20世紀40、50年代逐漸形成的敘事詩傳統失去了自己的位置。

## 第二節　中國現代詩歌中的敘事

### 一、敘事因素

　　除了以上這些經典意義的敘事詩作品外，還有一類值得注意的現象，即詩歌中對「敘事」因素的特別的運用，只是這樣的作品本身卻似乎很難被稱為「敘事詩」。前述馮至的〈蠶馬〉，詩歌是以一個完整的故事、具體的情節發展、曲折的人物命運為敘述線索的，並且詩歌的所有情都來自於這一故事本身所蘊含的強烈情緒，可以明確地判斷它為敘事詩；但像西川的長詩〈厄運〉卻不是這樣了。下面是它的一個片斷：

　　　　兩個人的小巷，他不曾回頭卻知道我走在他的身後。
　　　　他喝斥，他背誦：「必須懸崖勒馬，你脆弱的身體承擔不了憤怒。」
　　　　他轉過身來，一眼看到我的頭頂有紫氣在上升。他

---

[55] 洪子誠：《中國當代文學史》，北京大學出版社1999年版，第67頁。

搖一搖頭，太陽快速移向樹後。

　　……小巷裡出現了第三個人，我面前的陌生人隨即杳無蹤影。我忐忑不安，猜想那迎面走來的是我的命運。

　　我和我的命運擦肩而過；在這座衰敗的迷宮中他終究會再次跟上我。

　　一隻烏鴉掠過我八月的額頭。

　　這一片斷雖然有敘事、人物，但卻不是一個具體的故事情節，詩中那句「猜想那迎面走來的是我的命運」一下子把詩從前面的敘事拉進了虛幻的世界，它不但否定了前面的具體敘事，而且也使前面呈現給我們的「現實場景」變成了一個隱喻；另外，它是沒有具體人稱的，或者說，被敘述者被作者直接擴大為生活在時代中的每一個人，敘事直接轉化為帶有本質意義的隱喻，這使詩的意義既來源於詩所敘述的生活，同時又高於它所敘述的生活，這也是我們在欣賞這類詩時，不能把它們稱作敘事詩的原因之一。

## 二、現代詩史上敘事因素的大量湧現

　　應當說，敘事與抒情不可能完全分割開來，抒情詩歌裡面也必然包含著不同分量的敘事因素。這裡特別指出的是20世紀90年代以後，敘事作為一種重要手段和寫作因素被引入到詩歌中，形成了中國現代詩歌史上最為突出的「敘事」現象。我們再以西川的長詩〈厄運〉為例：

　　　子曰：「三十而立。」
　　　三十歲，他被醫生宣判為沒有生育能力。這預示著

龐大的家族不能再延續。他砸爛瓷器，他燒毀書籍，他抱頭痛哭，然後睡去。

子曰：「四十而不惑。」

四十歲，笙歌震得他渾身發抖，強烈的犯罪感使他把祖傳的金佛交還給人民，他遷出豪宅，洗心革面：軟弱的人多麼渴求安寧。

……

子曰：「六十而耳順。」

而他澈底失聰在他耳順的年頭：一個鬧哄哄的世界只剩下奇怪的表情。他長時間呆望窗外，好像有人將不遠萬里將他造訪，來喝他的茶，來和他一起呆望窗外。

這一節詩敘事的因素非常明顯，詩敘述了「他」在不同年齡段所遭遇的厄運，和傳統文化經驗恰恰相反，詩中的「他」既是具體的「這一個」，又是生活在這一時代的每一個人，是普通人的普遍境遇。在這裡，個體和生活、和時代、和文化完全處於一種可怕的錯位狀態，厄運不是來自人的懶惰和無所作為，而是來自於不可改變、不能把握的時代精神。因此，從抒情轉向敘事，實際上是詩人的心境、體驗、文化態度和對社會的感知的轉變，他們試圖脫離寫作背後強大的意識形態衝動和理想主義的衝動，進入更為個人化的生存體驗當中。或者說，他們越來越清晰地意識到，並試圖表達出人和世界、文化、政治，乃至於和他人之間的衝突與裂痕。詩人西川對「敘事」這樣理解，「我本人敘事的出發點不是主動『揭示事物的某一過程』，而是對於生活的被動接受。……敘事並不指向敘事的可能性，而是指向敘事的不可能性，而再判斷本身不得不留待讀者去完成。這似乎成了一種

『新』的美學。……敘事，以及由此攜帶而來的對於客觀、色情等特色的追求，並不一定能夠如我們所預期的那樣賦予詩歌以生活和歷史的強度。敘事有可能枯燥乏味，客觀有可能感覺冷漠，色情有可能矯揉造作。所以與其說我在90年代的寫作中轉向了敘事，不如說我轉向了一種綜合創造。既然生活與歷史、現在與過去、善與惡、美與醜、純粹與污濁處於一種混生狀態，為什麼我們不能將詩歌的敘事性、歌唱性、戲劇性熔於一爐？」[56]「生活的被動接受」，這看起來很不經意的一句話，實際上卻是20世紀90年代以來詩人之所以轉向「敘事」的本質原因，他們不再抒情，因為生活和時代不再能給他們以抒情的根源，他們不再是生活的掌握者，而是無能為力的被束縛者，這種感覺深深地影響著詩人的思想，成為他們思考世界的起點和最根本的寫作衝動，而敘事所具有的細節性、具體性和日常性的敘述，則成為詩人描述自己的體驗和處境的最好方式。〈厄運〉的主題就是表達了這種無能為力的感覺以及對文化和自我存在的錯位感。詩人于堅曾經這樣說過，他討厭烏托邦式的東西，喜歡具體、冷靜。于堅〈0檔案〉的發表給詩壇帶來很大震動，詩以冰冷、無生命的，但卻對中國人具有重要意義的「檔案」為起點，以平淡、略帶反諷的語氣敘述一個普通人的出生、成長和進入社會所扮演的角色，檔案，它的數位化和量化使它既是一個符號，標誌著人的被符號化，同時也顯示出個體生命的渺小、虛無：

　　建築物的五樓　鎖和鎖後面　密室裡　他的那一份
　　裝在檔袋裡　它作為一個人的證據　隔著他本人兩層樓

---

[56]　西川：《大意如此·自序》，湖南文藝出版社1997年版，第3頁。

他在二樓上班　那一袋　距離他50米過道　30級臺階
與眾不同的房間　6面鋼筋水泥灌注　3道門　沒有窗子
一盞日光燈　四個紅色消防瓶　200平方米　一千多把鎖
明鎖　暗鎖　抽屜鎖　最大的一把是「永固牌」掛在外面
上樓　往左　上樓　往右　再往左　再往右　開鎖　開鎖
通過一個密碼　最終打入內部　檔案櫃靠著檔案櫃　這個
在那個旁邊
那個在這個上面　這個在那個底下　那個在這個前面　這
個在那個後面
8排64行　分裝著一噸多道林紙　黑字　曲別針和膠水
他那年30　1 800個抽屜中的一袋　被一把鑰匙　掌握著
並不算太厚　此人正年輕　只有50多頁　4萬餘字
外加　十多個公章　七八張相片　一些手印　淨重1000克

　　「檔案室」，最冰冷、最陰暗的角落，但正是在這裡，人
的全部生活都被壓縮了，那「淨重1000克」的紙張濃縮了一個人
的全部，它把生命的痛苦、歡樂和所有的情感、體驗都排在外，只
剩下冰冷的數字；但它卻又是一個人能在社會生存的基本保證：

人家據此視他為同志　發給他證件　工資　承認他的性別
據此　他每天八點鐘來上班　使用各種紙張　墨水和塗改液
構思　開篇　佈局　修改　校對　使一切循著規範的語法

　　這樣一種平淡的陳述性敘事語調和對形容詞、修飾詞語的
摒棄恰恰符合了作者所要表達的內在情感和思想傾向，也就是對
個體生命處境的描述：人的存在被完全規約起來，「檔案」既是

約束人的具體力量，又是一個隱喻性的存在，它代表的是看不見的、但卻時時處處存在的社會網路，人，是生活在這一張佈滿灰塵、冰冷的大網之下的人，沒有掙扎，沒有自我，只能按照既定的一切、毫無生命力地生活著。作者正是通過對檔案室的詳盡描述、對一個人的生活狀態的詳盡而客觀的描述來展示人的存在狀態。這種用盡可能客觀的視角進行敘述的語調是于堅所有詩歌的主基調，也是于堅對抒情、純粹情感抒發的摒棄。回到現時、現實、細節、具體和個體之中，用現實景觀和大量的細節對詩歌中的烏托邦情結進行某種對抗。這一切恰恰是敘事所擅長的。詩和詩人在進行探索，如何使詩介入當下的生活之中，而不僅僅限於情感領域。詩人把目光重新投回到日常生活，回到對個體和個體生活境遇的關注之中。正如詩人于堅所說，更有實質意義的詩歌實驗和創造性來自北島之後的一代中國大陸詩人。在這些詩人那裡，詩歌的主題從國家、時代、文化轉向了個人、家、日常生活、日常事物。在中國，這些通過辦地下詩歌刊物獲得聲譽的詩人被批評家稱為「第三代」詩人。主張「詩到語言為止」，「反抒情」，他們對浪漫主義、象徵主義、抒情主義和未來主義的現代傳統表示懷疑，詩人們提出詩歌應該「從隱喻後退」，拒絕詩歌為先驗的本質、既成的意義服務。[57]

　　在20世紀90年代，詩人對敘事因素，不是把它作為一種表現手法來而是把它作為一種新的想像力來運用。如于堅的幾首詩，以「事件」為總命題，〈事件：停電〉、〈事件：鋪路〉、〈事件：裝修〉等，其實是把當下生活最不起眼的日常事件納入到詩歌的敘述之中，在陳述之中，日常不再意味著毫無意義的重複，

---

[57] 於堅：《關於中國當代詩歌・國際詩歌節發言》——在瑞典奈赫國際詩歌節上的發言。

它們甚至決定著個體生命的流向，它們讓人意識到，時代精神在不斷抹煞著個體生命的獨特性，最終成為公共空間中面目相同的符號。敘事，在這裡實際上是一種新的詩歌的審美經驗，一種從詩歌的內部去重新整合詩人對現實的觀察的方法，把普遍的生活場景帶入到詩歌領域之中，它的意義絕非僅僅限於是一種單純的表現手法。因此，敘事實際上是詩人的一種綜合能力，以于堅為例，他在城市的各個角落穿行，目光所過之處，停電的剎那，鋪路的工人，旅行的人，凌亂、骯髒的工地，響徹在城市上空的裝修的聲音和黑暗的烏鴉的叫聲，他都一一收進眼中，對於一般人來說，它們只是無數個日子裡見到的毫無意義的生活，是被忽略掉的，而對於詩人來說，在這其中，恰恰能顯示出詩人對生活的洞察力和質問能力。記憶和現實、當下生活和人的生存特性逐漸模糊，就在這貌似瑣碎、平常、無意義的事件、事物中，在作者舒緩、冷靜、甚至淡漠的敘事和迂迴的節奏中顯現出來。如〈事件：裝修〉，裝修前，房屋裡的每一件家具，每一個最為陳舊的物品，乃至扔在角落裡被遺忘的綢繩都蘊含著歲月、懷念和過去生命的資訊：

> 黃櫥櫃為什麼要放在這裡　為什麼有一隻腳是斷的
> 只有睡在郊外青山中　穿馬褂的外公知道
> 在父親的大書架下　支著老兒子的青春之床
> 床單上印著紅玫瑰　布紋上那些可疑的暗斑
> 大家都知道是誰留下的
> ……
> 套在釘子頭上的綢繩　是妹妹的心

　　這些陳舊的物品，在作者的敘述之中，當然，在每一個個體心中，是最具意義的東西，在它們身上，有常常令人懷念的生命痕跡，有了它們，我們的生命才有了時間和長度，然而，裝修之後：

　　　　裝修開始在參觀之後　　完工於節日之前
　　　　至高無上的裝修　統一祖國的標準　衡量貴賤的尺寸
　　　　為人民規劃煥然一新的表面　　向日常生活
　　　　提供色譜　光潔度　塗料　配方　以及牆裙的高矮
　　　　老鼠不在裝修之列　　它們被擊斃在自己的窩裡
　　　　外婆的氣味不在裝修之列　　它被鋼卷尺
　　　　計算為十一個平方　　在兩小時內用油漆排除
　　　　所有的木頭窗子　　都被視為腐朽
　　　　換鋼窗　比伐木容易得多
　　　　一捲進口的牆紙　　在三小時內
　　　　就把一個家族世代相傳的隱私　　裱住
　　　　沒有污點　歡迎光臨

　　作者通過對「裝修」這一現代生活中最常見詞語的敘事性敘述，實際上是將現代生活的機械化、複製性和冷漠性表達了出來，在「裝修」的過程中，親情、歲月、回憶和個體性統統被排斥掉，換成了沒有人情味的「物」和沒有個性的普遍場景，這種略微帶點諷刺性的敘事把作者的情感，或者說作者內在的思想傾向都清晰地表達出來。他敘事的目的之一就是使個人的心靈空間與城市生活空間形成一種參照的形象並進入到公眾閱讀所應有的經驗之中，使讀者對這樣一個日日嬗變的公共生活空間有所感知

和體驗。于堅在談到他的長詩〈羅家生〉時這樣說道,「〈羅家生〉應該是一篇相當散文化的敘事性作品,我甚至敢說這是一首史詩,至少我理解的史詩是如此。史詩並不僅是虛構或回憶某種神話,史詩也是對存在的檔案式記錄,對缺乏史詩傳統的中國詩歌來說,史詩往往被誤解為神話式的英雄故事。詩言志,志至少有三種含義:心意、志向、記錄。中國詩歌往往重視前兩種功能,而忽略它作為記錄的功能。」[58]在這裡,于堅所說的詩歌的「記錄功能」實際上是對詩歌敘述當代生活功能的強調,這種敘述和記錄既是具體的、客觀的、冷靜的,同時,卻也不可避免地帶著文化式的隱喻和象徵。

王家新的〈瓦雷金諾敘事曲──給帕斯捷爾納克〉、〈詞語〉、〈臨海的房子〉等一系列詩歌的敘事性也很強,他甚至要求詩歌「講出一個故事來」,如他的〈瓦雷金諾敘事曲〉:

> 蠟燭在燃燒
> 冬天裡的詩人在寫作,
> 整個俄羅斯疲倦了
> 又一場暴風雪
> 止息於他的筆尖下,
> 靜靜的夜
> 誰在此時醒著,
> 誰都會驚訝於這苦難世界的美麗
> 和它片刻的安寧,
> 也許,你是幸福的──

---

[58] 於堅:《談談我的〈羅家生〉》,見《棕皮手記》,上海東方出版中心1997年版,第171頁。

命運奪去一切，卻把一張

松木桌子留了下來，

這就夠了。

作為這個時代的詩人已別無他求。

……

一首孱弱的詩，又怎能減緩

這巨大的恐懼？

詩人放下了筆。

從雪夜的深處，從一個詞

到另一個詞的間歇中

狼的嗥叫傳來，無可阻止地

傳來……

蠟燭在燃燒

我們怎能寫作？

當語言無法分擔事物的沉重，

當我們永遠也說不清

那一聲淒厲的哀鳴

是來自屋外的雪野，還是

來自我們的內心……

　　一個詩人的寫作姿態和寫作過程在詩中被詳細地敘述，它們和整個俄羅斯的暴風雪融合在一起，顯得沉重、悲涼，同時，又蘊含著某種永恆的意志和信念，人和時代，內心和現實，個體靈魂和時代精神之間的錯位和相互關係在緩緩的敘事中呈現出來。這種帶有強烈抒情性的敘事和于堅冷靜、平淡、口語化的敘事方式雖然不同，但是，卻從另一角度體現了敘事的承載能力。

　　與王家新相比，孫文波詩中的敘事傾向更為明顯。早在1986年他所寫的〈村莊〉已顯示了清晰的敘事意識，20世紀90年代初寫作的〈在無名小鎮上〉、〈在西安的士兵生涯〉等詩中的敘事技巧已相當成熟。蕭開愚的〈地方誌〉、〈來自海南島的詛咒〉等通過敘事和細節達到對歷史和現實的把握。但是，詩人本身卻拒絕將這種特徵概括為「敘事」，孫文波這樣說過，「當代詩歌寫作中的敘事，是一種亞『敘事』，它關注的不僅是敘事本身，而且更加關注敘事的方式，……它的實質仍是抒情的。」[59]

　　這其實涉及詩歌創作的基本問題：敘事和抒情。

## 第三節　現代詩歌中的敘事與抒情

### 一、敘事：有力的抒情

　　中國詩歌一直長於抒情，而短於敘事。除20世紀四五十年代敘事詩得到長足發展之外，中國現代詩歌也是以抒情詩為主。但是，無論是抒情詩還是敘事詩，其中都可能包含著兩種因素。實際上，敘事與抒情在詩歌中從來都不是一對完全對立的名詞，一首成功的敘事詩本身也包含著強烈的情緒和情感；另外一方面，從「敘事」的本來含義上來講，它更多使用在小說等其他文體中，在某種意義上，它可以說是詩歌向其他文類租借來幫助「抒情」的，在詩歌中，它的目的不是來「講故事」的，而是尋找到一種更為有效的抒情，或者說，詩歌敘事的最終目的仍然是希望尋找到情感的共鳴，它不單是為了給我們展示生活某個事件、某個人物的命運，而是通過這些使讀者得到某種啟示，這一啟示最

---

[59]　孫文波：《生活：寫作的前提》，見《陣地》第5期。

終是通過情感悟到的。如臺灣著名詩人洛夫的〈長恨歌〉就是一
首將抒情、敘事和想像完美地結合在一起的詩歌：

　　　　恨，多半從火中開始

　　　　你遙望窗外

　　　　他的頭隨飛鳥而擺動

　　　　眼睛，隨落日變色

　　　　他呼喚的那個名字

　　　　埋入了回聲

　　　　竟夕繞室而行

　　　　未央宮的每一扇窗口

　　　　他都站過

　　　　冷白的手指剔著燈花

　　　　輕咳聲中

　　　　禁城裡全部的海棠

　　　　一夜凋成

　　　　秋風

　　前一節是抒情中對主人公內心悲緒的想像性抒寫，「他呼
喚的那個名字／埋入了回聲／竟夕繞室而行」，這時候，意象在
呈現為一種審美直覺，它在一剎那表現為理性和感性的複合體，
既是主人公的內心情感，也是對外部世界的全部感受。「他把自
己的鬍鬚打了一個結又一個結，解開再解開，然後負手踱步，鞋
聲，鞋聲，鞋聲，」則用的是純粹的敘事，用一個細節的動作來
傳達主人公的思念和時間無情的漫長，這使得詩句蘊含著強烈的
情感和抒情意味。白居易的〈長恨歌〉這樣寫主人公的思念，

「夕殿螢飛叫悄然，孤燈挑盡未成眠，遲遲鐘鼓初長夜，耿耿星河欲曙天」，天空、人和大地是一種靜穆，而洛夫的詩則寫道，「輕咳聲中／禁城裡全部的海棠／一夜凋成／秋風。」聽覺、視覺、觸覺互相轉化。暗示了時間的悠長和思念之苦。古典的抒情和現代的敘事完美地結合在一起，而詩人非凡的想像力和抽象能力使得詩擺脫了具象的物和人，進入到一種時空的遊移之中，「長恨歌」，既是對你，對我，也是對那個已經進入時光隧道中的唐玄宗的命運的歌吟。

## 二、「冷抒情」中的敘事

20世紀90年代的一些抒情詩歌特別突出了詩歌的「敘事性」，這也是為了給已經「疲軟」的傳統抒情以有力的鞭策和衝擊。經過了20世紀80年代的抒情的氾濫，一些中國詩人認為現代人的情感生活陷入了前所未有的困境：一方面是現代人的情感生活的貧瘠，另一方面卻又濫情傾向日趨嚴重。情感成為一種一次性的消費品，等到詩歌來表達的時候，它已經成為情感的殘渣。在這種情況下，抒情就變得很可笑了。從這個意義上看，于堅和韓東他們的「冷抒情」（即詩歌中沒有那種熱烈的抒情達志）和詩中所具有的某種反諷意味或多或少成為挽救情感的力量。詩歌抒情地位的喪失在某種意義上意味著詩歌莊嚴性的消失，這曾是當代詩歌的主題。如桑克的〈公共場所〉：

那人死了。
骨結核，或者是一把刀子。
灰燼的髮辮解開，垂在屋頂。
兩個護士，拿著幾頁表格

在明亮的廚房裡，她們在談：三明治。

這種火候也許正好，不嫩，也不老。

一個女人待坐在長廊裡，回憶著往昔：

那時他還是個活人，懂得擁抱的技巧

農場的土豆地，我們常挨膝

讀莫泊桑，紫色的花卉異常絢麗。

陽光隨物賦形，擠著

各個角落，曲頸瓶裡也有一塊

到了黃昏，它就會熄滅

四季的嘴，時間的嘴對著它吹。

陰影在明天則增長自己的地盤。

藥味的觸角暫時像電話線一樣

聯起來，柔軟，纏綿，向人類包圍：

誰也不知道什麼戲公演了。肉眼看不見

平靜中的風暴，相愛者坐在

廣場的涼地上，數著褲腳上的煙洞究竟有多少。

　　這幾乎可以說是一首描寫客觀現實的敘事詩，日常生活圖景的隨意、散漫、偶然和無意義組合在一起，構成詩的核心敘事，以往常的詩歌標準來看，這首詩既無主題，也無抒情，更無深刻的意義和情感價值，個人的情感也幾乎覺察不到，但在作者不動聲色的敘述之中，我們分明感到了生活的影子，感受到了生命的消逝和時光的流轉，是黑暗的逐漸逼近，長長的陰影正在覆蓋大地、城市和天空。醫院死去的人——三明治——陽光——陰影——煙洞……充實和虛無，痛苦和喜悅，豐富和瑣碎，這一切矛盾的意象和痛楚之感留在讀者的腦海中，然後進入靈魂中。這

是典型的對「當下生活和生活的現時性」的敘事，讀者可從中獲得強烈的現實感和生活感。因此，詩歌的敘事既是詩人對「現時性」的具體敘述，同時，又絕非是生活和事件的簡單的概括，而是靈魂在此種生活和事件中的際遇和處境的審視與內省。再如西渡的詩作〈一個鐘錶匠的記憶〉。詩歌敘述了鐘錶匠與一個女孩的愛情故事，時間選在知青時代，這樣一來，故事的發生就與時代、命運有著必然的聯繫，由於分離，他們之間始終是遙望、思念和默默注視的關係，歲月就這樣悄然流逝，最後一節，作者這樣寫道：

在我的顧客中忽然加入了一些熟悉
的臉龐，而她是最後出現的：憔悴、衰老
再次提醒我快和慢之間的距離
為了安慰多年的心願，我違反了職業
的習慣，撥慢了上海鑽石表的節奏
為什麼世界不能再慢一點？我夜夜夢見
分針和秒針邁著芳香的節奏，應和著
一個小學女生的呼吸和心跳。而她是否聽到？
玷污了職業的聲譽，失去了最令人懷戀
的顧客：我多麼願意擁有一個急速的夜晚！

上一詩節寫的是離別，是歲月的「快」與等待的「慢」之間的較量和緊張的衝突，這一詩節寫的則是重逢及重逢之後內心的情緒，這一切與歷史和個人生活之間緊張的關係有著緊密聯繫，但是，這一緊張是依靠一個鐘錶匠的生活來表達出來的，而非純粹的情感抒發。上下詩節之間轉承得非常巧妙，既對詩的結

構作出了協調，又對詩的意圖的深入起到了引導作用。如果不採用敘事性的結構，那麼，詩的內涵和意蘊就不會這樣深刻而動人地體現出來。詩歌本身所具有的旋律、節奏的方式和反復的吟誦，使敘事充滿情感的特徵，事件本身不再僅僅是再現生活或還原某個場景，而是蘊含著某種情緒和內心情感。

　　由此，我們看到，20世紀90年代以來強調詩歌的敘事性，實際上是詩人試圖在詩歌內進行的一次革命，把詩從抒情的象牙塔中解放出來，尤其是從80年代所提倡並流行的純粹抒情和理想主義中解放出來，更進一步說，也把詩人從民族的集體情感和公共記憶中解放出來，進入對個體生活和當下社會生活的具體敘述之中，從中抽象出個體與時代之間的複雜矛盾和生活的支離破碎以及人的存在特徵的模糊難辨。可以說，這是一種「冷抒情」，與激動、高昂的抒情相比較，它可能顯得有點內斂、平淡甚至過於理性化，但是，它卻與讀者，與每一個個體的生活境遇和當下的存在形態更緊密聯繫起來。

　　應該注意的是，在進行敘事的時候，詩人的目的並不僅僅限於對個體生活的再現，和抒情一樣，他們同樣關注具體的敘事背後所蘊含的抽象意義，所不同的是，抒情是通過情感的不斷抒發、闡釋達到最終的昇華，而敘事是通過事件、故事、場景甚至於人物的形象來完成意義的構造和情感的抒發。詩人們希望敘事能夠完成「具體和抽象」之間自然的過渡，使詩既能夠進入具體的日常生活場景和現實之中，同時，又不失去詩的節奏、旋律、情感特徵和象徵性。另外，詩人的目的也不只限於對個人生活和日常圖景的消解，他們仍然希望在其中展現出一個大的主題，這一大的主題不再僅僅是關於民族、理想、歷史的，而是致力於揭示人和世界的關係，以及它們之間的衝突對於個體生命的意義。

比如西川的長詩〈厄運〉、于堅的〈0檔案〉、都是將敘事與抒情、具體與抽象完美地結合在一起的優秀詩篇。

但是，過於強調詩歌的敘事特徵也會導致其他問題的產生，敘事的確擴充了詩歌寫作的容量，給詩歌帶來新的特質和魅力，甚至具有先鋒性的色彩；在使90年代詩歌進入當下生活和時代內在真實的情緒中，它的確非常有效。但是，當敘事走向極致和偏激時，或者說，當某些詩人過分誇大它的語言功能和效果時，它又不可避免地犧牲了詩的另外一些東西，如詩的抒情之美，意象之美，詩歌細節顯得過分具體化，瑣碎、堆砌，陷於「生活和細節的圈套」之中不能自拔，有明顯的庸俗化傾向，它們最終可能導致詩性和詩意的消失。這也是我們在欣賞敘事詩和詩歌中的敘事時所應該注意的。

# 第七章　從雅言到白話、口語

## 第一節　從雅言到白話

### 一、古典詩歌的僵化和衰亡

　　胡適是中國最早從事新詩創作的人。1917年2月的《新青年》雜誌上，他以「白話詩八首」作為題目，第一次公開發表了自己的八首詩歌作品。如果追根溯源的話，今天所說的中國新詩，最初的名字其實應該叫做白話詩。胡適把自己的詩歌作品稱之為白話詩，當然是有原因的。在當時的歷史情景中，一提到詩，不言而喻指的就是用文言寫作的古典詩歌，從來沒有人覺得用白話寫下來的東西也可以叫做詩。胡適第一次把白話和詩聯繫在一起，開創了用白話寫詩的先河。這就引出了一個問題，胡適為什麼要用白話來寫詩？

　　對此，胡適自己說得很清楚，因為傳統的詩文，已經無法適應現代社會發展的需要，無法表達新的時代精神內涵，逐漸地走向僵化。古典詩歌由於過於講究章法格律、追求典雅，只能在用典中賣弄學問，因此與現實社會的變化與審美需求的矛盾越來越激化，逐漸由原來表達真情實感而變為一味地堆砌辭藻的文字技藝與只重用典的文字遊戲。與此同時，普通在民眾日常生活中使用的白話對整個社會的影響越來越大，用白話來寫小說，做文章，宣傳新思想，教育和啟蒙民眾已經成了一種普遍的社會歷史現象。用白話來寫詩，乃是社會歷史發展的正常結果，不是胡適等幾個人一時興起、偶然鼓吹的結果。

　　古典詩歌的僵化和衰亡，最突出的一個症狀就是喪失了表現社會現實生活中發生的重大事件和變化的能力。1840年發生的鴉片戰爭，是中國近代歷史的開端。但這麼重大的一個歷史事件及其發生的社會影響，卻很難在當時的詩人筆下得到深刻而及時的表現。這並不是詩人缺乏愛國熱情，對此沒有什麼反應，而是古典詩歌的語言和寫作規則限制了他們，使他們不能用詩的形式寫出自己的感受和經驗。當時一個叫貝青喬的詩人的經歷和寫作，就充分說明了這一點。

　　貝青喬是江蘇吳縣人，諸生在當時可以說是一個名不見經傳的小人物，但就是這麼一個小人物，卻做了當時的文人所不敢做的事情。在英國軍隊一路北上，進犯寧波、鎮海等中國城市的時候，享有免服兵役特權的貝青喬主動加入了中國軍隊，參加了抵抗侵略者的戰鬥。他曾經隻身一人，進入被英軍佔領的寧波城，探視敵情，尋找消滅敵軍的可能機會。他在戰爭期間作了120首七言絕句，取名〈咄咄吟〉，想把自己耳聞目睹的親身經歷寫下來。我們不妨從中選一首來看看：

　　　擊破重溟萬斛艫，炮雲卷血灑平蕪。
　　　誰將戰績征新誄？一幅吳淞殉節圖。

　　試想一下，如果我們唯讀這首詩本身，能看出來他寫的是什麼事情嗎？不錯，關於鴉片戰爭的歷史知識和「吳淞殉節」四個字，可能會讓我們想到陳化成在吳淞口英勇抗擊英軍、壯烈犧牲的事蹟。但要注意，貝青喬寫這首詩的時候，他面對的讀者是沒有我們的近代史知識的，而且在吳淞口犧牲的愛國志士遠遠不止陳化成一個，所以就這首詩本身提供的資訊而言，我們其實沒

有任何理由斷言它寫的就是陳化成。實際上，詩人也意識到了這一點，知道讀者從這首詩當中不可能讀出自己想要表現的現實生活經驗，所以，特地在詩後面加了一段敘述文字：

> 牛鑒、陳化成共守吳淞口，分駐東、西炮臺，為犄角之勢。夷船入犯，化成在東炮臺用大炮擊碎其火輪船二隻，已獲大勝。鑒忽偕總兵王志元帶兵先走，西炮臺虛無一人。夷遂分兵闖進吳巷橋，繞入台後。化成腹背受敵，血戰良久，中炮而殞。武進士劉國標搶其屍體，潛瘞海灘，事平後覓歸殯之。士民傷化成之慘死也，繪其遺像，敬之如神，事聞，予諡忠湣，賜恤如例。

應該承認，從古典詩歌藝術的角度來看，貝青喬的七絕雖然不算高明，但也還在水平線之上。但從表現現實生活經驗的角度來看，短短一首28字的詩，卻要一篇150多字的散文來補充說明，才能告訴讀者自己想要表現的內容，他的七絕可以說是澈底失敗了。因為詩本身已經喪失了表現詩人耳聞目睹的切身經驗的能力，詩人不得不借助於散文性的敘述文字來加以補充才能說明自己想要表達的基本內容，這充分說明詩實際上已經喪失了獨立的藝術價值和地位，無形中變成了敘述性散文的附庸。在晚清詩壇上，像貝青喬〈咄咄吟〉這樣通過附加敘述性文字來表現社會現實經驗的情形，已經成了一種普遍現象。詩人或者在自己的詩歌作品之前加上序言，說明寫的是怎樣一回事，在什麼情況下寫的；或者用前人為一首詩尋找所寫事件的方法，在詩後面直接交代和敘述詩的「本事」。貝青喬在〈咄咄吟〉中的做法，就是典型的交代「本事」。有時候，詩的題目很長，甚至是用一段敘述

性的文字做詩的標題，直接在題目中說明詩的內容。凡此種種，都表明了文言寫作的古典詩歌在近代社會中遭遇的困境。

## 二、雅言的局限

輝煌燦爛的中國古典詩歌之所以在現代喪失了表現社會現實生活經驗的能力，根本的原因在於它所使用的語言，是一種脫離了日常生活的雅言。

不論在什麼情況下，詩的語言與日常生活的語言是有區別的。一方面，我們在日常生活中顯然不可能使用詩的語言來進行交流，用朗誦詩歌的語調說話。另一方面，儘管沒有什麼明確的約定或者說明，我們日常生活中使用的許多語言和詞彙，又不可能出現在詩歌作品中。詩的語言，一般說來總是要比日常生活的語言精練一些，更能準確地表達詩人的情感經驗，沒有日常語言的粗鄙和庸俗氣息。問題在於，「我們底文字經過了幾千年文人騷士底運用和陶冶，已經由簡陋生硬而達到精細純熟的完美境界，並且更由極端的完美流為腐濫，空洞和黯晦，幾乎失掉表情和達意底作用了。」[60]晚清以來的近代詩人，又進一步把詩的語言與我們日常生活語言之間的區別推向了極端，使得詩歌的雅言完全脫離了社會現實生活，從而喪失了表現社會現實生活經驗的能力。對晚清詩人來說，詩的語言既不是來自於現實生活，也不是來自於個人獨特的體驗，而是來自於古代的經典文獻和古人的詩歌作品。只有唐宋以前的古代詩人使用過的詞句，出現在古代經典文獻中的語言，才有資格進入詩歌作品中，成為詩的雅言。用他們自己的話來說，就是「六經字所無，不敢入詩篇」。在這

---

[60] 梁宗岱：《文壇往那裡去——「用什麼話」問題》，見《詩與真·詩與真二集》，外國文學出版社1984年版，第55～56頁。

種美學思想的支配下，詩歌的思想和語言遭到禁錮，詩人的真實性情遭到泯滅，表現現實生活也就無從說起了。

　　這種情形，用胡適的話來說就是使用已經死了的文字來描寫活生生的現實生活：那些用死文言的人，有了意思，卻須把這意思翻成幾千年前的典故；有了感情，卻須把這感情譯為幾千前的文言。明明是客子思家，他們須說「王粲登樓」，「仲宣作賦」；明明是送別，他們卻須說「陽關三迭」，「一曲〈城〉」；……明明是鄉下老太婆說話，他們卻叫他打起唐宋八家的古文腔兒；明明是極下流的妓女說話，他們卻要他打起胡天游、洪亮吉的調子。[61]我們不能說晚清詩壇上缺乏有才力、有膽識的傑出人物，他們之所以要把離家在外的客子思寫成「王粲登樓」，讓妓女打起洪亮吉的調子說話，最根本的原因就在於他們在古代詩文中只能找到這些現成的說法，而沒有想到把新鮮活潑的白話提煉為詩的語言表現活生生的現實生活經驗。對他們來說，寫詩已經成了一種沒有實際的審美內容的可以操作的文字遊戲。魯迅正是在這個意義上斷言：「一切好詩，到唐已經做完。」[62]

　　這一點，就連大詩人黃遵憲也不例外。在晚清以來的近代詩人中，黃遵憲是最富有革新精神的一個。他極力反對模仿古人，主張使用新鮮活潑的口頭語言，及時迅速地反映社會現實生活的發展變化，創造自己的風格和意境，梁啟超因此而在《飲冰室詩話》中對他大加讚賞，稱之為晚清「詩界革命」的第一人。1899年，德國強行租借了我國的膠州灣之後，黃遵憲寫了一組詩

---

[61]　胡適：《建設的文學革命論》，見《胡適文集》第2冊，北京大學出版社1998年版，第46～47頁。

[62]　魯迅：《魯迅書信集》下卷，人民文學出版社1976年版，第699頁。

歌，表達自己憤怒的心情和對國事的憂慮，題為〈書憤〉。第一首的開頭一句「一自珠崖棄」，詩人就不得不自己加注釋，表明所謂「珠崖」實際上指的是膠州。第二首加的注釋就更多了，我們先來看詩本身：

> 豈欲親豺豹，聯交約近攻。
> 如何盟白馬，無故賣盧龍？
> 一著棋全敗，連環結不窮。
> 四鄰牆有耳，言早洩諸戎。

　　顯然，和前面提到的貝青喬的詩一樣，黃遵憲的這首詩，不借助於詩人自己的注釋和說明，我們仍然無法理解詩人為之憤怒的事情是什麼。在「無故賣盧龍」一語之後，加了這樣一句注釋，「光緒二十二年，使俄密約，已以膠州許之」，在「連環結不窮」之後的注釋則是「德取膠州，俄人不問，論者已知意在旅順矣」。根據注釋，詩人在這裡是指責清政府不應該與豺豹一樣的俄國祕密結盟，以出賣膠州灣為代價來換取俄國人的支持，共同對付德國的侵略。德國強行租借膠州灣之後，俄國人肯定會借機要脅，強取旅順，因為清政府與俄國人的密約，其實早已經被列強知道了。這就好比下棋一樣，一著失策，滿盤皆輸，西方列強的侵略行動，很快就會接踵而來。
　　應該說，詩人想要表現的情感經驗並不複雜，問題出在詩人所用的語言上面。詩人使用了白馬之盟的典故來指代清政府與俄國人的密約，又用盧龍指代膠州，無故增加了理解的和表達的障礙，迫使詩人不得不在詩中加入了大量的注釋，使詩歌變成了一個混合性的文本。詩人為什麼不直截了當用「膠州」，「俄

國」，「德人」這樣一些詞語，省去加注釋的麻煩呢？理由很簡單，「珠崖」、「諸戎」、「盧龍」這些詞語是前人詩歌中使用過的，屬於雅言，可以入詩，而「膠州」，「俄國」之類的詞語，既不能在古代經典文獻中找到，前人的詩中也從未使用過，因此屬於不登大雅之堂的俗語，沒有資格入詩。顯而易見，使用雅言本來是為了增強表現力，使詩更精練，更純粹，但在黃遵憲等晚清詩人這裡，使用雅言，拒絕白話口語的結果卻是詩人不得不在詩歌文本中夾雜大量的注釋才能把自己的意思表達出來，這就不僅與詩歌語言增強表現力的目標背道而馳，而且使詩變成了一種夾雜著大量散文成分的混合性的文本，破壞了詩歌文本的完整和純粹，最終導致了詩歌的僵化和衰亡。

## 三、白話的興起

就在文言日益走向僵化，喪失了表現活生生社會現實經驗能力的同時，白話在晚清的社會生活中卻變得越來越重要了。

首先是嚴重的民族生存危機，使得處於社會上層的知識分子逐漸意識到必須對普通民眾進行啟蒙，向他們傳達現代科學知識和民族意識，這樣才能使中國社會走向富強，擺脫被西方列強侵略的命運。白話文體淺易的特點恰好契合了啟蒙革命的需要，大量宣傳新思想、傳播現代科學知識的白話報紙、白話刊物因此應運而生，造成了晚清白話文的繁榮。葉維廉在解釋現代白話興起的原因時明確指出，白話的興起「是負有任務的，那便是要將舊思想的缺點和新思想的需要『傳達』給更多的人，到底『文言』是極少數知識分子所擁有的語言，而將它的好處調整發揮到群眾可以欣賞、接受是需要很多時間的，起碼在當時的歷史條件

下，大家不能等」。[63]嚴重的民族生存危機，使得白話迅速走進了晚清社會生活。

在胡適開始嘗試用白話寫詩之前，用白話來寫小說和白話散文已經成了一個普遍的事實，得到了整個社會的認可。傳統的文學觀在不知不覺中發生了改變，用白話寫的作品獲得了進入文學殿堂的資格和權力。胡適和陳獨秀等人借此提出了「文學革命」的口號，主張廢止文言，完全採用白話作為文學語言。在胡適之前，梁啟超等人就大力鼓吹過「詩界革命」、「小說界革命」，因此「文學革命」的口號其實並不新鮮。主張用白話來寫小說，寫散文，也沒有什麼太大的爭議，因為白話小說和白話散文的存在已經是一個無可否認的事實。能不能用白話來寫詩，才是其中最為關鍵的環節。

胡適主張白話可以入詩，且應擺脫五七言的整齊句式和過於繁瑣的音韻格律，採用白話本身所具有的自然的音節。也就是說，胡適主張的用白話來寫詩，包含著兩個方面的革命：一是打破舊體詩的格律，換為「自然的音節」；二是以白話寫詩，不僅以白話詞語代替文言，而且以白話口語的語法結構代替文言語法，使詩的語言形式散文化。這實際上就是對發展得過分成熟、但已脫離了現代中國人的思維、語言的中國傳統詩歌語言與形式的反叛，從而為新的詩歌語言與形式的創造開闢道路。現代白話詩的背後蘊涵著時代所要求的詩歌觀念的深刻變化，因此，白話詩從一開始就遭到了仍占主導地位的詩詞傳統與讀者的審美習慣勢力的壓迫與抵制。在中國，小說是向來不登大雅之堂的，用白話來寫小說，順理成章，寫詩就不一樣了。在中國文學傳統中，

---

[63] 葉維廉：《中國詩學》，生活‧讀書‧新知三聯書店1992年版，第216～217頁。

詩歌乃文學之正統，在傳統的審美話語中占絕對的優勢，基本上屬於上層文化，而街談巷語的小說則是下層民間文化的代表，與詩歌是不能相提並論的。因此，胡適敏銳地感覺到：我們現在的爭點，只在「白話是否可以作詩」的一個問題了。白話文學的作戰，十仗之中，已勝了七八仗。現在只剩一座詩的壁壘，還須用全力去搶奪。待到白話征服這個詩國時，白話文學的勝利就可說是十足的了。[64]而胡適等人之所以「堅持要用白話作詩，以搶奪下白話文學這場戰爭中的最大壁壘，分析到最後，還是因為詩畢竟是文字最精純的結晶，是文學藝術的極致表現。詩這個用以言志的戰場可以攻下，白話文的成功才可以得到終極的保障。」[65]既然白話是文學之正宗，那麼白話進入原本屬於上層文化之正宗的詩體中顯然是合情合理的。用白話來寫詩，因此成了順理成章的一種歷史選擇。

## 第二節　白話的魅力及其雅化

### 一、白話詩的魅力

　　顯然，僅僅在理論上說明用白話寫詩的合理性與必然性是不夠的。詩畢竟是詩，只有寫出了真正成功的白話詩，才能說明問題，證實文學運動的成功。五四新文化運動中的主要人物如魯迅、周作人、胡適、李大釗等人都紛紛從事白話詩的寫作，努力開拓白話詩的審美領域，發掘白話口語的詩性魅力。不少報刊、

---

[64]　胡適：《逼上梁山——文學革命的開始》，見《中國新文學大系‧建設理論集》，上海良友圖書印刷公司1935年版，第19頁。
[65]　李孝悌：《清末的下層社會啟蒙運動：1901—1911》，河北教育出版社2001年版，第287頁。

雜誌也都把相當的篇幅留給了白話詩，大力支持白話詩的寫作。白話詩因此迅速在中國現代文壇上獲得了獨立的藝術地位，展示了白話的審美魅力。

同文言相比，白話究竟有些什麼優勢呢？我們不妨先來看看胡適的一首白話詩〈鴿子〉：

> 雲淡天高，好一片晚秋天氣！
> 有一群鴿子，在空中遊戲。
> 看他們三三兩兩，
> 回環來往，
> 夷猶如意，──
> 忽地裡，翻身映日，白羽襯青天，十分鮮麗！

從詩的藝術標準來看，這首詩成就不高，語言還殘留著不少文言的痕跡。「雲淡天高，好一片晚秋天氣」就完全是從詞裡搬出來的現成語氣，「白羽襯青天」則可以不加任何改動，用到五言詩裡。但正是這種白話與殘留的文言並存的情形，為我們提供了一個對比文言與白話表現能力之優劣高下的機會。

所謂的白話入詩，準確的意思是白話也可以用來寫詩，不是說只能，甚至只准許用白話寫詩。因此，白話完全可以吸收和接納文言的成分，雅言的魅力和優點轉化成自己的有機成分。之所以說胡適的〈鴿子〉中包含著文言殘留的成分，並不是指責他在白話詩中使用了文言詞彙和語氣，而是說他在把文言轉化成白話的有機成分方面還有所欠缺。這與古典詩歌使用一套自成體系的雅言，拒絕白話口語的做法相比，顯然是一個很大的進步。我們看到，中國新詩在20世紀30年代一個明顯的趨勢就是努力吸收

文言和古典詩詞的營養成分，豐富自身的語言表達能力。胡適這首〈鴿子〉雖然不是有意識地再利用和吸收文言的優勢與長處，但卻表明了這樣一個事實：白話詩可以大膽吸收和化用文言的成分。

　　白話可以包容和吸收文言的營養成分，表現古典詩歌意境和題材，但反過來就不一樣了。白話所表現的境界和意味，卻很難在文言中得到體現。可以試著把〈鴿子〉第二行到第五行的內容，用文言改寫為這樣兩行古詩：「一群白鴿戲空中，三三兩兩去複還」，或者再精練一點，改寫為兩句五言詩，」群鴿戲空中，三兩去複還」。當然，我們還可以在局部作些調整，根據上下文，把「戲空中」換成「空中戲」，把「去複還」改為「來複去」之類，使之對仗更加工穩，音韻效果更加突出等。在這裡改寫的句子，在古詩中也算是過得去了，至少可以和胡適的〈鴿子〉在新詩中的藝術地位不相上下。從內容上看，胡適的原詩和我們改寫的古詩沒有什麼出入，都把一群鴿子在空中自由自在地遊戲、來回飛翔的景象寫出來了。但從詩的意味這個角度看，胡適的白話詩由於採用了口語的自然節奏和語氣，讀來自有一種舒緩自在的味道，恰好把鴿子在空中遊戲時的那種自由自在的悠閒氣息浮現了出來。而用文言改寫的古詩，由於受到格律的限制，就缺少了白話詩中的悠閒自在的語氣，尤其是五言詩，讀起來無形中有一種急促感，與遊戲的情調很不協調。在這個意義上，儘管胡適的〈鴿子〉在新詩中只能算是水平線之上的作品，但仍然顯示了白話相對於文言所具有的優勢和長處。

　　從對〈鴿子〉的分析中不難看出，用文言寫作，句式和語氣都有一定的模式，不論描寫和表現什麼內容，都只能使用固定的幾種模式，那些進入不了這些模式的細節和意味，就只能被捨

棄了。而白話詩則是直接運用與所要描寫和表現的內容相一致的語言，詩的句式和語氣都是根據內容本身來確定，因此它能夠最大限度地貼近表現物件本身，保留具體豐富的細節，通過白話口語的自然節奏把事物本身的意味和韻律暗示出來，增強我們對世界的敏感。

同古典詩歌相比，白話詩另外一個重要突破就是發現了現代社會中的普通人及其日常生活的詩性意義。雖然五四初期的白話詩不可避免地存在著淺薄貧乏等缺點，然而它應和了時代精神的需要，表達了現代人的情感，擴大了詩的題材範圍，造就了一種嶄新的現代文化形態。

初期白話詩人劉半農有一首題為〈母親〉的小詩：

> 黃昏時孩子們倦著睡了，
> 後院月光下，靜靜的水聲，
> 是母親替他們在洗衣裳。

詩人廢名對這首小詩非常欣賞，認為是劉半農寫得最好的作品，因為它「表現著一個深厚的感情，又難得寫得一清如許」。所謂「一清如許」，在廢名看來就是自然親切，沒有雕琢和刻畫的痕跡，「這首詩，比月光下一戶人家還要令人親近」，但讀了之後又令人感到驚訝，「詩怎麼寫得這麼完全，這麼容易，真是水到渠成了。這樣的詩，舊詩裡頭不能有，在新詩裡他也有他完全的位置了。」[66]

廢名的驚訝是有道理的。一個普通的婦女在為孩子們洗衣

---

[66] 廢名：《論新詩及其他》，遼寧教育出版社1998年版，第43頁。

裳，這樣一種日常化的生活經驗，用古典詩歌的眼光來看，確實
是沒有入詩的資格，用雅言寫詩的中國詩人，似乎沒有想過一個
家庭婦女的日常勞作有什麼詩意可言。隨便找幾種按照題材分類
的古代詩歌選集來看看，我們就會發現，大量詩歌作品寫到了宮
廷裡的宮女、城市裡的妓女、丈夫離家在外的怨婦、未婚少女等
人的情感經驗，但普通家庭婦女的日常生活，卻實在很難看到。
道理很簡單，語言是一種特殊的權力。什麼人的語言能夠被社會
接納和承認，什麼樣的生活經驗能夠被寫進詩歌作品之中，實際
上是由一套無形的文化權力在暗中來規範的。中國古典詩歌拒絕
使用日常生活口語來寫作，實際上也就是在很大程度上排除了普
通人的日常生活經驗中的詩意，它不大可能把劉半農在〈母親〉
中發現的生活經驗寫進詩裡。母親為孩子洗衣裳這樣的生活經驗
雖然一直伴隨著人類歷史而存在，但我們的古典詩歌對此卻並沒
有足夠的重視，一直用「雅言」壓抑著它的價值和意義。作為一
個普通人，我們完全有理由為這個事實感到沉重和悲哀。

　　只有在這個意義上，我們才能理解廢名對〈母親〉的驚訝
和讚賞。把數千年來被壓抑和忽視了的普通人的日常經驗寫進
詩，這本身就是對被壓迫者的價值和意義承認，這就是廢名所說
的「一個深厚的感情」。詩人用樸素親切的日常口語，自然的節
奏和語氣，讀來確實是白話，但卻把深厚的感情完全表現出來
了。廢名的驚訝，實際上就是驚訝詩居然還可以寫母親洗衣裳這
樣的生活經驗，驚訝樸素的白話居然可以把一個深厚的感情表現
得這樣完全、這樣自然。這種情形，正是我們讀到一首好詩的標
誌：首先是震驚，覺得自己從來沒有想到詩居然可以這樣寫，寫
成這樣，接著是驚歎，發現詩確實應該就像作者所寫的那樣來
寫。好詩之所以能夠打開我們的視野，就在於它讓我們在震驚中

發現了我們習以為常的審美經驗之外的另一個詩性世界。

白話詩的意義就在於它以一種令人震驚的方式，強行在古典詩歌的傳統境界之外，展示了一種全新的審美經驗，讓我們發現了白話居然也可以寫詩，而且竟然能夠寫出令人驚訝的好詩。而白話取代文言這個語言變革，又標誌著中國詩歌開始用一種詩性的眼光來審視我們的日常生活，發現了普通人的生存價值。就此而言，白話詩的興起，與五四時代的「人的發現」是一體的。

白話詩是在與古典詩歌的對立中成長起來的，白話的魅力，也只有在與文言的對立中體現出來。與文言相比，白話一方面吸收了文言的優秀成分，保留了文言的表現能力和審美魅力；但在另一方面又突破了文言的局限，能夠更精確地表現事物的細節特徵和意味，增強我們對世界的敏感。更重要的是，白話發現了普通人及其日常生活經驗的詩意，從而發現了普通人的生存價值。

## 二、白話的雅化

新文學宣導者們對白話詩托以重望，希望它既克服傳統話語的強大慣性的同時，又能以嶄新的話語模式來表現細緻複雜的現代情感。因為惟有如此，白話新詩才稱得上是獨立成熟的新的範式。因此，白話新詩取得合法化的地位後，就必須從整體性確立自身的價值，建設成熟的詩的語言。

正如我們反復強調的那樣，詩的語言與日常生活的語言，在任何時候都是有距離的。白話可以入詩，可以寫出令人驚訝的好詩，但這不等於白話就是詩的語言。詩歌並不是簡單地記錄口語，而在現代新詩的草創時期，人們一度認為，現代白話詩只要拋棄傳統的話語，把日常的俗字俗語、口語白話寫到詩裡就成了。白話新詩回

避了文言詩的典雅化而採用口語白話是有其合理性，畢竟口語的意義便是日常行為「詩意」的發現，白話就是現代生活化，但同時過分生活化又意味著過分俗化的可能性。換言之，白話之美與白話之淺之間存在著複雜而微妙的矛盾，過分強調白話之淺，很可能就會使白話詩變成真正的白話，喪失了詩的審美特質。

而胡適的失誤就在這裡。為了強調白話詩的意義，胡適曾經把寫作白話新詩的方法總結為這樣一個簡單明瞭的口號：「作詩如作文」。具體說來，就是有什麼話就說什麼話，想怎麼說就怎麼說，想說什麼就說什麼，澈底打破一切束縛。胡適這種極端化的主張，很快遭到了新詩寫作者的反對。梁宗岱就直言不諱地認為胡適的詩論「不僅是反舊詩的，簡直是反詩的；不僅是對於舊詩和舊詩體流弊之洗刷和革除，簡直是把一切純粹永久的詩底真元全盤誤解與抹煞了。」[67]胡適「作詩如作文」的新詩理論，無形中使得白話詩漏掉了「詩」的要素，只留下了白話的淺白。

由胡適等人開創的初期白話詩過分注重語言的淺白，忽視詩歌的內在品質的缺陷，很快就被注意到了，繼胡適之後的中國現代詩人，並沒有沿著胡適「作詩如作文」的道路走下去。在批判和超越胡適的基礎之上，中國現代新詩很快開始了自覺的現代詩歌語言建設。從「新月派」到現代派到象徵派都走向了一個趨勢，那就是白話詩歌語言被不斷地雅化，試圖把白話的審美魅力提高到一個新的水準。這種對白話的提煉和雅化主要體現在規範白話的外在形式和發掘白話潛在的表現能力這兩個方面。

以日常生活中的口語為基礎的白話，其實是有一定的自然節奏的。這種自然節奏主要表現為大致有規律的間歇和停頓。大

---

[67] 梁宗岱：《新詩底分歧路口》，見《詩與真 二集》，外国文學出版社1984年版，第167～168頁。

致說來，每說完一個意義相對完整的詞語後，就要有一個自然的間歇和停頓，沒有這種自然的間歇和停頓，就會造成理解的困難。以聞一多為核心的「新月派」詩人，利用白話口語的這種自然節奏，參照英語詩歌的節奏規律，開始有意識地在詩歌中追求有規律的停頓，要求一首詩裡的每一行，間歇和停頓的次數基本一致。由於每一行的頓歇節奏基本一致，讀起來整齊勻稱，這就在很大程度上克服了白話口語散漫無序的缺陷。

聞一多的詩集《死水》，就是建立有規律的頓歇節奏的典範作品，其中的〈死水〉一詩，我們都很熟悉。我們不妨另外再找一首〈口供〉來看看：

> 我不騙你，我不是什麼詩人，
> 縱然我愛的是白石的堅貞，
> 青松和大海，鴉背馱著夕陽，
> 黃昏裡織滿了蝙蝠的翅膀。
> 你知道我愛英雄，還愛高山，
> 我愛一幅國旗在風中招展，
> 自從鵝黃到古銅色的菊花。
> 記著我的糧食是一壺苦茶！
> 可是還有一個我，你怕不怕？——
> 蒼蠅似的思想，垃圾桶裡爬。

這首詩是很有現代氣息的，詩人把現代人複雜，甚至分裂的多重性格赤裸地展示出來，顯示了一種直面真實自我的勇氣。詩人要求的是真實的自我，哪怕這種真實是醜惡的，不為社會習俗接受的。從語言節奏的角度上看，試著讀一下就會發現，除了

最後兩行之外，其餘的每一行都是五個自然的頓歇，讀起來有一種整體的氣勢和效果，與胡適和劉半農那種一行一個節奏模式的初期白話詩相比，顯然是一個很大的進步。

漢語言一個詞表達一個完整的意思，現代漢語又主要是由雙音節詞彙構成，此外還有一定數量的三音節詞和單音節詞，多音節詞為數極少。這樣，以意義的相對完整為基礎的白話口語的自然間歇和停頓，在形式上主要就表現為兩個字構成的自然節奏單位。因此，每一行詩的頓歇節奏數量一致，往往同時伴隨著每一行詩的字數相差不大的特徵。排列下來，也就是每一行詩所占的空間往往相差不大，甚至相同。這個特徵與新詩分行排列的結構形式結合在一起，又在無形中造成了一首詩在視覺形象上的整齊和勻稱之美。聞一多把這種視覺形象上的整齊和勻稱稱之為建築的美。看得出來，聞一多的〈口供〉雖然不是每一行詩的字數都相等，但至少相差不大，同胡適的〈鴿子〉相比，顯然要整齊得多了。

〈口供〉的頓歇節奏，總的來說並沒有違背白話口語的自然節奏，讀起來與我們日常語言的間歇和停頓習慣出入不大，既整齊，又自然，把白話口語的節奏和韻律之美充分展示了出來。聞一多這種通過規範白話的外在形式的成功經驗，很快融入了新詩的發展歷程，對推動白話詩的成熟和白話的雅化起到了重大作用。

中國現代詩人提升白話的詩性品質，對白話進行雅化的另外一個方面，是針對初期白話詩淺白直露，缺乏餘味與詩意的缺點，發掘白話表現朦朧幽深的情感經驗的能力。

就在胡適提倡「作詩如作文」，大力推廣他寫作白話新詩的經驗的時候，一個名叫穆木天的青年詩人，卻與他唱起了反

調，公開宣佈胡適是中國新詩運動「最大的罪人」[68]。在穆木天看來，詩不是要說明什麼，而是暗示什麼，明白如話的文字根本就沒有資格稱之為詩。與穆木天持同樣觀點的，還有王獨清、馮乃超等一批詩人。由於他們受法國象徵主義詩人的影響很大，一些主要的詩學觀念差不多就是直接從法國象徵主義詩人那裡搬過來的，所以他們被稱之為中國現代詩歌中的象徵派。他們認為，詩應該用語言的音樂性成分來暗示所要表現的情感經驗，因為人類的情感經驗往往是含混複雜的，清楚明白的語言不僅不能傳達和表現它，反而會破壞了它的渾融一體的原始狀態。

這種詩學觀念對漢語言來說是否恰當，我們在這裡且不管，先來看看他們是怎樣發掘和利用白話的音樂性特徵的。王獨清有一首他自己覺得很不錯的詩，題目是〈我從CAFE中出來〉：

> 我從CAFE中出來，
> 身上添了
> 中酒的
> 疲乏，
> 我不知道
> 向那一處走去，才是我底
> 蹔時的住家……
> 啊，冷靜的街衢，
> 黃昏，細雨！
> 我從CAFE中出來，

---

[68] 穆木天：《譚詩》，見《創造月刊》第1期，1926年3月。

在帶著醉

無言地

獨走，

我底心內

感著一種，要失了故園的

浪人底哀愁……

啊，冷靜的街衢，

黃昏，細雨！

　　王獨清對自己這首詩作過比較細緻的分析。按照他自己的
說法，〈我從CAFE中出來〉是要努力用很少的字數，奏出和諧
的音韻，「用不齊的韻腳來表作者醉後斷續的，起伏的思想」。
為此，〈我從CAFE中出來〉一詩，「除了第一句與末二句兩節
都相同外，其餘第一節中第二第三第四第五第六各行與第二節中
第二第三第四第五第六各行字數相同。並且兩節都是第二行與第
五行押韻，第三行與第六行押韻，第四行與第七行押韻。這樣，
故表現形式儘管時用長短的分行表出作者高低的心緒，但讀起來
始終有一貫的音調」。[69]作者自己感到滿意的地方，主要就是上
述這種音樂性的追求。作者在這裡有意識地打破了白話口語的自
然間歇和停頓，使得詩行長短相間，造成了一種起伏不定的音韻
效果，以此來配合與暗示醉後時斷時續的情緒，應該說效果還是
很不錯的。此外，每隔兩行交錯押韻，使得音韻有一定的自由延
續的長度，但又交錯相連，不至於中斷，也確實如作者所說的那
樣，使全詩讀起來有一貫的音調。從外形上看，每一節的詩行雖

---

[69] 王獨清：《再譚詩》，見《創造月刊》第1期，1926年3月。

然長短不一，但兩節連在一起，又構成了對稱的整齊之美，整首詩在長短變化中透著精緻的勻稱。較之〈口供〉等「新月派」詩人的作品，又是另外一種風味。

把胡適看做是中國新詩運動的罪人的穆木天，有一首〈蒼白的鐘聲〉，也是利用語言的斷斷續續的音韻特徵來模仿和暗示鐘聲的高低長短，營造了一種幽遠空曠的意境和氣氛。

王獨清和穆木天等象徵主義詩人對音樂性的追求，實際上與胡適話怎麼說，詩就怎麼寫的主張並不矛盾。〈我從CAFE中出來〉的節奏和音韻，不就剛好是一個喝醉了酒的流浪人說話時的神態和語氣的表現嗎？詩人其實就是按照醉了的流浪人該怎樣說話就怎樣寫詩的原則來寫這首詩的。至於我們提到的〈蒼白的鐘聲〉，最大的特徵就是用語言來摹寫和再現鐘聲的具體情狀，更是沒有脫離胡適語言觀的範圍。區別在於胡適主張表現清楚明白的思想，而穆木天等象徵主義詩人主張表現隱秘幽深的情緒。根據話該怎麼說，詩就怎麼寫的原則，表現的物件不同，語言自然也就應該隨之發生變化了。

放大一點說，不論是以聞一多為核心的「新月派」詩人，還是王獨清等象徵主義詩人，他們對白話的雅化，從總體上看都是沿著胡適等初期白話詩人開闢的道路展開的。白話口語本來就是一個複雜的存在形態，包含著多方面的性質和特徵。初期白話詩人著眼於白話傳達意義的一方面，從說話的角度來考慮它的詩性能力，所以強調它的清楚明白。聞一多等「新月派」詩人著眼於白話可以誦讀的特徵，自然就要求句式的大致整齊、押韻等外在的節奏限制，其目的是想盡可能利用白話的自然頓歇節奏，把一首詩聯結成一個整體。至於王獨清、穆木天等象徵主義詩人，因為他們的目的不是表達明白清楚的意義，而是暗示複雜幽深的

內心情緒，所以他們對白話的雅化和提煉主要集中在語言的音樂性方面。在這個意義上，「新月派」和象徵派詩人批評胡適，甚至指責初期白話詩不是詩，其目的並不是為了否定白話，他們對白話的詩性品質的提煉和雅化，只不過是為了進一步發掘白話的詩性魅力，豐富白話的審美內涵。通過他們的努力，初期白話詩作者沒有能夠發現和充分利用的一些白話口語的詩性魅力，比如白話的頓歇節奏、聲音的暗示功能等特徵，逐漸被發掘和利用，白話詩的藝術水準因此而有了進一步的發展和提高。

　　白話一個最大的優勢就是它的開放性，這使得它能夠不斷吸收文言和外國語言的優秀成分，豐富自身的表達能力和審美魅力。中國現代詩人對白話進行提煉和雅化的成功經驗，說明了白話的豐富無窮的詩性內涵遠遠沒有被今天的漢語詩人窮盡，我們所要做的，不是隨便置疑和否認白話的詩性能力，甚至乾脆返回古典詩歌的文言世界，而是通過寫作，進一步創造和發掘白話的詩性特徵，豐富白話的審美內涵。換言之，就是用詩人的寫作行為來提升白話的詩性品質，使白話更加雅化。

## 第三節　當代口語詩欣賞

　　談到中國現代詩歌欣賞中的語言問題，我們還需要關注一個「口語詩」的現象，這是20世紀80年代特別是90年代以後值得注意的中國詩歌動向。

### 一、口語詩的出現

　　所謂「口語詩」，就是指那些有意識地大量使用日常口語的詩歌作品。如果說，口頭語言也曾經為我們現代詩人（如五四

白話詩運動）所使用，並且對中國詩歌的發展產生過積極的推動作用，那麼這裡所謂的「口語詩」則是將日常口語的運用發揮到了某種極致，它主要在20世紀90年代以後大量湧現。

口語詩的出現，其原因在很大的程度上倒是在「口語」之外，它集中體現了中國當代青年詩人的一種強烈的反叛意識，這是我們在欣賞之時須得首先留意的。

## 二、口語詩中的反叛精神

欣賞這些口語詩，首先需要調整的是我們自己的人生觀念和社會觀念，也就是說，我們究竟能夠在多大的程度上重新審視自己也審視社會、看待世界，沒有這種重新審視的心理準備，對口語詩歌的閱讀和理解是比較困難的。雖然從表面上講，口語詩歌的語言肯定是所有詩歌中最簡單的，然而，我們在傳統詩歌中已經熟悉的那一套價值體系卻很難在這裡適用，在口語詩歌中，大多數人已經接受的許多基本價值概念如崇高、真情、真相、高雅等都遭到了嘲弄，作為這些追求對立面的東西如卑下、假意、幻覺與庸俗等也就因此取消了。而真正複雜的地方還在於，這種取消很容易給人造成誤解，以為他們在宣揚某種價值的虛無，而實際的情形可能恰恰是，對這些二元對立區分的抹煞其實是一種假象，口語詩人不過試圖以這種假象對付原來的假象——因為正是在他們的努力背後，我們不難感受他們對崇高、神聖、真理等的執著。

例如，《他們》詩社的代表人物韓東寫於1982年的〈有關大雁塔〉就是這個時候最典型的作品之一：

……

> 有很多人從遠方趕來
>
> 為了爬上去
>
> 做一次英雄
>
> ……
>
> 也有有種的往下跳
>
> 在臺階上開一朵紅花
>
> 那就真的成了英雄
>
> 當代英雄
>
> ……

　　這裡，詩人提出了一個「英雄」的概念，然而卻全然是嘲弄性的，因為：「有關大雁塔／我們又能知道什麼／我們爬上去／看看四周的風景／然後再下來」僅此而已。詩人對「英雄」消解甚至在詩歌中最細小的地方比如語彙中也透露出來──「紅花」，「真的」，「當代英雄」等等。「紅花」把在那個年代給英雄戴紅花的「紅花」和自殺者的鮮血──風光的生活以及對生活意義的絕望──重疊在一起。「當代英雄」中的「當代」既跟大雁塔這個歷史的建築形成對照，也顯然跟俄國作家萊蒙托夫著名的小說《當代英雄》形成了呼應。而萊蒙托夫小說中的當代英雄不過是一個時代的「多餘人」形象，那麼，詩歌中所謂「真的」也就當不得真了。最終，不管是那些爬上大雁塔去「做一次英雄」的活著的人，還是從大雁塔上往下跳的自殺者，都喪失了意義而顯得滑稽可笑。詩歌最後雄辯地回到開初的置疑：「關於大雁塔／我們又能知道些什麼？」什麼是英雄和意義，什麼是真什麼是假，什麼是歷史與現實──一無所知。「我們爬上去／看看四周的風景／然後再下來」，形成面無表情的風景。詩歌本身

也在這種口語方式中成了時代的冷風景。在這些風景的背後是詩人的激憤與無奈。這倒符合同一時期另外一個重要口語詩人于堅的看法：「我屬於『站在餐桌旁的一代』。」[70]

「民間」立場的張揚也是口語詩歌的一個重要特色。這些口語詩人常常藉著與知識分子寫作的爭吵來標榜自己的民間立場身分。[71]什麼是民間立場呢？韓東在《論民間》一文中認為：「民間立場就是堅持獨立精神和自由創造的品質，……所謂的獨立精神就是拒絕一切龐然大物，只要它對文學的創造本質構成威脅並試圖將其降低到附屬地位。按此標準，90年代以西方文學繼承者和守護者自居的主流詩人便是毫無獨立性可言的，他們業已脫離了民間或真正的民間精神。」[72]這裡值得注意的在於，其「民間」特意與「西方文學」發生了對抗，而我們知道，對西方文學與西方文化的崇尚曾經是五四——新時期知識分子的主流，口語詩歌的立場顯然是要顛覆這一傳統。

明白他們的這種立場，讀者其實很容易就可以進入比如伊沙的〈張常氏，你的保姆〉中那些看起來非常武斷的口語陳述：

> 我在一所外語學院任教
> 這你是知道的
> 我在我工作的地方
> 從不向教授們低頭

---

[70] 唐曉渡、王家新編選：《中國當代實驗詩選》，春風文藝出版社1987年版，第153頁。

[71] 見楊克主編：《1999中國新詩年鑒‧附錄一》，廣州出版社2000年版。

[72] 楊克主編：《1999中國新詩年鑒》，廣州出版社2000年版，第465、473頁。

這你也是知道的
你不知道的是
我曾向一位老保姆致敬
聞名全校的張常氏
在我眼裡
是一名真正的教授
……

　　詩人的價值評判當中，完全顛倒了農民保姆張常氏與「教授們」的高下尊卑，因為，「教授們」是知識分子，而且是代表西方知識的「外語學院」中的知識分子，這些崇尚「西方文學」的知識分子自然是詩人嘲弄的對象。

## 三、口語詩歌中的口語

　　既然口語詩歌充分利用的是口語，那麼，它們對於「口語」本身的運用方式也值得我們在欣賞中注意。

　　口語詩人于堅在《詩歌之舌的硬與軟：關於當代詩歌的兩類語言向度》中對口語寫作的描述是：「它軟化了由於過於強調意識形態和形而上思維而變得堅硬好鬥和越來越不適於表現日常人生的現實性、當下性、庸常、柔軟、具體、瑣屑的現代漢語，恢復了漢語與事物和常識的關係。口語寫作恢復了漢語的質感，使它重新具有幽默、輕鬆、人間化和能指事物的成分。」[73]口語由於自身的特性，的確具有這種可能性：它的淺白和沒有經過打磨、修飾的原始狀態事實上使得它最具有當下性，不太可能出現

[73]　《詩探索》1998年第1輯。

定型的雅言文學的落後於當下事物的憂慮，在這一點上，倒是符合胡適當初宣稱的「活文字」與「活文學」的主張。而且由於口語的個人化等質素，它很容易就能表現出輕鬆、幽默的一面。

口語的原初性與活力、靈性，跟它的淺白和粗糙同時並存。這樣，從寫作和欣賞的角度上看，口語詩歌無異於把淺白的弱點首先暴露在對手面前。在人們的傳統觀念中，詩歌從來就是高雅的象徵，是文學中的文學，就像哲學是知識中的知識一樣，只有雅言才能匹配。而口語總是下里巴人，一定用口語寫詩，那也只能是打油詩。沈浩波的說法有一定道理：「……存在著一個普遍的誤區，即認為口語寫作操作起來十分簡單，不就是說大白話嗎？不就是『我手寫我口』嗎？不就是情感的宣洩與流淌嗎？……持這種想法的詩人將口語寫作想得過於簡單，其實口語寫作是難度最大的一種寫作方式，因為選用的語言是沒有任何遮蔽和裝飾的口語，所以只要有一點毛病都如同禿子頭上的蝨子，無法蒙混過關。」[74]這必然意味著口語詩歌比想像的更講究技巧。

原因很簡單，選擇口語寫作，本身就意味著對雅言化書面語的拒絕，與此同時，如果說書面化的雅言已經或者正在喪失它曾經具備過的詩意的話，那麼，口語自身也並不必然地具有詩意。所以，從寫作和欣賞的技術層面上講，這一語言處理的複雜性需要我們在欣賞之時加以小心翼翼的體會，否則就會在簡單的指摘中失去了感悟「口語」魅力的機會。

口語詩人一方面拒絕雅言，但另外一方面又不得不至少是潛在地利用雅言：雅言和口語構成了真正意義上的某種「互文」關係。這裡不妨舉伊沙的一首短詩〈中國詩歌考察報告〉為例：

---

[74] 《後口語寫作在當下的可能性》，見楊克主編《1999中國新詩年鑒》，廣州出版社2000年版，第483頁。

同志們

中國的問題是農民

中國詩歌的問題也是農民

這是一個十分嚴重的問題

這是一幫信仰基督教的農民

問題的嚴重性在於

他們種植的作物

天堂不收　俗人不食

　　一般說來，報告有書面和口頭之分。口頭報告當然相對比較隨意，就像口語本身，而書面報告往往莊重嚴肅，常常甚至以文件的面貌出現。於是，一個簡單的「報告」，很快就把莊重嚴肅與簡單隨意、書面化的雅言和淺白粗俗的口語拉到了一起，在兩者的縫隙之間構成一種緊張的關係；同時，這個「考察報告」容易讓人聯想到另外一個著名的、已經被經典化因而莊嚴神聖的政治報告，後者已經成指導人們思想和行為、關於中國社會性質的認識的一個經典性政治文本。而這首以口語寫作的詩歌，把自己置身於這麼莊嚴的文本面前，再次讓讀者看到這兩個文本之間的縫隙和詩意；進一步，這首詩歌中的「同志們」同樣處在縫隙之中：因為這首詩中的「志」，是志向於詩歌——這個在今天已經少人關注的「事業」，而不再是那個經典報告中宏大的革命事業。正是在這兩個文本的縫隙之間，在神聖的雅言和卑俗的口語之間，開始顯示出滑稽、嘲弄和自嘲的味道。這都使得詩歌在革命與詩歌，農民與詩人，經典文本與口語詩歌，莊嚴與調侃之間變得異常複雜。而令人驚訝的地方正在於，這一切（這裡沒有辦法作更細緻的分析），都是用口語完成的。所以，雖然口語詩歌

首先不得不把自己淺白的弱點暴露在對手面前，但可能的回報也是豐厚的。除了所有的好詩都能得到的、應有的尊敬以外，也許還有震驚：讀者對口語詩歌高超技巧的佩服，它把不可能變成了詩歌寫作和閱讀中可能的新資源。

因此，與其他類型的詩歌相比，看似淺白隨意的口語詩歌其實對欣賞者有著頗高的要求：口語詩歌對語言（包括雅言和口語）敏銳的感悟，對讀者的閱讀習慣是某種意義上的挑戰。讀者總是更習慣於接受既定的並往往是主流的價值觀念，因為在生活中，冷眼的旁觀帶來的多半是痛苦。從眾雖然並不能解決問題，但肯定可以感覺麻木，高枕無憂。面對更多的具有顛覆意義、消解和嘲諷色彩的口語詩歌，讀者在接納中不得不考慮對既定的價值觀念作出適當的調整；同時，由於前面說過的閱讀習慣，讀者也總是習慣於在艱深的雅言面前停頓下來，因為這些地方暗示著需要啟動思考。現在，口語詩歌可以更簡潔有力地告訴讀者：永遠不要企圖以讀報紙的方式閱讀詩歌，每一個地方都有技巧，哪怕看起來作者是在以說話的方式寫詩。詩意也因此不再是簡單地擺在可以輕易識別的地方，它躲在語言的縫隙中間，呼喚讀者的慧心和耐心。

# 第八章　中國現代詩歌的聲音

　　當你漫步在春天的校園聽著歡快的樂曲，或者徜徉在大街上，某處傳過來低長舒緩的旋律，相信你不會無動於衷，也許你無法將這種感覺訴諸語言，但它一定會在你的心湖中激起層層漣漪。這便是特定組合形式的聲音對人的聯想、感悟或者情緒的影響。

　　詩歌不是一堆啞默的文字，它像音樂一樣用文字表現著音調的高低、音符的長短和節奏的快慢，彈奏出多姿多彩的「曲調」，發出多種多樣的「聲音」。對中國現代詩歌的欣賞，也包含對這些「聲音」的傾聽、把玩和領會。對詩歌的「聲音」韻律節奏的欣賞就涉及如何認識朗誦詩與歌詞的問題。

## 第一節　詩歌的韻律節奏

### 一、詩歌的韻律節奏

　　無論古今中外，詩歌的韻律節奏都是「詩」之所以為「詩」的重要因素之一。

　　首先，從詩歌史的發展來看，詩歌的韻律節奏問題來源於它和音樂之間的密切關係。詩歌與音樂在早期是合一的，從《詩經》、《楚辭》、《雲使》、《荷馬史詩》、古希臘的抒情詩開始，詩歌就與音樂密不可分，相互滲透。在西方，古希臘的三大抒情詩人薩福、阿爾凱奧翁、阿那克里翁都是彈琴唱詩的好手，他們為西方詩歌開啟了與史詩交相輝映的另一偉大傳統。直到19世紀，法國大詩人馬拉美的名詩〈牧神的午後〉還被當時著名音

樂家德彪西作為題材創作了他的同名曲作〈牧神的午後〉，成為藝術史上傳頌的佳話。在中國，最初的詩歌也是用來吟唱的，直到宋代，詞還有一個別名——琴趣。就是在現代，中國新詩的創始人之一——劉半農的那首〈叫我如何不想她〉，也曾被改編為歌曲，廣為傳唱。

這些事實，都說明了詩歌與音樂的密切關係，在詩歌一方來說，音樂的體現便是韻律節奏。

法國作曲家聖桑有一句名言：音樂始於語言停止之處。就是說，音樂是超脫了語言（這裡指狹義的語言）的一種心靈活躍方式。換句話說，詩樂的合一使得詩歌染上了音樂那種脫離語言的欲望，當詩歌與音樂相互獨立之後，詩歌保存了與音樂聯姻時的那種超脫語言的要求，這種欲望表現為詩歌語言的物質特徵——詩歌的韻律和節奏，詩歌的韻律節奏是語言對自身的一種溫存的抵抗方式，從表面上看，它們在給語言賦形，從本質上看，它們是在教唆語言舉行詩的儀式，不斷地造自己的反，達到語言的純然狀態，表達擺脫自身束縛的永恆願望，而這也是心靈永恆的願望——以有限的呼喊接近萬物無言之大美。

其次，在更深的意義上，詩歌的韻律節奏對應著心靈的律動，詩歌是對心靈的記錄，詩歌給了心靈一種最為合身的形式，杳渺不可測的心靈以詩的形式被濃縮，生命的快感在這種可實現的轉換中獲得。

生命有其內在的存在方式。這種方式在我們最直接的感受當中便是一種「節奏」式的存在：人的呼吸、心律、脈搏，生物鐘的有規律的運行乃至整個大自然的四時代序——春夏秋冬，無不呈現為一種「韻律」與「節奏」。詩歌的外在形式——韻律節奏的確可以恰到好處地模仿這樣的生命運行形式，一首詩歌的韻

律節奏的成功其實就在於它實現了與生命內在的存在方式的呼
應，而讀者也完全可以在「內」與「外」的呼應中品嘗到生命運
動的自由、快暢與和諧。語言就是以這樣的結構形式呼應著精神
的活動，囊括了心靈永恆的鮮活形態。為了韻律節奏，詩人的努
力就是：詩人在對詩創造中滿足語言對歡樂的訴求，借助語言之
抑揚頓挫到達世界的幽微之處，滿足心靈深處那不安和好奇的需
要。或者形象地說，詩歌的韻律節奏就是詩歌接受了心靈力量的
指令，在詩歌中假語言之手擺出的「八卦陣」，其中蘊藏著生命
運動的萬象玄機。例如，我們將徐志摩的〈偶然〉分節拍閱讀
如下：

> 我是／天空裡的／一片雲，
> 偶爾投影在／你的／波心──
> 你不必／訝異，
> 更無須／歡喜──
> 在轉瞬間／消滅了／蹤影。
> 你我相逢在／黑夜的／海上，
> 你有你的，／我有我的，／方向；
> 你記得／也好，
> 最好你／忘掉，
> 在這交會時／互放的／光亮！

　　詩歌分為兩段，各行字數相差很大，少則5字，多則10字，
各行的音節數也不盡相同，但統觀全詩，卻顯然有章可循：在兩
段相對應的詩行裡，音節數目相同，字數也大體相等。這樣便形
成了整體效果的內在和諧性──局部的自由和參差倒是更加襯托

出了生命運動總體的有規律性，讀者與作者一起沉醉在了那個既自由又充滿規則的自然生命的和諧運行當中。正如徐志摩自己所說的那樣：「行數的長短，字句的整齊與不整齊的決定，全得憑你體會到的音節的波動性。」[75]

## 二、韻律節奏的現代自覺

眾所周知，中國現代詩歌從誕生到成熟經過了一個相當艱辛的過程。五四時期的「詩體大解放」在釋放了人們心靈自由的同時並沒有立即著手於韻律節奏的深入探究，在當時，與自由無序的精神訴求相對應的是韻律節奏的隨意性，語言的細緻調整被稱之為是「外在的節奏」，可以暫時放在一邊。在一個相當長的過程裡，詩人和語言都在相互尋找對方，要找到它們之間的黃金分割點，以求把「自由」詩的韻律節奏恰如其分地楔入，達成詩歌結構中各個方向力量的平衡。詩歌和白話漢語都需要相互適應對方，這種適應只有在詩人和白話漢語的成熟中才能獲得。這就是說，白話漢語在不斷增強對事物的「表達」能力的同時，不斷生出新的語言特徵，它們在詩人的努力下不斷融入漢語白話詩歌中的詩性結構。從某種意義上說，這種「楔入」所遇到的困難比古典格律詩在一定的韻律節奏模式下運轉要困難得多，它註定了20世紀漢語詩歌發展的曲折性和要付出的代價。

而與新詩艱難的發展相對照的是，新詩的批評家們有著理論上的先覺性，他們很早就注意到詩歌內部包含的複雜因素。梁宗岱在《新詩底分歧路口》中說：「正如無聲呼吸必定要流過狹隘的簫管才能夠奏出和諧的音樂，空靈的詩思亦只有憑附在最堅

---

[75] 徐志摩：《詩刊放假》，見《晨報副刊・詩鐫》第6號，1926年6月10日。

固的形體上才能達到最大的豐滿和最高的強烈。」[76]梁宗岱此處指出了為新詩賦形對於新詩建設的重要性，這一重要性在聞一多等早期「新月派」詩人那裡也曾得到了不同程度的強調。

在「詩體大解放」以後，新詩變革的先驅們越來越多地樹立起新詩的理想，他們力圖使單純的語言變革回到真正的詩歌變革上來，讓新詩以白話的方式來實現詩歌自身的重建，強調詩歌需要「內在的韻律」。換言之，詩歌不只是因反叛舊詩而激進宣佈的「散文」化，不只是由外在的韻律節奏特徵拼湊在一起的語言片斷，詩歌必須讓韻律節奏內化，韻律節奏必須與我們的生命和心靈息息相關。1931年，梁宗岱在一封給徐志摩的信中說道：「我以為詩底欣賞可以分作幾個階段。一首好的詩最低限度要讓我們感到作者的匠心，令我們驚佩於他底藝術手腕。再上去便要令我們感到這首詩存在底必要，是有需要而作的，無論是外界底壓迫或激發，或是內心生活底成熟與充溢，換句話說，就是令我們感到它底生命。再上去便是令我們感到它底生命而忘記了──我們可以說埋沒了──作者的匠心。」[77]梁宗岱在此提到的新詩美感的三個境界恰恰可以與新詩發生、發展和趨於成熟的過程形成對照，也在無意中表明在以他為代表的部分新詩理論先覺者心目中，新詩應該達到的「理想高度」──感到了詩歌的生命，忘記了詩人匠心，這正是詩歌生命快感與詩歌韻律節奏之間的理想關係。

[76] 梁宗岱：《新詩底分歧路口》，見《詩與真·詩與真二集》，外國文學出版社1984年版，第167～168頁。
[77] 李振聲編：《梁宗岱批評文集》，珠海出版社1998年版，第17頁。

## 第二節　現代格律詩的韻律

中國現代詩歌中對韻律之美的最多探索來自現代格律詩，這些探索在不同的階段有著不同的特點，呈現了現代漢語的多樣化的韻律之美。

### 一、「新月派」詩歌的格律探索

第一個想創建新詩格律的是語言學家陸志韋，他有感於出現不久的初期白話詩的詩體解放的粗糙，提出了格律的重要性，可惜沒有什麼人回應。

同時在理論和實踐上對新詩進行格律化探討的是「新月派」詩人聞一多。聞一多提出了著名的「三美論」：音樂美、建築美和繪畫美。他說：「詩的實力不獨包括音樂的美（音節），繪畫的美（辭藻），並且還有建築的美（節的勻稱和句的均齊）」。三者之中，「形式之最好部分為引音節」。[78]音樂美當然是最重要的，這是聞一多的對新詩格律的獨特貢獻。

古典詩歌用的文言中單字、單音、單義較多，沒有語法性的虛詞，組合隨意。因此，在詩歌中，字數就是音節數，字數相同，音節自然就相同，一行詩就是一句話，一行中不會有兩句話，一句話也不會被分割成幾行。這些特點，隨便背誦哪首古詩都可以知道。但現代漢語的特點就是詞語多於單字，並且要帶語法性虛詞。例如，「千樹萬樹梨花開」一句，用現代口語來表達就可能是「千萬棵樹的梨花競相開放」，量詞「棵」和助詞

---

[78]　《聞一多書信選集》，人民文學出版社1986年版，第208頁。

「的」就進來了。因此，新詩語言中的基本單位就成了多音節的
詞或片語，而停頓必須保持基本單位的完整，這種基本單位，聞
一多稱之為「音尺」（後來的格律探索中也有叫「音頓」、「音
步」、「音組」等等），他發現，在這些基本單位中，兩個字和
三個字的情況較多，他稱為「二字尺」和「三字尺」，把二字尺
稍微讀長一點或者把三字尺讀快一點，占的時間就會基本上相
同。因此，音步、音組、音尺等實際上就是指這種基本時間單
位，我們用音樂術語來統稱，就是一個「節拍」。找到了組成基
本節拍的東西，只要有規律的進行組合，節奏感就出來了。這
方面，聞一多在理論上並沒有規定一行詩的節拍數或者節拍的安
排，只求規律性。「建築美」是聞一多有感於中國古典詩歌視覺
上的整齊，認為新詩也應當在這方面有所追求。在他看來，節拍
安排有了規律，句的均齊是容易做到的。而所謂「繪畫美」，聞
一多大概受到古典詩歌意象、意境造就的畫面感的啟發，想用辭
藻營造一種較為強烈的視覺效果，這已經不純粹是詩歌的形式問
題了。最能體現「三美」格律理論的是聞一多的〈死水〉，前兩
小節如下：

> 這是／一溝／絕望的／死水，
> 清風／吹不起／半點／漪淪。
> 不如／多扔些／破銅／爛鐵，
> 爽性／潑你的／剩菜／殘羹。
> 也許／銅的／要綠成／翡翠，
> 鐵罐上／鏽出／幾瓣／桃花；
> 再讓／油膩／織一層／羅綺，
> 黴菌／給它／蒸出些／雲霞。

　　詩中每一行由四個節拍（音尺）組成，其中包括三個節拍的二字尺和一個節拍的三字尺，每小節中的二、四兩行的句腳押韻。在音樂性上，讀來節奏分明，琅琅上口；加底線的詞，要麼就是表色彩的，要麼就是色彩感很強的意象，這是「繪畫美」；詩節方正、整齊，這是「建築美」。但從聞一多的實踐來看，「建築美」並不一定就是「豆腐乾」，主要還是強調視覺上的規律性，如〈忘掉她〉：

　　　　忘掉她，像一朵忘掉的花，──
　　　　那朝霞在花瓣上，
　　　　那花心的一縷香──
　　　　忘掉她，像一朵忘掉的花！
　　　　忘掉她，像一朵忘掉的花！
　　　　像春風裡一出夢，
　　　　像夢裡的一聲鐘，
　　　　忘掉她，像一朵忘掉的花！

　　這首詩應當說在「建築美」上更具有特色，在節奏上，規律性也與前一首不同，韻式方面採用西方詩歌中的ABBA式抱韻。每節一、四兩句的重複，非常生動地表現出作者心中抹不去的痛苦思念。

　　與「三美論」同樣重要的是聞一多對新詩格式與古典律詩的對比，他認為，相比之下，新詩的格式是隨內容的變化而變化的，因此是層出不窮的，要由我們自己去創造，例如，徐志摩的新詩便在自由靈動中多有創造，不妨將他的代表作〈再別康橋〉作段落上的劃分：

A輕輕的／我走了，
正如我／輕輕的來；
我／輕輕的／招手，
作別／西天的／雲彩。

B那／河畔的／金柳，
是／夕陽中的／新娘；
波光／裡的／豔影，
在我的／心頭／蕩漾。

C軟泥上的／青荇，
油油的／在水底／招搖；
在／康河的／柔波里，
我甘心做／一條／水草！

D那／榆蔭下的／一潭，
不是／清泉／，是／天上虹；
揉碎在／浮藻間，
沉澱著／彩虹似的夢。

E尋夢／？／撐一支／長篙，
向青草／更青處／漫溯；
滿載／一船／星輝，
在星輝／斑斕裡／放歌。

F但我／不能／放歌，
悄悄是／別離的／笙簫；
夏蟲也／為我／沉默，
沉默是／今晚的／康橋！

G悄悄的／我／走了，
正如／我／悄悄的來；
我／揮一揮／衣袖，
不帶走／一片／雲彩。

　　這首詩在格律方面的特點是突出了一種「柔」的效果，其中二、四兩行（即「對句」）的縮進起著十分關鍵的作用。一方面，每小節分兩句四行，其中一、三行是一句的前半部分，而二、四兩行是後續部分；一、三行是主語部分，二、四兩行是謂語部分，因此一、三行應當重讀、二、四兩行輕讀，從而形成一揚一抑的詠歎效果。這種語音效果又是同內容相互聯繫的：主語部分指出的意象本身就是些具有飄柔特性的事物，輕讀的兩句描述的基本上是輕柔的狀態、動作或者聲音，是對飄柔特點的進一步的、更具體的說明，這就使柔者更柔，同時與語氣上的波蕩產生相互激發的放大效應。另一方面，從「建築美」來看，二、四兩句的縮進形成了詩節的「S」狀波浪形，同河中飄搖的水草、河畔扭動的柳枝、微微起伏的波浪的意象相彷彿。格律的聽覺、視覺，描寫的意象和作者的內心情感在這裡較為完美地契合在一起，彷彿一不小心，似水柔情就會溢湧而出。另外，從我們劃出的標記可以看出，每一行詩大體上都可分為三拍來讀。少數幾節，如E、F的二、四句，在節奏上還有較好的回應，讀來明顯

不同，加上和諧的音韻在某種程度上彌補了節奏規律的不足，因此效果雖然並不十分明顯，但也沒造成什麼妨害，其自由而有度的隨意性，反而具有同整首詩相一致的動態感。不過從格律要求來看，這首詩並非無意於追求字數和節拍數的整齊與和諧，只是因為沒有將音韻追求絕對化而已。

另外，受「新月派」的影響，何其芳、戴望舒等人的早期作品也是十分注重外在音樂性的，如著名的〈雨巷〉不僅在節奏上有「長短句」的特點，自由而和諧順暢，而且也注重段式的整齊（每段六行）、規律性的押韻（三、六行）和平仄變化（押韻的雙音句腳的變換和一、二段於六七段之間首尾回環對應），這些對於整首詩的旋律營造無疑起到了十分關鍵的作用。但相對而言戴望舒有些詩不太注重嚴格的「整齊」，可以稱之為「泛格律」詩，可以看做從新月格律詩向自由詩的一種過渡形態。

## 二、30年代詩歌的格律探索

在20世紀30年代，詩歌創作潮流越來越傾向於自由，許多詩人轉向現代派詩歌，在詩歌意蘊和內在音樂性上卻下了許多的工夫。如「新月派」後期的詩人在借鑒西方十四行詩方面就做了不少努力，為十四行詩歌在中國的發展打下了基礎。

事實上，早在1920年，鄭振鐸就在《少年中國》上發表了自己創作的十四行詩，1928年徐志摩在《新月》創刊號上提出向「西洋詩中格律最嚴謹」的「商籟體」學習，30年代初羅念生在《文藝雜誌》創刊號上也有專門介紹。他講求行數及其安排，義大利式的安排主要為4＋4＋3＋3，英國式的則主要為4＋4＋4＋2；韻式也有講究：義大利體主要是ABAB，ABAB，CDE，CDE或ABAB，ABAB，CDC，DCD兩種，而英體主要是ABAB，

CDCD，EFEF，GG。在內容上注重起承轉合。30年代，朱湘的《石門集》、羅念生在《文藝雜誌》發表的作品，都有對十四行體的試驗，如朱湘的〈十四行〉（英體‧二）：

　　或者要淤泥才開得出花；（A）
　　或者要糞土才栽得成菜；（B）
　　或者孔雀，車輪蝶與斑馬，（A）
　　離不了瘴癘嗡然的熱帶；（B）
　　或者泰山必得包藏兇惡；（C）
　　或者並非純潔的，那瀑布；（D）
　　或者那變化萬千的日落。（C）
　　便沒有，如其並沒有塵土；（D）
　　或者沒有獸欲便沒有人；（E）
　　或者，由原始人所住的洞，（F）
　　如其沒有痛苦，飢餓，寒冷，（E）
　　便沒有文化針刺入天空……（F）
　　或者，世上如其沒有折磨，（G）
　　詩人便唱不出他的新歌。（G）

　　這首詩的「十四行」特徵一目了然，從音樂性上講，它仿效西方語言一句升調一句降調相交叉形成的ABAB的韻律效果，但由於漢語自身的特點，我們必須拉長末尾字音，把它同前面的字音區別出來，才能強化末尾字平仄，形成升降調。
　　另一方面，30年代的自由詩並非就完全地放棄了詩歌的韻律美，雖然現代派基本上放棄了較為嚴格的外在特徵並轉而提倡「內在音樂性」，但仍然強調語感節奏的「自由和諧」，並且何

其芳、卞之琳等人有不少詩歌還繼續堅持局部規律性的押韻，如卞之琳〈白螺殼〉片斷：

> 空靈的白螺殼，你，
> 孔眼裡不留纖塵，
> 漏到了我的手裡
> 卻有一千種感情：
> 掌心裡波濤洶湧，
> 我感歎你的神工，
> ……

而何其芳的自由詩更是通過節奏和音韻功能的自由開發形成了強烈的音樂效果，試看何其芳〈預言〉中的兩節：

> 這一個心跳的日子終於來臨！
> 你夜的歎息似的漸近的足音，
> 我聽得清不是林葉和夜風私語，
> 麋鹿馳過苔徑的細碎的蹄聲！
> 告訴我，用你銀鈴的歌聲告訴我，
> 你是不是預言中年輕的神？
> 你一定來自那溫鬱的南方！
> 告訴我那裡的月色，那裡的日光！
> 告訴我春風是怎樣吹開百花，
> 燕子是怎樣癡戀著綠楊！
> 我將合眼睡在你如夢的歌聲裡，
> 那溫暖我似乎記得，又似乎遺忘。

　　何其芳的許多抒情詩都是如此清新、自然，語言的節奏流暢、和諧，韻律飄忽，這裡面不乏音樂性，但要去找節拍、韻式或行、節的規律，卻顯得有些多餘，這是悠揚的音樂。

　　追求自由的戴望舒，在這一時期甚至有典型的格律詩作，如他獨具特色的〈煩憂〉：

> 　　說是寂寞的秋的悒鬱，
> 　　說是遼遠的海的懷念。
> 　　假如有人問我煩憂的原故，
> 　　我不敢說出你的名字。
> 　　我不敢說出你的名字，
> 　　假如有人問我煩憂的原故：
> 　　說是遼遠的海的懷念，
> 　　說是寂寞的秋的悒鬱。

　　這首詩除了韻律優美、節拍分明、外形整齊外，其特點還在於詩節對等、詩句反復造就的旋律感，較好地配合了悠長的內在情感的流動與律感，與〈雨巷〉那往復穿梭的「ang」韻有異曲同工之妙，當代詩人石天河稱之為「岸柳倒影式」。

## 三、40年代的十四行詩歌

　　20世紀40年代的格律探索主要成就在於十四行詩歌的「中國化」。卞之琳和馮至的創作，使十四行詩具有了漢語自身的某些特點，節奏和韻式也趨於自然，如馮至《十四行集》第12首：

> 　　你在荒村裡忍受饑腸，

你時時想到死填溝壑，
你卻不斷地唱著哀歌
為了人間壯美的淪亡：

戰場上有健兒的死傷，
天邊有明星的隕落，
萬匹馬隨著浮雲消沒……
你一生是他們的祭享。

你的貧窮在閃爍發光
像一件聖者的爛衣裳。
就是一絲一縷在人間

也有無窮的神的力量。
一切冠蓋在它的光前
只照出來可憐的形象。

　　這首詩最典型的特徵就是把十四行詩的韻式同漢語詩歌的
押韻習慣進行糅合，ABAB式抱韻使我們看到十四行的影子，而
「ang」韻貫穿全詩又符合漢語押韻的一般習慣，節拍上的頓數
整齊，字數大體相等但為了自然又不強求，顯得收放有度。同
時，馮至還在中國詩歌的意象特徵和開掘詩歌理性深度兩方面進
行了較為成功的嘗試，使他的十四行詩贏得了廣泛讚譽。
　　除了馮至外，卞之琳和「九葉派」詩人也創作了許多十四
行詩。卞之琳的十四行詩主要發表於1940年出版的《慰勞信
集》，其特點是具有自然的口語化和較為整齊的節奏音組。而

「九葉派」詩人的創作則較為零散，並且大多放棄了十四行較為嚴格的韻式。

## 四、當代的格律理論和詩歌創作

20世紀50年代的格律探索主要以理論為主，各種理論在創作上也有所反映，但成功之作不多見。

有關新詩格律問題的幾次討論取得了自新詩誕生以來最重要的理論探索成果，其特點是從更深的層次研究現代漢語本身的特點，同時也考慮到本民族的詩歌傳統和欣賞習慣，力圖發現一種更具有操作性和推廣性的格律形式。其中，何其芳、卞之琳和林庚的理論最為重要。

1954年，何其芳發表了《關於現代格律詩》，他認為格律應當考慮的只是頓數整齊和押韻的規律化這兩個特點，即「按照現代口語寫的每行的頓數有規律，每頓所占的時間大致相等，而且有規律的押韻。」卞之琳在研究古典詩歌頓法的基礎上，認為詩歌有兩種節奏形式：以二字頓結尾的「說話型節奏」（誦調）和以三字頓結尾的「哼唱型節奏」（吟調），兩種都可以適應現代口語。卞之琳擺脫了音韻、平仄、字數等束縛，把頓數作為格律和寫詩讀詩論詩的根本因素，認為由此出發去分行分節和安排腳韻，自由變化，隨意翻新，就自然形成了新格律。

林庚理論的特點是依據「半逗律」和「節奏音組」來組建的所謂「典型詩行」。他總結中國傳統古詩發展歷程後認為，中國古典詩歌的詩句，長長短短幾乎都可以分為兩個大體均衡的部分來讀，中間存在一個停頓，即「逗」，類似於《楚辭》中的「兮」字的作用，這個停頓使前後兩個部分形成一揚一抑的吟誦效果，在現代漢語中依舊具有生命力。在此基礎上，他根據現代

漢語多雙音和三音詞的特點，又提出了以五個字為基礎的「節奏音組」的概念，於是認為最具有可行性的典型詩行應該是九言的「五四體」和十一言的「六五體」，這也是古典「五七言」合乎邏輯的發展。

相對來講，林庚的九言詩是許多格律詩愛好者經常共用且容易練就的形式，也是自由詩中容易出現的句子，我們可以在很多整齊或者大體整齊的詩中發現九言的存在，如上述馮至的十四行詩、聞一多的〈死水〉、戴望舒的〈煩憂〉等。

20世紀50年代關於詩歌格律的探索和爭鳴有較大的影響，但很快由於其中摻雜的政治性因素而陷入沉默之中。新時期以來，格律詩的探索仍舊在繼續，只不過由於朦朧詩和先鋒詩潮等「新」事物的存在而處於後臺。

在創作上，建國後出現了各種格律體式，如以田間為代表的「六言三頓體」，以二字頓為主，是卞之琳所說的「說話型」，節奏分明、有力，看〈雷之歌〉節選：

> 暴雨打在路上，
> 雷聲響在路上，
> 在狂風暴雨中，
> 幼兒叫著親娘。
>
> 幼兒叫著親娘，
> 親娘已被炸傷，
> 強盜的炸彈片，
> 穿進她的胸膛。

　　另外，以賀敬之為代表的信天遊「民歌體」、公劉為代表的「八行體」、郭小川為代表的「樓梯詩」和「新辭賦體」等也較突出。就音樂性而言，這些體式實際上以「和諧」為主，並不講求嚴格性，而在外形、段落、節拍的快慢方面，側重點各有不同。

　　1993年出現了深圳的現代格律詩學會，出現了許多以兩行、四行一段和八言、九言等為主的講究行數、字數和頓數整齊的格律詩，是對歷史上格律詩探索的一種回應。

　　縱觀現代格律詩探索歷程，各種體式形成的是各自的創作特色，要想在字數、頓數、行數、韻式和段式方面同時提出一個可供效仿的標準很難。白話新詩在格律探索中如果沒有詩質的支撐，就很容易變成「順口溜」。艾青等「歸來的詩人」大多放棄了形式上的完全自由化，創作出了許多半格律的作品，格律上不強求，但堅持在節奏和音韻上的自然與和諧。如艾青的〈魚化石〉、〈虎斑貝〉，陳敬容〈老去的是時間〉等，年輕一代的朦朧詩人的創作大多也是如此，這實際上和自由詩已經區別不大了。

## 第三節　自由詩的韻律與節奏

### 一、自由詩也是有格律的

　　著名語言學家王力曾經給「自由詩」下了定義：「簡括地說，凡不依照詩的傳統的格律的，就是自由詩」[79]。他參照西方詩歌，將新詩分為自由詩和歐化詩兩種，認為自由詩完全不講求格律，類似於西方的「無韻詩」，而歐化詩則通過借鑒西方詩歌

---

[79] ①②王力《漢語詩律學》，上海教育出版社1979年版，第822、833頁。

的某些格律（如sonnet，即「商籟體」或十四行體），從而形成了自己的格律。他進一步解釋說：「既然自由，就不講究格律，所以我們對於自由詩的敘述，只是對於各種格律的否定而已。」在王力看來，詩的自由與格律是一對格格不入的範疇，所以他在談新詩的格律時，就根本沒有提及自由詩的格律問題。

那麼，自由詩果真就沒有一定的格律嗎？實際上，通觀20世紀中國新詩便不難發現，在一般人心目中句式長短不拘、韻式不規整、偏於口語化的自由詩，也是有「格律」的，並且值得詳加分析。不過，自由詩的「格律」的確沒有因循那種程式化的「傳統的格律」，而在特徵、功用以及表現方式等方面，與格律詩的格律大有差異。

格律在本質上是詩歌中通過重複、迴旋或呼應而形成的一種語詞現象，它實現的既是字音的相互應答，又是情緒的彼此應和。如果說格律詩看重的是語詞外在的音響效果，即一種形式化的格律，那麼自由詩則更強調內在的情緒的旋律，即一種非形式化的格律，是字裡行間透露出的一種特別的韻律和節奏。正如20年代自由詩的主將郭沫若所表述的：「詩之精神在其內在的韻律（In-trinsic Rhythm），內在的韻律（或曰無形律）並不是什麼平上去入，高下抑揚，強弱長短，宮商征羽；也並不是什麼雙聲疊韻，什麼押在句中的韻文！這些都是外在的韻律或有形律（Extraneous Rhythm）。內在的韻律便是『情緒的自然消漲』」。[80]戴望舒也有類似的見解：「詩的韻律不在字的抑揚頓挫上，而在詩的情緒的抑揚頓挫上，即在詩情的程度上。」[81]這

---

[80] 郭沫若：《論詩三箚》（一），見楊匡漢、劉福春編《中國現代詩論》上編，花城出版社1985年版，第51頁。
[81] 戴望舒：《詩論零箚》，見《現代》2卷1號，1932年。

些看法都體現了自由詩的「格律」的某些特徵。或許還可以這樣說，格律詩因字句而造格律，字句的安排會調製情緒；自由詩憑情緒而生韻律，字句的組織依傍於情緒。當然，這種區分不能絕對化。

## 二、現代漢語對現代自由詩的影響

中國新詩格律的生成，極大地受制於現代漢語本身的性質。眾所周知，現代漢語相對於古典漢語而言發生了很大變化，主要體現在：一方面，以口語為中心和「言文一致」，直接導致古典漢語單音節結構的瓦解和以雙音節、多音節為主的現代漢語語音及詞彙的構成，同時造成了現代漢語書面語虛詞成分的激增；另一方面，由於受西方語法的浸染，現代漢語一改古典漢語的超語法、超邏輯的特性，而趨向接受語義邏輯的支配，於是，為適應現代語法邏輯嚴密的要求和出於單一明瞭、不生歧義的語義目的，現代漢語在句子結構上遠較古典漢語複雜，增加了較多人稱代詞、連詞和一些表示關係性、分析性的文字等，並逐步形成比較規範的語法系統。[82]顯然，由於句子成分日漸完備，當運用現代漢語表達一個完整的文意時，句式必然拉長，句法必然趨於複雜化，這造就了新詩易於選擇長短不一、參差錯落的自由句式，並使得口語化、散文化不可避免。這些都給新詩格律的建立增加了難度。

與格律詩對字句的鍛造、考究相比較而言，自由詩的韻律似乎更順應現代漢語的特性，從而能夠形成靈活多樣的韻律。例如，崇尚自由詩的胡適，依據現代漢語的特點提出「自然的音

---

[82] 張桃洲：《現代漢語的詩性空間》，見《中國社會科學》2002年第5期。

節」的主張，認為「詩的音節全靠兩個重要分子：一是語氣的自然節奏，二是每句內部所用字的自然和諧」，「內部的組織，——層次，條理，排比，章法，句法，——乃是音節的最重要方法」。[83]胡適的看法體現了早期自由詩的韻律觀。

## 三、現代自由詩的韻律特徵

現代漢語語彙、句法等趨於細密和複雜的特性，既是一種限制，又為自由詩韻律的實現提供了可能。這提醒詩人們從語言的實際情形出發，探索韻律的形成：「新詩的格律一方面要根據我們說話的節奏，一方面要切近我們的情緒的性質」，「在說話的時候，語詞的勢力比較大，故新詩的節奏單位多半是由二乃至四個或五個的語詞組織成功的……這些複音的語詞之間或有虛字，或有語氣的頓挫，或有標點的停逗，而同時在一個語詞的音調裡，我們還可以覺出單音的長短，輕重，高低，以及各個人音質上的不同。……這種說話的節奏，運用到詩裡，應當可以產生許多不同的格律」[84]。這實際上勾勒了自由詩的韻律的基本輪廓和特點，概括起來便是：其一，音組的位元組無定數，一般為二字，多則四字、五字，音組的數量也不固定，上下詩行的音組數不一定對等；其二，沒有固定的韻腳，也不施行隔行押韻，有時甚至採用格律詩忌諱的相同字尾押韻；其三，聲調的波動起伏並不完全依仗字詞的平仄對應，而是較多地借助字音的輕重、緩急進行調節；其四，虛字、標號以及各種連接詞引起的綿長句子，

[83] 胡適：《談新詩》，見《中國新文學大系·建設理論集》，上海文藝出版社1981年影印本，第306～308頁。
[84] 葉公超：《論新詩》，見楊匡漢、劉福春編《中國現代詩論》上編，花城出版社1985年版，第325頁。

本來是現代漢語給韻律帶來的不便之處，卻被用作結構詩篇的重要媒質，並給予詩意生成的無限空間。

當然，在所有這些特點之外，語言自身的優勢應當首先予以考慮。譬如胡適曾極力讚賞的沈尹默的〈三弦〉，便因為借鑒了漢語的雙聲疊韻，而具有別樣的美感：

> 中午時候，火一樣的太陽，沒法去遮攔，讓他直曬著長街上。靜悄悄少人行路；只有悠悠風來，吹動路旁楊樹。
>
> 誰家破大門裡，半兜子綠茸茸細草，都浮著閃閃的金光。旁邊有一段低低土牆，擋住了個彈三弦的人，卻不能隔斷那三弦鼓蕩的聲浪。
>
> 門外坐著一個穿破衣裳的老年人，雙手抱著頭，他不聲不響。

雖然，胡適以為這種雙聲疊韻仍然是沿襲了「舊體詩詞的音節方法」[85]。但在事實上，這首詩無論語言、意境抑或音韻，都是一種現代創造：與三弦「鼓蕩的聲浪」相宜，這首詩在多處用了開敞、響亮的「ang」韻，並且摻入「靜悄悄」、「綠茸茸」、「悠悠」、「閃閃」、「低低」等疊詞，從而將詩中滲透的意緒和語詞自身的音質巧妙地結合起來，由於壓抑、安靜的場景與略顯昂揚的語音相對照，這種反襯使得其音韻效果更加強烈。與此類似，海子的〈亞洲銅〉也試圖通過字詞的音色來傳達情緒：

---

[85] 胡適：《談新詩》，見《中國新文學大系・建設理論集》，上海文藝出版社1981年影印本，第306頁。

　　　亞洲銅，亞洲銅

　　　祖父死在這裡，父親死在這裡，我也會死在這裡

　　　你是惟一的一塊埋人的地方

　　整首詩在「亞洲銅，亞洲銅」的反復吟詠中，響起了一陣陣金屬般的轟鳴。

　　這類韻律的形成主要在於發掘了語言的特性，讓詞句本身的音質能夠貼合、烘托詩歌的情緒或氛圍。應該說，諸如〈三弦〉裡的雙聲疊韻，是一種能夠有效地促成韻律的常規手段，但它僅出現在局部的詞句之間，某種具有整體感的韻律的產生，則要通過全篇的協調、佈置得以完成。較為典型的方式是通過詩句的前後重複以形成呼應，如王獨清的〈威尼市〉（二）：

　　　天氣是像要下雨又不肯下。

　　　你唱完了輕歌在整著頭髮。

　　　你好像是不願和我說話，

　　　我正要想些話來問你，

　　　你卻只是把你的眼瞼低壓……

　　　哦，你，你坐下，坐下！

　　　天氣像是要下雨又不肯下。

　　　你露出了一種有病的疲乏。

　　　你唱歌時聲兒用得過大，

　　　我斟滿了一杯酒給你，

　　　你卻只是用唇兒輕輕地一呷……

　　　哦，你，你坐下，坐下！

　　這首詩的韻律的整體感表現在：（1）全詩的兩個詩節，在外在形式、押韻、頓歇節奏等方面都完全對稱，給人以均衡、勻稱的感覺；（2）除了每一節的第四行之外，均使用同一個韻，韻腳的密度大而又一氣呵成，造成了一種連綿不斷的音韻暗示效果，應和了詩人所要表現的低徊憂愁的感傷情緒；（3）詩人還成功地運用了詩行重複的技巧，兩節詩的開頭均為「天氣像是要下雨又不肯下」這樣一個充滿了內在旋律的詩行，結尾則重複「哦，你，你坐下，坐下」，營造除了一種幽怨而時斷時續的情緒流動特徵。

　　像〈威尼市〉（二）這樣具有獨特的音韻之美的作品，在新詩中其實並不少見。戴望舒的〈雨巷〉、朱湘的〈採蓮曲〉、徐志摩的〈沙揚娜拉一首──贈日本女郎〉、〈再別康橋〉等，都是比較突出的例子。實際上，經過幾代詩人的努力和探索，中國現代新詩雖然沒有像古典詩歌那樣建立某種穩定的音韻模式，但在充分利用、發掘現代漢語的音樂性特質，探索音韻之美的多樣性和複雜性等方面，卻取得了很大的成功，開闢了中國古典詩歌所不能表現的新領域。

　　〈威尼市〉（二）中明顯的參差交錯的句式，其實在自由詩裡面是非常普遍的。如昌耀的〈冰河期〉，韻律便產生於長短不一的句式中：

　　　　那年頭黃河的濤聲被寒雲緊鎖，
　　　　巨人沉默了。白頭的日子。我們千喚
　　　　不得一應。
　　　　在白頭的日子我看見岸邊的水手削制漿葉了，
　　　　如在溫習他們黃金般的吆喝。

　　這種參差句式對應著情緒的向度和語流的速度。當然，〈冰河期〉中最具特色的還是句號的使用：它在一行詩句之內提示語氣的停頓，在詩句末尾則造成戛然而止、意味無窮的效果。除此以外，短語「白頭的日子」的重複出現，起到了語音迴旋、語意增進的作用，虛詞「了」有助於語感的協調，共同映襯著富於節奏的「黃金般的吆喝」。

　　當代詩人昌耀詩中大量的對虛詞——語言留給韻律的弱點——的大膽而靈活的啟用，成為自由詩韻律生成的奇特景觀。給人印象深刻的還有沈尹默的〈月夜〉：

　　　　霜風呼呼的吹著，
　　　　月光明明的照著。
　　　　我和一株頂高的樹並排立著，
　　　　卻沒有靠著。

　　這首詩的韻律的醒目之處，不在「呼呼的」、「明明的」之類的疊詞，而在每句末尾「著」字的恣意鋪排。可以看到，「著」放在每句詩的尾部，在整體上發揮著重要的平衡作用；同時，「著」體現了進行中的情態，它的降調暗含著某種堅韌和執著的意緒，從而與詩的主題相得益彰。「著」字實際上成了〈月夜〉結構的支撐點。像「著」這類虛詞，是一種表面上隨意、散漫，實則蘊藏著深層詩意和韻律可能的語言。類似的例子還可舉出康白情〈和平的春裡〉對「了」的運用，其效果和〈月夜〉有異曲同工之妙。

　　虛詞的靈活使用，還只是自由詩在韻律構造上克服現代漢語弱點的一個方面。如何使因多字音組和多音組數而引起的綿長

句子富有節奏感，這是自由詩針對現代漢語特性構造韻律的另一著眼點：「從文法上講，長句子往往顯示了中國詩人明辨式的句法追求，從音韻上講，則屬於一種有意識製造的拗峭節奏」[86]。上引的〈三弦〉、〈冰河期〉並沒有回避綿長的句子，如「半兜子—綠茸茸—細草」、「門外—坐著—一個—穿破衣裳的—老年人」，「在白頭的日子我看見岸邊的水手削制漿葉了」等，這些由多字音組組成的長句子，非但不令人覺得冗長，反而給人以跌宕起伏之感，其原因就在於這些長句子很好地保持了語音的強弱、輕重和語流的急緩：

在白頭的日子我看見岸邊的水手削制漿葉了
｜－－－｜－｜｜｜｜－－｜｜－｜｜｜－

穆旦的《在寒冷的臘月的夜裡》，也有較多的長句子：

風向東吹，風向南吹，風在低矮的小街上旋轉，
木格的窗紙堆著沙土，我們在泥草的屋頂下安眠，
誰家的兒郎嚇哭了，哇——嗚——嗚——從屋頂傳過屋頂，
他就要長大了漸漸和我們一樣地躺下，一樣地打鼾，
從屋頂傳過屋頂，風
這樣大歲月這樣悠久，
我們不能夠聽見，我們不能夠聽見。

這些鬆散的長句子在「轉」、「眠」、「鼾」、「見」等

86 李怡：《中國現代新詩與古典詩歌傳統》，西南師範大學出版社1994年版，第165頁。

韻字的勾連下，顯得十分緊湊而綿密，滋生了一種悠遠、深長的節奏，並祛除了「兒郎」、「哇──嗚──嗚──」之類口語帶來的粗糙外表，詩意由此升騰：「一首貌似內容瑣細，結構散漫的口語詩可能是經過潛在的藝術自律寫成的，其中可能迴響著有關生命的偉大祕密的隱義」[87]。

總之，由於語言的特點和自身體式的限制，自由詩在建立韻律時，更多地趨於一種內在的節奏。這種內在韻律和節奏的生成，顯然經過了一個繁複的「詩的轉換」（鄭敏）過程，這是從現代漢語的特性出發，對語言（特別是各種日常語言）所具有的散文性、浮泛化進行剔除和錘鍊，並根據情緒的律動而鍛造既貼合情緒、又符合現代漢語特性的節奏的過程。在20世紀20年代，朱自清曾從閱讀方面談及文字的韻律之美：「我們讀一句文，看一行字時，所真正經驗的是先後相承的，繁複異常的，許多視覺的或其他感覺的影像（image），許多觀念、情感、論理的關係──這些──湧現於意識流中。……文字以它的輕重疾徐，長短高下，調解這張『人生之網』，使它緊張，使它鬆弛，使它起伏或平靜」[88]。他所讚賞的詩意美感，正是一種潛隱於文字深處的內在韻律。

## 第四節　朗誦詩的欣賞

### 一、朗誦詩

討論中國現代詩歌的韻律之美，就不得不注意到一類特殊

---

[87] 布林頓：《詩歌解剖》，傅浩譯，生活・讀書・新知三聯書店1992年版，第192頁。

[88] 朱自清：《美的文學》，見《文學》週報第166期，1925年3月30日。

的詩歌品種——朗誦詩，這是一種對詩歌的「聲音」自覺運用並力圖大範圍傳播的藝術追求。

從讀者接受方式來看，詩歌可以分為兩種：一種是「娛獨坐」的，即適合一個人獨自默讀的詩；一種是「悅眾耳」的，即適合高聲朗誦的詩。第二種詩歌讓接受者通過聽覺進入詩境，這就是朗誦詩。它是伴隨著新詩的發展而出現的一種詩歌樣式，我國現代著名作家朱自清說它是「一種聽的詩，是新詩中的新詩」。朗誦詩因受到特定物件特有接受方式的限制，在創作方法、主題呈現、音韻格律等許多方面都有自身的內在規定，從而有別於其他詩歌體式。朗誦詩是把有鼓動性、宣洩性、感染力的激情與詩意結合起來以適於舞臺表演和廣場演出的一種抒情詩。相對於一般詩歌，朗誦詩有屬於自己的獨特的文體特徵和美學價值。作為接受者，需要對朗誦詩的屬性有深切的領會，並探詢作品中隱含的基本特徵和美學規範，才能更好地把握並理解朗誦詩。

## 二、朗誦詩的欣賞

一般說來，欣賞朗誦詩應從以下幾個方面入手：

### 1.注意感受其中的表演性因素

朗誦詩作者在創作過程中必須隱含潛在的接受者。儘管詩歌作品是由作者獨立完成的，但作品的完成並不意味著作品價值的最後實現，它必須經過朗誦者的二度創作才能抵達聽眾。這是朗誦詩與其他詩體在接受過程中最顯著的差別。非朗誦詩作者可以把詩歌寫當做個人的事情，不必過多考慮物件的接受方式和接受效果。而朗誦詩作者不能這樣，朗誦詩的對象是聽眾而不是讀者，他必須關心作品在聽眾特有的接受方式的限定中對表演性

的要求，要對作品中不利於表演的因素進行刪除或調整。朗誦詩是群眾的詩，集體的詩。這種固有的群體性，要求詩歌適合舞臺表演，並能產生強烈的舞臺效果。失去了舞臺這個空間，失去了表演的有效性，朗誦詩也就失去了自身的意義和價值。因此，朗誦詩作者在創作過程中必須把表演的規範、舞臺的限制以及聽眾的參與度作為寫作效用的重要因素。一首朗誦詩是否成功，舞臺效果的優劣是一個重要的判斷依據。

　　當然，朗誦詩的表演性與欣賞者的關係不像與作者和表演者那般緊密，但欣賞者必須具備判斷舞臺效果好壞的基本能力，這是進入朗誦詩的第一步。

## 2.對「大眾性」主題的關注和熟悉

　　朗誦詩要適合表演，用於舞臺，直接面對聽眾，因此聽眾的接受程度和效果便成為朗誦詩作者關注的焦點，也成為朗誦詩本身有無生命力的明證。朗誦詩在新詩中是最具有大眾化色彩的詩歌品種，為了求取理想的效果，作者必須顧及聽眾的接受能力、知識水準、思想狀態和語言方式，盡可能貼近聽眾的各方面的實際情況。這是朗誦詩在內容與形式方面應遵從的準則，同時也是對欣賞者提出的基本要求。如果欣賞者不具備相應的認知水準和接受能力，就不能很好地進入詩歌。

　　從內容上看，朗誦詩貼近生活，貼近時代，關心民眾。那麼，作為欣賞者，所思所想所需也都要有現實性和時代性。這主要表現在對具體的個人環境和廣闊的社會環境的感知與反思，對生活事件和社會事件的熟悉與參與，不能做時代和社會的局外人，不能與紛繁複雜變動不居的人情世態隔斷聲息。如若不然，就不能體會朗誦詩針對時代社會以及人心表達的具體態度、思想

見解、情感傾向等內涵，不能理解作者所給出的明確啟示，也就不能對自己的思想狀態，生活情景，時代的感召、籲求產生感應。

### 3.善於感染於詩作的激情性

朗誦詩以追求強烈的舞臺效果、激發聽眾的同頻共鳴為本。其效果和共鳴的獲得，除了朗誦者出色的表演技巧和臨場發揮之外，最根本的問題還在於作品本身所蘊含的激情。欣賞者要善於潛入這種激情的背後，體驗作者潛在的鼓動性意向、宣洩性行為以及所蘊積的感染力。一般說來，詩貴含蓄，講究情感的內斂，追求意象的曲折勾連，但朗誦詩是個例外，其情感抒發較為直接，並且具有一定強度。因此，欣賞者應注意朗誦詩在語言上的選擇，感受詞語的亮度和力度，弄清確切的語義。一首優秀的朗誦詩，往往具有顯著的抒情色彩，能否把握詩歌的情感波動是能否最終理解詩歌含義的關鍵所在。如現代著名的政治抒情詩人郭小川作於20世紀40年代的作品〈我們歌唱黃河〉，這首詩歌本身就是為當時綏德二百餘人的「黃河大合唱」演出而創作的，因此，它除了具有朗誦詩所要求的表演性，以及其主題必須能引起公眾的廣泛關注，顯然還要能夠激發起觀眾的激情，從而使受這首詩激情渲染與激勵的民眾投身於民族抗日救亡的革命急流中。

> 我們在河邊上住了幾百代，
> 我們對黃河有著最深的鄉土愛，
> 我們知道河邊上
> 有多少村莊，
> 多少山崖；
> 我們知道

什麼時候浪頭高，
什麼時候山水來；
我們歌唱黃河，
也歌唱我們的鄉土愛。
來呀，
今天這樣好日子，
為什麼不唱起來！
來呀，
今天這樣好日子，
你還把誰等待！
……
唱吧，
你敲傢伙，
我道白，
揚起你的歌喉，兄弟，
泛起你的酒窩呀，朋友！
我們唱出黃河的憤怒，
唱出黃河的悲哀，
讓我們集體的歌聲
和黃河融合起來！
唱吧，
我們的歌聲
不叫敵人過黃河！
唱吧，
我們的歌聲
不許我們周圍有破壞者！

......

這首詩裡的主題顯然是抒發對「黃河」最深的「鄉土愛」，由此激發起觀眾保衛「黃河」、保衛祖國的強烈愛國主義的熱情。由詩行中，我們不難看出這首朗誦詩首先擇取的是當時公眾最為關注的焦點問題，即民族的救亡與抗爭。同時詩中的「我們」、「我」、「你」等人稱詞的運用，一方面使詩歌具有戲劇性與表演性，另一方面又能「籲請」與召喚觀眾進入詩歌所營造的既充滿深情又交織著痛恨的情感氛圍中，而最為重要的一點在於，詩歌通過採用跨行等詩藝技法所渲染的激情才是這首詩歌之所以在當時廣為朗誦的緣由。

### 4.注意體會其思想的「直接性」

朗誦詩直接面對聽眾，其目的就是要引領聽眾認清現實，增長熱情，繼而改變現實，實現個人或社會的價值和理想。在現實的生活中，人的精神形態既有超越世俗而昂揚的一面，也有匍匐世俗而委頓的一面。朗誦詩的義務就在於以昂揚的情緒喚醒聽眾的冷漠、麻木甚至無知，指出其現實的困境和失誤，揭示其心靈的弱點和迷惘，確立其努力前行的方向。總之，朗誦詩要對聽眾的心靈狀態進行調整、改善、促動，使其由昏暗而明朗，由抑鬱而振奮，由低沉而激越，煥發出生命的熱情和力量，並最終趨近人生的理想境界。因此，朗誦詩作者應是具有理想傾向的時代感召者，其作品必然蘊藏著較高的思想價值，這種價值往往體現為正確、深刻、健康以及崇高。如果說一般詩歌注重生命體驗和人生意味的含蓄表達，在「娛獨坐」時給人以心靈啟示或審美體驗；朗誦詩則側重於美的思想的直接傳播，近距離抵達接受者，

它給人警醒，催人奮進，在特殊的歷史轉折關頭和動盪的社會變革時期，具有無可替代的作用。作為欣賞者，也應是時代中人，要時時關心國事民瘼，體察社會動態，並結合自己的內在觀念與認識不斷進行反省，求得一種思想的活躍和高度，才能更好地把握和體會朗誦詩的思想的「直接性」。

## 5.音樂性

　　朱自清說朗誦詩「直接訴諸緊張的、集中的聽眾」。作為一種聽覺藝術，朗誦詩的思想意義和藝術價值最終是通過聽覺的接收才完成的。能否「悅眾耳」，能否產生良好的聽覺效果，有無音樂性是其間的關鍵。如果說一般詩歌有著音樂性的特質和要求，朗誦詩的音樂性特徵則最為突出，要求也最為強烈。

　　朗誦詩借靠「聽覺形象」傳達思想情感，必然要充分調動聽覺的審美要素，而聽覺形象是否鮮明，取決於音樂性是否強烈。下面是田間創作於抗戰初期的一首朗誦詩〈給戰鬥者〉：

　　　　在中國
　　　　我們懷愛著──
　　　　五月的
　　　　麥酒
　　　　九月的
　　　　米粉
　　　　十月的
　　　　燃料
　　　　十二月的
　　　　煙草

從村落的家裡
從四萬萬五千萬靈魂的幻想的領域裡
飄散著
祖國的
熱情
祖國的
芬芳

　　這節詩多數是一頓、二頓體的短詩行，具有鼓點般短促急驟的語言節奏性能。但在這裡詩人用了一連串最短的詩行後突然出現了一個六頓體長詩行，「從四萬萬五千萬靈魂的幻想的領域裡」，而奇特的是隨即又一下子跌入一頓體的最短詩行，而且又一連五行。我們知道，六頓體的長詩給人以沉滯悠遠的感覺，顯示為「揚」的情韻節奏，一頓體的短詩行給人以短促急驟的感覺，顯示為「抑」的情韻節奏。以沉滯悠遠的詩行節奏來調節一下跳躍賓士而來的急驟感，隨即又讓它繼續急驟地賓士而去，這種大起大落，既顯示為極強烈的旋律化語言節奏進程，又顯示為極強烈的「抑—揚—抑」的情緒化消長進程。如此一來，使得這首朗誦詩在內外節奏的雙向交流中獲得一種極強的音樂性效果。

　　但是，對於聲音以及具有聲音本質的詩歌而言，單有節奏還不一定就有美妙的音樂感。自由詩那裡一般重視詩的內在節奏，強調詩人情感的自然流露，但這樣的詩歌大都由於外在節奏的模糊甚至缺失而不太適合朗誦。一首詩要想具有優美的旋律，必須對內在的節奏進行調整，使之趨於和諧。和諧是音樂美的另一重要因素，前面所說的相應詩行節拍數目的相當以及相應詩行對稱關係等方面，事實上就是詩人為著和諧而對內在節奏進行調

整的結果。除此之外，和諧的效果還需要對雙聲疊韻和押韻有所重視。當然，雙聲疊韻在現代詩裡已顯淡出之勢，不像古代那樣常見。但押韻是朗誦詩的必備要素，如果欣賞者對這一要素沒有足夠認識，就不能體會詩人對節奏進行的控制和調整，心中應有的聽覺形象也會隨之暗淡，對意義的理解最終陷於疲軟、零亂。正是借助韻腳，詩歌的節奏得到了有效的控制，並被調整得較為和諧，讀來琅琅上口，聽來婉轉悅耳，具有理想的音響效果。當然，在押韻和追求詩歌旋律感的實際運作中，方式方法有多種，相應的效果也各不相同：一韻到底，顯出磅礴之勢；變換押韻，悠揚悅耳；大量使用疊音詞、對稱句和重複句，形成跌宕回環，既能增強詩的音域，也能拓展朗誦詩的舞臺表現空間。

欣賞朗誦詩，必須瞭解朗誦詩的內在規定性。只有這樣，才能把握作者的寫作意圖，感受作者的精神意興，領略朗誦詩的審美境界，改進自己的思想意識，提高自己的欣賞水準，成為朗誦詩的受益者。

## 第五節　當代歌詞文學

### 一、當代歌詞：詩意轉移的形式

詩歌是文學王國中最純粹的藝術文類，享有「藝術中的藝術」之美譽，一直高居在藝術聖殿的寶座上。尤其在中國這樣的詩歌大國，在現代以前的相當長的歷史長河裡，詩歌一直佔據著藝術的中心位置，並以自己的方式，在國家的形成、民族文化的建構、國人精神氣質的陶冶與鑄造等諸多方面發揮著自己的重要作用，也從中形成了與讀者間的親密關係。然而，20世紀80年代末期以來，隨著市場經濟影響的不斷擴大，人們越來越發現，

這藝術聖殿裡的純粹的詩歌正在失去往日的輝煌，失去相當數量的讀者的信任，更多地淪為一種「聖殿內」的個人事件。

就在詩歌逐漸失去廣大讀者的同時，人們又發現，在傳統藝術聖殿外面的廣闊空間裡，當代歌曲——主要是流行歌曲正以一種驚人的速度與廣度流行著，並迅速征服了各種知識層次的大眾。有人把流行歌曲的風靡命名為「光天化日之下的流行」，這樣的命名正好傳神地站在讀者和聽者的角度表達了流行歌曲區別於已經邊緣化了的詩歌的命運。今天，流行歌曲的盛行已經成為一個無法回避的重要的社會文化事件，值得文化研究者注意。對於純藝術的詩歌來說，這一事件的影響在兩方面是較明顯的：一是流行歌曲「搶走」了相當一部分原本屬於詩歌的讀者，致使詩歌讀者大面積流失，從而加速了詩歌邊緣化的命運。二是從大眾對流行歌曲的消費實情看，在當下的社會，我們所習慣了的「詩歌」已經不再是惟一的或主要的詩意表達的形式，大眾也不再主要依靠純藝術的詩歌閱讀來實現詩意體驗；相反，人們更容易地把對詩意的需要與體驗轉移到諸如聆聽流行音樂、對時尚進行追逐、在戶外冒險旅行等這樣一些更便捷的途徑上去。

一首歌的流行取決於諸多因素，其中最重要的兩個因素是歌曲的旋律美和歌詞的文辭美。這裡，我們把這樣的歌詞獨立出來，將其納入廣義的詩歌範疇。

近幾年來，當人們對詩歌的命運與前景進行思考時，流行歌曲一直就是人們思考時的一個重要參照系。人們注意到，大量的流行音樂固然平庸，但流行音樂中的一些上乘之作，比如羅大佑、崔健、齊秦等人的作品無論是聲音還是文字，都更能打動聽眾和讀者；而且，這些作品比起大量寄生於純文學刊物的某些詩歌作品更具有詩意，更具有穿透時代的力量，並因而更具有穿透

心靈的震撼力。這些發現讓人們不得不對當代詩歌的「存在現實」進行新的認識與思考，傳統的純文學與俗文學間明確的、甚至是帶有等級制性質的分界與標準也隨之被打破，因此，一些流行音樂的歌詞被作為優秀詩歌選入各種詩歌選本。比如，謝冕就將崔健的〈一無所有〉選入經典詩歌選本。優秀的歌詞在這樣開放的視野中進入了詩歌的聖殿，這似乎是歷史的一個輪回，因為在元代之前，詩與歌原本就是一家，只是後來隨著文學性與音樂性的對立不斷加強才分離為不同的藝術種類的，但是，兩者在本質上始終是相通的。

## 二、歌詞文學的特性

在開放的視野中，歌詞文學中的優秀之作雖然被納入了詩歌的範疇，但是，我們應該注意到，兩者在許多方面還是存在不同，這就決定了歌詞文學的審美差異性。

第一，歌詞文學是為普通百姓的休閒娛樂服務的，屬於大眾文化範疇。這是歌詞文學區別於純粹詩歌藝術的地方。

把歌詞文學劃入大眾文化領域不是說它在本質上低劣於純粹的詩歌文類，也不是文學中雅俗思維的重現，而是從兩者的服務範圍進行的一個粗略劃分。其實，理想中的優秀詩歌，恰恰應該是為最廣大的大眾服務的。

歌詞文學的大眾文化屬性主要體現在它的服務物件的大眾化，主題的類型化與通俗化，傳播手段的科技化等方面。

我們知道，純粹的詩歌是詩人自我心靈的獨語，它的特徵就是鼓勵創造，忌諱雷同，它幾乎集中了文學的一切特性，包含了文學的全部創作技巧，因而，純粹的詩歌主要是為具有相當知識水準的讀者服務的。在今天詩歌創作越來越「私人化」的情況

下，詩歌的服務物件，也即詩歌的讀者更是必須具有相當專業修養的人。與此相反，歌詞文學經過作曲家與歌唱者的再創作後，他的服務物件主要是普通大眾，當然也包括了純粹詩歌的讀者群。這種大眾化的藝術特徵要求歌詞文學的創作者在創作時應該盡力以社會某類人的立場觀察社會，表現情感，而不大可能更多地去表現獨屬於詞作家自己個人的聲音。或者說，創造者應該在自我情感與社會群體情感之間找到適當的連接點。詞作家的這種群體代言人的身分，即他的社會角色意識，在相當大的程度上規範著他的內在生命情感體驗，使他必須站在相應群體的道德立場、社會感受上去，只有這樣才能實現為群體服務的目標。因此，當代歌曲在內容上都有直面現實人生，貼近普通人日常生活，注重服務於大眾的娛樂消費需要的特徵。

歌詞文學服務於大眾的藝術目的決定了它的主題特徵。這一特徵主要表現為兩大特點：一是主題構成的類型化；一是主題必須大眾化，要通俗淺顯。流行歌曲可以分為情歌與非情歌兩大類，其中情歌類大約占65％左右，可見它對愛情這一主題的高度重複率。與詩歌在愛情主題上的多層次、多向度的展開不一樣的是，流行歌曲的愛情主題非常單一，大致可以分為三大類。第一類是對愛情的渴望。比如田震演唱的〈執著〉，陳明演唱的〈夜玫瑰〉，尹相傑、於文華演唱的〈天不下雨天不颳風天上有太陽〉，王焱、何影演唱的〈我聽過你的歌〉等。第二類是傾訴相思、追憶往日情懷。比如楊鈺瑩演唱的〈星星是我看你的眼睛〉，李春波演唱的〈小芳〉，林依倫演唱的〈愛情鳥〉等。第三類是失去愛情之後的自傷與自憐。比如那英演唱的〈白天不懂夜的黑〉，陳明演唱的〈寂寞讓我如此美麗〉等。主題的類型化有利於普通大眾對歌曲的接受與消費。另一方面，隱藏在主題類

型化後面的是流行歌曲所表現的愛情內容的市民化特徵。當代流行音樂文化與現代都市文化之間關係緊密，可以說正是都市文化的發展為流行音樂的盛行提供了肥沃的文化土壤，因而，流行音樂更多地體現著市民文化特色，這一點在流行音樂所反映出的女性形象上得到較充分的表現。就當前歌詞文學的文本而言，最具吸引力的女性形象大致只有兩類，即涉世未深的清純少女型和展現嫵媚與性感的成熟女性型。歌詞所塑造的女性多與忠貞、善良、甜美、癡情、無助、脆弱、等待這樣一些傳統的品質相聯。

歌詞文學的傳播手段要比一般文學作品的傳播手段豐富得多，而且具有很強的科技性。科技的進步為音樂的產生和發展提供了必不可少的支援。無線電廣播、電視、唱片、卡拉OK、微型答錄機以及MTV、VCD、CD等科技成果，使主要以音樂的形式傳播的歌詞文學的傳播手段具有較強的科技性和豐富性，並為其廣泛流行提供了最大限度的可能。可以這樣說，離開了現代科技的傳播手段，歌詞文學的影響力將大大削弱，甚至肯定會喪失自身的流行性。

第二，優秀的歌詞文學在服務於大眾休閒娛樂的同時，又表現出了強烈的詩化特徵。這是歌詞文學與純粹詩歌藝術在本質上相通的地方。

濃郁的詩性是歌詞文學文學性的重要特點。近二十年來，在喬羽、張千一、曉光、張藜、陳哲、閻肅等詞作家以及一些歌手的努力下，出現了一大批文學性較強的、被稱為「能歌的詩」的歌詞文學。如喬羽的〈難忘今宵〉、〈思念〉，張千一的〈青藏高原〉，何訓友〈阿姐鼓〉，陳小奇的〈濤聲依舊〉，陳哲的〈流浪的燕子〉，李子恒的〈冬季到臺北來看雨〉、高曉松的〈同桌的你〉、許巍的〈藍蓮花〉、齊秦的〈外面的世界〉等。

作為歌詞，這些作品與寄生於純文學刊物的詩歌作品相比，無論
在主題、意象的營造、抒情技法的運用、語言的詩化等方面都絲
毫不遜色。比如，由王雲好創作、黃鶴翔演唱的〈九妹〉：

> 你好像春天的一幅畫，
>
> 畫中是遍山的紅桃花，
>
> 藍藍的天兒和那青青籬笆，
>
> 花瓣飄落你身下。
>
> 畫中呀是不是你的家，朵朵白雲染紅霞，
>
> 哥哥心中的九妹你知道嗎？
>
> 是我心中那一幅畫。
>
> 春天的桃花依舊發，
>
> 你卻已不再弄桃花，
>
> 悠悠的流水和空空牽掛，
>
> 伴著那淡淡雲霞，
>
> 不知你遠去在何方，
>
> 思念是我對你的表達，
>
> 紅紅的臉頰帶著點點的笑，在夢裡縈縈纏繞。
>
> 九妹九妹漂亮的九妹，
>
> （漂亮的九妹，）
>
> 九妹九妹透紅的花蕾，
>
> （透紅的花蕾，）
>
> 九妹九妹可愛的妹妹，
>
> （可愛的妹妹，）
>
> 九妹九妹心中的九妹。

　　作為歌詞文學裡的優秀詩篇，它可以說是中國古典詩歌美學開放在當代歌詞文學中的一朵美麗浪花。在意象構成上，它沿用了傳統詩學中用桃花喻美女的結構模式；在歌詞的詩意生成上，它是唐人崔護的〈題都城南莊〉的一個現代翻版，用物的品質（「桃花」、「春天」）的不變，來對比人的品質（「情」、「歲月」）的變，在變與不變的張力中，傳達出抒情主體的惆悵、相思、牽掛以及對時光流逝的感傷；更深地說，由於該歌詞的詩意生成空間的廣寬性，歌詞中的主體意象「桃花」、「九妹」已經遠遠超越了實指，而成為抒情主體生命中的一種「逝去性的存在」，成為所有相思對應的物的集體象徵；該歌詞在韻腳上也挺講究，「花」、「畫」、「霞」的反復吟詠，以及歌詞中所塑造的遠去了的「她」，總讓人想起聞一多「忘掉她就像一朵忘掉的花」的著名詩句。所有這些都大大增強了這首歌的詩意美。

　　事實上，一首歌曲能不能抓住聽眾的耳朵，讓聽眾一聽便不能忘記的藝術功能主要由旋律承擔，因為作為視聽藝術，很少有聽眾是先讀歌詞再欣賞音樂的。但是，要讓聽眾聽過以後能生出激情，品出韻味，反復咀嚼其中的生活哲理的功能則主要由歌詞承擔。因此，歌詞文學的文學性、詩性特徵便被作為藝術目的之一而受到詞作家的追求。我們可以注意到，由於種種限制，一首成功的歌曲雖不大可能做到字字珠璣，但總有幾句動情之句，讓聽眾反復歌詠，戀戀不忘，這些句子就是這首歌的點睛之筆，也是最具有詩性韻味的句子。

　　用音樂見證了20世紀60、70年代人的情感與生活旅程的歌手羅大佑可以說是追求歌詞文學詩意美的典型，意象美與語言的詩化特徵是他歌詞的最大特點。在他寫給臺灣作家三毛的〈追夢人〉中有這樣的句子：「讓青春吹動你的長髮／讓他牽引你的夢

／不知不覺這城市的歷史已記下你的笑容」；〈穿過你的黑髮的我的手〉中有：「穿過你的黑髮的我的手／穿過你的心情的我的眼」；〈一樣的月光〉中有：「誰能告訴我／誰能告訴我／是我們改變了世界／還是世界改變了你和我」，等等。如此美妙的詩句，有誰能不被打動呢？羅大佑就是這樣，善於用最美的詩意抓住聽眾，並最終讓自己的歌聲成為了一個時代無法忘記的聲音。這幾年，歌壇上較出名的以藏族地域文化為表現主題的歌曲也被公認為是追求詩意的歌詞文學的典型，比如〈青藏高原〉、〈回到拉薩〉、〈阿姐鼓〉、〈走進西藏〉、〈走出喜馬拉雅〉等。

　　一首好的詩不一定是一首好的歌詞，但一首好的歌詞肯定是一首好的詩歌。那些寫出了好的歌詞的人，是真的「戴著鐐銬跳舞」的詩人。他們要在一定旋律的限制和約束下，寫出符合一定時間長度、句式基本對仗整齊、節奏鮮明、音韻和諧、能夠激起人們靈魂共鳴的詩句，這本身就需要有堅實的詩學功底。也許，當代詩歌一直沒有解決好的形式問題可以從歌詞文學這裡得到靈感與啟示。

　　然而，由於傳統文學思維的限制，今天，人們還不太注意歌詞文學的詩學價值，甚至還有人不贊同把優秀的歌詞歸入詩歌文類。但是，可以設想一下，50年或者100年以後，誰會在歷史的記憶裡成為我們這個時代的詩人？又有哪些作品會在歷史的記憶裡成為我們這個時代的詩歌？僅僅是那些在各種文學史著作中熟悉了的詩人和他們的作品嗎？會不會是一些在今天還沒有進入批評家和學者視野中的人和作品呢？也許這其中就包括今天的某位詞作者和他的作品。

# 第九章　中國現代詩歌欣賞的整體性原則

　　中國現代詩歌欣賞中的「整體性」原則，是根據中國現代詩歌在近百年的寫作實踐中形成的歷史特徵和文體意識，針對一般讀者常見的欣賞誤區提出的。具體說來，它包含這樣幾個方面的內容。首先，「整體性」不僅需要我們把一首詩當做一個完整獨立的世界來對待，更要在作品內在情感的流動變化過程中來體驗和領悟它的意味。其次，中國現代詩歌一直在有意識地追求複雜性和多樣性，因此一部作品往往不止包含著一個抒情主體，這就需要我們在欣賞的過程中區別不同的聲音和相應的擬想聽眾，把一首詩當做一個包容了多重空間世界的整體來欣賞。此外，針對中國現代詩歌中有不少的長詩和組詩，它們的組織和結構相對來說比較複雜、需要的閱讀時間較長的狀況，我們提出了核心意象的概念，藉以幫助一般讀者從整體上把握和欣賞這些篇幅較長的詩歌。

## 第一節　一首詩是一個完整的藝術世界

### 一、詩的整體把握

　　一般說來，讀完一首詩之後，會產生一種直覺的領悟，或者喜歡，或者不喜歡。普通讀者如果在直覺中不喜歡一首詩，往往很少會願意接著重新閱讀它，自然也就談不上欣賞。只有在直覺的領悟中喜歡這首詩，覺得其中有什麼地方打動了自己，願意接著重新閱讀、甚至分析它的時候，才有可能開始對一首詩進行

欣賞。在這個意義上，可以說直覺的領悟是欣賞一首詩的開始。不過，一首詩是一個完整的世界，而我們直覺的領悟雖有可能來自於對一首詩的整體把握，但更有可能來自於其中的某個意象、某個片斷等。因此，再次進入作品，在反復的閱讀中細心體會詩歌作品的內涵與意蘊的時候，卻又不能局限在這種直覺的領悟中，以說清楚這種直覺是什麼或者如何產生為目的。

欣賞一首詩，不是為了從理性上把握作品傳達的資訊，分析作者所表現的情感經驗，而是為了在想像中體驗和經歷作者的情感經驗。這就要求我們把整首詩當做一個具有內在生命的過程來把握，在語言的流動與轉換中追尋情感經驗的孕育、生成與展開的具體樣態和過程。為此，不妨先來看一首短詩：

要太陽光照到

我瓦上的三寸草，
要一年四季
雨順風調。
讓那根旗杆
倒在敗牆上睡覺，
讓爬山虎爬在
它背上，一條，一條……

我想在百衲衣上
捉蝨子，曬太陽；
我是菩薩的前身，
這輩子當了和尚。

　　這首詩的作者是陳夢家，中國現代著名詩人、學者。他的詩歌創作，是典型的「新月派」風格，在形式上追求整齊勻稱，音韻和諧。這首〈小廟春景〉，是他的代表作之一，詩中最容易引起注意的是最後兩行：「我是菩薩的前身，／這輩子當了和尚。」但是，我們不能說這首詩的魅力就在於表達了一種人生輪回的觀念。這種帶有佛教色彩的人生觀念，在中國民眾中間是相當普遍的。重複一種盡人皆知的觀念，實在沒有什麼意義，更談不上詩性的魅力。稍微切近一點，不糾纏在「前身」、「這輩子」等詞語的具體含義上，我們可以說詩人置身「小廟春景」這個特定的場所，恍然走進了另外一個世界，看見自己就生活在這個新的世界之中，脫離了原來的自我，化身而成為小廟裡的和尚、菩薩。但是，這也只能算是抓住了這首詩所表現的情感經驗，不是欣賞這首詩。按照俄國形式主義者的說法，一首詩的「詩性」，不在於它表現了什麼，而在於表現過程本身。詩之所以為詩，就在於它在傳達資訊、表現情感經驗的過程中，伴隨著情緒的激動，心靈被照亮的喜悅，智慧突然發生的驚訝等強烈的體驗。我們欣賞〈小廟春景〉，就不能滿足於說清楚詩中表現了什麼樣的情感經驗，而應該在閱讀的過程中，跟著語言的節奏，重新完整地經歷和體驗詩人在「小廟春景」這個特定場所中所體驗到的情感經驗。

　　因此，在直覺中領悟了〈小廟春景〉所表現的情感經驗之後，接著應該做的就是帶著這種領悟，重新開始閱讀這首詩，順著語言的節奏，玩味其中的情感經驗發生和發展的整個過程。因為我們已經注意到〈小廟春景〉表現的是詩人在「出神」狀態下的人生體驗，恍然間看見自己生活在一個新的世界之中，成為了另外一個完全不同的「我」，所以在接下來的閱讀中，第一節的

「我」就容易引起注意了。這個「我」因為只是一個領屬詞，在語法上從屬於它所領起的物件「瓦上的三寸草」，加之在整個詩行中，「我瓦上的三寸草」又是被支配的賓格成分，所以一般不容易注意到它的特殊之處。但在我們意識到「我」的身分轉換與變化是這首詩的基本情感經驗之後，情形就不一樣了。這個在我們最初的閱讀中很容易被忽略過去的「我」顯然不等於到小廟去看春天景色的詩人自己，詩人在〈小廟春景〉一開始就是以另外一個「我」的身分出現的。由於漢語語法的不確定性，「我瓦上的三寸草」可以理解為「我的寺廟的瓦上的三寸草」，「我」是這座小廟裡的和尚，也可以理解為「我的瓦上的三寸草」，「我」就是小廟本身。無論哪一種理解，我們都可以說詩人一開始就進入了「出神」狀態，成為了另外一個「我」。走進小廟就是走進了另外一個世界，詩人在心靈上擺脫了來看小廟春天的景色的「我」的限制，融入了小廟，物我兩忘，恍惚中成為了春天的小廟這個特殊生活世界的一部分。這種體驗，就是我們常說的脫離了日常生活世界中的種種限制與束縛，進入了自由的審美世界，體驗新鮮的自我。

意識到第一節中「我」的特別之處，我們才能進一步體會這首詩的節奏及其意味。「我」是另外一個生活世界中的存在，意味著詩人一落筆就省略了大量相關的細節和過程，簡潔迅速地把我們帶進了詩性的情感世界。但緊接著這個突如其來的開頭展開的，卻是一個寧靜、閒散，甚至可以說是慵懶的生活世界，一張一弛的兩種節奏，在對比中更顯出了小廟在春天裡的悠閒散淡。而第二節中的兩個「讓」字，同第一節中的「要」字相比，減弱了主體的欲求色彩，在舒緩自在的節奏中突出那種與世無爭的自得和安然。這種慵懶、舒緩，而又悠然自得的生活氣息，

與兩個詩節所押的韻渾然一體，共同融入了小廟的悠閒散淡之中。情感經驗、意象、節奏、音韻等交互應和的詩性魅力，在這裡得到了充分的體現。

春天的小廟所特有的這種散淡悠閒的生活氣息的誘惑，使前來看風景的詩人在不自覺中融入小廟，成為了小廟的一部分。詩人於是在恍然中脫口而出，覺得自己本來就應該永遠生活在眼前的這座小廟裡，做個在春天的太陽下捉蝨子的和尚，或者站在塵世之外的菩薩。這種情感經驗對我們來說並不陌生，面對美麗的風景，我們都會有融入其中、永遠地生活在其中的願望與衝動。「我是菩薩的前身，／這輩子當了和尚」，這初讀之下頗為驚奇的詩句，放在整首詩中來看，可以說是詩人自然而然地流露出來的願望，它所表達的情感經驗其實並不陌生。

當然，不可能想像每個讀者對這首〈小廟春景〉的閱讀和欣賞都與我們分析的一致，但可以肯定的是，如果只局限在初讀〈小廟春景〉時引起的驚奇感上，甚至於把引起驚奇之感的詩句從整首詩中割裂出來，當作格言警句來對待，我們就不可能體驗到詩中舒緩自在的情感節奏，不可能呼吸到春天的小廟那種幾乎與世隔絕的悠閒散淡的生活氣息。欣賞一首詩，就是沉浸到詩的節奏和情感經驗之中，讓它新鮮流動的生命氣息把我們帶進詩性的境界。個別的意象、詩句，片段性的情感經驗，當然也能引發我們的審美感受，但這種個別的感受顯然只是我們進入更廣闊的詩性天地的起點。

在中國現代詩歌近百年的歷史中，確實存在著把詩歌當作表達哲理或者思想的特殊形式來對待的情形，一首詩的創作始終是在明確的理性意識的制約之下進行，最終表現的也是一個確定的理念或者主題思想。這一類型的現代詩歌中，出現了不少寫得

比較成功的作品。比如臧克家的〈三代〉：

> 孩子
> 在土裡洗澡；
> 爸爸
> 在土裡流汗；
> 爺爺
> 在土裡葬埋。

孩子，爸爸，爺爺三個意象按時間順序組合起來，就是中國農民與泥土混在一起的一生：在泥土裡生長，勞作，死亡。三個意象濃縮了豐富的人生體驗，飽含著作者對農民命運的深刻同情，〈三代〉因此而獲得了打動人心的藝術效果。但總的說來，現代詩歌是抒情的藝術，追求哲理和思想的藝術傾向儘管一直沒有中斷過，像〈三代〉這樣寫得比較成功的作品卻始終難得一見。不少作品所傳達的思想主題曾經轟動一時，但隨著時間的推移，便呈現出作者思想貧乏、作品主題平庸的本相。還有的作品貌似飽含哲理，細讀之下，不過是大白話，毫無餘味。20世紀90年代曾經非常流行的汪國真的作品，就是這樣的例子。

事實上，在我們開始一首詩的寫作之前，可能會有一個大致的構思，但進入寫作之後，新的體驗和感受就會在寫的過程中源源不斷地湧現出來。古典作家在這種情形之下往往讓理性來節制感情，把寫作始終控制在構思所允許的範圍之內，但現代作家卻願意接受這種在寫作的過程中湧現出來的情感經驗的引導，進入並且接受未知的領域。對現代作家來說，詩是寫出來的，不是想出來的。極端偏愛這一原則的詩人甚至認為，一首詩的寫作不

是從某種已經凝固的思想或者情感經驗出發，而是在偶然出現的詞語或者意象的觸發與引導之下開始的。欣賞這樣的作品，更需要在整體性原則之下，隨著語言的相互激發、相互衝撞的生成過程來玩味和領略。

穆旦〈城市的街心〉一詩，當然還算不得完全是在詞語或者意象的引發中自然完成的作品，但卻很能夠說明詩性的情感經驗在詞語與意象的相互激發和衝撞之中生成的現象：

> 大街延伸著像樂曲的五線譜，
> 人的符號，車的符號，房子的符號，
> 密密排列著在我的心上流過去，
> 起伏的欲望阿，唱一串什麼曲調？——
> 不管我是悲哀，不管你是歡樂，
> 也不管誰明天再也不會走來了，
> 它只唱著超時間的冷漠的歌，
> 從早晨的匆忙，到午夜的寂寥，
> 一年又一年，使人生底過客
> 感到自己的心比街心更老。
> 只除了有時候，在雷電的閃射下
> 我見它對我發出抗議的大笑。

在某種意義上，這首〈城市的街心〉可以說是圍繞著近乎脫口而出的第一行生成的。延伸著的大街與五線譜之間由於視覺形狀的相似而觸發詩人的靈感，於是有了「大街延伸著像樂曲的五線譜」這個比喻。任何比喻都只是「像」，而不是「是」，所以比喻是借助於似是而非的「像」把事物引到一個既與其自身相

關，但又脫離了其自身的新的領域之中，使其脫離種種固定的屬
性乃至規則的限制，獲得自由的轉換與生成能力的手段。我們看
到，在借助於大街與五線譜在視覺形狀上的相似性把兩者聯結起
來之後，大街的屬性特徵與樂曲的五線譜的屬性特徵之間的自由
轉換和交互生成的自由通道一下子就被打通了。人，車，房子等
與大街相關的事物，因此而進入樂曲的領域，變成了五線譜上表
達感情的音樂符號。樂曲從心上流過，這是一種比較常見的說
法，但由於這裡的樂曲乃是由大街上密密地排列著的「人的符
號，車的符號，房子的符號」組成的，它們在作為表達感情的樂
曲符號流過詩人心靈的同時，又利用它們原初的物質屬性，把詩
人的心變成了街心，打通了詩人的情感欲望與大街上的物質存在
之間交互感染的自由通道。大街的匆忙和冷漠映照出了詩人內心
世界的荒涼和冷漠，而後者同時又反過來使詩人沿著大街的匆忙
和冷漠進一步敞開了自己的內心世界，最後看見了「自己的內心
比街心更老」的殘酷。

　　從節奏上看，這首詩的最後兩行，是在「大街延伸著像樂
曲的五線譜」激發出來的情感經驗的生成過程告一段落之後，經
過對這種情感經驗的反思而寫下的反抗和拒絕。但這兩行詩仍然
是圍繞街心與詩人的內心世界之間交互激發這種關係展開的，在
閃電下突然被照亮的街心，折射出的是詩人不甘心在荒涼和冷漠
中老去的靈魂，街心和詩人的心仍然處於相互照亮和敞開的交互
關係之中。

　　總之，像〈城市的街心〉這樣的詩歌作品，雖然圍繞著一
個或者幾個核心意象展開，但這樣的核心意象卻是在把詩思引向
新的未知領域的過程中出現的。欣賞這樣的詩歌作品，也必須進
入意象與詩句交互激發生成的動態過程，把整首詩的情感經驗當

做一個流動的生命體來把握，切忌死死抓住個別的詞句或意象，割裂作品。

## 二、抽象的概念不能肢解詩的完整性

　　整體性原則的另外一個要求，是從內部來理解和玩味一首詩，不能從作品中尋找概念來說明或者印證我們對作品的審美感受。一首詩的美，不能說與它表現的思想感情沒有關係，但詩之所以為詩的魅力，卻又不能離開了詩本身而存在。用通常的話來說，美好的思想感情可以使一首詩變得更有魅力，但我們卻不能把一首詩表現的思想感情從詩當中剝離開來，用分析和評價詩中的思想感情來取代詩的欣賞。

　　為了說明這一點，先來看一看詩人洛夫的〈金龍禪寺〉：

　　　晚鐘
　　　是遊客下山的小路
　　　羊齒植物
　　　沿著白色的石階
　　　一路嚼了下去
　　　如果此處降雪
　　　而只見
　　　一隻驚起的灰蟬
　　　把山中的燈火
　　　一盞盞地
　　　點燃

　　在中國詩壇上，洛夫因為語言詭奇，詩思深致繁複，藝術

手法變化多樣，一度被稱為「詩魔」。相對說來，這首〈金龍禪寺〉算是比較明朗的作品，寫的是詩人從金龍禪寺下山歸去途中的感悟。詩人既然從禪寺出來，又把在歸途中的感悟命名為「金龍禪寺」，詩中的情感經驗顯然與禪意相關。因此，我們很容易從語言修辭的角度，把詩中的「蟬」和宗教中的「禪」聯繫起來。而對中國的禪宗思想有所瞭解的讀者，還會注意到把燈一盞一盞地點燃與禪宗所說的「傳燈」非常神似，點燃燈火可能隱喻著詩人對禪機的頓悟。根據禪宗的觀念，禪不能依靠文字來傳達，而只能依賴於心靈與心靈之間的直接溝通和交流。禪宗把這種不立文字、以心傳心的直接溝通和領悟的過程形象地比喻為用一盞燈把另外一盞燈點燃的過程，並稱之為「傳燈」。在這個意義上，〈金龍禪寺〉表現了詩人在下山的歸途中對禪機的頓悟這樣的說法，並沒有什麼錯。

問題在於，我們雖然得出了一個關於〈金龍禪寺〉的正確結論，但卻根本沒有欣賞這首詩，因為我們把一首詩所表現的情感經驗與詩本身剝離開了。就像禪宗要求直接的體驗和交流一樣，欣賞現代詩歌同樣要求我們直接在詩中體驗並領會它所表現的情感經驗，〈金龍禪寺〉這首詩與禪的關係，因此而應該直接從詩人體驗的整個過程中來把握，不能只是關注體驗的結果。

一個靜，一個空，這是禪宗最為重視的兩個心態特徵。心靈處於空的狀態，才能隨時隨地接納外物，捕捉禪機，靜則是待機而發，隨時隨地都能夠回應外物的觸發，進入任何一種動的狀態。這兩個心態特徵其實一開始就隱藏在詩人心靈深處，構成了〈金龍禪寺〉的生成背景。晚鐘與小路，本來是兩個不相關的意象，詩人卻一反常規地用「是」把它們聯結在一起。這裡不僅存在著語言修辭技術的問題，更重要的是折射出了詩人微妙的心靈

狀態。晚鐘驚醒詩人，詩人猛然發現自己和遊客一起，正走在下山的小路上。這說明詩人在聽到鐘聲之前並沒有意識到自己走在下山的小路上這件事情，但又沒有沉浸在任何一件具體的事情或者某種單純的思想之中，喪失了對外在世界的敏感，所以晚鐘才能如此清晰而突然地喚起詩人的反應，迅速地把小路和晚鐘聯結在一起。

晚鐘喚起了詩人的意識和反應，使詩人看見了小路，看見了生長在白色石階兩旁的羊齒植物，而羊齒植物這個名字中的「齒」字，又引發了詩人新的意識和反應。植物而能嚼，就是建立在這個「齒」字引發的聯想之上的。這種一連串的自由聯想和意識物件的不斷滑動變換，意味著詩人的心靈沒有被某一具體的事務或者單一的思想所佔據，仍然處於空靈的狀態，積極敏銳地應答著外在事物的觸發。

突如其來的「如果此處降雪」一語，在這個意義上就不難理解了。它可以視為詩人從白色的臺階引發的轉喻性自由聯想，也可以乾脆理解成詩人的心靈因處於無所用心的空靈和自由狀態，所以隨時隨地在應答著整個宇宙和世界的召喚，包括種種非理性的情緒與感覺。雪象徵著什麼，從何而來等問題並不重要，重要的是它的出現把詩人心靈狀態的空和靜顯現出來了。由於心靈的空和靜，驚起的灰蟬剛一出現，詩人就中斷了關於雪的意識活動，進入了由灰蟬驚飛而帶出的世界之中。灰蟬飛過，目光所及，卻見山中的燈火，照亮了一片朦朧空靈的境界。這種心靈處於高度敏銳的積極狀態，隨時應宇宙世界的召喚而動、不為某種具體的意念活動所支配和佔據的情形，正是洛夫在〈金龍禪寺〉中呈現出來的精神境界。一定要說禪意的話，這種空靈無礙的精神境界，才是真正的禪意。至於語言的奇特組合運用等修辭技術

方面的問題，在禪家看來，反而是入禪悟道的障礙，不得已而為之的入門工具。

現代詩歌是一種獨特的藝術形式，我們在欣賞過程中固然不能不注意詩歌作品表現了什麼樣的思想經驗的問題，但卻不應該被其中的思想經驗所牽引，以至於離開作品本身。正如我們在〈金龍禪寺〉中看到的那樣，通常意義上的詩意和詩性魅力，就隱含在表達的過程和形式之中。欣賞一首詩，因此也就應該從藝術形式的意味這個角度來體驗作品中的思想經驗，把作品的思想經驗和表現形式當做一個整體來看待。

綜上所述，我們所說的整體性原則，首先包含著這樣三個基本的內容：第一是把對作品的個別感受與完整地欣賞一首詩結合起來，不能用對個別意象或者片斷的理解與感悟代替了對整首詩的欣賞。第二是要進入作品的情感經驗的生成和意義的流動過程，把一首詩當做一個完整的生命過程來體驗和欣賞。第三則是要從藝術的角度把作品的思想經驗與表達形式本身結合起來看待，不能從外在於詩歌藝術的立場來分析和評價一首詩所表達的情感經驗。

## 第二節　中國現代詩歌的多重人稱與空間

### 一、多重人稱

和西方詩歌相比，中國古典詩歌中沒有「你」、「我」之類的人稱代詞。一句話是誰說的，某種具體的景象是誰看見的，這些對理解西方詩歌來說必須確定的因素，在中國古典詩歌中卻往往找不到明確的指向。在中國古代詩人的觀念中，自我和他者之間沒有明確的區分和對立，一切都處在一個可以流動轉換的整

體性世界之中。中國古典詩歌的情感經驗，因此而具有高度的非個人性特徵。但現代詩歌卻不同了。和西方詩歌一樣，中國現代詩歌大量運用具有明確所指人稱代詞，作品中的情感經驗被賦予了具體的個人屬性，把握抒情主體的身分成了理解和欣賞現代詩歌的必需環節。

　　從作品的數量上看，中國現代詩人在大多數情況下都是用「我」的身分直接抒情。郭沫若、徐志摩等人的詩歌，是這種抒情方式的代表。相應地，一般的讀者也比較習慣於理解和欣賞這種用第一人稱的身分抒情的現代詩歌。但在複雜多樣的現代社會生活面前，越來越多的詩人意識到了「我」的複雜性和多重性，開始在詩歌中引入不同的抒情主體，運用多種聲音來表現複雜的情感經驗。卞之琳、穆旦等人在這方面所作的探索和試驗尤為引人注目。理解和欣賞這種包含著不止一個抒情主體的詩歌作品的時候，就需要我們仔細分辨不同抒情主體的聲音及其相應的接受者，把一首詩當做一個由多重聲音與空間共同組成的複雜整體來把握。

　　在中國現代詩歌史上，卞之琳是最早有意識在同一首詩中運用不同的人稱來抒情、探索自我意識內部的複雜性問題的詩人。[89]他的詩歌之所以不容易被普通讀者接受和欣賞，一個很重要的原因就在於其中的抒情主體身分的多重性。先來看他的一首短詩〈魚化石〉（一條魚或一個女子說）：

　　　　我要有你的懷抱的形狀
　　　　我往往溶化於水的線條。

---

[89] 江弱水：《卞之琳詩藝研究》，安徽教育出版社2000年版，此書對這個問題作過專門的闡釋。

你真像鏡子一樣的愛我呢，

你我都遠了乃有了魚化石。

　　這首短短四行的小詩，單獨看，每一句都很簡單。但作為一個整體，我們卻又感到很難準確把握它的意蘊。其中的關鍵就在於詩中的「你」和「我」的身分沒有明確的指向，因而也就無法進一步斷定每一句話是向誰說的，具體的語境又是什麼。

　　大概是詩人自己也感到單憑作品本身很難說清楚什麼，所以特地寫了一篇〈魚化石後記〉，出面對自己的作品加以解釋。儘管有這篇後記，但後來的普通讀者，甚至專業的批評家，對於這首詩的理解仍然歧義紛呈。我們看到，詩人在〈魚化石〉這個題目之下，附加上了一個說明性的小標題：「一條魚或一個女子說」，表明詩人在這首詩中運用了一個虛擬的他者來表現自我的情感經驗。詩人借助於這個虛擬的他者，表明自己的雙重身分：既在詩中表現自我的情感經驗，又作為他者審視和旁觀那個在詩中表現自我的情感經驗的「我」。

　　詩人在「後記」中，特地提醒我們，詩中的「我」不能簡單地看做抒情主體的他者：「詩中的『你』就代表石嗎？就代表她的他嗎？似不僅如此。」詩人這種在表現自我的同時又審視自我的雙重姿態，構成了全詩的第一個審美空間，因而也是我們理解和欣賞〈魚化石〉的起點。詩人在審視著詩中的抒情主體「我」，而這個被審視的「我」又是怎樣的呢？作為第二個層次上的主體，「我」又與自己的他者「你」構成了一種特別的相互關係。初看來，「我」作為主體，正在追求著自己理想的人生，但正是因為這主動的追求，「我」根據「你」的性狀和願望改變自己，把自我客體化，變成了「你」看到的「我」，「你」願意

接受的「我」。這樣一來，作為第二個層次上的主體的「我」，實際上又是一個處在「你」的審視中的客體。在這種審視中，「我」正在主動的追求中喪失著主體性，變成「你」的欲望和要求的體現者。但是，我們沒有理由把這裡的「我」的主體性的喪失當做「自我的失落」[90]。作為「我」的他者，「你」不也是「我」眼睛裡的「你」嗎？這樣，「我」把自己改變成「你」的願望和要求的體現者，實際上不過是首先把自己的欲望轉化為他者的欲望，然後再根據這個他者來塑造和改變自己而已。「我往往溶化於水的線條」，而水自身是沒有形狀和線條的，水只能借助於外物來確立自身的形狀。在這個意義上，「我往往溶化於水的線條」其實就是溶化於「我」自身的線條，按照自身的願望和要求改變自己。「你真像鏡子一樣愛我呢」，指的就是「我」和「你」之間的這種同一性關係。但是，原來的「我」已經「溶化於水」，解體了，消失了。

於是，「我」不再是「我」，而作為「我」的他者，「你」也因此而不再是「你」。魚化石不再變化，凝固了「我」在特定時空中的生命形態，保存了「我」在「你」的懷抱之中的形狀，見證著原來那個正在與水相溶的「我」的存在。但凝固而為化石，生命也就中止了，死亡了，保存了「你」和「我」的生命形態的魚化石，因此而又不是當時的「你」和「我」。「你我都遠了乃有了魚化石」，說的就是這個意思。

這樣，作為第二個層次上的抒情主體，「我」在詩中再次因「溶化」和解體而變得複雜了。正如詩人是這個「我」的旁觀者一樣，「我」在詩中也是「我」的旁觀者，審視著魚化石中的

---

[90] 孫玉石主編：《中國現代詩導讀》，北京大學出版社1990年版，第305頁。

「我」。而魚化石中的「我」，又在借用像鏡子一樣的「你」來反觀自我，根據「你」的願望和要求改變著自身。這又構成了一重新的「我」反觀「我」的關係。

總的看來，〈魚化石〉中總共有三重「我」反觀「我」的相對關係。第一重相對關係由詩人與詩中的抒情主體「我」構成，第二重由抒情主體「我」與魚化石保存下來的「我」構成，第三重則是由魚化石中的「我」和「你」構成。在這種「我」與自我的相對關係中，「我」既是主體，又是被「我」審視著的客體，反過來說，則「我」既是被審視的對象，又是審視的主體。詩人的自我，其實就在這種既是自身而又不在自身之中，既保持著連續性而又不斷變化和解體的過程之中。「生生之謂易」，我們的生命永遠在流動和變化之中，凝固了的魚化石乃是已經死亡的生命的象徵。但死去了的過去之中，往往包含著我們曾經有過的追求和嚮往，所以我們收藏並觀賞魚化石，收藏和觀賞我們生命中已經死亡的部分。「你我都遠了乃有了魚化石」一語，在無言的喟歎中道盡了我們收藏和觀賞魚化石的複雜心境。

確定了〈魚化石〉中的抒情主體的多重身分，區分出不同的「我」的聲音，理解了詩人在詩中表現的人生感悟和體驗之後，不一定每個讀者都會喜歡這首詩。短短的一首小詩，讀起來那麼複雜，實在太費力了。著名的詩歌評論家駱寒超就認為〈魚化石〉代表的是「十分糟糕的一種詩歌創作作風」，「對讀者太不尊重，不值得提倡和效法。」[91]我們在這裡解讀〈魚化石〉，當然不是要求大家都欣賞它，而只是借助這個例子，說明現代詩歌中存在的抒情主體的多重化現象。中國現代詩歌史上，有不少

---

[91] 駱寒超：《20世紀新詩綜論》，學林出版社2002年版，第468頁。

像〈魚化石〉這樣在一首詩中包含著不止一個抒情主體，探索和表現複雜多樣的情感經驗的作品，而且隨著社會生活經驗的複雜化，這樣的作品也越來越多了。閱讀和欣賞這樣的作品，感到詩中的說話人不止一個，或者雖然只有一個，但身分複雜多變的時候，我們應該學會確定不同的抒情主體，區分不同的聲音，弄清誰在說話，語境是什麼，說給誰聽等問題之後，把一首詩當做一個包含複雜的情感經驗的整體來欣賞和玩味。

## 二、多重空間

在〈魚化石〉中，抒情主體的多重性主要是在時間距離中產生的。時過境遷，昨日之我已非今日之我，主體因此而有了站在自身之外反觀和審視自身的位置。中國現代詩歌中，抒情主體的多重化還有另外一種情況，那就是利用空間的轉換和更替來獲得不同的身分，揭示自我意識的複雜性和多樣性。以穆旦的詩為例來說明這種情形。

在中國現代詩歌史上，穆旦被認為是最具有現代敏感的現代詩人之一。在他的作品中，詩人的自我意識經常由一個統一的整體分裂為無數具有獨立身分的主體，站在各自的位置上，從不同的角度發出自己的聲音，相互對抗，相互爭吵，相互否定，因此而使他的詩歌作品變得異常豐富複雜。閱讀和欣賞這樣的詩歌，一個必要的環節就是仔細辨識在作品中不同抒情主體的身分和聲音，清理它們與作者自我意識之間的複雜關係。

先來看他在1942年寫的一首題為〈春〉的短詩：

綠色的火焰在草上搖曳，
他渴求著擁抱你，花朵。

反抗著土地，花朵伸出來，

當暖風吹來煩惱，或者歡樂。

如果你是醒了，推開窗子，

看這滿園的欲望多麼美麗。

藍天下，為永遠的謎迷惑著的

是我們二十歲的緊閉的肉體，

一如那泥土做成的鳥的歌，

你們被點燃，卻無處歸依。

呵，光，影，聲，色，都已經赤裸，

痛苦著，等待伸入新的組合。

　　這首詩寫的是一個年輕人在青春欲望的誘惑中，在渴求、等待、反抗等盲目的欲望的作用下，生命被撕裂、被窒息的痛苦。在短短的十二行詩中，詩人不斷變換抒情主體的身分，展示著詩人主體意識的分裂與躁動不安的青春欲望。

　　在前面兩行中，詩人用第三人稱「他」來指稱火焰般搖曳著的草，而把花朵稱之為「你」。這表明詩人在這裡以隱含著的「我」的身分出現在詩歌之中，與作為「你」的花朵一起組成「我們」，火焰般搖曳著的草則是與「我們」相對的他者。「我」向「你」指點和解說草的欲望，告訴「你」已經發生而「你」沒有意識到的資訊。這時候，作為抒情主體的「我」和花朵一起，處在一個共同的生存空間中，相互有著共通的情感與欲望，可以交流，可以溝通。在這個意義上，我們也可以說花朵的欲望就是抒情主體「我」的欲望。在這兩行詩中，詩人的「我」在煩惱或者歡樂之中，反抗著土地所代表的壓抑和窒息，要求伸張生命的美麗，實現生命的自然欲望。在這兩行詩中，詩人是以

欲望主體的身分出場的。

　　但在接下來的兩行中，抒情主體的身分又有了變化。這裡沒有特別的人稱和主體，詩人在客觀地向讀者描述花朵的情狀。這說明詩人已經不再是生命的自然欲望意義上的「我」，而是變成了客觀地觀看和描述體現了自然欲望的「我」的理性的主體。詩人的身分在這兩行詩中是客觀的理性主體，但反抗、煩惱、歡樂等富於感情色彩的詞語，又暴露了這個理性主體的猶豫和動搖。

　　在第五和第六兩行中，詩人又一次以隱含著的「我」的身分，對「你」說話，把由花朵、搖曳的火焰般的綠草暗示出來的欲望指給「你」，要「你」看「這滿園的欲望是多麼美麗」。詩人在這裡用「這」這個近指代詞來指稱「滿園的欲望」，拉近了詩人與自然欲望之間的距離，暗示著詩人意欲親近自然欲望的強烈意向。而詩人之所以向「你」指點和解說欲望的美麗，當然也是為了讓這個「你」和「我」一起進入欲望領域，成為欲望主體，伸張生命的美麗。結合第二節的內容來看，這裡的「你」並沒有特定的所指，只是詩人想像中的同樣承受著青春欲望誘惑的個體生命。

　　詩人在第一節中，通過不同身分的變化和轉換，展示了一個完整的生命體驗過程。詩人首先以欲望主體的身分，體驗了生命的欲望的美麗，接著從欲望主體中抽身出來，以理性主體的身分面對和反觀欲望主體。但理性主體的猶豫和欲望的美麗使詩人離棄了理性的生存領域，充當了欲望的合謀者，意欲把「你」也一起引入欲望的生存領域。這裡包含著理性和欲望的衝突，但欲望的美麗顯然居於強勢地位。

　　因此在第二節中，詩人承接著第一節的生命體驗，進入了欲望的領域，自然欲望誘惑並且支配了詩人的生命。欲望是美麗

的，但也是盲目的，沒有明確形態和方向。被欲望所誘惑的生命渴求著突破「二十歲的緊閉的肉體」，開放欲望生命的美麗，但又在永遠的欲望之謎中迷失了自己。一隻鳥本來應該放開歌喉，唱出自己美麗的欲望之歌，伸張生命的自然本性，但泥土封閉和窒息了他的聲音，使他承受著燃燒的欲望卻又無法唱出自己的生命之歌。在這個過程中，詩人既是欲望主體，迷失在自然欲望中的「我們」，又是在自然欲望之外，把欲望主體當做「你們」來審視和觀看，把「你們」的痛苦揭示給不在場的讀者的理性主體。顯然，當詩人用第一人稱「我們」的身分說話時，他實際上是在直接向讀者說話，把讀者當成了「你們」。而當他把欲望領域中的自己稱之為「你們」的時候，他出場的身分是「我」或者「我們」，說話的直接物件是「你們」。

我們知道，「詩歌中的人稱不僅僅出於上下文表達的需要，它還折射著詩人的抒情姿態，隱含著他的自我意識，甚至世界觀」。[92]詩人用什麼身分說話，向誰說話等問題，不僅是確定一首詩的基本內涵的依據，也是我們深入詩人自我意識內部的路標。在〈春〉裡，穆旦不斷在欲望和理性兩個生命領域之間頻繁改換身分，向不同的物件抒發自己的生命體驗，抒情主體的多重性及其頻繁的變化轉換，展示著詩人在燃燒的欲望中被誘惑而又無處歸依的青春焦慮。

在穆旦的作品中，〈春〉其實算是比較好理解的，作者的自我意識在欲望和理性兩個層次之間轉移和變換，始終佔據著主動地位的是欲望，而且理性和欲望之間的衝突這種情感經驗，一般讀者也比較容易理解和把握。相比之下，他的〈從空虛到

---

[92] 唐曉渡：《欲望的美麗花朵》，見《中外現代詩名篇細讀》，重慶出版社1998年版，第135頁。

充實〉、〈詩八首〉等作品中的主體性問題就要複雜得多。在
〈從空虛到充實〉中，詩人的自我分裂成為「我的一些可憐的化
身」，每一個化身都有著獨立的主體意識，或者自言自語，或者
與他者相互交談、相互辯駁，「你」、「我」、「他」，幾種人
稱交替運用，詩人豐富複雜的自我意識，借助於不同抒情主體的
聲音得到了充分的揭示。〈從空虛到充實〉的抒情主體的複雜
性，來源於社會劇變與動盪造成的自我意識的分裂，不同的抒情
主體又有一個共同的身分特徵，都是社會生活領域中的存在者。

　　〈詩八首〉就不一樣了。在這組詩中，居於核心地位的抒
情主體始終是「我」，但這個「我」卻同時具有神性、理性、欲
望三個位格屬性。欲望位格的「我」深入到感性欲望的深處，體
驗著愛情的熱烈之時，理性位格的「我」卻又冷靜地站在一邊，
把神性位格的「我」眼中的欲望和愛情冷酷地揭示出來。我們來
看其中的第二首：

> 水流山石間沉澱下你我，
> 而我們成長，在死底子宮裡。
> 在無數的可能裡一個變形的生命
> 永遠不能完成他自己。
> 我和你談話，相信你，愛你，
> 這時候就聽見我底主暗笑，
> 不斷地他添來另外的你我
> 使我們豐富而且危險。

　　第一節中的生存事實，顯然是詩人從神性的眼光看到
的。「和你談話，相信你，愛你」的「我」，則是感性欲望的

「我」，沉浸在愛情之中。但這個感性欲望的「我」把目光從「你」身上移開，諦聽「我底主暗笑」的時候，理性的「我」就出現了。理性的「我」站在沉浸在愛情中的「你我」之外，把神性的目光投進了感性欲望的世界，使愛情的美麗籠罩在死亡的陰影之下。〈詩八首〉在愛情詩領域中的創新能力，來源於這種抒情主體的多重性和相互轉換的突然與迅速。

我們看到，在卞之琳的〈魚化石〉中，抒情主體的多重性是由於時間的變化改變了詩人的自我意識導致的，不同時間領域中的「我」同時出現在一首詩中，使詩歌中的情感經驗複雜化，揭示自我意識內部的豐富內涵。而在穆旦的〈春〉和〈詩八首〉等作品中，抒情主體的多重性則是由於詩人在不同的生存空間中獲得的，神性、理性、感性等不同的元素，同時在詩人身上存在著，發出自己的聲音，由此而使一首詩中同時充滿了多種聲音。為了方便，我們不妨把前者叫做時間中的多重性，把後者稱為空間中的多重性。

中國現代詩歌中抒情主體多重化的現象，大致也就可以區分為這樣兩種類型，即時間中的多重性和空間中的多重性兩種，但在具體運用中，這兩種類型又會出現交叉和疊加的現象。但不論哪一種情形，都要求我們在閱讀和欣賞的過程中把握整體性原則，把一首詩當做一個包容了複雜多樣，甚至是相互衝突的情感經驗的整體來看待，仔細辨析詩中不同的抒情主體的聲音和身分特徵。

現代社會生活日趨複雜多樣，我們每一個人經歷和接受的經驗也越來越豐富，現代詩歌要面對和進入複雜的現代社會，就不能滿足於單一的美學風格。可以肯定的是，儘管有很多讀者不喜歡，但現代詩歌將會越來越趨於追求複雜性和多樣性。這就要

求我們對詩歌的複雜性多一些瞭解，嘗試著理解和欣賞內涵複雜多樣的現代詩。從抒情主體的多樣性這個角度來辨析一首詩中的多重聲音及其相應的主體空間，雖然不是惟一的途徑，但也不失為瞭解現代詩的複雜性的一個有效方法。

## 第三節　中國現代詩歌的核心意象

### 一、長（組）詩閱讀中的意象把握

　　中國古典詩歌的主要體式是短小精練的抒情詩。像古詩〈孔雀東南飛〉、白居易的〈長恨歌〉這樣數百字的作品，在中國古典詩歌中就算得上是長篇巨制了。但在現代詩歌中，幾千字、上萬字的作品卻隨處可見。這些長篇作品，相當一部分是敘事詩，在閱讀和欣賞的過程中，完整的情節和敘事結構自然而然就起到了把整首詩連貫起來的作用。但在不少沒有敘事結構的長詩和組詩中，整首詩的情感經驗往往圍繞著一個或者幾個意象展開。這種在長詩或者組詩中聚集詩人的情感經驗，具有一定程度的靈活性和模糊性，無形中起到了把整首詩組織成為一個整體的結構作用的意象，就是我們所說的核心意象。把握詩中的核心意象，確定詩中最基本的情感經驗，是閱讀和欣賞長詩或組詩的關鍵。

　　在中國現代詩歌史上，孫大雨〈自己的寫照〉是最早運用核心意象來組織複雜多樣的情感經驗，把整首詩聚集成為一個有機整體的成功之作。按照詩人最初的設想，整首詩的長度將在一千行左右，後來實際完成了三百九十多行。〈自己的寫照〉的核心意象是紐約城。在詩人看來，整個紐約城繁雜多樣的生活經驗，正好可以映照出自己錯綜複雜的現代意識：

元氣浩浩的大都會呵！你鎮靜
和你要鎮也鎮不住的騷擾，
正和我胸肺間志願底莊嚴
和情感底莽蒼一般模樣。

　　紐約城充滿了活力的勃勃生機，對應著詩人狂放不拘的
「情欲和理想」；紐約黑人的悲慘生活，喚醒了詩人潛意識中的
失望；都市生活的空虛與縱欲，折射出了詩人在現代社會中的困
惑與迷惘；而面對日夜不停的江流，詩人又陷入了對人生的追問
與沉思，想在時間的流逝中確立生命的意義；紐約港來來往往的
船隻，則把詩人的目光擴展到了整個地球，開始凝視和思考整個
人類的生活及其命運。詩人在〈自己的寫照〉中表達了一種綜合
的現代體驗。個人、社會、歷史、現在、意識、潛意識等繁複多
樣的情感經驗，通過紐約城這個闊大而又富有包容性的核心意象
聚集起來，片斷的、零碎的、甚至偶然的經驗，因此而在混雜中
組成了一個有機的整體。

## 二、三類核心意象

　　當代詩人傅天琳的〈結束與誕生〉，也和孫大雨〈自己的
寫照〉一樣，是運用某種可以感知的客觀物象作為核心意象的長
詩。〈結束與誕生〉一共十九章，以海為核心意象，結合詩人自
己的人生經歷，抒寫詩人對生命的意義探索過程及其感悟，內容
涉及生與死的承接和轉換，生命中的苦難與受難，與命運的永恆
抗爭等一系列重大的生存難題。在這首長詩中，海作為核心意
象，既有很大的包容性，又體現出了一定的變化。比如用與海密
切相關的海鷗來隱喻詩人自身的命運，利用的就是海這個核心意

象的包容性。水也是〈結束與誕生〉的一個重要元素，詩人承受苦難的姿態與人生態度，就是通過水的意象來展示出來的。顯然，水的意象是詩人從核心意象海中生髮出來的一個變體，核心意象海在這裡表現出了它靈活可變的一面。

像〈自己的寫照〉中的大都市紐約城，〈結束與誕生〉中的海這樣的核心意象，都是我們在現實生活中可以感受和接觸到的客觀物象，具有很強的實在性。它們自身往往就是一個內容複雜多樣的宏大實體，以此為中心又能夠帶出一系列相關意象，因此能夠起到聚集複雜多樣的情感經驗，組織整首詩的作用。在閱讀和欣賞這種以客觀物象作為核心意象的長詩的時候，既要注意抓住核心意象，從整體上把握和理解一首詩，但也要注意核心意象靈活可變的一面，避免糾纏在個別的經驗片斷上，影響對作品的整體把握。

除了客觀物象之外，高度抽象的主觀心象也是現代詩歌中常見的核心意象。主觀心象出自詩人的虛構，不受一般實在經驗的限制，詩人因此可以把自己繁雜多樣的情感經驗投射到自己虛構出來的世界之中，表現深邃隱秘的欲望與含混朦朧的思想片斷。客觀物象是利用宏大實體的豐富性和包容性超越個別經驗片斷的限制而成為核心意象，主觀心象則是利用虛構的特殊性超越一般實在經驗的限制而成為核心意象的。翟永明的〈靜安莊〉，廖亦武由〈死城〉、〈黃城〉和〈幻城〉三首長詩構成的「先知三部曲」，都是採用虛構的主觀心象作為核心意象的長詩。

翟永明的組詩〈靜安莊〉由十二首短詩組成。十二首短詩依次用「第一月」到「第十二月」的自然時序作為標題，暗示時間與命運的輪回，實際上等於無題。貫穿全詩的是虛構的「靜安莊」這個核心意象。評論家朱大可認為，「〈靜安莊〉擁有史詩

的規模，卻沒有它的邏輯、連貫性和語句的完備性。它是十二次
噩夢經驗的殘忍片斷，它們之間的惟一聯繫是靜安莊這個地點。
在所有依稀的夢境裡，靜安莊永恆兀立，像一座被歷史廢棄的古
堡，向那些致病的飄遊者開放。」[93]翟永明筆下的靜安莊，是現
存文化秩序的化身，充滿了死亡的腐爛氣息和各種古老的罪惡，
「每個角落佈置一次殺機」。但是，正如我們每個人都生活在某
種特定的文化秩序之中一樣，詩人也不得不接受靜安莊所代表的
文化秩序：

> 彷彿早已存在，彷彿已經就序
> 我走來，聲音概不由己
> 它把我安頓在朝南的廂房
> ……

　　不得不接受靜安莊所代表的文化秩序，並不意味著逆來順
受，或者認同靜安莊的一切價值規則。作為一座龐大的死亡迷
宮，靜安莊天然的使命是按照古老的遊戲規則來絞殺個體生命
的獨立與自由，詩人卻一心想要破壞靜安莊的遊戲規則，進入
靜安莊，「參與各種事物的惡毒」（〈第五月〉）而又保持著
自我的獨立和自由，不被其中的死亡氣息和種種罪惡絞殺。在這
場絞殺與反絞殺的遊戲中，詩人以一個「異鄉的孤身人」（〈第
十二月〉）的身分進入靜安莊，洞悉其中的種種罪惡。與此同時，
詩人又憑藉強大的死亡本能，暗中「把有毒的聲音送入這個地帶」
（〈第九月〉），拒絕了靜安莊的誘惑和安排，最終逃脫了靜安莊

[93] 朱大可：《饑饉的詩歌》，見《燃燒的迷津》學林出版社1991年版，第47頁。

的絞殺，成為參與遊戲的「惟一生還者」（〈第四月〉）。〈靜安莊〉就是從古老的死亡迷宮中逃脫出來的詩人講述的給我們的一個歷史文化寓言，揭開了已經死亡的過去絞殺未來的祕密。

　　由於對現存文化秩序喪失了基本的信任，世界在翟永明的眼中變成了一個令人恐懼不安的異己之物。彌漫在靜安莊中的死亡氣息和各種古老的罪惡，就是詩人在這個令人恐懼不安的生活世界中感受到的壓迫和危險的投射。翟永明在〈靜安莊〉表現出來的對世界的恐懼是一種沒有起源的生存情緒，更多地屬於非理性的境域，詩中有不少意象和詞句，因此都很難準確破譯它們的具體含義。面對這種情形，更需要我們抓住靜安莊這個核心意象最基本的特徵，從總體來把握和解讀〈靜安莊〉。

　　和翟永明筆下的「靜安莊」相類似，廖亦武的「先知三部曲」中的核心意象「城」也是一個封閉的死亡迷宮。〈死城〉，〈黃城〉，〈幻城〉，正如它們的名字所暗示的那樣，每一首詩都在「城」這個封閉性的空間意象中展示人類永恆的生存困境。〈死城〉作為「先知三部曲」的第一部，展示的是人類在時間中的困境：現在即是過去的「間接的種子」，未來即是過去的存身之所。至於「現在」，則是廖亦武以「文化大革命」中目睹的血腥和瘋狂為基本經驗構造出來的。這樣一來，時間就失去了它的意義，只有連續的劫難才是惟一的永恆的「城」，圍困著人類，消解著人類超越時間之困的種種掙扎。〈黃城〉則從民族文化對個體生命的制約這個角度，展示了人類無法超越生存局限性的困境。傳統文化的制約使得個體生命最終被扭曲為陌生的異己之物，淪為只有預言人類命運而無任何實際能力的存在，退縮在角落裡旁觀歷史的荒誕與輪回。〈幻城〉進一步從人性絞殺神性、群氓驅逐巨匠的角度，揭示了人類不能得到拯救的命運：人類絞

殺了神之子，實際上也就絞殺了自己得救的希望。

與〈靜安莊〉相比，「先知三部曲」的內容顯得更加龐大、混雜，更加難以索解。詩中很多語句，其實都只有表現詩人在「城」的封閉中體驗到的絕望、掙扎、自瀆等非理性激情的作用，沒有實際的指向。在中國現代詩歌史上，尤其是80年代以來的新時期詩歌中，像「先知三部曲」這種整體上可以把握，但個別的語句和意象的意義卻無法準確理解的實驗性作品，為數不少。作為一般的普通讀者，既不可能把這樣一些實驗性作品的每一句話、每一個詞語的意思都搞清楚，也沒有必要這樣做。主觀心像是詩人的虛構，不受一般客觀生活經驗的限制，它來源於詩人的主觀精神世界，惟一的功能就是表現詩人強烈的情感經驗。我們以核心意象為主體，緊扣作者最基本的情感經驗，也就可以理解和欣賞這樣的長詩了。

客觀物象和主觀心象，是現代詩歌最基本的兩種核心意象。除此之外，原型意象象也是現代詩歌中比較常見的一種核心意象。一般意象的內涵和意義是由詩人的主觀體驗賦予的，主要表現的是詩人自己的情感經驗，但原型意象卻有所不同，它最基本的內涵和意義是由某種文化傳統所賦予的，除了表現詩人自己的情感經驗之外，還更多地承載著特定文化傳統中的集體經驗。解讀原型意象，不僅需要對作品本身進行深入細緻的分析，還必須對與之密切相關的文化傳統有一定的認識，瞭解它包含著的集體經驗和公共的文化資訊。

海子的《太陽‧七部書》中的核心意象太陽、土地、水，都是典型的原型意象。《太陽‧七部書》規模宏大，具有真正意義上的史詩的特質，為漢語詩歌提供了一種全新的文化經驗。這裡不對《太陽‧七部書》進行分析和評價，有興趣的讀者，可以

參看詩人駱一禾的《海子生涯》。[94]這篇文章對海子的介紹和評價精到而又準確，可以幫助我們進一步深入瞭解海子的詩歌世界。

此外，楊煉也是一個有意識地在自己的詩歌中大量使用原型意象的詩人。他最重要的作品是由〈自在者說〉、〈與死亡對稱〉、〈幽居〉和〈降臨節〉四部大型組詩構成的一部詩歌總集。這部詩歌總集借用了中國的文化經典《易經》的結構，四組詩的核心意象分別是氣、土、水、火，每一組詩又由十六首短詩組成。這樣，全詩一共包含六十四首短詩，與《易經》的六十四卦相對應。「氣」包括天和風，「土」包括地和山，「水」包含水和澤，「火」包括火和雷，四個核心意象演變為八種自然現象，與八卦相通。按照詩人自己的說法，整部詩歌要建立的是人類與萬物合一的原始自由。《易經》本來就是一部深奧難解的文化典籍，再加上詩人自己的主觀圖解和挪用，這部由楊煉自己創造出來的詩歌總集，不要說一般讀者，就連不少專業的評論家也感到「實在過於艱澀」[95]，難以承受。

一般情況下，對原型意象的瞭解和欣賞需要從兩個方面入手。一是瞭解相關的文化背景，掌握它最基本的文化內涵。其次則是仔細閱讀詩歌作品本身，看看詩人借用了這個原型意象哪些方面的內化，是否賦予了新的含義和內容，等等。詩人採用原型意象來組織一首詩，目的是為了溝通自己的作品與某種文化資源之間的聯繫，在詩歌中引入豐富的文化資訊，表現詩人自己宏大的詩歌理想或者複雜的情感經驗。因此，詩人在借用某個原型意

---

[94] 駱一禾：《海子生涯》，見西川編《海子詩全編》，上海三聯書店1997年版。

[95] 洪子誠、劉登翰：《中國當代新詩史》，人民文學出版社1994年版，第427頁。

象作為核心意象的時候，又會賦予它新的內涵和意義，豐富它原初的文化內涵。詩歌本身也是一種文化現象，詩人豐富和擴展了某個原型意象的原初涵義，也就創造出了新的文化。以原型意象作為核心意象的長詩和組詩，雖然讀起來難度較大，需要有相當的耐心和一定的文化素養才能夠進入作品，但由於這樣的作品文化內涵比較豐富，一首詩往往關聯大量的文化資訊，閱讀和欣賞這樣的詩歌作品，又可以擴大我們的審美視野，豐富我們的文化素養。

　　總的說來，組詩和長詩中常見的核心意象，主要就是客觀物象、主觀心象和原型意象這三種。長詩和組詩是現代詩歌中比較特別的一種體式，而且一般讀者閱讀和欣賞抒情短詩的時候比較多，接觸長詩和組詩的機會相對較少，因此我們特地在這裡提出核心意象的概念，並對幾種常見核心意象的特徵作了簡單的介紹，希望對普通讀者閱讀和欣賞現代詩歌中的長詩和組詩有所幫助。

# 第十章　細讀與誤讀

　　在詩歌閱讀乃至文學閱讀中，有這樣兩個概念——細讀與誤讀。它們究竟有什麼樣的特殊含義，對欣賞有怎樣的作用呢？

## 第一節　細讀與一般性閱讀

### 一、專業化細讀的必要

　　閱讀與欣賞在一般的讀者那裡主要是依賴於樸素的經驗，而對於一位訓練有素的專業詩歌評論者而言則包含著一個相當豐富甚至複雜的心理運動過程，我們當然不能要求每一位詩歌愛好者都成為專業的詩歌評論者，但是對專業詩歌評論活動的認識無疑也將從整體上提高詩歌欣賞水準。

　　專業的詩歌評論活動與普通讀者的文學閱讀可以概括為「細讀」與「一般性閱讀」的不同。細讀作為一種專門化的欣賞形式常常被詩歌批評家所採用，那麼細讀與一般的閱讀欣賞形式有何不同呢？採用這種專門化的欣賞形式要遵循什麼樣的原則？它對於我們一般的閱讀者又有何裨益呢？為了解答這些疑問，不妨先來閱讀海子的一首詩〈面朝大海，春暖花開〉：

　　　　從明天起，做一個幸福的人
　　　　餵馬，劈柴，周遊世界
　　　　從明天起，關心糧食和蔬菜
　　　　我有一所房子，面朝大海，春暖花開
　　　　從明天起，和每一個親人通信

告訴他們我的幸福

那幸福的閃電告訴我的

我將告訴每一個人

給每一條河每一座山取一個溫暖的名字

陌生人，我也為你祝福

願你有一個燦爛的前程

願你有情人終成眷屬

願你在塵世獲得幸福

我只願面朝大海，春暖花開

　　作為一般的讀者進入此詩所呈現的世界時，往往首先關注的是抒情主體所憧憬的「幸福」理想圖景，即詩中提到的「餵馬，劈柴，周遊世界」，「關心糧食和蔬菜」，擁有一所「面朝大海，春暖花開」的房子，以及坐在這所房子裡「和每一個親人通信」，「給每一條河每一座山取一個溫暖的名字」，等等。據此，我們常常就會作出粗率的論斷，即這首詩主要表達的是抒情主體對「明天」即未來美好理想的嚮往與渴慕。如此這般的解讀，使得全詩抹帶上一層積極浪漫的理想樂觀色彩。但恰恰是這樣一種粗略的樂觀很可能遮蔽了詩歌字面背後更多的隱微深義。也就是說，面對這樣的現代詩歌文本，我們不能單靠以前的閱讀習慣或只憑日常生活的樸素經驗，必須進行閱讀姿態的調整和閱讀習慣的糾偏，這樣才能真正觸摸到詩歌更內在更細微的生命脈動。

　　事實上，這首詩與其說是詩人對「明天」即未來美好理想的嚮往與渴慕，不如說表達了對當下現實生存即塵世生活的批判與失望情緒。為什麼這樣說呢？這首先要聯繫到詩中一再提到的

「從明天起」。從字面上看，詩人決定從明天起要做許許多多「幸福」的事或與「幸福」有關的事。但我們反過來想，為什麼詩人總是反復說從明天開始而不是從今天開始呢？這問題實際上牽扯到詩人所追求的「面朝大海，春暖花開」的幸福圖景。很顯然，在空間上，詩人把幸福投向了「大海」的遠方，而在時間上，詩人則冀望於「春暖花開」的未來。從這些貌似浪漫樂觀而平和的詩行中，我們事實上隱隱觸摸到了詩人對當下社會現實即塵世生活的失望和憤懣情緒。因為，在詩人眼裡，塵世生活中的芸芸眾生根本不可能獲得「面朝大海，春暖花開」的永恆幸福。由此可見，這首詩蘊涵著塵世與神性的雙重視野，聯繫到詩人後期創作中對死亡、黑暗的吟詠和宗教虔誠般憂傷的情懷，我們就不難理解這首離他自殺死亡之日不久寫就的詩中所蘊涵的永恆渴求和神聖關切。

　　只有在此基礎上，我們才能理解詩歌第三節中的「願你」和「我只願」之間看似矛盾的關係。生活於當下現實生活中的「陌生人」都希望獲取「燦爛的前程」、「有情人終成眷屬」的幸福，這是詩人祝願「你」的，也恰恰是「陌生人」所渴求的。但詩人卻「只願面朝大海，春暖花開」，不願意追隨「陌生人」的幸福。很顯然，詩人所渴慕的幸福不是我們一般的塵世幸福，而是棄絕塵世，在自己的精神世界裡，在「遠方」另一個世界裡獲得的永恆的純然幸福，這才是「面朝大海，春暖花開」的真正寓意之所在。顯然，「願你」三句詩人運用了現代詩歌中常見的「反諷」手法，即抒情主體所說的話與所要真正表達的意思相反。因而，這幾句雖然是詩人的「祝福」，但實際上與字面意思相反，詩人不但沒有真正祝願你，祝願「陌生人」，而是在否定他們所渴慕的塵世幸福，從而標舉出詩人別樣的幸福與理想。欣

賞完全詩之余，讀者並沒有獲得一種積極昂揚的浪漫激情，反而
領略到詩人靈魂深處透顯出的絕望憂傷情愫和孤寂之感。[96]

## 二、細讀的主要特點

通過對海子〈面朝大海，春暖花開〉這首詩的細讀，可以
看出，細讀作為一種專門化的欣賞形式與一般性閱讀有所不同。

首先，一般性閱讀如果說更多地是指讀者閱讀作品後的個
人感受的零散、片段記錄，那麼，細讀則是追求理解、領悟文本
自身的本質性內在肌理結構，這種結構相對於易逝的個人表面感
受而言，具有較強的穩定性和規律性。譬如，我們通過細讀海子
的〈面朝大海，春暖花開〉這首詩，拈出了存在於此詩中的反諷
結構。如果我們只是憑藉以往粗略把握的習慣，往往就會簡單地
認定海子這首詩表達的是一種對未來美好生活的嚮往與渴慕，而
不可能進一步地剖析出在「願你」和「我只願」之間存在著的反
諷關係。

其次，一般性閱讀總是傾向於把作品與時代背景，以及作
者的生平聯繫起來做一些社會考察，即將詩歌文本往往作為外在
社會歷史的「反映」，而細讀則更多地從文本內部著手，以直觀
的方式來抓捕詩歌的內在生命韻致。現代詩歌是現代工業文明時
代的產物，較之傳統詩歌而言，它主要以抒寫內在生命的情感、
情緒為核心，呈現出更大的模糊性與不確定性，如果我們仍然像
一般性閱讀那樣將它作為現代人社會歷史的確定的「反映」，就
會無法體悟到現代詩歌這一特殊文體所給予我們的別樣意味，也

---

[96] 這樣的細讀文本有很多，王毅《一個既簡單又複雜的文本—細讀伊沙
〈張常氏，你的保姆〉》（見《名作欣賞》2005年第5期）就是一篇典範
之作。

無法進入生命的內在感受。專業的批評者就是通過細讀的方法，
讓心靈在最大程度地自然敞開的同時，保持高度的理性的警覺和
細膩的分析能力，同時調動感性的直覺與理性的思辨，讓詩歌文
本最複雜的內部結構呈現在我們面前。這些在「深挖」中顯現的
「結構」自然不是概略的「時代」、「背景」所能夠解釋的。

　　當然，細讀強調對於詩歌內在肌理結構的「發現」，但這
並不意味著它完全不關注詩歌外在的時代背景，以及作者創作時
的生命存在狀態，只是它不像一般性閱讀那樣首先從週邊入手，
將作品所具有的時代背景以及作者當時創作的處境作為最重要的
「前提」，然後從詩歌文本中去尋找、印證這些「詩歌之外」的
內涵的蛛絲馬跡，細讀始終將從文本內在的肌理出發，將發現作
品內在結構所形成的意義作為第一目的，所謂的時代、背景等因
素也不是刻意棄絕的物件，它們同樣也被納入到了意義的豐富性
之中，只是不再成為理所當然的前提而已。就像我們上述細讀海
子的詩歌〈面朝大海，春暖花開〉，一方面我們是從文本內在的
紋理脈絡挖掘出「反諷」的語言結構，從而認定這首詩真正的隱
微深意並不是追求所謂的世俗理想，相反的是否定芸芸眾生所渴
慕的塵世幸福，從而標舉出詩人別樣的幸福與理想；另一方面我
們在此基礎上又完全可以聯繫到此詩創作所處的社會轉型的變動
年代，以及黑暗、死亡、孤獨等已取代麥子意象成為海子後期詩
歌的核心意象等等重要的資訊，從而將「反諷」的結構中補充了
社會歷史、作者個人內在創造發展等等的因素。

　　在這個意義上，我們所說的「細讀」就不是西方新批評意
義上的「細讀」，雖然以直觀為主導方式的細讀在許多方面與新
批評的「細讀」有關聯，但我們並不主張像蘭色姆、布魯克斯等
新批評家那樣只關注文本自身的「構架—肌質」，也就是將文學

作品看做是一個封閉的、獨立自足的存在物，研究其內部的各種因素的不同組合、運動變化，尋找文學發展的規律性東西。我們認為，這種方法只是我們所謂的細讀這種專門化的欣賞形式中的一個基礎性環節，在此關鍵性環節之中，一方面既要排除過去那種主要從個人感受，從作品與背景、與作者的聯繫，從道德的角度以及從其他非內在的研究角度所進行的批評，但另一方面當我們從文本內在的紋理出發剖析出其本質性的「構架—肌質」後，又必須將這種文本的本質性結構置放到與作品相關聯的社會歷史、作者個人獨特的生命體驗等更宏大的語境中來考察，只有這樣我們才不會糾纏於考證、梳理文本自身內部繁複的結構性語言現象。也就是說，我們在閱讀現代詩歌文本時既出乎「內」又出乎「外」，在兩者辯證的關係之中尋求到通達其奧賾的路徑，而不像新批評的「本體論批評」方法那樣完全割裂與外在世界的關聯。

## 第二節　誤讀與審美經驗的拓展

### 一、誤讀的含義

　　在詩歌的欣賞與接受的過程中，常常會產生誤讀現象，而且這種現象在中國現代詩歌鑒賞中表現得尤為突出。那麼，什麼是誤讀呢？詩歌欣賞中會必然導致誤讀的產生嗎？為什麼說誤讀在現代詩歌鑒賞中表現得尤為突出？此外，發生在詩歌欣賞過程中的誤讀是否有所區別？它對於文本的解讀又有何利弊？為了回答這些問題，不妨先來欣賞卞之琳那首著名的詩歌〈斷章〉：

　　　　你站在橋上看風景，

> 看風景的人在橋上看你。
>
> 明月裝飾了你的窗子，
>
> 你裝飾了別人的夢。

　　對於這首短短的四行小詩，初看上去好像很好懂，但細細品味，又很難說清。頗有點霧中看花的味道。由於詩人避去了抽象的說明，而創造了象徵性的美的畫面，因而，它給人帶來的感受極其豐富與複雜。讀者從不同的角度去看它，會有不同的感受和理解。譬如情竇初開的人看了會把它當成一首情詩，這是初戀的人都會有過的經歷：你站在橋上看風景，愛你的人卻在樓上悄悄看你；在明月升起之後，你和心愛的人都成了夢中人。評論家李健吾（筆名劉西渭）開始解釋此詩時，卻看重「裝飾」的意思，認為表現了一種人生的悲哀。他寫道：「還有比這再悲哀的，我們詩人對於人生的解釋？都是裝飾：『明月裝飾了你的窗子，／你裝飾了別人的夢。』但是這裡的文字那樣單純，情感那樣凝練，詩意呈浮的是不在意，暗地卻埋著說不盡的悲哀。」[97]詩人卞之琳自己後來撰文回答說：「『裝飾』的意思我不甚看重，正如在〈斷章〉裡的那一句『明月裝飾了你的窗子，／你裝飾了別人的夢』，我的意思是著重在『相對』上。」[98]我們不妨來詳細解讀這首詩，看看它是否表達了詩人所說的「相對」哲學理念。

　　從全詩來看，詩人創造了兩幅自然美與哲理的深邃美水乳交融般的和諧畫面。第一幅是完整的畫面：「你站在橋上看風

---

[97] 劉西渭：〈《魚目集》──卞之琳先生作〉，見郭宏安編《李健吾批評文集》，珠海出版社1998年版，第115～116頁。

[98] 卞之琳：〈雕蟲紀曆‧自序〉，見《雕蟲紀曆》，人民文學出版社1979年版。

景，／看風景的人在橋上看你。」「你」是畫面的主體，是畫的中心視點。圍繞他，有橋、有風景、有樓上看風景的人。作者把這些看來零亂的人和物，巧妙地組織在一個框架中，構成了一幅水墨丹青小品或構圖勻稱的風物素描。在這幅沒有明麗顏色卻配置得錯落有致、透明清晰的單純樸素畫面中，一開始，「你」顯然是看風景的主體，那些美麗的「風景」則是被看的「客體」；到了第二行詩裡，雖然人物與景物依舊，時空框架也沒有變化，但隨著感知方式發生了變化，原來的主、客體位置發生了互換，即同一時間裡另一個在樓上「看風景的人」已經變成了「看」的主體，而「你」這個原是看風景的人物此時卻成了被看的風景了。很顯然，作者通過主、客體位置的互換傳達出這樣一個哲學理念：在宇宙萬物之中，一切事物的存在都是「相對」的，而一切事物又是互為關聯的。為了強化這一哲學思考，詩人緊接著又推出第二節詩，這是一幅現實與想像相結合的畫面：「明月裝飾了你的窗子，／你裝飾了別人的夢。」在這幅澄明剔透而又朦朧的圖景之中，「你」是這幅「窗邊月色」圖中的主體，照進窗子的「明月」是客體，殊不知就在此時此夜，「你」已進入哪一位朋友的好夢之中，成為他夢中的「裝飾」了。這裡又發生了主、客體位置的互換，即那個夢見你的「別人」已成為主體，而變為夢中人的「你」，又扮演起客體的角色了。不過，這裡的主、客體角色所發生的互換已不再是在同一時空構架內，而是穿越了現實與想像兩個時空疆域。因而，詩人在這幅雋永的圖畫裡，將「相對」的哲學觀念與智性思考更推進一步：在宇宙萬物乃至整個人生歷程中，一切都是相對的，又都是相互關聯的。在這裡，時間參與空間的結構，主客體同時從僵止的靜坐中跳起，在多維時空裡捉迷藏，變形錯位，回環往復。如果將這種「相對」觀念

引申到人生領域，那麼，不難得出這樣的結論：人生中的生與死、喜與悲、哀與樂、善與惡、美與醜……等等，都不是絕對的孤立無依的存在，而是相對的、互相關聯的。顯然，詩人最終是想讓人們洞察「相對」的宇宙人生哲理，從而使得他們從一些世俗觀念中跳拔出來，不再斤斤計較於是非有無、一時的榮辱得失，而應該透悟人生與世界，獲得生命存在的自由與超越。

從對文本的詳盡剖析中，可以肯定地確認作品表達了詩人所說的「相對」哲學人生理念。但是否我們就此可以論斷其他兩種解讀根本沒有道理，或者純粹是子虛烏有呢？這顯然不符合閱讀的實情。古人云：詩無達詁。也就是說，詩的「言外之旨」並不能靠字面的意思而完全捕捉到，它的深層內涵往往隱藏在意象與文字背後，因而具有闡釋的無窮性。由於這首詩雖只有四句，但意境完整，內蘊豐富、深廣，所以激發了讀者各自不同的解讀與無窮想像。對此李健吾發表了他的看法：「一首詩喚起的經驗是繁複的，所以在認識上，便是最明顯清楚的詩，也容易把讀者引入殊途。……我的解釋並不妨害我首肯作者的自白。作者的自白也絕不妨害我的理解，與其看做衝突，不如說做有相成之美。」[99]因而，上述三種解讀實際上都不失為對〈斷章〉的求解，而且都較為符合文本內在的邏輯與義理。那麼，在這些闡釋與解讀想像中，哪些是屬於誤讀，哪些又不屬於誤讀？我們判斷的根據又是什麼？回答這些問題的關鍵還是要首先弄清楚誤讀的定義與準確內涵。

根據接受美學的見解，文學（當然包括詩歌）欣賞的過程也就是讀者對某一作品閱讀理解的過程。其中，既包括對作品人

[99] 劉西渭：〈答《魚目集》作者〉，見郭宏安編《李健吾批評文集》，珠海出版社1998年版，第120～121頁。

物形象、藝術技法與語言結構的認識，也包括對作品整體價值的把握與探尋。在這種認識、把握與探尋的欣賞過程之中，一方面作品本身必然蘊含著作者的創作動機，以及作者賦予作品的思想內涵，也就是我們常說的「創作意圖」；另一方面作為接受主體，基於個人和社會的複雜原因，心理上往往會有一個既成的結構圖式，即闡釋學理論所指出的「前理解」，接受美學又稱之為閱讀經驗期待視野。在讀者的閱讀經驗期待視野與作者的創作動機、作品的意蘊以及作品的藝術價值之間構成的「對話」關係是複雜的，既可能相應，也可能相悖。對於前者，可以稱之為「正讀」，後者即為「誤讀」。譬如上述對〈斷章〉的解讀，如果按照作品的內在邏輯來進行解讀，從而發現作品的主旨誠如作者說明的那樣，表達了在宇宙和人生中一切事物都是「相對」的形而上哲理，這意味著，讀者具體的閱讀經驗實現了作者的「創作意圖」，此即為「正讀」。但另一些讀者卻認為它是一首情詩，或者如李健吾所言表現了一種人生的悲哀，這種情況，即是「誤讀」。據此，可以這樣初步確定「誤讀」的內涵，即它是指讀者的理解雖與作者的創作本義有所抵牾，但這些理解確實符合作品本身的內在紋理與邏輯，又切合作品實際，而且令人信服。

更進一步，在對於判斷什麼是誤讀的過程中，我們是將讀者的解讀是否與作者的原意相符合作為評判的標準，這裡實際上存在著一個超驗的、自身同一、恒常不變的形而上學的本體虛設，也就是預設了作者原意不僅是客觀存在的，而且是正確解釋的惟一合法標準，正確的解釋就是符合作者原意的解釋。但按照接受美學的看法，文學作品不是一個擺在那兒恒定不變的客體，而是向未來的理解無限開放的意義顯現過程，因此，作品是一種歷史性存在，並且作者的原意必須要納入到這種歷史的意義顯現

過程之中方能實現。在此過程中，讀者以自己的經驗期待視野為基礎，對作品的文本符號進行富於個性色彩的讀解與填空、交流與對話。因此，作品意義的實現就不再取決於作者的創作意圖，而是一個作品與讀者不斷對話交流的過程。如此一來，用作者原意來衡量解釋的有效性就是一句空話。試設想A說B對文本的解釋不符合作者原意，這意味著A對文本的理解符合作者原意。而實際上這是不可能的，因為作者原意並不是直接呈現在某處，任何人都不可能有充足的理由證實他的理解符合作者原意，即使是作者本人也不可能復原他當初寫作的意圖。既然如此，那麼，我們可以極端地認為任何閱讀總是誤讀。在這裡並不意味著完全拋棄「正讀」，我們認為「正讀」重視吸收和接受，是一種儘量接近文學作品客觀內容的傳統閱讀方式。文本內容的復原與創作意圖的究問是「正讀」常見的步驟，實際上，完全意義上的「正讀」很難做到。正因為如此，我們只能將詩人卞之琳對〈斷章〉「相對」觀念的解讀作為意義顯現的一種，而並非是一勞永逸的裁判。李健吾認為〈斷章〉表現了一種人生悲哀的解讀，確如他所言，「與其看做衝突，不如說做有相成之美。」

我們將作品意義的顯現由作者轉向於讀者與作品的對話過程，這實際上否定了對文學作品做「單義」性解讀，同時也就肯定了文學欣賞中「誤讀」存在的必然性。我國古代文論實際上也早就認識到：「無寄託則指事類情，仁者見仁，知者見知。」[100]「作者之用心未必然，而讀者之用心何必不然。」[101]馬克思也曾

---

[100]（清）周濟：《介存齋論詞雜著》，見郭紹虞主編《中國歷代文論選》（3），上海古籍出版社2001年版，第577頁。

[101]（清）譚獻：《複堂詞錄序》，見郭紹虞主編《中國歷代文論選》（4），上海古籍出版社2001年版，第77頁。

這樣指出：「被曲解了的形式正好是普遍的形式，並且在社會的一定發展階段上是適於普遍應用的形式。」[102]這事實上肯定了文學接受活動中「誤讀」現象的普遍存在，而且它對於文學作品價值的實現，有著十分重要的意義。較其他文體樣式而言，「誤讀」現象在詩歌欣賞中表現得尤為突出。

## 二、誤讀產生的原因

為什麼在詩歌欣賞，尤其是在現代詩歌欣賞過程中「誤讀」成為了一種普遍而必然發生的現象呢？究其原因大抵可以歸結為以下幾個方面：

首先，詩歌作為文學作品與其他科學論著相比較，它由於主要使用的是描述性語言，有著明顯的模糊性和不確定性，不可能像科學著作那樣準確、嚴密與清晰。因此，它的接受與意義的闡發，只有伴隨著讀者在文字符號基礎上展開的想像才能進行。「撐著油紙傘，獨自／彷徨在悠長，悠長／又寂寥的雨巷，／我希望逢著／一個丁香一樣地／結著愁怨的姑娘。」（戴望舒〈雨巷〉）這文學形態的詩句看起來雖然形象可感的，但實際上隱含著文字符號難以盡述的無數「空白」：油紙傘到底是一把怎樣的雨傘？它是什麼樣的顏色？雨巷為什麼很寂寥？它到底又有多長？丁香一樣地姑娘是一副怎樣的風情？她為什麼又結著愁怨？以及詩句包含著作者什麼樣的思想感情？有著怎樣的時代意蘊和審美內涵？……所有這些，都必須經由讀者自己去「想像」、去「填空」、去「對話」。在此欣賞過程中，我們看到，詩歌作為文學作品與其他藝術門類相比，它由於不是由形體、色彩、線條

---

[102] 《致斐·拉薩爾》，見《馬克思恩格斯全集》第30卷，人民出版社1974年版，第608頁。

等具體可感的物質形態直接構成審美物件，而是由抽象的文字符號的系列組合而成，因而，這些文字符號還需要經由讀者的理解、想像、體驗等方可構成審美形象，在此置換過程中必會伴隨著讀者的創造性因素，因而使得文本的「多義」理解成為可能，這實際意味著詩歌欣賞中「誤讀」現象發生的極大可能性。

其次，從詩歌作為文學文本的一般性結構層次來看，雖然其語言現象中的語詞——聲音關係是固定的，詞、句、段各級語音單位的意義及組合也是相對不變的，但它所表現的客體層和圖式化方面，則帶有虛構的純粹意向性特徵，本身是模糊的、難以明晰界說的。至於思想觀念及其他形而上的象徵內涵，往往是作為一種精神性氛圍彌漫周遭，以它的光滲透萬物而使之顯現。因而，更是混沌朦朧，充滿著極度的不確定點和虛無的空間。[103]對這些只可意會而不可言傳東西的體悟和挖掘，需要讀者與作品之間進行「對話」和交流。德國哲學家伽達默爾指出，文學作品意義的闡發並非取決於一次對話，而是取決於無限的對話。而每一次的對話都帶有不同的閱讀期待經驗視野，因而文本理解活動在本質上乃是不同視域的相遇。在瞬間的視域融合中，過去和現在，客體和主體，自我和他者的界限被打破而成為統一的整體。因此伽達默爾說：「真正的歷史物件根本就不是物件，而是自己和他者的統一體，或一種關係，在這種關係中同時存在著歷史的實在以及歷史理解的實在。一種名副其實的詮釋學必須在理解本身中顯示歷史的實在性。因此我就把所需要的這樣一種東西稱之

---

[103] 這裡採用了波蘭美學家英伽登的說法，他認為文學作品在結構上包括了五個異質獨立而又彼此依存的層次，即語音層，意義單元層，被表現的客體層，從一定視點可意識到的境界，及被觀照的「形而上的品質」。

為『效果歷史』。理解按其本性乃是一種效果歷史事件。」[104]照此看法，文學作品不是別的，正是一種效果歷史事件，它存在於交互理解的歷史過程之中。那麼，〈斷章〉這部作品存在於哪裡呢？存在於紙張墨蹟或卞之琳的意圖之中嗎？否！〈斷章〉存在於〈斷章〉的理解史之中，任何個人對它的理解都是對這一歷史的介入，受此歷史的影響並匯入這一歷史。因此，文學作品的意義闡發是一個永遠沒有止境、與歷史本身相同的無限過程，這就意味著作為文學作品的詩歌，其意義是多重的、不確定的、變動不羈的，這必然會導致詩歌欣賞中「誤讀」現象的頻頻出現。

再次，從詩歌的語詞上看，由於其意義的確定是由文詞使用的具體語言環境複雜的相互作用的結果。一方面，一個詞是從過去曾發生的一連串複現事件的組合中獲得其意義的，那是詞使用的全部歷史留下的痕跡，即英國文學批評家燕卜蓀誇張地說每個詞的意義要涉及「整個文明史」；另一方面，語詞的意義又受具體使用時的具體環境（包括上下文、風格、情理、習俗等）制約的，「當一個詞用在一首詩裡，它應當是在特殊語境中被具體化了的全部有關歷史的總結」[105]。在文學語言，尤其是詩歌語言中，這具體環境又很特殊：邏輯環節可以省略，語法可棄之不顧，詩趣又大可違反常情，這雖使得詩歌語言更富表現力，但同時又造成詩歌語義的複雜性和含混性。如此一來，由於詩歌語詞意義的確定受到縱橫語境的雙重作用，因此對於詩歌的解讀就往往導致歧解叢生，「誤讀」現象的產生也就不可避免了。更進一步，在詩歌中由於大量採用隱喻、象徵、反諷等修辭手法，因而

[104] 伽達默爾：《真理與方法》（上），洪漢鼎譯，上海譯文出版社1999年版，第384～385頁。
[105] 趙毅衡編選：《「新批評」文集》，百花文藝出版社2001年版，第89頁。

其語言的典型結構更多地不是一種表現或指稱表達（意義）的結構，而是一種修辭結構。這意味著在詩歌文本中，一切語詞都帶有修辭的特性，語言的修辭性將邏輯懸置起來，造成它具有語法與修辭、字面義與比喻義、隱喻與換喻……之間的永恆的內在矛盾與張力，也就使得語言符號與意義的不再一致，從而導致詩歌語言的指稱或意義變得變化莫測、難以確定，於是對文本的解讀永遠處於意義的懸置不確定狀態，這無疑更增加了詩歌欣賞中發生「誤讀」的可能。

最後，對於現代詩歌而言，由於它是與現代工業文明辯證對抗的產物，因而較傳統詩歌而言，它主要以抒寫內在生命的情感、情緒為核心，是對內在生命韻致的直寫，它不假借小說、散文中常用的敘事手段，即「故事」、「情節」等，而是語言的「裸寫」，因而表現為一種有著自己「旋轉中心」的韻律性存在。這種存在樣態由於相當依賴一種非思想性的內涵，所以呈現出非常大的模糊性與不確定性；同時，由於現代社會的不斷分化，共同承認的象徵體崩塌了，隨之而來的就是大家對普遍性、一致性的懷疑，此外，波普文化的氾濫流行使富有「韻味」的語言失血了、腐敗了，於是現代詩歌傾向於採用反諷、悖論、象徵等手法，以及頻繁地運用那些具有高度個人化和私人化色彩的語詞、意象、隱喻等。一方面，現代詩人「必須運用語言的震驚效果，借助重新結構過分熟稔的事物，或者訴諸於心理的那些更深層面，來再一次喚醒讀者對具體事物的麻木感覺，而只有那些更深層面，才葆有一種斷斷續續的不可名狀的強度。」[106]這種強度顯然就是現代詩歌所要表達的生命存在的混沌本體和繁複的審美

---

[106] 詹姆遜：《馬克思主義與形式》，李自修譯，百花洲文藝出版社1995年版，第15頁。

體驗，而要抓捕這些內在生命情緒的噴吐物，就必須要運用那些指義弱化而蘊意豐滿的朦朧、多義的語詞，以及多種現代的藝術表現技法；但另一方面這些因素的頻繁運用又往往導致現代詩歌語詞永遠是多義的或意義不確定的，這些意義「彼此矛盾，無法相容，它們無法構成一個邏輯的或辯證的結構，而是頑強地維持異質的混雜。它們無法在詞源上追溯到同一個詞根，並以這單一根源來作統一綜合或闡釋分析。它們無法納入一個統一的結構中。」[107]如此這般，詩歌語言就不再具有明確的指稱中心，而進入到一種無底棋盤的「自由嬉戲」，意義也就相應地被納入到無止境的擴散和延宕過程中，因而詩歌文本就絕無單一的意義，而總是多重模糊不確定意義的交匯，這毋庸置疑更加劇了「誤讀」產生的可能性和必然性。

## 三、創造性誤讀與附會性誤讀

綜上所述，在詩歌欣賞過程中，「誤讀」的發生不僅是一種可能，而且也是閱讀過程中的一種必然，同時由於現代詩歌具有更多的歧解性，因而「誤讀」現象的出現在其欣賞過程中就顯得更為頻繁和突出。現在我們關心的問題是：這種在解讀現代詩歌過程中必然遭遇的現象是否有所區別，也就是說，任何對詩歌文本的「誤讀」是否都具有同等的價值？

我們知道，在實際鑒賞的過程中，並不是任何解讀都具有合法性和闡釋的有效性，即「誤讀」現象之間事實上存在著差別。在通常意義上，我們一般將其分為兩種：創造性誤讀與附會性誤讀。

---

[107] 米勒：《傳統與差異》，見美國《批評掃描》雜誌1972年冬季號。

　　所謂創造性誤讀，就是讀者的理解雖與作者的本義有所抵牾，但這種解讀本身的義理與詩歌文本的內在邏輯有某種重要的對應關係，也就是說，這種解讀看上去既切合作品實際，又令人信服。譬如，李健吾認為〈斷章〉表現了一種人生悲哀的解讀就屬於創造性誤讀。那麼，創造性誤讀與一般所說的「正讀」又有什麼區別呢？根據前面的描述，我們知道「正讀」是一種盡量接近文學作品客觀內容的傳統閱讀方式。它主要重視吸收和接受，文本內容的復原與創作意圖的究問是其常見的步驟。由於「正讀」作為一個理想懸設設定了文本客體化內容和審美特性的先在性與合理理解的可能性，因而完全意義上的「正讀」實際上不可能做到。既然「正讀」只是一種理想化的閱讀，並不是真正具體化的意義闡發，據此可以做出這樣的論斷，即從某種意義上講，任何閱讀都是誤讀。

　　誠然，並不是說任何誤讀都屬於創造性誤讀，我們認為，創造性誤讀作為現代的文本意義解讀方式變以前過分注重繼承、吸收與接受的觀念為強調變革、更新和創造的觀念，是文學意義與人文意義生成的一種創新機制。創造性誤讀的情況多種多樣，有的是自覺的，有的是不自覺的，有的把文本意義域放大或縮小，有的對文本意義域進行引申和析取。但不管哪種情況，由於創造性誤讀取消了「正讀」理想化的先在懸設，這就使得讀者不再把文本視為一個超驗所指即在場所給定的結構，而是導向更為曲折幽深的差異與延宕的意義世界。文本的每一次解讀都是一次似曾相識的新的經驗，然而永無到達本真世界的可能。這種解讀方式事實上一方面既盡可能地開掘了詩歌文本的潛在意蘊，將其可能性的空間伸長敞開，另一方面又反過來拓展了讀者的審美經驗，避免了「正讀」中由於追求文本內容的復原與創作意圖的究

問所帶來的單調重複與厭倦感，讀者也在每一次閱讀所不斷湧現出來的新的經驗的刺激下，激發起對詩歌鑒賞的極大興趣和熱情，從而促使其審美鑒賞能力的不斷提高。但如果創造性誤讀過分強調挖掘詩歌文本的可能性意義，而不再顧及文本自身內在的紋理與邏輯，那麼，創造性誤讀就會導向附會性誤讀。

所謂附會性誤讀，是指讀者自覺或不自覺地對詩歌文本進行的穿鑿附會的認知和評價，以及對詩歌文本採取非藝術視角的歪曲和非詩性的藝術評判等。這種解讀自身沒有什麼邏輯或其邏輯結構與原詩的邏輯義理基本上沒有什麼聯繫。我們有時也將這種主觀化、隨意性的閱讀方式稱為曲解。很顯然，附會性誤讀或曲解是創造性誤讀的極端化所造成的對詩歌文本意義的不合理的悖謬性解讀，這種現象在現代詩歌欣賞中表現得也尤為突出明顯。之所以在現代詩歌欣賞中會經常遭遇附會性誤讀，追究其原因，還得從閱讀活動中詩歌文本意義的生成機制入手。

我們知道，在詩歌欣賞過程中，讀者以自己的經驗期待視野為基礎，對作品的文本符號進行富於個性色彩的讀解與填空、交流與對話。在此環節中，讀者的經驗期待視野也就是「前見」對詩歌文本意義的闡發具有關鍵性作用。根據德國哲學家海德格爾的說法，這種「前見」或先行結構對理解並不是消極的，相反它是理解得以可能的首要條件。因為前見或先行結構是理解者進入理解之先的特殊視域或眼界，離開了這一視域或眼界，作為歷史流傳物的詩歌文本意義就無法顯現和理解。由於不同的讀者具有不同的視域，即使同一讀者也會因閱讀時間的不一樣而帶有不同的視域或眼界，這正是導致誤讀現象產生的緣由。但伽達默爾認為，「前見」有「真前見」和「偽前見」或「假前見」之

分。[108]所謂「真前見」，就是指來自一種整體的歷史傳統，而不是來自功利性的現實關係，它能將被理解的詩歌文本帶出現實關係而納入相對封閉的歷史視域，從而保證其解讀能夠與詩歌文本自身的邏輯有著重要的對應關係。「真前見」顯然保證了對詩歌文本「正讀」或創造性誤讀的可能。如此看來，「偽前見」就是詩歌文本附會性誤讀的根本原因。因為，所謂「偽前見」往往是指在某種現實關係中受各種功利目的和主觀興趣影響而形成的前見，這種前見因蔽於現實關係，而不能夠以審美的眼光對詩歌文本進行恰當的體認，從而導致其解讀自身缺乏嚴密邏輯或與詩歌文本自身沒有什麼邏輯關聯。

當然在這些因「偽前見」而產生的附會性誤讀中，也存在著不同情況。第一種就是對詩歌文本的非藝術視角的歪曲，即往往採取現實功利的或者科學的眼光進行觀照。這種情況在稍有閱讀詩歌經驗的讀者中，尤其是現代社會詩歌方面的教育比較普及的情勢下並不常見，而在古代社會中就比較容易出現。譬如沈括就曾指責杜甫筆下的古柏「無乃太細長乎」，以及明代學者楊慎曾指責杜牧的〈江南春〉：「千里鶯啼，誰人聽得？千里綠映紅，誰人見得？若做十里，則鶯啼綠紅之果，村郭、樓臺、僧寺、酒旗皆在其中矣。」[109]即是屬於此類較為低級的誤讀。

附會性誤讀的另一種情況就是因故意穿鑿附會的認知和評價而產生的，它根本不顧及詩歌文本自身的紋理與邏輯。「在康河的柔波裡／我甘心做一條水草」（徐志摩〈再別康橋〉），本意是抒發對康橋優美景色的由衷讚美與無限的眷戀之情，但有些

---

[108] 伽達默爾：《真理與方法》（上），洪漢鼎譯，上海譯文出版社1999年版，第383頁。
[109] 楊慎：《升庵集》，四庫全書本。

讀者根本不顧及詩歌文本自身的整體結構，而將這句詩說成是作者寧願拋棄自己的祖國而甘願做資本主義的「走狗」。諸如此類的附會性誤讀或曲解，顯然脫離了作品的實際，與作品本身可以說根本沒有什麼對應關係。這種附會性誤讀或曲解不僅有害於文學閱讀，在特定的背景條件下，甚至會釀成人間慘劇。古代中國的文字獄不用說了，即便是在十年浩劫「文化大革命」期間的詩壇，也不知多少詩人，只因自己的作品被人任意地比附曲解，無中生有，而被判定為反黨、反社會主義的大毒草，因而慘遭迫害，乃至家破人亡。

　　與能夠盡可能開掘詩歌文本的潛在意蘊，以及又能拓展讀者的審美經驗的創造性誤讀相比，由於附會性誤讀根本不能通達現代詩歌無窮韻致的本體世界，而只能導致對現代詩歌欣賞的損傷乃至粗暴踐踏，因而我們不僅不能提倡，反而要對此類曲解有足夠的自覺和警醒，盡可能避免出現這種過於主觀和隨意的閱讀方式。但並不能因為在閱讀現代詩歌中會出現這種附會性解讀或曲解，就拒斥任何的誤讀，包括那些能夠帶來閱讀新的經驗的創造性誤讀，而後退到尋求文本內容的復原與究問作品的創作意圖的老路上去。只要我們真正把握了通達現代詩歌世界的門徑，就能充分地揭櫫詩歌文本世界的無窮意蘊和拓展自身的閱讀審美體驗。由於創造性誤讀是現代詩歌欣賞過程中必然發生的普遍現象，而且它並不像附會性誤讀對現代詩歌欣賞會產生害處，反而多有裨益，因此，我們必須有意識地提倡這種強調變革、更新與創造的閱讀方式。

# 第十一章　中國現代詩歌的比較欣賞

　　在差別中認識事物是人類思維的重要特徵。對中國現代詩歌的欣賞也要善於發現作品之間的差別，這就是我們所謂的「比較欣賞」。

　　當我們徜徉於中國現代詩歌的藝術海洋時，如果要真正對這一藝術海洋裡的每一朵浪花有真切的感受，就不能不對這一朵朵浪花裡所蘊含的一切有真正的理解，而理解的過程就是比較的過程。因此，比較與中國現代詩歌欣賞的目標密切相關。

## 第一節　比較欣賞

### 一、比較欣賞

　　什麼是「比較」呢？《辭海》的解釋是：確定事物同異關係的思維和方法。根據一定的標準把彼此有某種聯繫的事物加以對照，從而確定其相同與相異之點，便可以對事物作初步的分類。但只有在對各個事物的內部矛盾的各個方面進行比較後，才能把握事物間的內在聯繫，認識事物的本質。[110]這裡，要強調的是，比較不僅僅是一種具體方法，更準確地說它應該是一種最基本的思維方式。當然，在中國現代詩歌的欣賞中，我們仍然強調對一些具體方法的運用。結合古漢語的詞源考證，還可以對「比較」二字有進一步的細緻認識。

　　在古漢語中，「比」是一個會意字。其甲骨文字的形狀

---

[110] 《辭海》（1989年版縮印本），上海辭書出版社1994年版，第1525頁。

像兩人步調一致、比肩而行。它與「從」字同形，只是方向相反。對此，《說文》的解釋是：「比，密也；二人為從，反從為比。」這就是說，「比」具有「密」所具有的兩層含義：一是並列、齊同、接近、連接之意；二是親近、親合、和諧之意。此外，「比」本身亦含有「比較」之義。「較」是形聲字，從車，交聲，其本義為車廂兩旁板上的橫木，但在其後的使用中，卻引申出另外的含義。據《高級漢語大詞典》中所列，除上述本義外，「較」主要有較量、競逐、計較、檢驗、辯駁、校正、顯明、彰顯和正直等基本含義。[111]

在現代漢語中，「比」和「較」合成為一個詞，因此，「比較」的意義便源於「比」和「較」二者共同具有的語義。從「較」的本義中，便可以引申出「比」所具有的「並列」、「齊同」和「接近」之含義，而這就是「比較」作為「確定事物同異關係的思維和方法」的基礎。具體而言，「比較」自然地蘊含著這樣的意義，即把兩個具有相當之地位、價值等的事物放在一起，使其相互接近並進行公正和公開的較量，並在較量中，通過二者的相互辯駁、相互印證，進而相互彰顯和相互擁有，從而在相互連接、交合中融會為一體，最後抵達某種新的境界。在中國現代詩歌的欣賞當中，這種「新的境界」就是對詩歌的本質更深入更全面的把握，可謂是欣賞的最高的目的。

## 二、比較欣賞的基本途徑

在明確了「比較」所具有的意義後，如何對中國現代詩歌進行比較欣賞呢？或者說，這樣的比較可以從哪些方面展開呢？

---

[111] 參見楊乃喬主編《比較文學概論》中「關於『比較』與『文學』這兩個概念的語言分析」一節，北京大學出版社2002年版，第52～57頁。

　　我們認為有三個方面的工作可以展開。

　　一是中國現代詩歌與中國古代詩歌的比較。比較也是中國詩歌欣賞的重要傳統，沒有比較就不會有鑒別，沒有鑒別就不可能有中國詩歌一代接一代的承傳。正是在歷史發展所蘊含的「比較」思維中，中國傳統詩歌藝術得以積澱，並創造出令中國人引以自豪的輝煌詩歌藝術成就。儘管晚清時「數千年未遇之一大變局」與五四澈底反傳統的特定歷史文化語境導致中國文化與中國傳統詩詞藝術出現一定程度的「斷裂」，從而使得中國現代詩歌與中國古典詩詞在文化精神內涵和藝術形式上均表現出迴異的特徵，但其承傳仍然存在。這樣，中國詩歌的古今比較成為必然。

　　二是中國現代詩歌與外國詩歌的比較。中國現代詩歌是在外國詩歌的翻譯介紹中被「引發」產生的，這裡必然會涉及與外國詩歌藝術的深刻聯繫。在中國現代詩歌藝術發展的歷史當中，也不斷有外國藝術思潮輸入，這些外來的思潮也不斷吸引著中國詩人的目光。然而，中國詩人與外國文化畢竟具有完全不同的背景，其中的異質性十分明顯。如何仔細鑒別他們之間的聯繫與區別，將有助於對中國現代詩歌民族個性的認識。

　　三是中國現代詩歌自身的比較。中國現代詩歌是不同的詩人站在各自的立場上所表達的不同的人生體驗，雖然他們同樣都接受了外國藝術的影響，也都無法擺脫傳統藝術的痕跡，但具體到詩人個體，其思想與藝術的追求還是有很大的差別。我們可以在一些相似的主題或相似的藝術風格當中辨析其細微的個性，這樣的辨析，將有助於對中國現代詩歌多樣性與豐富性的理解。下面，結合具體的實例，對這三個方面的比較性欣賞作進一步的解釋。

## 第二節　古今比較欣賞

### 一、傳統的承傳：古今比較的依據

　　任何比較都是從事物的相關性入手的。沒有事物之間的聯繫或一致性為基礎，差異也無從談起。這就是「比較文學」中常說的「可比性」。「可比」是「比」的前提與依據。

　　中國是詩的國度。詩歌在中國傳統文學中有著非常崇高的地位。可以說，對於詩歌藝術的探討與追求幾乎成了中國傳統文人的基本生存方式。相反，中國現代詩歌從誕生至今卻不過近百年的歷史，因為歷史發展的需要，中國現代詩歌從其誕生之日起就表現出與中國傳統詩詞迥異的藝術特徵。不過，值得注意的是，在「迥異」的背後其實也蘊含著來自於傳統的承傳，而這正是在中國現代詩歌欣賞中進行古今比較的根本依據。

　　考察中國現代詩歌的生成與發展，大致可以分為早期白話詩、自由體詩、格律詩、象徵詩、現代詩等幾個階段。

　　在中國現代詩歌誕生前，中國古典詩詞已經在晚清「數千年未遇之一大變局」中生髮出鮮明的變革動向。由梁啟超為代表的「詩界革命」其實已經揭開了中國詩歌現代轉型的序幕，只是這次「革命」的實質不過還是中國古典詩歌體制內的變化，因此並未真正生成在形式與內容上均具有現代意味的中國現代詩歌。在具體的詩歌創作上，即便是代表這次「詩界革命」最高成就的黃遵憲的詩歌也沒能真正突破中國古典詩詞的束縛。對此，梁啟超曾明確指出：黃遵憲詩歌中「歐洲意境語句，多物質上瑣碎粗疏者，於精神思想上未之有也。」[112]因此，中國現代詩歌的真正

---

[112] 阿英：《晚清文學叢鈔・小說一卷》（上冊），中華書局1960年版，第61頁。

形成是在五四文學革命中得以實現的，而其最初形態便是早期白話詩。早期白話詩的理論提倡與創作實踐均以胡適為代表。在晚清「詩界革命」的基礎上，胡適與初期的白話詩人們以「詩體大解放」的自覺追求對中國古典詩詞的形式進行了澈底的打破，從而使中國現代詩歌在形式上得到真正的解放。儘管胡適對於中國新詩的理論主張與創作實踐後來均遭人詬病，但其嘗試開拓之功不可沒。可以說，沒有詩體的大解放，就不可能有中國現代詩歌的確立，而要真正實現「詩體大解放」就必須如胡適所說的那樣：「不但打破五言七言的詩體，並且推翻詞調曲譜的種種束縛；不拘格律，不拘平仄，不拘長短；有什麼題目，做什麼詩；詩該怎樣做，就怎樣做。」[113]這裡，需要特別強調的是，儘管「詩體大解放」澈底突破了中國古典詩詞對於中國現代詩歌形式上的束縛，但是，考察早期白話詩的基本形態，其實還有兩個資源值得特別關注：一是中國古典詩詞所蘊含的文化精神的承傳，因為詩歌作為一種特定的文化現象，必然離不開其植根的文化土壤的積澱；二是來自於民間的詩歌藝術傳統，因為中國現代詩歌在誕生之初是以白話對抗文言的姿態出現的，而白話文學在中國傳統文學裡自有其地位，民間詩詞藝術更是這種藝術資源的直接體現。對此，早期白話詩人們大都有著清醒的認識。對自己立足於「自古成功在嘗試」的白話詩歌，胡適就坦然承認：「我現在回頭看我這五年來的詩，很像一個纏過腳後來放大了的婦人回頭看他一年一年的放腳鞋樣，雖然一年放大一年，年年的鞋樣上總還帶著纏腳時代的血腥氣。」[114]儘管胡適說得實在不雅，但

---

[113] 胡適：《談新詩》，見《胡適文存》第1卷，黃山書社1996年版，第234頁。
[114] 胡適：《嘗試集·四版自序》，見公木主編《新詩鑒賞辭典》，上海辭書出版社1991年版，第2頁。

所謂「纏腳時代的血腥氣」正是中國現代詩歌在形成初期必然存在的對於中國傳統詩詞藝術的承繼。另外，考慮到文化精神的滲透，中國文化與詩詞傳統對於中國現代詩歌的影響無論如何都是我們在對中國現代詩歌進行欣賞時應加以關注的重要因素。另一方面，作為中國傳統文學之主流的傳統詩詞其實主要是指文人詩詞，而民間詩詞則長期遭到忽略，五四時期白話詩的創作實踐在某種意義上恰恰對來自於民間的詩詞傳統進行了發掘與利用，特別典型的就是劉半農的詩歌實踐。為了「增多詩體」，劉半農說自己「在詩的體裁上是最會翻新鮮花樣的。當初的無韻詩，散文詩，後來的方言擬民歌，擬『擬曲』」，[115]而所謂「擬民歌，擬『擬曲』」正是對於民間詩詞傳統的承繼。他的代表作《瓦釜集》就是中國現代詩歌發展史上第一部用方言寫作的民歌體新詩集，「集名叫作『瓦釜』，是因為我覺得中國的『黃鐘』，實在太多了」。《瓦釜集》的創作正是為了「把數千年來受盡侮辱與蔑視，打在地獄底裡而沒有呻吟的機會的瓦釜的聲音，表現出一部分來。」[116]

當然，真正使中國現代詩歌走向成熟的是異軍突起的郭沫若的新詩創作。在郭沫若的新詩中，詩歌作為生命內在韻致的特點得到了真正體現。應該說郭沫若詩歌的主要資源來自於西方詩歌，正如他自己所言，是惠特曼的詩歌使他找到了自己熾烈情感的噴火口。儘管如此，我們仍然不難從他的詩歌裡感受到來自於傳統的影響。他自己亦曾明言：「我這人究竟是脫不掉東方文化的束縛。」[117]的確，從孩童時代起，郭沫若就對中國傳統詩詞非

---

[115] 朱自清：《中國新文學大系‧詩集‧導言》，上海良友圖書公司1935年版。
[116] 劉半農：《瓦釜集‧代自序》，北新書局1926年版。
[117] 郭沫若：《革命春秋》，見《沫若文集》第8卷，人民文學出版社1961年

常喜歡。在某種意義上，可以說中國傳統詩詞所蘊含的內在文化精神和外在藝術特徵已經深深地融入郭沫若的生命血液及其對於詩歌藝術的追求中。正如有論者所言：「郭沫若繼承了我們民族在悠長歷史行程中所形成的寶貴傳統。莊子的倔強與淡泊、屈原的鯁直與峻潔、李白的豪放與軒昂、蘇軾的豁達和超脫，都融會在郭沫若的生命中。」[118]

　　對詩歌藝術的本質特徵，郭沫若明確提出「詩是情感的自然流露」。長期以來，這被理解為是來自於英國詩人華茲華斯的影響，其實又何嘗不是對中國傳統詩學精神的一種澈底回歸呢？走進中國浩瀚的詩歌海洋，無處不是情感浪花的翻湧。如果說中國古典詩歌在從詩樂舞三位一體中分離出來後，經由古體詩的雜言、四言、五言、七言到近體詩的律詩、絕句，從而使中國古典詩歌在形式上趨於完美，那麼中國現代詩歌的建構在郭沫若時期卻需要從頭開始。中國現代早期白話詩澈底打破了中國傳統詩歌格律對於現代新詩的束縛，但也同時把詩歌本應具有的情感、想像、特定的形式也一併打破了。正是郭沫若在五四時期以迥異於早期白話詩人詩歌創作的藝術實踐和理論主張使詩歌本身應該具有的藝術特徵得到呈現和新的建構。郭沫若在對中國現代詩歌進行確立時，明確提出「詩歌＝（情調＋直覺＋想像）＋適當的文字」，從而還詩歌於詩歌，真正實現了中國詩歌的現代轉型。在某種意義上，不管中國現代詩歌在郭沫若之後有著怎樣的突破與發展，也不論郭沫若的詩歌創作有著怎樣的粗疏，他的這種詩歌主張應該說都是不過時的。

---

版，第186頁。
[118] 曾逸主編：《走向世界文學——中國現代作家與外國文學》，湖南文藝出版社1986年版，第324頁。

在具體的詩歌藝術形式的追求上，郭沫若的詩歌創作同樣對中國傳統詩詞藝術有相當多的承繼。考察郭沫若的詩歌，會發現其中一個極為突出的特徵是他充滿生命激情的詩行常常是通過一個意象或一系列的意象組成來加以表現的，從而使其詩歌的敘事得以擺脫時間與事件的順序向自由的情緒空間發展。這樣，他就將詩歌本應該具有的核心要素「情感」還原給了詩歌本身，真正實現了生命內在韻致的高度語言化。對此，郭沫若在《論節奏》中特別強調：「情緒的進行自有它的波狀的形式，或者先抑而後揚，或者先揚而後抑，這表現出來便成了詩的節奏。所以節奏之於詩是她的外形，也是她的生命。」[119]由此可見，郭沫若的詩歌創作在一開始即對詩歌藝術中蘊含的兩大要素「情趣」與「意象」有著深刻的自覺意識與追求。儘管這一切不能脫離特定歷史文化語境中來自於西方的影響，但是，我們要強調的是，西方詩歌中對於意象的重視其實也主要是來自於中國古典詩詞藝術的影響。對此，甚至可以說，如果沒有中國古典詩詞的影響，以龐德為代表的「意象派」詩歌運動就不會發生，或者說它發生的形式一定會是另外一種模樣。[120]

## 二、詩歌意象與主題的古今比較

在前面的章節裡，曾經談到中國現代詩歌從整體上跨出「意境」追求，邁入「意象」時代的問題。在這裡所要進行的古今比較中，我們再單獨說一說「意象」。

作為邁入「意象」時代的中國現代詩歌，其相當的意象來

[119] 郭沫若：《論節奏》，見《創造月刊》1卷1號，1928年3月。
[120] 趙毅衡：《詩神遠遊——中國詩歌如何影響了美國現代詩》，上海譯文出版社2003年版。

自於西方詩學的影響，但是，意象畢竟是詩歌構成的核心要素，中國傳統詩詞也有著自己豐富的「意象」傳統，並沒有真正割斷與傳統聯繫的現代詩同樣也有對古代傳統的繼承。這樣，便形成了中國現代詩歌「意象」選擇的複雜性，不進行仔細的比較，將很難體會到其中相似又相異的藝術特性。

僅僅是「意象」的理論認識，就頗有一番複雜的演變過程。早在20世紀30年代，在朱光潛、宗白華等美學家的詩論中，意象就成為了關鍵字。在他們的論述中，「意象」的確是英語「image」的翻譯。「image」作為詩歌構成的一大要素，在20世紀初西方的詩論中曾反覆出現。一般而言，龐德因受到中國古典詩詞的影響，而對意象的界定成為影響深遠的定義。法國象徵主義詩人瓦萊裡在論述其純詩理論時也特別強調意象在詩歌表現中的重要性，他認為詩歌語言應和「image」結合得天衣無縫而表現出一個類乎夢境的「世界的幻象」。[121]但是，在另外一方面，朱光潛、宗白華等人在引進西方詩學的意象理論之時其實又與中國傳統詩學中的意象、意境論有融會貫通的銜接。

中國古代詩歌有著自己的意象傳統，中國現代詩歌也充分運用了意象藝術，但是，在承受了多種文化因素的影響之後，現代詩歌的意象卻出現了相當複雜的情形，尤其與中國古代詩歌有了一系列的差異，我們應該從以下三個方面加以特別的注意：

一是意象作為特定社會歷史中文化精神的載體，在不同的歷史時期其所具有的文化內涵會發生相應的變化。中國現代詩歌中的意象即便來自於中國古典詩詞，但因為文化環境的變化，也會打上特定歷史時代的烙印。

---

[121] 瓦萊裡：《純詩》，見伍蠡甫主編《現代西方文論選》，上海譯文出版社1983年版，第25～38頁。

二是中國現代詩歌是在西方詩歌與思想的影響下得以生成的，其中必然會具有來自於西方的思想因素。

三是中國現代詩歌中所蘊含的內在生命體驗其實是建立在人的生存方式基礎之上的，在現代中國社會環境中，人的生存方式已經發生了質的變異，而這必然會反映到他們在創作詩歌時對於意象的選取與意義的賦予。

例如對「夕陽」意象的表現，古今中外的詩歌中可謂很多。古詩中「夕陽無限好，只是近黃昏」表現的是生命遲暮的悲哀，「夕陽西下，斷腸人在天涯」則蘊含羈旅之人遠在他鄉的寂寞鄉愁。但是，在狂飆突進的五四時期，太陽卻成為光明與溫暖的象徵，即便是夕陽也蘊含著對於美好未來的嚮往。如鄧均吾1922年發表的〈太陽的告別〉即是如此。詩中寫道：

> 哦，一輪橙紅的落日
> 正掛在屋角西簷。
> 留送她臨別的眼波，
> 好像在向我贈言：
> 「我要到地球那邊，
> 恐怕我的愛人們，
> 已經望穿雙眼。
> 朋友呀！我們明天再見。」

這裡，一方面夕陽西下只是詩人表現自己情感的一個小的生活場景，在詩人清新流麗的語言表述和明快輕鬆的詩歌節奏中，給人以歡愉恬淡的美感；另一方面太陽在地球這邊的落下也意味著在地球那邊的升起，因此這首詩無疑也蘊含著五四時期的

人道主義精神，正如有論者所言：「原來太陽不僅是地球這邊人們的朋友，也是地球那邊人們的朋友，它愛著整個人類；太陽在地球的這邊落下，同這邊的人們告別，是為了從地球的那邊升起，與那邊的人們相會；而現在的告別也是暫時的，等到明天一早，太陽又會回來與這邊的人們再見。寥寥數語，太陽對人類的博愛精神，人類相互之間的博愛精神，被委婉地展示出來。」[122]由此可見，在中國傳統詩詞中形成的「夕陽」意象在新的歷史文化語境中，其內在蘊含的意義已經發生了巨大的變異。詩歌作為對人的生存方式的一種審美觀照，離不開人的生存方式的影響，在某種意義上，甚至可以說是人的生存方式決定著詩歌的表達。因此，在對中國現代詩歌進行欣賞的時候，立足於古今中國詩人的生存方式的比較也成為中國現代詩歌欣賞中比較思維的一個組成部分。在這方面，古今貫通的主題上的差異更值得注意。

　　對於中國古人而言，由於置身於「家國天下」的生存語境中，「修齊治平」就成為其特定的生存方式。任何一種生存方式必定會有一種特定的文化精神作為其精神支撐。在以儒家文化為主流的中國傳統文化中，對於「道」的承擔便成為其生存方式的精神根基。所謂「發乎情，止乎禮義」就正是這種精神承擔的具體體現。中國現代知識分子的誕生必然意味著一種新的精神承擔的出現與一種新的生存方式的形成。在中國古典詩詞浩瀚的海洋中，愛國情感的浪花可謂到處翻騰。一般而言，岳飛的〈滿江紅〉和文天祥的〈過零丁洋〉可謂中國傳統文人愛國的典型詩篇，「人生自古誰無死，留取丹心照汗青」作為千古傳誦的佳句，正是因為它以形象的語言表達出中國傳統文人對以「家國天

---

[122] 公木主編：《新詩鑒賞辭典》，上海辭書出版社1991年版，第132頁。

下」為形式的「道」的永恆承擔。但是，在中國現代生活的環境中，「家國天下」已為現代民族國家觀念所替代，維繫中國傳統文人「修齊治平」生存方式的「道」也不復存在。與中國傳統文人比較，中國現代知識分子的生存方式因此而表現出了一系列質的差異。這樣，他們在各自不同的詩歌裡所表達的這種情感的文化內蘊自然就具有迥異的特徵。聞一多詩歌的愛國主題不同於岳飛、文天祥等中國傳統文人詩詞中的愛國情感，其根本原因就在於他們生存方式的差異。對作為現代知識分子的聞一多而言，祖國其實蘊含著兩層意義：一是作為中國傳統文化的精神載體，在某種意義上也成為聞一多們安身立命之所在；另一方面，經過開眼看世界之後的聞一多們也清醒地意識到自己的祖國只不過是整個世界中的一個組成部分，千百年來積澱的對於祖國的情感不僅與其悠久的歷史文化密切相聯，而且也共時性地與其他民族國家並存。這種存在對於他們的影響在某種意義上甚至超過了歷史文化的精神支撐。或許正因為此，當聞一多身處異國他鄉時，可以憑藉對於祖國五千年悠久歷史文化的精神想像抵禦來自於異域的歧視，並且以一種文化自尊與自傲的姿態睥睨整個世界，而一旦面對祖國真實的充滿腐敗與黑暗的現實時，又不能不生發出另一種形態的愛國情感。由此出發，對聞一多從〈紅燭〉到〈死水〉中所表現出的思想情感的不同表達可以有深刻的理解。

> 這是一溝絕望的死水，
> 清風吹不起半點漪淪。
> 不如多扔些破銅爛鐵，
> 爽性潑你的剩菜殘羹。
> 也許銅的要綠成翡翠，

鐵罐上鏽出幾瓣桃花；

再讓油膩織一層羅綺，

黴菌給它蒸出些雲霞。

讓死水酵成一溝綠酒，

飄滿了珍珠似的白沫；

小珠笑一聲變成大珠，

又被偷酒的花蚊咬破。

那麼一溝絕望的死水，

也就誇得上幾分鮮明。

如果青蛙耐不住寂寞，

又算死水叫出了歌聲。

這是一溝絕望的死水，

這裡斷不是美的所在，

不如讓給醜惡來開墾，

看他造出個什麼世界。

　　這是一首著名的「愛國詩」，然而卻是與嶽飛的〈滿江紅〉、文天祥的〈過零丁洋〉根本不同的「愛國」。在〈死水〉裡，詩人聞一多的「愛」恰恰是通過他對當今世界的「怨憤」來體現的：他似乎覺得這溝死水還污穢得不夠，醜惡得不夠，以至發誓要讓它醜上加醜，亂上添亂，最後攪拌得油膩膩、紅鮮鮮，讓它生黴、發酵！如此「詛咒」之語顯然不符合「怨而不怒」的傳統詩教，而屬於中國現代詩人的創造，具體來說，就是一種富有自我個性獨立的現代人在「選擇」我們的民族，批判我們的民族，國家與民族都不再是理所當然的合理存在，它們也必須被我們重新審視、重新認識。這方面，還有更「極端」更「大膽」的

例子，如胡適的〈你莫忘記〉：

> 你莫忘記：
> 這是我們國家的大兵，
> 逼死了三姨，逼死了阿馨，
> 逼死了你妻子，槍斃了高升！……
> 你莫忘記：
> 是誰砍掉了你的手指，
> 是誰把你老子打成了這個樣子！
> 是誰燒了這一村，……
> 噯喲！……火就要燒到這裡了，──
> 你跑罷！莫要同我一齊死！……
> 回來！……
> 你莫忘記：
> 你老子臨死時只指望快快亡國：
> 亡給「哥薩克」，亡給「普魯士」，──
> 都可以，──總該不至──如此！……

## 第三節　中外比較欣賞

　　中國現代詩歌發生發展的特點決定了它的藝術特徵必須在中外詩歌的比較中加以確立。對於中國現代詩歌之「新」的特徵，聞一多曾言：「我總以為新詩徑直是『新』的，不但新於中國固有的詩，而且新於西方固有的詩，換言之，它不要作純粹的本地詩，但還要保存本地的色彩，它不要作純粹的外洋詩，但又盡量地吸收外洋詩的長處，他要作中西藝術結婚後產生的甯馨

兒。」[123]的確，中國現代詩歌是在西方詩歌的影響下發生的，即便有對中國傳統詩詞藝術的承繼，也必然會體現出西方詩歌藝術的種種特徵。具體而言，中外比較主要體現在兩個方面：一是中國現代詩歌所接受的西方詩歌藝術的影響，這是中外比較的「可比性」前提；二是西方的影響在不同的中國接受者那裡所發生的變異。

## 一、西方詩歌對中國的影響

　　考察西方詩歌對於中國現代詩歌的影響，當然不能不提到郭沫若及其詩歌創作。郭沫若五四時期的詩歌創作深受美國詩人惠特曼的影響，對此，郭沫若明確地說：「惠特曼的那種把一切的舊套擺脫乾淨了的詩風和五四時代的狂飆突進的精神十分合拍，我是澈底地為他那雄渾的豪放的宏朗的調子所動盪了。」[124]可以說，正是在惠特曼詩歌的影響下，郭沫若五四時期的詩歌創作異軍突起，以一種全新的「自由體」詩歌形式對中國現代詩歌產生了巨大影響。長期以來，人們對自由體詩歌存在一種偏見，認為，所謂「自由體」就是一種不講形式的一種分行的散文。儘管郭沫若的確曾強調詩歌創作中「絕端的自主」，但這裡的「自主」與其說是對於詩歌形式的放縱，不如說是在五四特定時代氛圍中對自我情感的張揚，而這恰恰是郭沫若〈女神〉時期詩歌創作的基本特徵，也可以說是郭沫若詩歌創作實踐對於中國現代詩歌的一大貢獻。其實，自由體應該說是郭沫若所強調的對於生命

[123] 聞一多：《〈女神〉之地方色彩》，見武漢大學聞一多研究室編《聞一多論新詩》，武漢大學出版社1985年版，第641頁。
[124] 郭沫若：《我的作詩的經過》，見《沫若文集》，第11卷人民文學出版社1961年版，第143頁。

內在韻致應和的一種特定的語言形式，用郭沫若的話說就是「適當的文字」。何為「適當的文字」？其實，在某種意義上這已經道出了詩歌作為一種語言藝術的基本特徵，所謂「自由詩」並非絕對的自由，正如西方象徵主義詩人艾略特所言：「對想寫好詩的人來說，沒有任何形式是自由的」，而「對於那些耳朵不夠敏感的人來說，任何詩都可以是自由詩。」[125]因此，真正的自由詩同樣並不與詩歌本身所具有的本體特徵發生矛盾，只不過是在具體的詩歌形式上不拘泥於既有的詩歌形式，而只忠實於自我內在生命的韻致，從而以一種不同於傳統的詩歌形式來表現自我。閱讀郭沫若的詩歌，我們會深深感受到詩行中噴薄而出的詩人生命激情的震撼。的確，詩句所表現出的力量如同海濤一般，一浪翻過一浪，那種氣魄、那種精神力量使他的詩如強勁有力的鼓手所敲擊出的急促鼓聲，點點均敲打著人的靈魂，令人振聾發聵。另一方面，惠特曼的詩歌體現出一種不同於他人的自我表達，他在詩中直接寫自己，如「惠特曼，一個宇宙」，從而表現出其心靈的巨大包容性，即自我的擴張和拓展的巨人形象，這與郭沫若「天狗」式的自我形象何其相似。從中，我們不難感受到惠特曼詩歌對於郭沫若的影響。

下面，以郭沫若的〈太陽禮贊〉為例進行簡要分析：

> 青沈沈的大海，波濤洶湧著，潮向東方。
> 光芒萬丈地，將要出現了喲──新生的太陽！
> 天海中的雲島都已笑得來火一樣地鮮明！
> 我恨不得，把我眼前的障礙一概劃平！

---

[125] 趙毅衡：《詩神遠遊──中國如何改變了美國現代詩》，上海譯文出版社2003年版，第210頁。

出現了喲！出現了喲！耿晶晶地白灼的圓光！

從我兩眸中有無限道的金絲向著太陽飛放。

太陽喲！我背立在大海邊頭緊覷著你。

太陽喲！你不把我照得個通明，我不回去！

太陽喲！你請永遠照在我的面前，不使退轉！

太陽喲！我眼光背開了你時，四面都是黑暗！

太陽喲！你請把我全部的生命照成道鮮紅的血流！

太陽喲！你請把我全部的詩歌照成些金色的浮漚！

太陽喲！我心海中的雲島也已笑得來火一樣地鮮明瞭！

太陽喲！你請永遠傾聽著，傾聽著，我心海中的怒濤！

　　作為郭沫若五四時期的代表性詩歌，〈太陽禮贊〉寫於他新詩創作的爆發期，也是青年郭沫若情感最熾烈的時期。詩句要表達的是超出常態的思想情感，故而在詩歌的表現上便逾越了詩歌的表現常態，給人煥然一新的感受，這不僅讓人感受到五四狂飆突進的時代精神，而且也澈底突破了中國傳統詩詞形式對於中國現代詩歌形式上的束縛，從而以一種「絕端的自由」的形式表現出一種「絕端的自主」的情感。具體而言，詩人在詩歌中對壯麗的日出進行了濃墨重彩的描繪後，從第四節開始，每句均以「太陽喲」開頭，以發自內心的熾烈呼喚，噴薄出昂揚的生命激情。這種激情藉著詩人長短不一的詩句如鼓點一般急促而撼人心魄地敲在讀者的靈魂深處，從而以一種全新的形式賦予「太陽」五四時期狂飆突進的時代精神，使讀者受到強烈震撼。其實，這種表現手法就是惠特曼創作《草葉集》時所常常使用的在句首、句中或句尾的同詞反復法。正是這種句式結構將惠特曼那高揚「美國精神（Americanism）」的浪漫主義生命激情表現為一種

如同海濤一般，一浪翻過一浪的雄偉氣魄，如《草葉集》之〈自我之歌〉第二十節：「微笑吧，啊，呼吸著清涼氣息的妖嬈的大地！／生有輕颺而安睡的樹林的大地！／陰陽分明而使河水斑駁的大地！／為我們而顯得更光明和清亮的灰色雲霧的大地！／廣漠無邊而難以觸摸的大地！／開滿了蘋果花的大地！／微笑吧！為你愛人的到來。」可以說，正是惠特曼豪邁、奔放、鏗鏘有力的詩歌風格讓郭沫若找到了自己情感的噴火口，從而使自己的生命激情在惠特曼式的自由體詩歌中得到了淋漓盡致的表現。因此，我們在對郭沫若五四時期噴薄著生命激情的詩歌進行欣賞時，如果離開了惠特曼詩歌的參照，就不可能真正進入到郭沫若詩歌的審美世界。

另外，在中國現代詩歌的發展進程中，可以說西方象徵主義詩歌藝術的烙印始終鐫刻在中國現代詩歌上。一般而言，中國現代詩歌中象徵主義的前驅是被稱為「詩怪」的李金髮。那麼，我們在對李金髮的極具象徵主義意味的詩歌進行欣賞時，自然就會將其與西方象徵主義詩歌進行比較式理解，其中必然蘊含著這樣一些問題：李金髮為什麼對西方象徵主義詩歌藝術情有獨鍾，他對象徵主義的理解是怎樣的，在其詩歌創作中對於西方象徵主義詩歌藝術有著怎樣的接受，等等。儘管上述思考蘊含著理性辨析，但要真正在李金髮極具象徵主義藝術特徵的詩歌中感受到其所呈現的生命內在韻致，我們對於這些問題的理性把握又是必不可少的。

其實，對上述問題，李金髮自己均有清楚的解答：「那時因為多看人道主義及『左』傾的讀物，漸漸感到人類社會罪惡太多，不免有憤世嫉俗的氣味，漸漸地喜歡頹廢派的作品，鮑德萊的《罪惡之花》與及Verlaine的詩集，看得手不釋卷，於是逐漸醉

心象徵派的作風。」[126]那麼，對象徵主義，李金髮是如何理解的呢？對此，他明確地說：「詩是一種觀感靈敏的將所感到的所想像的用美麗或雄壯之字句將剎那間的意象抓住，使人人可觀感的東西；它能言人說不能言，或言人所言而未言的事物。詩人是富於哲學意識，自以為瞭解宇宙人生的人：任何人類的動向，大自然的形囊，都使他發生感歎，不像一般人之徒知養生送死而毫無所感。有時，詩人之所想像超人一等，而為普通人所不能追蹤，於是詩人為人所不諒解，以為他是故弄玄虛。」[127]所有這一切，我們都可以通過李金髮的詩歌創作來理解。〈有感〉就是這樣一首典型的詩歌：

如殘葉濺
血在我們
腳上，
生命便是
死神唇邊
的笑。
半死的月下，
載飲載歌，
裂喉的音
隨北風飄散。
籲！
撫慰你所愛的去。

[126] 李金髮：《飄零閒筆》，臺北僑聯出版社1964年版，第5頁。
[127] 杜格靈、李金髮：《詩答問》，見《文藝畫報》第1卷第3期，1935年2月15日。

開你戶牖
使其羞怯，
征塵蒙其
可愛之眼了。
此是生命
之羞怯
與憤怒麼？
如殘葉濺
血在我們
腳上，
生命便是
死神唇邊
的笑。

在這首詩裡，儘管詩人運用了殘葉、冷月等中國古典詩詞中的常用意象，但詩人在此所要表現的情感卻與這些古典詩詞意象所蘊含的傳統意味迥然不同。這是一種典型的世紀末的焦慮與頹廢：生命的意義僅僅是死神唇邊的笑，在詩人看來，個體生命最終被某種神祕幽暗的終極力量所主宰，因而在本質上是無意義的。因此，與其歌頌生命的意義和自然的美麗，不如沉溺於枯骨、墳塋、死亡等意象中所蘊含的頹廢美，而這與波德賴爾的象徵主義詩歌所具有的藝術特徵與思想表現有著一致性，從而也就具有了詩歌欣賞中的可比性。

## 二、接受中的變異

儘管西方詩歌對於中國現代詩歌的發生與發展產生了極大

的影響，但是因為各自的藝術淵源、文化精神以及人的生存方式
的不同，中國現代詩歌與西方詩歌也表現出鮮明的差異性。即便
在上文中我們特別強調惠特曼詩歌對於郭沫若詩歌創作的影響，
並且也認為如果對惠特曼詩歌的基本特徵一無所知，那麼就無法
真正進入郭沫若早期詩歌中洶湧澎湃的熾烈情感所燃燒的詩歌藝
術世界，但是在此我們要強調的是郭沫若詩歌創作與惠特曼詩歌
的差異性。郭沫若詩歌中表現的情感究其實質來源於五四時期中
國特定文化語境的精神以及郭沫若自身的獨特人生體驗。在某
種意義上，對郭沫若而言，惠特曼的詩歌只是讓他找到了自己
情感的噴火口。換言之，惠特曼以自己豪邁、奔放、鏗鏘有力
的詩歌風格所表現的是代表美國文藝復興時期象徵「美國精神
（Americanism）」的浪漫主義生命激情，正如他在其〈草葉集‧
序言〉中所言，詩人的使命就是要「給奴隸們以鼓舞，讓暴君們
害怕」，其中所蘊含的精神是以一種充滿生命力的「語言嘗試」
使真正的美國文學從新英格蘭文化的束縛下得以解放，並獲得新
生。對此，惠特曼曾明確說自己的詩歌恢復了「個性，這被遺忘
得太久的東西。他們的身影投在工作、書本、城市、交易裡；他
們的腳步響起在國會大廈的梯級上；他們長大──一個更博大、
強健、坦率、民主、桀驁不馴的真正的美國本土的民族，一個有
著俊美的肉體的、更成熟的、無畏的、無拘束的、充滿信心的、
留鬍鬚的、新的民族。」[128]因此，惠特曼在其詩歌中所表現出的
生命激情與宏偉氣魄，無不是在他自己生存的特定文化語境中對
於「真正的美國本土的民族」的歌詠與呼喚，其詩歌的中心意象
是充滿生機與生命力的「大地」與「帶電的肉體」等。反觀郭沫

---

[128] 埃默里‧伊里亞德：《哥倫比亞美國文學史》，朱通伯譯，四川辭書出
版社1994年版，第369頁。

若,他要表現的是五四時期狂飆突進的時代精神,是對擺脫傳統禮教束縛的個性解放的生命激情的張揚以及對於自我與祖國光明未來的禮贊,其中心意像是「天狗」與「太陽」等。即便在其相類似的詩歌表現形式上,也因為對各自生命內在激情應和的不同而表現出一定的差異。在惠特曼那裡,詩歌語言來自於「真正的美國本土的民族」,是真正美國人使用的口頭語,「既是精神的語言,也是肉體的語言」,他甚至發誓決不讓文學語言妨礙他表現他的物件。[129]而在郭沫若的詩歌裡,語言成為其內在生命激情的象徵,雖然以一種白話形式出現,卻是一種真正的文學語言。其實,對於詩歌藝術,郭沫若有著自己的理解。對此,他在《論節奏》中特別強調:他的詩歌創作究其實質是對他所提出的「詩歌＝(情調＋直覺＋想像)＋(適當的文字)」理論主張的具體體現,其中固然有來自於惠特曼詩歌的影響,但更多的卻是他自己的獨特探索。這種立足於自身生存方式的獨特探索同樣也表現在接受了西方象徵主義詩歌影響的李金髮身上。因為各自文化語境以及文化精神的不同,李金髮的象徵主義詩歌與西方象徵主義詩歌雖然具有一定的相似性,但在具體的藝術表現上也存在著極大的差異,而對於這種差異性的把握無疑是我們在進行中西詩歌的比較中應該重點關注的。在西方象徵主義詩歌中,對於生命、死神的表現可謂非常突出,其中波德賴爾就是一位傑出的代表。在波德賴爾的詩歌中,《旅行》是其代表作〈惡之花〉中最後一首,長達一百四十四行,被認為是〈惡之花〉的總結之詩,而該詩的主題就是生命、死神。在該詩的最後,詩人對死神的表現是:

---

[129] 埃默里‧伊里亞德:《哥倫比亞美國文學史》,朱通伯譯,四川辭書出版社1994年版,第369頁。

> 啊，死神，你這位老船長，快起錨！
>
> 死神，這國家使我們厭倦，快起航！
>
> 雖然天空和大海像墨一樣漆黑，
>
> 你知道我們心中充滿陽光！
>
> 請把鴆毒倒給我們，使我們更堅強！
>
> 趁激情在胸中燃燒，我們要去
>
> 深淵之底潛游，在未知中求新生，
>
> 不管它是地獄還是天堂！

這裡，詩人將「死神」比做在漆黑的人生大海上航行的「老船長」，並不斷呼喚「快起錨」、「快起航」，其中所蘊含的不僅有西方象徵主義詩歌強調用具體可感的形象通過暗示、烘托、對比、渲染和聯想等藝術手段表現思想情感的藝術特徵，而且其意象的選用與思想情感的表達無不打上西方特定文化語境和文化精神的烙印，而這些與李金髮的象徵主義詩歌是有差異的。李金髮的詩歌儘管表現出與中國傳統詩詞迥異的人生感悟，但其意象選用與意境營造仍然打上了傳統的烙印。「生命便是死神唇邊的笑」所蘊含的固然有現代文化語境中詩人用「死神」對生命意義的否定，但是「死神唇邊的笑」卻也體現出對另外一種意義的美的沉溺與歌詠。換言之，在李金髮那裡，生命本質的無意義並不能代表生命對於美的追求的虛妄。而在波德賴爾那裡，對象徵死神的「老船長」的呼喚實際上是對生命存在與命運的徹悟，是對西方文化中「存在還是毀滅」這個千古難題的反向思考。對波德賴爾而言，生命的無意義是因為污濁的現實已經喚不起對於生活的留戀，惟有死神才可能讓生命「在未知中求新生」。在此意義上，可以說波德賴爾的詩歌究其實質是表現「墳墓那面的光

輝」，而李金髮的詩歌則是呈現「死神唇邊的笑」。

因此，在對李金髮極具象徵主義詩歌形式的中國現代詩歌的欣賞中，一方面，我們不僅要看到李金髮在詩歌形式和詩學思想上對於西方象徵主義的接受，進而對中國傳統詩歌有所突破，也應注意到在特定歷史文化語境中詩人對人之生命意義的獨特感悟與表現：他的象徵主義詩歌不再像中國古典詩歌那樣追求「直目所及」的物象呈現和「天人合一」的人生境界，而是通過西方象徵主義詩歌藝術的表現方式對生命的內在韻致進行形而上的探討。另一方面，我們也應注意到因為中西文化語境及文化精神的不同，李金髮的象徵主義詩歌與西方象徵主義詩歌也有著極大的差異。在某種意義上，這可以說是中國新詩現代性的獨特體現，而這一切無疑只能通過中國現代詩歌欣賞中的中西比較才能實現。

## 第四節　中國現代詩歌之間的比較欣賞

中國現代詩歌的發生與發展過程大致經歷了早期白話詩、自由體詩、格律詩、象徵詩和現代詩幾個階段。每一個階段都湧現出一批代表詩人，他們以自己對於詩歌藝術的執著追求，共同建構起了中國現代詩歌的藝術殿堂。儘管中國現代詩歌從其誕生之日起至今不足百年，但在無數詩人的自覺努力與追求中，同樣已經積澱了屬於自己的傳統。和中國傳統詩詞一樣，中國現代詩歌也呈現出豐富的思想與詩歌形態。不足百年的時間讓中國詩人從傳統的文人士大夫轉換為現代知識分子，並且經歷了不盡的坎坷與波折，所有這一切都在他們的詩歌創作中得到呈現。因此，要真正欣賞中國現代詩歌，就應該對這一發展過程中詩人與詩作

的相同相異之處有所比較、有所鑒別。限於篇幅，這裡僅選取其中較有代表性的兩組詩人及其詩歌進行比較式的欣賞：一是聞一多與徐志摩，二是戴望舒與穆旦。

## 一、例證之一：聞一多與徐志摩

　　這是我們常常提到的兩位詩人，一個是新月詩派的主將，一個是中國現代格律詩派的代表詩人。二人在中國現代詩歌史上能夠卓然成家，自有其各自的同詩歌藝術風格，而作為共同的藝術探索者，其藝術追求又異中有同。

　　第一，在他們身處的那個時代，愛國成為其共同的思想主題，尤其是他們都曾虔誠地信奉過國家主義，但是因為各自的生存方式與具體的人生體驗的不同，又表現出較大的差異。在聞一多那裡，愛國情感背後是民族文化的自尊與自傲，而徐志摩則是自慚式的苦戀。聞一多在〈孤雁〉裡將世界比作腥膻的屠場，惟有自己的祖國是浴盆般溫柔的港漵，是溶銀月色中浪舐的平沙；在〈太陽吟〉裡，詩人把萬能的太陽當做了夢牽魂繞的故土，把堂堂華冑舉上了天穹。而在〈憶菊〉這首詩裡，聞一多不僅把西方的形象比做「熱欲的薔薇」和「微賤的紫羅蘭」，而且以「我要讚美我中國的花！我要讚美我如花的祖國！」詩句的反復吟詠使自己筆下的中華形象表現出無與倫比的高潔與美麗，從而表現出一種極度的民族文化的自尊與自傲。然而，現實卻不因詩意的華美而改變。當聞一多從異國他鄉滿懷憧憬地回到夢牽魂繞的祖國時，中國現實的黑暗又不能不激起他強烈的失望，甚至是絕望。〈發現〉和《死水》等詩歌即是這種情感的體現。而徐志摩的愛國情感則充滿了民族失望的悲哀，與聞一多對中國歷史悠久文化傳統的自豪不同，接受了西方新思想洗禮的徐志摩對傳統禮

教對於人的生命的壓抑與束縛進行了猛烈批判。一方面，他認為我們的民族衰老不堪，充滿了「傳統惰性」，並且對國民的懦弱驕氣感到極度失望，他的詩歌〈灰色的人生〉、〈毒藥〉等就是這種心態的表現。另一方面，他對西方的現代文明又充滿了理想的憧憬，認為西方的現代文明可以拯救中國，詩歌〈嬰兒〉即象徵著西方民主社會模式在中國的再生。儘管如此，徐志摩的情感指向仍然是生養自己的祖國，因此他一方面在詩歌裡明確表明「我愛歐化」，另一方面又在同一首詩歌裡寫出：「然我不戀歐洲……不如歸去」。因此，可以說徐志摩的歐化救國其實是一種自慚式的苦戀，裡面蘊含著對於民族的怒其不爭的焦灼與自救。

第二，在詩歌藝術的表現上，二人也表現出各自不同的趣味與特徵。儘管他們的詩歌創作都受到來自西方詩藝的影響，但因為各自思想情感取向的不同，聞一多的詩歌更多地表現出中國傳統文化的痕跡，而徐志摩的詩歌則主要體現西方文化的特徵。首先，在意象的選用上，聞一多偏愛來自於中國傳統文化的物象，如紅燭、劍匣、秋菊、紅豆等，而徐志摩主要選用玫瑰、產婦、教堂、鐵軌、骷髏等西方文化的產物。其次，在典故的運用方面，聞一多詩歌裡的典故主要來自於中國傳統文化，如在〈劍匣〉中，以「劍匣」為中心意象，涉及到楚霸王、漢高祖、梁山伯、祝英台、李翰林、大舜皇帝等，而徐志摩的詩歌則是西洋典故屢見不鮮，既有來自於《聖經》文化的亞當與夏娃，也有來自於西方傳說的葛瀨士米亞湖和阿加孟湖，等等。在對詩歌形式的探索方面，儘管二人都強調詩歌格律的重要性，但聞一多的音律主要來自於中國傳統詩詞格律的謹嚴與整飭，而徐志摩則注重「質式一體」的整體效果，一方面不斷將各種英詩體制進行繁複

的嘗試，另一方面則始終追求詩歌潛在音節的和諧。[130]

## 二、例證之二：戴望舒與穆旦

　　談到中國的現代主義詩歌，人們常常提到戴望舒與穆旦，他們所代表的詩歌追求與20世紀中國詩歌的現代化走向有著密切的聯繫。如果說對於祖國的熾烈的愛和對於詩歌藝術的自覺探討是聞一多與徐志摩詩歌創作的共同基礎，那麼對現代人情緒的深刻把握則可以說是戴望舒和穆旦的詩歌精神所在。

　　考察戴望舒和穆旦的詩歌創作，會發現他們對於現在社會中個人生存境遇的體驗有著相當深刻的表現，對個人的複雜情緒（比如愛情）有著與眾不同的挖掘。

　　可以說，愛情在戴望舒的詩歌創作中佔有非常重要的地位，以至於有論者認為「愛情詩佔據了戴詩的半壁河山」。[131]戴望舒對愛情的歌詠既纏綿而細膩，同時又迷茫而憂懼。這源於他現實生活中對好友施蟄存的妹妹施絳年的一段沒有結果的苦戀。如其代表作〈雨巷〉所寫，他在「悠長而又寂寥的雨巷」中的徘徊，那飄忽不定難以把握的「丁香一樣地姑娘」恰似他期盼卻始終難以把捉到的愛情。戴望舒對於愛情的這種獨特體驗在他其他的愛情詩創作中得到了同樣的體現，如〈自家傷感〉：

　　　　懷著熱望來相見，
　　　　冀希從頭細說，
　　　　偏你冷冷無言；

---

[130] 有關聞一多與徐志摩詩歌的比較分析參見陸耀東、龍泉明主編《中國現代文學歷史比較分析》，四川教育出版社1993年版，第229～242頁。

[131] 張同道：《探險的風旗》，安徽教育出版社1998年版，第170頁。

我只合踏著殘葉
遠去了，自家傷感。

又如〈不要這樣盈盈地相看〉：

靜，聽啊，遠遠地，叢林裡，
驚醒的昔日的希望來了。
但是，結果還是像《Spleen》中所寫的那樣：
我頹唐地在揣度這遲遲的朝夕，
我是個疲倦的人兒，我等待著安息。

那曾經有過的對愛情苦苦追求卻無果而終的體驗使戴望舒
心中充滿憂懼，如〈我的素描〉：

我是青春和衰老的集合體，
我有健康的身體和病的心。
在朋友間我有爽直的聲名，
在戀愛上我是一個低能兒。
因為當一個少女開始愛我的時候，
我先就要栗然地惶恐。
我怕著溫存的眼睛，
像怕初春青空的朝陽。

值得一提的是，在戴望舒的詩歌裡，少女形象成為一道獨
特風景。如果說「雨巷」中「丁香一樣地姑娘」只是在雨霧濛濛
中縹緲虛幻的一種想像，那麼在〈百合子〉、〈八重子〉、〈夢

都子〉、〈我的戀人〉和〈村姑〉等五首以少女為主題的詩歌裡，戴望舒對於女性的歌詠卻要實際得多。在《我的戀人》中是對幸福的歌詠，而在〈村姑〉裡則是對於傳統田園生活的美好嚮往。在對於青春生命的迷戀與嚮往之中，詩人所透露出來的正是人生的失意與迷茫。這裡有詩人在〈過時〉一詩中表達出的對於生命的蒼老體驗：

> 老實說，我是一個年輕的老人了：
> 對於秋草秋風是太年輕了，
> 而對於春月春花卻又太老。

而對於衰老，詩人內心充滿憂懼，看〈老之將至〉：

> 我怕自己將慢慢地慢慢地老去，
> 隨著那遲遲寂寂的時間，
> 而那每一個遲遲寂寂的時間，
> 是將重重地載著無量的悵惜的。

閱讀戴望舒的詩歌，可以發現一個非常明顯的藝術特徵，即對於中國傳統詩詞意象的運用，這些傳統意象都被戴望舒化用為自我情緒的一種表徵。如〈雨巷〉一詩中著名的意象「丁香」即是從晚唐李商隱的詩「芭蕉不展丁香結，同向春風各自愁」，抑或南唐李璟的詞「青鳥不傳雲外語，丁香空結雨中愁」中化用而來。然而古老的「丁香」意象卻不是「原汁原味」的運用，它被詩人一併納入到一個充分體現現代情緒的更大的意象群之中，這就是「雨巷」。就整首作品詩人所表現的思想情感而言，該詩

的中心意象恰恰應該是「雨巷」，而不是「丁香」。因為，在這首詩裡，只有當我們對「雨巷」作透徹的思索和深入的闡釋時，詩人在詩歌中所表現的情感才能得到呈現。儘管不能否認詩人在借用「丁香」意象時，有過來自於中國傳統詩詞中與「丁香」意象有關的思想情感的影響或啟發，然而詩人在此要表達的情感卻生髮於特定歷史文化語境中自己獨特的生命體驗，即前途茫茫而又愛情失落的苦悶、孤獨、寂寥、無助等內在情感。只有那「悠長而寂寥的雨巷」才能真正使這種情感得到呈現，而「丁香一樣地姑娘」只是所有這些情緒無法排遣時的期待，是一種生命的幻覺。在此意義上，「丁香」意象不過是「雨巷」意象的一個點綴。當我們更進一步對詩人「雨巷」意象進行源自於內在生命的感受時，其所具有的深層意義得到敞現，那就是「雨巷」意象還構成對人類陷於困境（精神的困境）的獨特象徵。「雨巷」，即「困境」。正如有論者所言：「雨巷的迷濛、寂寥及其在人的意識中的封閉感使人只能麻木地體驗著雨巷的『悠長、悠長又寂寥』，使人關於希望的一切想像都被凍僵，使人不能擺脫『悠長、悠長』的麻木感甚至絕望感對其意識的牢固控制。人陷入雨巷就是陷入精神的災難性困境——這種困境由於人的執迷而常顯得沒有出路，正如雨巷由於雨的蒼茫迷濛及巷的悠長寂寥而貌似封閉和沒有盡頭。」[132]可以說，正是對於這種現代生存的內在生命體驗及其融會中國傳統詩詞藝術與西方現代詩藝的詩歌創作，使戴望舒成為中國現代詩歌發展史上最為傑出的詩人之一。

中國現代詩歌的發展在20世紀40年代戰火紛飛的戰爭年代迎來了自己的又一個高峰。穆旦可謂其中最為傑出的代表。正是因

---

[132] 董飛：《感性的歸途——閱讀20世紀中國文學經典》，四川人民出版社2003年版，第60頁。

為他對於詩歌藝術的創新，他被認為是中國現代「詩人中最具有現代性的詩人，也是中國現代詩壇三十年間最具個性的詩人之一。」「穆旦也是中國最早有意識地採取葉芝、艾略特、奧登等現代詩人的部分表現技巧的幾個詩人之一。」[133]閱讀穆旦的詩歌，我們發現其最大的特徵即是在對西方現代主義詩歌表現技巧的借用基礎上，立足於自己的現實環境，用詩歌特有的藝術形式來展現自己心靈的搏鬥與內心深處的思想情感。可以說，他的詩歌無論是表現技巧，還是思想情感都與西方現代主義詩歌相類似。

　　在穆旦的詩歌中，愛情同樣成為一個重要的主題，〈詩八首〉就是其代表作。然而作為情詩，該詩卻與中國傳統的情詩完全不同，也與戴望舒的情詩判然有別：

> 水流山石間沉澱下你我
> 而我們成長，在死底子宮裡。
> 在無數的可能裡一個變形的生命，
> 永遠不能完成他自己。
> 我和你談話，相信你，愛你，
> 這時候就聽見我底主暗笑，
> 不斷地他添來另外的你我，
> 使我們豐富而且危險。

　　這就是穆旦〈詩八首〉中的愛情，然而這樣的人間情感卻遭遇了相當複雜的內容：有生命的自我「變形」——這是成長之思，有對「水流」般時間的憂慮——這是存在之思，甚至還請出

---

[133] 杜運燮：《穆旦詩選・後記》，人民文學出版社1986年版。

了主宰我們命運的「主」——這是生命本體之思。單單就缺少傳統愛情詩所特有的纏綿與溫馨！雖然詩人也在說「我和你談話，相信你，愛你」，但是，詩歌中強大的理性力量卻使愛情本身所具有的萬種柔情為詩歌的理性昇華所掩蓋。在詩人看來，「你我」的存在不過是變形的生命，既然無法找到完整的自我，那麼所謂愛情的永恆就必然成為一種虛妄。人已不是自己，「你我」也就會分裂成無數個「你我」，談情說愛在使「你我」豐富的同時必然成為一種危險的遊戲。可以說，詩人在這裡對於愛情的表達其實已經與中國傳統詩詞裡情愛的纏綿溫馨，以及戴望舒愛情詩歌中的迷茫憂懼無關，它呈現的是對於個體生命存在的思考，是一種典型的現代主義的幻滅感和自我表達方式。因此，〈詩八首〉作為愛情詩，儘管關注的焦點仍然是愛情，然而它並非通常意義的情詩，它不再呈現柔情萬種的纏綿，也不言說愛情的甜言蜜語和山盟海誓，它所承擔的是通過愛情而對現代語境中的人之生存方式的理性思考。

對照戴望舒愛情詩歌中欲罷不能的痛苦感受，穆旦對於愛情的詩歌表現無疑是獨特的。作為對生命內在韻致的直寫，穆旦的詩歌以一種純粹理性的現代品格呈現出另外一種人生經驗。除〈詩八首〉外，穆旦還創作了〈贈別〉、〈春天和蜜蜂〉、〈流吧，長江的水〉等一系列愛情詩歌。在這些詩歌裡，愛情是美好的，但這種美仍然具有特別的現代意味，不僅其內在蘊含的情感顯得豐富而深厚，而且激發讀者對於生命存在進行理性思考，如〈贈別〉（一）：

> 多少人的青春在這裡迷醉，
> 然後走上熙攘的路程，

朦朧的是你的怠倦，雲光，和水，

他們的自己丟失了隨著就遺忘，

多少次了你的園門開啟，

你的美繁複，你的心變冷，

儘管四季的歌喉唱得多好，

當無翼而來的夜露凝重！

等你老了，獨自對著爐火，

就會知道有一個靈魂也靜穆的，

他曾經愛過你的變化無盡，

旅夢碎了，他愛你的愁緒紛紛。

　　贈別，這又是古往今來多少詩人吟詠的「熟題」，但穆旦卻又再一次別出心裁地將他與人生的「選擇」聯繫起來，甚至人性，甚至死亡，而且由一次小小的暫時的「贈別」而上升到整個生命的漫長歷程，它裡面蘊含了穆旦多少生命存在的智性與感性思考。

# 第十二章 中國現代詩歌的晦澀問題

中國現代詩歌自誕生以來，就一直遭遇到兩個方面的指責，一是詩體的「不成熟」，二是某些詩歌在內容上的晦澀難懂。這裡重點來討論第二個方面的問題，即如何看待現代詩歌中的「晦澀」，面對「難懂」的詩歌，我們究竟還可以做什麼？

## 第一節 中國現代詩歌史上的晦澀

### 一、晦澀

晦澀就是含義的不明確，對於讀者來說，也就是「不懂」。從這個角度來看，所謂「晦澀」就是一個比較簡單的屬於讀者的理解障礙問題。

然而，如果能夠放到人類的整個藝術史的歷程來分析，我們便可能會發現，其實問題遠不像我們所想像的那麼簡單，比如在西方現代詩歌觀念與藝術觀念中，「晦澀」在很多時候已經成為了人們自覺追求的一種風格。如果我們承認詩歌意義的某種不明確還可以成為一種獨特的風格追求，那麼，它就不一定屬於「理解障礙」了，也就是說，無法理解詩歌含義的現象很可能具有特殊的針對性，它是針對某一部分讀者而言的，而這一部分讀者出於某種固有的欣賞趣味，一時間也可能難以把握其他風格的藝術作品的含義。

中國現代詩歌的發展歷史，似乎是比較生動地證明了「晦澀」的複雜性。

作為一個新興的現代文體，中國現代詩歌所受到的文學擠

壓和文化擠壓一直都很強烈，也很特殊。強烈是因為它在文體上的現代性與中國文學的古典傳統產生了很大的距離，直到今天，古典傳統都在運用它在文化領域裡各種影響力拿新詩的文體是否成熟做文章。特別是因為現代詩歌不僅面臨來自傳統的叱責，而且也不斷遭受來自新文學內部的襲擾和排斥。這一點，新詩和現代小說在新文學歷史的處境有很大差別。現代小說基本上沒有受到對其文體本身是否成熟的責難，更沒有遇到對其文學實踐是否具有表達的合法性的質疑。和現代小說相比，新詩的處境要艱難得多。對新詩的最猛烈的指責主要集中在兩個方面：文體的現代特徵和現代的新的感受形式。而這兩個方面都涉及了新詩的「晦澀」問題。

　　作為文學風格的追求，今天要宣佈某一種現代的文體「晦澀」，應當是指它的表達有嚴重的缺陷。也就是說，只有把晦澀和風格追求聯繫在一起時，有關的責難才值得認真對待。但是，在中國現代詩歌的發展過程中，從李金髮的「笨謎」到卞之琳詩歌的爭論到「令人氣悶的朦朧」指責，我們卻看到，每個時期針對新詩的「晦澀」的怨訴，卻只有很少一小部分是和詩歌的風格聯繫在一起的。

　　大部分的對現代詩歌的責難，從閱讀理論的角度看，都可以歸入文學偏見的範疇。因為，在新詩歷史上，從「晦澀」、「難懂」的角度非難新詩，多半都是基於審美趣味。而我們知道，在文學的閱讀實踐中，審美趣味的差異本來就是非常巨大的。作為一種文學修養，趣味的培養十分重要。但要討論文學作品的價值，或評判像新詩這樣的文類的文學合法性時，趣味往往會暴露出它的主觀色彩，甚至是糟糕的武斷作風。因為趣味的背後，還有一個究竟是站在哪種文化立場上的問題。也就是說，在

現代文化這樣一個包含著豐富的差異性和多樣性的空間裡，趣味的實施並不那麼單純，它往往帶有強烈的價值判斷的印記。比如，站在古典詩學的文化立場，很可能從總體判斷上，新詩作為一種現代文類就是「難懂的」，倒不一定是內容上的「難懂」，而是由於新詩採用的自由體被認為是無規律可循。再比如，站在現實主義詩學的立場，現代主義的詩歌作品會被先天地看成是「晦澀」的。而使用這樣的詩學視角，在很多時候，甚至都還沒有涉及到對具體作品的閱讀。

另一方面，在中國現代詩歌的歷史上，有關的「晦澀」問題還有一個非常顯著的特徵卻常常被人們忽略了。這就是，當新詩被歸入「晦澀」、「難懂」時，我們往往面對的是一種極其含混的指義：這樣的論斷究竟是對新詩這一文類的總體判斷呢？還是對新詩的某些風格特徵的說辭呢？或是對新詩家族中某一類詩歌流派的看法呢？甚或是對閱讀語境中的任何一首新詩的先入之見呢？這樣的情形，也許就可以歸結為人們對新詩的文學偏見。

## 二、晦澀之爭包含的多種觀念

在中國現代詩歌史上，晦澀問題的出現伴隨著現代新詩的成長和演化過程，它反映的是這一過程中中國詩歌觀念與文化觀念的種種衝突。關於中國現代詩歌的晦澀，或者也可以更確切地表述為關於現代詩歌中的「晦澀之爭」，它已經成為中國現代文化歷史上的一個異常龐雜的話語現象。它不僅牽涉到中國現代詩歌自身發展的文學問題，而且也牽涉到中國現代文學在建構自身的過程所面臨的一個特殊的文化糾葛：古典與現代的衝突，東方與西方的糾結。這兩種文化衝突對新詩這一現代文類的發生都造成了極大的影響。

讓我們回顧一下「晦澀」是如何成為中國現代詩歌史上一個棘手的問題的。這種回顧，也可以幫助我們意識到新詩的「晦澀」問題其實並不那麼簡單。

## 1白話新詩：以現代的「明晰」對抗古典的「晦澀」

從白話新詩的發生看，新詩的誕生不僅只是一個現代的文學類型的興起的問題，而是作為一種新文化的戰略力量中的一個「文化革命」的環節來設計的。也就是說，從文學的發生學角度看，新詩是作為推進中國現代文化的一個重要的文化步驟來實施的。起碼中國新詩最初的宣導者和奠基人胡適就是這樣看待的。在胡適對新詩的最初的設計方案裡，新詩的出現，就不僅意味著一個現代文類的產生，而且也標誌著新詩作為一個文化類型對古典傳統進行了澈底的反叛。胡適更看重後者的意義，換句話說，胡適對新詩的規劃和界定，更多的是從文學的文化功能的角度來進行的。

從文學的社會作用來定義新文學，可以說是中國現代文學的一個突出的特徵。在中國現代詩歌出現後的相當長的一個文學時期裡，它也沒能跳出這一框架。甚至在今天，這一框架仍在很大程度上左右著人們對現代文學的認識。中國現代詩歌的對立面，是古典傳統。而在胡適及其文化戰友眼中，古典傳統是「晦澀」的，與現代文化所追求的科學的明晰性格格不入。陳獨秀的「文學革命」所要打倒的三大物件之中，「山林文學」就被斥責為「深晦艱澀」。[134]新詩既然已經被納入與古典傳統相決裂的革命陣營中，那麼，它最重要的文學特徵當然是一種現代的明晰

---

[134] 陳獨秀：《文學革命論》，見《文學運動史料》第1冊，上海教育出版社1979年版，第24頁。

性，而且這種明晰性不僅涉及到文學的思維方式，也涉及到文學的表達方式。在胡適的文學意識中，新詩在內容上和表現手法上都必須遵循明晰的原則，不能有任何晦暗、艱澀的地方。胡適的口號是：在深入淺出的前提下，越是明白，越是好詩。最後，這口號漸漸演變成了一個帶有強制色彩的潛在的批評標準：凡好詩沒有不明白的。

在這裡，我們不難看出，「明白」的標準不僅僅來源新詩自身，而且來源一種新文化在戰略發展的意義上的總體要求。與此密切相關的，「晦澀」的含義也發生了微妙的變化，它的貶義色彩越來越濃，而且已經超出了文學審美的範疇，與文化政治開始纏綿在一起。原本，「晦澀」還帶有一些中性含義，但是，自從胡適以新詩的開創者的面目，把明晰性作為新詩最本質的特徵來加以提倡之後，明晰與晦澀之間的風格天平，就開始向明晰（明白）一邊倒。因為明晰性，在當時被理解為一種現代文化最顯著的標記，並且，或多或少，它受到了當時流行的中國式的進化論的影響，明晰性被認為是人在思維方式上的進步，是人的思維具有不同與古典思維的科學性的一個重要的標識。

但問題是，用是否「明晰」來判斷人的思維的進步，或者說用是否「明晰」來鑒別人的思維的科學性本身，很可能就存在一個致命的漏洞。因為，它並沒有充分考慮到藝術自身的不確定性的重要價值。在五四時期，胡適對明晰的觀念，不僅為他個人所獨有，而且也得到宣導新文化的知識分子的強烈的認同。如陳獨秀，就從一種文化立場的角度，把古典文學在總體上斥責為「艱澀」。甚至，下一代知識分子在對古典文學的性質判斷上也基本上承襲了五四知識分子的文化觀點。比如，像梁實秋這樣在20世紀30年代對古典主義本來還懷有好感的批評家，也認為正統

意義上的古典文學確實有「晦澀」的弊端。

　　胡適的詩歌觀念，加上他的新詩的創始人的身分，對五四時期的中國現代詩歌的創作產生了不可抗拒的影響。由於把「明晰」與「明白」作為一個首要的詩歌目標，早期新詩的風格呈現出直白的趨勢。

## 2回歸含蓄與象徵主義詩風的作用

　　到20世紀20年代中期，對新詩的直白詩風持有的批評越來越強烈，尤其是對胡適本人的批評也變得日益尖銳。像聞一多、穆木天這樣的五四之後崛起的第二代新詩人，開始在友人通信中、在詩歌批評裡將胡適描繪成詩歌的罪人。何謂20年代「詩之罪」？它的主要含義是人們開始意識到明晰性的詩歌原則與漢語的語文特性之間日益嚴重的不諧調，以及與實際創作情形的脫節。在這方面，周作人的論調頗具代表性。在1926年，像許多五四知識分子一樣，他開始在私下裡修正對古典傳統的看法。同年，在為劉半農的《揚鞭集》所寫的序言中，周作人表達了他對早期新詩中的直白詩風的不滿：一切作品都像一個玻璃球，……沒有一點朦朧，因此也似乎缺少一個餘香和回味。[135]這樣的言論傳達出了一個新的詩學資訊：人們已經開始在初期白話新詩的「明晰」之外重新掂量「朦朧」、「晦澀」之類的價值，他們已經感到，胡適等人最初對新詩方案的設計很可能存在著一個根本缺陷，就是對詩歌的含蓄特徵的忽視。而在中國古典文學傳統中，對詩的含蓄的美學呼籲，已經給人們對詩歌的認識打下了一個深刻的烙印。含蓄、朦朧，不僅影響著人們欣賞詩歌的習慣，

---

[135] 楊匡漢、劉福春編：《中國現代詩論》上冊，花城出版社1985年版，第130頁。

而且已經成為人們鑒別何為詩歌的一個尺標。不過，在周作人對早期新詩的批評中，他完全忽略了胡適把明晰作為新詩的本質特徵時所指示的那種「文化革命」要求。在胡適看來，弊端也許存在，但明晰的方向是對的，因為它符合現代文化所確立的目標。而在周作人看來，弊端也許不只是局部的現象，它可能關涉目標是否需要在文化實踐中不斷調整。

　　周作人很快從李金髮的詩中，看到了糾正早期新詩直白詩風的樣本。李金髮的詩，從審美觀念到表現方式，都深受19世紀後半葉興起的法國象徵主義詩歌影響。在題材的選擇上，李金髮的詩已與五四時期的新詩有了很大的差別。所以，周作人在向詩壇推介李金髮時，宣稱他的詩是「別開生面」。所謂「別開生面」，不僅指詩歌的風格面貌，而且涉及到新詩的發展道路。這種指認在很大程度上意味著對五四時期新詩所走的道路的修正。而李金髮的詩也確實導致了象徵主義詩歌的崛起。

　　象徵主義對中國新詩的影響主要表現在以下幾個方面。首先，在詩學觀念上，將詩看成是一種靈魂的內在的衝動。這就涉及新詩在題材和內容方面的轉變。如李金髮宣稱：「詩是一種觀感靈魂的將所感到所想像用美麗或雄壯之字句將剎那間的意象抓住，使人人可傳觀的東西；……詩人之所想像超人一等而為普通人不能追蹤，於是詩人遂為人所不諒解，以為他是故弄玄虛。」[136]而我們知道，在胡適的那篇具有綱領性的文獻《談新詩》中，胡適將新詩的範圍限定在觀察與經驗上。換句話說，就是把新詩題材和主題都限定在樂觀的理性主義的框架內。而且，胡適明確表示，新詩的想像範疇源於普通人的日常生活。兩相比

---

[136] 李金髮答覆杜格靈問，見《文藝畫報》第1卷第3號，1935年2月。

照，李金髮的主張顯然突破了早期新詩所規劃的詩學框架。不僅如此，李金髮的觀念中，還顯露了一種不同於胡適的非理性主義的美學趨向。在另一處，他聲稱「詩意的想像，似乎需要一些迷信與其中，如此它不宜於用冷酷的理性去解釋其現象。」[137]這裡，李金髮意識到，從創作的實際情形看，詩歌的思維是一種比理智更寬廣的意識活動；而從閱讀和批評的角度看，對詩歌的閱讀主要不是依賴於人的理智，而是依賴於人的感性。對於詩歌，理智是冷酷的，嚴格的推理方式只能扼殺美妙而豐富的詩意。當然，這裡，李金髮的言辭中不無誇張的成分。但是，他也許確實觸及到了詩歌閱讀中的一個十分重要的議題，對詩歌的欣賞，只依賴理智的分析是不夠的，而且往往會作繭自縛。詩歌的欣賞應該從培養和發掘人的感受力開始。另外，按照李金髮的定義，詩歌的想像本身就帶有「迷信」色彩。「迷信」，用今天的術語表述，即「神話」，倒不一定全是指落伍的神祕主義。也就是說，詩歌的思維是一種不同於理性的東西，用德國思想家凱西爾的話說，詩歌的思維是一種神話思維。這多少表明，中國新詩已經開始自覺地意識到詩歌的想像思維具有一定的特殊性，它本身包含著僅僅依賴理性所無法解釋的東西。這一點，應該引起人們的注意。至少，以後再談論新詩的「晦澀」問題時，人們應避免一種先入之見，把詩歌的「晦澀」僅僅歸咎於詩人所採取的表現手法。詩歌的「晦澀」有它的認識論方面的來源，人的認識本身就包含著「晦澀」的成分，而詩歌作為一種人的認知方式，只不過比其他的認知方式更強化了其中的「晦澀」成分。

　　20世紀20年代，一些受法國象徵主義影響的詩人也紛紛表達

---

[137] 李金髮：《藝術之本原與其命運》，見《美育》第3期，1929年10月。

了與李金髮相同的看法。如中國新詩中象徵主義的一位代表人物
穆木天就明確聲言：詩的世界是潛在意識的世界。詩是要有大的
暗示能。詩是要暗示出人的內生命的深秘。詩是要暗示的，詩最
忌說明。[138]在穆木天等一些詩人看來，詩歌的素材和主題都來源
於「詩的內生命的反射，一般人找不著不可知的遠的世界，深的
大的最高生命」。這無疑是對胡適從啟蒙主義的角度為新詩所確
立的日常的現實生活的主題一個很大的調整。為什麼要將詩歌的
主題明確為「潛在意識的世界」呢？因為「潛在意識的世界」包
含了「人的內生命的深秘」。從文學題材的角度看，如果一種文
學類型從關注人的行為轉入到關注人的心理活動方面，那麼，這
樣的轉換或多或少會導致題材乃至主題上的不確定因素的出現。
相對而言，人的行為比較容易理解；而人的心理活動，特別是人
的潛意識層面，就不那麼容易解釋。不過，這裡，至少可以明確
一點，新詩歷史上出現的「晦澀」，並不像大多數人想像的那
樣，好像是由詩人所採用的特殊的表現手法造成的。在很大程度
上，它其實和新詩自身在20年代中後期對其題材和主題的調整
有關。

　　從穆木天的主張看，這種調整還涉及到詩歌表現手法上的
觀念分歧。詩的表現方式最忌諱說明，詩應該用暗示的方法來表
現。這裡，矛頭所向當然是針對胡適的新詩觀念。穆木天甚至聲
稱：詩越不明白越好。明白是概念的世界，詩是最忌概念的。這
些話很容易受到人們的誤解：似乎持有象徵主義觀念的詩人都在
建議寫一種讓人看不懂的詩。為何會產生誤解？原因就在於人們
忽略了穆木天的一個前提。其前提在於，像穆木天這樣的詩人認

---

[138] 穆木天：《譚詩—寄郭沫若的一封信》，見《創造月刊》第1卷第1期，
　　　1926年3月。

為，詩的文學任務和美學目標與其他的文類不同，詩歌應該執著
地探詢「內生命的深秘」，這是詩之為詩的根本使命。而「內生
命的深秘」顯然無法用現有的理性概念來演繹，明晰只能造成描
繪的假象，明晰、明白無法完整地透析出生命的祕密內涵。

　　從穆木天提供的這一詩學線索中，我們多少可以瞭解到造
成人們所說的「晦澀」的一個原因就是新詩對其自身表現方式的
修正。這種修正雖然不是那麼惹眼，但也涉及了新詩的表現原
則。20年代中期，不僅像周作人這樣的曾參與早期新詩寫作的人
發出了不滿明晰詩學的批評，像「新月派」這樣強勁的詩歌勢力
也在糾正早期新詩所信奉的明晰詩風，再加上李金髮、穆木天、
王獨清等象徵派詩人的推波助瀾，對含蓄詩學的推崇，又漸漸成
為新詩創作的一個美學共識。這樣，暗示就作為一種詩歌的表達
原則被確立下來。在確立的過程中，正像周作人在比較「興」與
「象徵」時所表露的那樣，古典詩歌傳統中對含蓄、朦朧的推許
在文學潛意識裡起著不可低估的作用。從文學史的角度看，修正
起到了這樣的作用，作為詩歌的一種表現原則，暗示比直白好。
而從詩學的角度看，修正所起到的作用甚至更深遠：暗示比直白
更純粹，更符合詩歌的純粹的標準。

### 3關於「晦澀」的爭論

　　不過，也有一點不可忽略。在20世紀20年代中期由多種詩
歌勢力進行的這場修正戰役，儘管在很大程度上提升了新詩的詩
藝，但也擴大了與現代文學的啟蒙目標的距離。比如，在穆木天
和李金髮的詩學主張裡，都明確宣稱詩人是高於普通人的藝術貴
族，詩歌的想像也高於日常經驗。這與現代文學在其文化目標方
面所確立的啟蒙原則是有間隙的。

　　20世紀30年代前期，由象徵主義詩風引發的「晦澀」的問題變成了一樁引人注目的文壇公案。由普通讀者、「新月派」部分批評家（如胡適和梁實秋）、左翼詩歌從不同角度掀起了抨擊「晦澀」詩風的浪潮。30年代的這場詩學爭論，表面上，是由不同的文學觀念的分歧導致的，實質上，它的出發點依然在現代文學的啟蒙目標上。從晚清開始，一直到五四時期，中國知識界主流對現代文學的認識都從文學的社會功能入手，新文學的意義也是從文學的社會功能來加以界定的。這樣的界定方式直到今天都在影響人們對文學的認識。在這裡，也隱含著一個棘手的問題，從文學的社會功能來認識文學，固然沒有錯；特別是在某些特殊的歷史時期裡，比如，在晚清到五四那樣的歷史情境裡；但是，從文學的社會功能來定義文學或建構文學，只意味某種文學的特殊性，不意味著某種文學的普遍性。而且，它的有效性也有明顯的時代界限。應該看到，30年代對「晦澀」詩風的抨擊，它的文學理念是十分特殊的。它要求文學與社會完全一致，兩者之間不能有任何一點間隙出現，文學應該為社會的現實性服務。從這樣的要求出發，抒寫內心世界的詩歌，探索生命的內在感受的詩歌，就被判定為文學的異端，被戴上了「晦澀」的帽子。這裡，僅僅從題材的角度，人們也可以感受到當時所進行的批評多少有點武斷，因為內心世界、人的意識世界被認為是與「現實」無關的，是少數詩人的狹隘的孤芳自賞。

　　在這場爭論中，左翼詩人使用的文學的道義觀念，對很多詩人都產生了影響。在這種道義觀念的文學框架裡，像夢、潛意識、內心的主觀感受、純粹的想像這樣的文學領域，都被描繪成一種文學的「墮落」，因為這些文學領域與中國的社會現實、大眾的文化需求相脫節。這樣，一種無形而巨大的倫理壓力就圍繞

著「晦澀」而形成了。這也造成了新詩歷史上「晦澀」的一個特殊的含義，它暗指一種自私的眼界狹窄的缺少責任感的文學行為。沒有多少嚴肅的詩人能長期經受住這樣的指責。不過，把美學意義上的「晦澀」強行納入到文學倫理意義來討論是否合適始終都是一個問題。

　　從文學觀念的角度看，新詩歷史上進行的有關「晦澀」的多次爭論，還埋伏著一個重要的線索，就是現實主義和現代主義的衝突。這種衝突涉及的方面更廣泛，所產生的影響有時也更隱蔽。在現代文學的歷史中，現實主義被推重為文學的主流，而它的意識形態特徵又賦予它超乎文學範疇的文化權力。現代主義被看成是現實主義的對立物，是文學的支流，甚至是文學的逆流。這樣，兩種文學觀念的分歧就被染上了強烈的政治色彩。由於20年代中期的象徵派詩歌和30年代前期的現代派詩歌，都被劃歸到現代主義的文學現象裡，所以，體現在它們身上的「晦澀」，就被認為是現代主義所特有的美學標記，也隨之染上了它的政治含義──「晦澀」被視為資產階級的文學特徵。從理論淵源上說，「晦澀」在術語上包含的這種政治含義，顯然是受到了蘇聯的社會主義現實主義理論的影響，這也從文學氛圍的角度使得「晦澀」在新詩中的貶義色彩更加具有戲劇性。80年代前期在「朦朧詩」爭論中，「朦朧」、「晦澀」，在很大程度上就是作為一種文學的政治術語來使用的。比如，在論爭過程中，「朦朧詩」就曾被上綱為是走社會主義的文學道路、還是走資產階級的文學道路的重大政治問題。「朦朧」，不再屬於風格或詩學的範疇，而被說成是對現實主義文學原則的背叛，包含著動機可疑的政治企圖。

## 第二節　晦澀與審美的現代特徵

　　那麼，究竟應當怎樣看待現代詩歌中的「晦澀」呢？或者說，一種什麼樣的審美心態，更有利於我們進入到那些「晦澀」的中國現代詩歌呢？這裡最重要的便是將「晦澀」當做詩歌藝術自覺的現代追求，在審美的現代性追求中來體會它的特殊價值。不妨來介紹幾種讀解「晦澀」的詩歌觀點，作為我們進一步閱讀相關作品的根據。

### 一、晦澀：內生活的真實的象徵

　　在新詩歷史上，也不乏敏銳的詩人和批評家看到了「晦澀」與審美的現代性的特殊的內在關聯。例如，在如何看待新詩的性質上，穆木天就曾表示出了與胡適那代詩人的根本分歧：什麼是詩歌？穆木天的看法是，詩是「內生活的真實的象徵」。這樣在詩歌的主題上，就把外在的日常生活排擠到了詩之外。我們知道，在這樣的二元論中，外與內的區分又會在認識論方面引出淺顯與深奧的分別。內心、靈魂、意識活動，往往不是那麼容易理解的。

　　曾經對中國象徵主義詩歌產生重大影響的法國象徵派大詩人馬拉美更是明確地宣稱：在詩歌中應該永遠存在著難解之謎，文學的目的在於召喚事物。[139]在另一篇重要的文獻〈詩歌危機〉裡，馬拉美這樣解釋了何謂詩之「謎」。詩應該體現出「藝術的神氣的魅力」，這種魅力「釋放出我們稱之為靈魂的那種飄逸散

---

[139] 馬拉美：《談文學運動》，見《象徵主義》，中國人民大學出版社1989年版。

漫東西」。如果單從字面去理解，馬拉美的主張很容易遭受誤解
和攻擊，以為他是在宣揚一種詩歌的神祕主義。實際上，馬拉美
的言論有強烈的針對目標，即隨著工業化而來的物質文明對人的
生命的摧殘，以及工具理性主義對人的美感能力的腐蝕，在馬拉
美看來，現代詩應該用文學之「謎」來抵抗野蠻的物質文明的侵
襲，維護生命的內在的自由和尊嚴。針對工具理性主義所營造的
美學氛圍，馬拉美聲言：在詩歌中只能有隱語的存在。對事物進
行觀察時，意象從事物所引起的夢幻中振翼而起，那就是詩。帕
爾納斯派抓住了一件東西就將它和盤托出，他們缺少神祕感；他
們剝奪了人類智慧自信正在從事創造的精微的快樂。直陳其事，
這就等於取消了詩歌四分之三的趣味，這種趣味原是要一點一點
去領會它的。暗示，那才是我們的理想。[140]在這裡，馬拉美認為
只有採用間接的暗示的方式才有可能揭示出生命的祕密。詩歌的
寫作體現著一種特殊的生命的快樂，即從事創造的快樂。這種快
樂有其嚴格的標準，它只能用暗示的方式來進行。一個隱含的、
多少帶有理想色彩的文學觀念是，體現在詩歌中的神祕性被視為
抵禦理性的明晰的一個極其重要的標記。

　　無論我們是否贊同馬拉美的看法，馬拉美至少為我們顯示
了象徵主義的暗示手法所包含的深刻的哲學內涵。我們或許可以
瞭解到，詩歌的神祕性，它在現代主義文學中是有獨特而鮮明的
文化含義的，它並不那麼簡單。

　　在20世紀的西方，馬拉美的觀念的翻版是由法蘭克福學派
的思想家阿多爾諾（Theodor W.Adorno）表述的。阿多爾諾賦予
「晦澀」一種積極的文化政治含義，他宣稱，現代主義所實踐的

---

[140] 馬拉美：《談文學運動》，見《象徵主義》，中國人民大學出版社1989
　　年版。

「晦澀」是對資產階級在文學領域裡所散佈的價值觀念的強力批判。阿多爾諾認為流行的資產階級的文學觀念是對人的真實的生存狀況的偽飾，是對人的生命感受力的麻痺，而「晦澀」恰恰可以激發人的認知活動。這樣，從文學社會學的角度，阿多爾諾實際上將一種褒義給予了「晦澀」，這或許有助於拓展人們對詩歌與「晦澀」的關係的認識。

## 二、晦澀：詩人的想像力

在新詩歷史上，也曾有論者從詩歌想像力的角度探討過詩歌的「晦澀」。比如，在〈談晦澀〉這篇文章中，朱光潛就曾指出，「……難懂的，倒不在語言的晦澀，而在聯想的離奇」。進而，他分析說，「晦澀」的產生是由於詩人的「聯想的線索」不再像傳統詩歌那樣，是在理性思維中運作的，而是在「潛意識中」進行的。一些批評家甚至更細緻地談及了「晦澀」在詩歌修辭上的特點。比如，朱自清在談論象徵派的想像力特徵時指出，象徵派的想像力在修辭上是「遠取譬」而不是「近取譬」，其藝術目則是「要表現……微妙的情境」。所謂「遠取譬」的含義是，從不同的事物的相異的屬性入手，來尋找比喻的可能性，從而凸顯出對事物的新的認識。而傳統的比喻原則則主張，詩歌的比喻是建立在對不同事物的相似性的基礎之上的。

為什麼「遠取譬」會成為現代詩在修辭方面的重要特徵呢？這和現代詩歌對新奇的事物和事物的新異性的探索密不可分。現代詩和現代藝術一樣，是以發掘對事物的新的關係為己任的。而要實現這一藝術目標，傳統的「近取譬」往往不足以描繪出詩人對事物的新的認識。只有從不同事物的異質性入手，詩的比喻才可能傳達出詩人對事物的新的觀感，也才有可能給讀者帶

來新的啟示。

應該說，人們所說的新詩的「晦澀」，在很大程度上，都是由於這種現代的修辭方式引起的。這裡，就有一個如何習慣和適應這種現代修辭原則的問題。如果不能適應這樣的現代的修辭習性，那麼，「晦澀」就可能永遠都是新詩的一個問題。

## 三、晦澀：詩歌現代性的標誌

這裡牽扯出如何認識新詩的現代性的問題。新詩作為一種現代的文類，它的現代性內涵究竟應是怎樣的？又應如何識別？

新詩歷史上，袁可嘉曾對新詩的現代特徵進行過出色的探討。他建議人們把「晦澀」作為一個中性的批評術語來使用，儘量避免從一種簡單的非褒即貶的立場來使用「晦澀」這個概念。在回顧西方現代詩歌的發展過程時，他明確地指出，「晦澀是現代西洋詩核心性質之一」。這裡，在某種意義上，「晦澀」被認為是現代詩的本質特徵，甚至被賦予了一種本體論色彩。在袁可嘉看來，「晦澀」已經「成為現代詩的通性與特性」，這種藝術特性不是偶然的，而是源於現代詩人的一種自覺的藝術追求，「晦澀」實際上「出於詩人的蓄意」。那麼，為什麼現代詩人要刻意追求這樣的美學特色呢？袁可嘉認為，這實際上和詩人在現代歷史中遭遇的認知困境有關。由於現代社會的複雜性，詩人很難再像古典詩人那樣採取一種單一的明確的文化立場來認識世界，現代詩人對其文明的感受日趨複雜。這和艾略特對詩人的現代處境的認識觀點很接近，在〈傳統與個人才能〉這篇現代詩歌的經典文獻中，艾略特聲言，現代詩歌中的感情「是一個非常複雜的東西」。而這種詩歌感情的複雜性會讓現代詩在主題上變得「晦澀」。

從風格的角度辨析，袁可嘉還談到「晦澀」的另一個原因。詩的「晦澀」同一種獨特的美學訴求密切相關。「晦澀」起源於現代詩人對詩歌的美學效果的特殊追求。袁可嘉指出，「晦澀不明多半起於現代詩人的一種偏愛：想從奇異的複雜獲得奇異的豐富」。以現代大詩人奧登的創作為例，他認為現代詩的「晦澀」也和詩人努力「從日常事物的巧妙安排」中發掘反諷詩意有關。

以上的來自中國現代詩人或對中國現代詩歌產生重要影響的這些詩歌觀念，將為我們重新認識詩歌史上那些朦朧晦澀的作品打開思路，當然，這並不意味著我們從此就將所有的文學的不確定性排除在外了，但至少，對於晦澀的如此自覺的理解和認識能促使我們從常見的「氣悶」中解脫出來，平心靜氣地回味和揣摩那些傳遞內心資訊的幽深的作品。

## 第三節　晦澀詩歌的欣賞

事實上，不可能存在一種叫「晦澀詩歌」的類別。一首詩是否晦澀，有多麼晦澀，都是因人而異、因時因地而異的。對有些人來講，詩歌與京劇的情況類似：沒有特定的興趣，對表現的內容和相關藝術形式沒有一定的瞭解，是難以進入的。

一、必要的知識基礎

先來看看廢名的〈理髮店〉一詩：

　　理髮店的胰子沫
　　同宇宙不相干，

又好似魚相忘於江湖。

匠人手下的剃刀

想起人類的理解，

劃得許多痕跡。

牆上下等的無線電開了，

是靈魂之吐沫。

　　這首詩描述了三個焦點，一是胰子沫，一是剃刀，一是無線電。「胰子沫」「同宇宙不相干」，風馬牛不相及，可以理解；「剃刀」劃下「痕跡」，理髮匠用刀，似乎也可以明白；「無線電」「是靈魂的吐沫」，有人在收音機中說話，也較清楚。但為什麼「胰子沫」與「宇宙」的關係跟「魚相忘於江湖」連在一起？為什麼要「想起人類的理解」才讓「剃刀」劃下「痕跡」？這三個焦點聯繫在一起究竟要表達怎樣的意思？這首詩本來提供了兩個呼應的「沫」和「人類的理解」等關鍵點，但只是這些，理解還是可能出現偏差。例如，有人認為該詩表達了「淨化」的主題，「人類的理解」指向了「真」，理髮匠的勞動指向「善」，而收音機中的「下里巴人」的藝術指向「美」。理髮匠淨化的是外觀，藝術和理解淨化的是靈魂。該詩歌在理髮店得到的感受成了一曲「讚美勞動的頌歌」。[141]這首詩寫於「五一」國際勞動節，應該說也是一種理解。不過，這首詩的關鍵還在於一個隱藏的知識典故，有了這個基礎，全詩的理解就會十分明確。「魚相忘於江湖」讓我們想起莊子的話：「泉涸，魚相與處於陸，相呴以濕，相濡以沫，不如相忘於江湖。與其譽堯而非桀

---

[141]　《中國現代朦朧詩賞析》，花城出版社1988年版，第15頁。

也，不如兩忘而化其道。」莊子是說，魚在湖中，各自暢遊，不相關聯，而水幹之後，魚拼死活命，顯示出默默溫情，其實最終難免一死。與其說堯的好話而非難夏桀，不如善惡兩忘，順其自然大道。這樣再看這首詩，所說的其實是人類理解溝通的困難和虛妄，「胰子沫」與「宇宙」各自有自己的存在方式，沒有關聯；匠人手下的剃刀與顧客腦袋中的思想同樣如此。最後兩句是全詩的落腳點，是最終要指向的現實：收音機中的聲音，不過是像魚一樣的靈魂的「吐沫」，對現實中的理髮店的下層人的實際生活來說，這「聲音」並不解決問題，不過是各行其是而已。就詩人而言，他感到自己內心靈魂的孤獨，也有任其自然的無奈。同時，如果把「堯」、「桀」同1936年的中國歷史背景聯繫起來，加上收音機作為宣傳的媒體工具，詩人的指向就更加明顯，更加深廣了。

西方知識在詩歌中有時候不為一般讀者熟悉。例如，西川、王家新、歐陽江河等人詩歌中涉及的大量西方神話、歷史和人物，如果讀者沒有相應的知識儲備，對複雜的現代生活沒有相應的認識，就會不知所云。

二、先天共感的體味

「晦澀」詩歌的詩歌常常將自己的情思深深隱藏進意象之中，現代詩歌意象繁雜，沒有古詩意象擁有的較為固定的文化內涵，但它們的基本精神是一樣的。即立足於物象與人類的思維情感聯繫，並以此傳達詩人情思。有些意象經過反覆使用，文化內涵漸漸固定，比較容易理解，例如中國古詩中的春花秋月、楊柳江水、細雨梧桐；外國文化中的菩提、百合、玫瑰等，但是這些意象在初次使用時也是「晦澀」的，並非輕易就能理解。新詩中

的許多意象來自全方位的生活接觸，天鵝、瓷器、蝙蝠、麻雀、麥地、雪山、高樓、人群以至病房、草藥等等都能入詩，追求創造力的今天，意象更是新奇。意象中沒有較為固定的文化內涵，我們只能依靠生活的聯想和積累，在注重先天共感的基礎上，體驗意象可能出現的情感傾向，然後通過對意象整體結構的把握，找出情感線索。因此，共感思維是一個十分重要的基礎。

　　人與物的先天共感其實是一種普遍的現象，如果缺少這種思維感受，沒有一種對自然、生活的熱愛和情感體會，就談不上對藝術尤其是詩歌的領悟。事實上，許多意象之所以被詩人採用，就在於他們率先從事物身上看到了特定的情感取向，只不過先天共感是發散性的、微妙不容易捕捉的，這就需要我們具有細膩的體驗和豐富的聯想。例如，當代詩人柯平〈溫州以南的房屋〉：

　　　　在我戀愛的第一個月裡

　　　　在墨色和一門大炮的陰影裡

　　　　我看見那些房屋緊閉著小小的門

　　　　臨水的窗戶，女人在梳頭

　　　　長髮垂在愛情中間

　　　　蜻蜓的翅膀

　　　　天使的翼

　　　　梳頭的年輕女人，手臂向上

　　　　我永難忘記這痛苦的動作

　　　　還有一架扶梯

　　　　她就要升到天空

　　　　古老的房屋在水波上搖晃

　　　　一個年輕的女人就要離開你們

　　這首詩中，題目中的意象也具有鮮明的情感價值：「溫州」這個地域意象，本來是中性的，而一旦和注重先天共感的詩歌聯繫在一起，它就具有了溫暖的詩意，「南」這個方向意象強化的是同樣是溫暖的感受。詩歌的第一句於是可以順理成章地得到理解。詩歌中還出現了「臨水的窗戶」的意象，同樣不容忽視。「水」在古詩中常常同江水、雨水連在一起，表達時間的流逝和孤獨寂寞等情感。但「水」本身也有剪不斷的、蕩漾的「柔」感和容易起伏變換的脆弱感等，這些都來自於我們對「水」的先天感受。梳頭的「女人」、「蜻蜓的翅膀」、「天使的翼」等意象較好理解，所有這些意象渲染出的是初戀的陽光、柔情、純潔和美麗。但與此相對的還有一些具有相反感受的意象：「墨色」、「大炮的陰影」、「緊閉的房門」、「搖晃的房屋」等。在先天共感的基礎上，我們會發現它們共同的指向在於突出不祥、封閉、不穩定的感受，與前面愛情的美好形成尖銳的衝突。一個女孩對愛情、對天堂般生活的憧憬，由於現實的陰影和搖晃的根基而沒有實現的可能，她的「天堂夢」選擇的是離開我們的悲壯方式，這正是「她」渴望的雙手帶給「我」痛苦的原因。

## 三、整體結構

　　在先天共感的基礎上，通過聯想發掘出意象上粘附的情感取向，只完成了詩歌感受的第一步，除此之外，我們還應該對情感取向進行結構上的整體綜合。詩歌除了各種意象組成的「感性結構」外，還有詩人自己的議論抒情組成的「言說結構」，其情

意總是要通過這兩個層面來進行傳達，通常情感線索是通過言說結構來提供的，例如上面一首詩歌中的「痛苦」二字。易懂的詩只需要幾個意象和一兩句言說就能把握詩歌的思想或者感情基調，而晦澀的詩歌則通常要立足於意象整體和言說整體才能確定這種基調。如果詩歌連這種基本的情感或思想資訊都不傳達，應該說是表達的失敗，因為它關上了向外界敞開的所有門戶。朱自清說難懂的詩中，各種意象就像一盤散亂的珍珠，需要讀者自己找到那根串起珍珠的繩子。從整體結構中把握的基調其實就是這根繩子，試看卞之琳的〈歸〉：

> 像觀察繁星的天文家離開了望遠鏡，
> 熱鬧中出來聽見了自己的足音。
> 莫非在外層而且脫出了軌道？
> 伸向黃昏的道路像一段灰心。

　　這首詩的意象包括「繁星」、「天文家」及其「望遠鏡」、「自己的足音」、「脫出了軌道」的星星、「黃昏的道路」等。「繁星」、「天文家」、「望遠鏡」等意象的情感值居於中性，「黃昏的道路」透露出一點情感資訊，但仍然不確定，有可能指向一種像太陽落山一樣逐漸走向低落的心情，但也可能預示出歸家的溫馨。「自己的足音」貌似中性，實際上有情感指向，可能是清靜、平靜的閒適，也可能是冷清、寂寞與孤獨，因為一個人只有在靜中才能注意到自己的足音。「脫出了軌道」的星星可能預示著自由，也可能預示著離群的孤獨甚至痛苦。從結構整體看，「歸」的溫馨、平靜的閒適和「脫軌」的自由可以成為一個情感整體；而情緒的低落、孤獨與離群感也可以成為一個

整體。再看言說結構，「熱鬧」與「灰心」是本詩中僅有的兩個直接指向心情的詞語。「灰心」一詞標明的情感值主要是負面的，因此，與感性結構的指向較為契合的是其中的孤獨、失落與離群感。因此，詩歌要表現的似乎主要是一種失落感。不過本詩較難的地方是題目「歸」，題目有統領全詩的作用，他說明了詩人的選擇，而一個人一般不會主動選擇低落的情緒，所以溫馨與閒適這個情感基調也有存在的相當理由，這就出現了矛盾。

解決這個問題的是「熱鬧」一詞。「熱鬧」不是「嘈雜」，標明了詩人對熱鬧場景的肯定，這也使得中性的「繁星」一詞具有了正面的情感值：豐富多彩、耀眼、星空的美麗等，加上天文學家的觀察具有欣賞、分析之義，因此「熱鬧」和「繁星」等又組成了另一組意義自足的整體。但這一個意義整體不是全詩的基調，但與全詩出現的「失落」的基調卻相關，「離開」和「出來」標明了這種轉折，這又回到了「失落」的主題。究竟是怎麼回事？

綜合以上三種結構的分析，回到全詩的整體水準上，我們可以最終獲得詩人的情感邏輯：離開「熱鬧」，似乎可以獲得寧靜、悠閒，但又意味著失落與孤獨，心中出現的是一種猶豫、矛盾。這樣看來，「灰心」並非真的指向「失落」，而是灰色的矛盾心情，說不出什麼滋味，這才是這首詩要傳達的內涵。把這種心情同現實聯繫起來，可以較為容易地聯想到作者對人生道路選擇的感受，是融入時代的洪流，走進多彩的現實，還是躲進書齋，回歸靈魂的恬靜？該詩寫於1934年，我們不難感受到作者在民族憂患和個人情趣之間的深長的思考和複雜的兩難心情。

綜上所述，一首較為成功的詩歌，總是存在某些門徑，讓我們得以進入其幽深的靈魂世界。當然，詩歌並非都要通過上述

複雜的程式才能明白，實際上所有的分析和感覺是綜合運轉、同時進行的，加上一定的經驗基礎，閱讀新詩時的晦澀感就會逐漸消失。當然，也存在一些作者自身語言功力缺陷帶來的真正晦澀的作品，無論怎樣都找不到恰當的情感線索，詩思凌亂，意象結構不統一，情感價值不明確或相互衝突等。實際上，這種詩歌目前也存在不少，作品中部分語言、想像雖然精彩，但卻與其餘部分無法統一到適當的情感邏輯中去，讓人不得其解。詩歌本是以讓人進入其情思世界、達到共鳴為審美目的的，適當的含蓄可以帶來詩歌特有的深長意味，但門檻過高，或者無法提供入口，就是作者本身的問題。

# 參考文獻

吳景旭編・歷代詩話・北京：中華書局，1958

丁福保編・歷代詩話續編・北京：中華書局，1983

袁行霈，孟二冬等・中國詩學通論・合肥：安徽教育出版社，1994

郭紹虞・中國文學批評史・天津：百花文藝出版社，1999

袁行霈・中國詩歌藝術研究・北京：北京大學出版社，1987

韓林德・境生象外・北京：生活・讀書・新知三聯書店，1995

葉維廉・中國詩學・北京：生活・讀書・新知三聯書店，1992

錢理群等・中國現代文學三十年・北京：北京大學出版社，1998

洪子誠・中國當代文學史・北京：北京大學出版社，1999

朱壽桐主編・中國現代主義文學史・南京：江蘇教育出版社，1999

陳厚誠主編・20世紀中國文學與西方現代主義思潮・成都：四川人民出版
　　社，1992

孫玉石・中國現代主義詩潮史論・北京：北京大學出版社，1999

金絲燕・文化接受與文化過濾・北京：中國人民大學出版社，1994

李振聲・季節輪換・上海：學林出版社，1996

駱寒超・20世紀新詩綜論・上海：學林出版社，2001

駱寒超・新詩創作論・上海：上海文藝出版社，1990

潘頌德・中國現代詩論四十家・重慶：重慶出版社，1991

潘頌德・中國現代新詩理論批評史・上海：學林出版社，2002

李怡・中國現代新詩與古典詩歌傳統・重慶：西南師範大學出版社，1996

王毅・中國現代主義詩歌史論・重慶：西南師範大學出版社，1998

張同道・探險的風旗・合肥：安徽教育出版社，1998

王光明・艱難的指向・長春：時代文藝出版社，1993

陳本益・漢語詩歌的節奏・臺北：文津出版社，1993

許霆・十四行體在中國・蘇州：蘇州大學出版社，1995

許霆‧魯德俊‧新格律詩研究‧銀川：寧夏人民出版社，1991

顏景農‧格律詩語式‧南京：江蘇教育出版社，2003

劉鳳財‧格律詩鑒析‧長春：吉林文史出版社，2001

章亞昕，耿建華‧中國現代朦朧詩賞析‧廣州：花城出版社，1988

楊匡漢，劉福春編‧中國現代詩論‧廣州：花城出版社，1986

陳紹偉‧中國新詩集序跋選‧長沙：湖南文藝出版社，1986

朱自清編‧中國新文學大系‧詩集‧上海：良友圖書印刷公司，1936

謝冕等主編‧魚化石或懸崖邊的樹‧歸來者詩卷‧北京：北京師範大學出版社，1993

藍棣之等主編‧燈心絨幸福的舞蹈‧北京：北京師範大學出版社，1992

鄒絳‧中國現代格律詩選‧重慶：重慶出版社，1985

程光煒編‧歲月的遺照‧北京：社會科學文獻出版社，1998

藍棣之編選‧現代派詩選‧北京：人民文學出版社，1986

孫玉石編選‧象徵派詩選‧北京：人民文學出版社，1986

杜運燮等編‧西南聯大現代詩抄‧北京：中國文學出版社，1998

萬夏等主編‧後朦朧詩全集‧成都：四川教育出版社，1993

顧永棣編‧徐志摩詩全編‧杭州：浙江文藝出版社，1987

馮至‧十四行集‧北京：解放軍文藝出版社，2000

何其芳‧何其芳全集‧石家莊：河北人民出版社，2000

艾青‧艾青全集‧石家莊：華山文藝出版社，1991

梁仁編‧戴望舒詩全編‧浙江文藝出版社，1992

孫黨伯等主編‧聞一多全集‧武漢：湖北人民出版社，1993

穆旦等‧九葉集‧南京：江蘇人民出版社，1981

李方編‧穆旦詩全集‧北京：中國文學出版社，1996

郭沫若‧女神彙校本‧長沙：湖南人民出版社，1983

于堅‧于堅的詩‧北京：人民文學出版社，2000

王家新‧王家新的詩‧北京：人民文學出版社，2000

梁宗岱‧梁宗岱批評文集‧珠海：珠海出版社，1998

周倫佑‧反價值時代‧成都：四川人民出版社，1999

羅門‧羅門論文集‧北京：中國社會科學出版社，1995

袁可嘉‧論新詩現代化‧北京：生活‧讀書‧新知三聯書店，1988

朱光潛‧詩論‧合肥：安徽教育出版社，1996

梁宗岱‧詩與真‧詩與真二集‧北京：外國文學出版社，1984

馮文炳‧談新詩‧北京：人民文學出版社，1984

朱自清‧新詩雜話‧北京：生活‧讀書‧新知三聯書店，1984

唐湜‧新意度集‧北京：生活‧讀書‧新知三聯書店，1990

宗白華‧藝境‧北京：北京大學出版社，1987

王家新等編‧中國詩歌九十年代備忘錄‧北京：人民文學出版社2000

波德來爾著‧錢春綺譯‧惡之花‧北京：人民文學出版社，1986

T‧S‧艾略特著‧四個四重奏‧裘小龍譯‧南寧：灕江出版社，1985

W‧B‧葉芝著‧麗達和天鵝‧裘小龍譯‧南寧：灕江出版社，1987

施蟄存譯‧域外詩抄‧長沙：湖南人民出版社，1987

查良錚譯‧英國現代詩選‧長沙：湖南人民出版社，1983

黃晉凱等編‧象徵主義‧意象派‧北京：中國人民大學出版社，1989

趙澧等編‧唯美主義‧北京：中國人民大學出版社，1989

趙毅衡譯‧美國現代詩選‧北京：外國文學出版社，1985

馬‧布雷德伯里，詹‧麥克法蘭編‧現代主義‧胡家巒等譯‧上海：上海
　　外語教育出版社，1992

# 後記

　　《中國現代詩歌欣賞》臺灣版就要面世了。借此機會，我想就這本書說幾句。

　　書稿源起於我對中國現代詩歌教學與研究現狀的感想。中國現代詩歌的發生發展都與中國古代詩歌與外國詩歌有了相當大的差異，我們最熟悉的那些詩歌閱讀與欣賞的法則並不一致，需要重新整理和總結。然而，問題卻在於，我們的思維常常受制於過於發達的古典詩論與同樣發達的西方詩學，也就情不自禁地以古代或外國的經驗來替代現代中國的詩歌體驗，於是乎，在所有詩歌閱讀與欣賞的知識中，反而是現代這一塊顯得最為薄弱。十多年前，為了改變這一現狀，我聯合多位年輕的學者，相聚在重慶北碚美麗的溫泉公園，就新的詩歌閱讀原理展開過熱烈、緊張而極富成效的討論，這本著作就是那次討論的成果。

　　本書寫作分工如下：

　　全書大綱、統稿：李怡
　　　　　緒　論：李怡、李應志、卓瑪
　　　　　第一章：彭志恒、蕭偉勝、李怡
　　　　　第二章：蕭偉勝、秦敬、李怡
　　　　　第三章：鮑昌寶
　　　　　第四章：唐利群
　　　　　第五章：孫曉婭
　　　　　第六章：梁鴻
　　　　　第七章：曹而雲、王毅段從學

第八章：敬文東、顏煉軍、李應志、張桃洲、
　　　　馬紹璽、楊欣
第九章：段從學
第十章：肖偉勝、李怡
第十一章：晏紅、沈慶利
第十二章：臧棣、李應志

　　尤其印象深刻的是劉納老師，這位我格外尊崇的前輩學者，也和我們這些年輕人一起入住溫泉山莊，流連溪流溶洞，當然，最重要的是對我們議題提出了諸多建設性的意見。

　　十來年過去了，當年的年輕學人都各種步入了中年，各自忙於自己的工作與生活，當年溫泉公園的合作成為了大家共同的美好記憶。《中國現代詩歌欣賞》也成了高等教育出版社的長版書，贏得了不少讀者的厚愛。

　　蒙秀威不棄，今天這本著作有機會在臺灣再版，臺灣是現代詩歌的「寶島」，自1950年代以後對現代詩歌的探索成就多多，到新時期大陸詩歌發展之際，還一度成為我們理解「現代主義」的重要樣本。《中國現代詩歌欣賞》能夠在臺灣再版，我感到由衷的興奮！在此，謹向秀威同仁表示深深的感謝。

李怡

二〇一六年四月於北京師範大學

**秀威經典**　　　　　　　　　　　　新視野33　PG1387

# 中國現代詩歌欣賞

主　　　編／李　怡
副 主 編／蕭偉勝、段從學、李應志、鮑昌寶
責任編輯／李冠慶、盧羿珊
圖文排版／周政緯
封面設計／葉力安

出版策劃／秀威經典
發 行 人／宋政坤
法律顧問／毛國樑　律師
印製發行／秀威資訊科技股份有限公司
　　　　　114台北市內湖區瑞光路76巷65號1樓
　　　　　電話：+886-2-2796-3638　傳真：+886-2-2796-1377
　　　　　http://www.showwe.com.tw
劃撥帳號／19563868　戶名：秀威資訊科技股份有限公司
　　　　　讀者服務信箱：service@showwe.com.tw
展售門市／國家書店（松江門市）
　　　　　104台北市中山區松江路209號1樓
　　　　　電話：+886-2-2518-0207　傳真：+886-2-2518-0778
網路訂購／秀威網路書店：http://www.bodbooks.com.tw
　　　　　國家網路書店：http://www.govbooks.com.tw

2017年4月　BOD一版
定價：500元
版權所有　翻印必究
本書如有缺頁、破損或裝訂錯誤，請寄回更換

### 國家圖書館出版品預行編目

中國現代詩歌欣賞 / 李怡主編. -- 一版. -- 臺北
市：秀威經典, 2017.04
　　面；　公分. -- (新視野 ; 33)
BOD版
ISBN 978-986-94071-8-2(平裝)


1. 中國詩　2. 新詩　3. 詩評

821.88　　　　　　　　　　　106003616

# 讀 者 回 函 卡

感謝您購買本書，為提升服務品質，請填妥以下資料，將讀者回函卡直接寄回或傳真本公司，收到您的寶貴意見後，我們會收藏記錄及檢討，謝謝！
如您需要了解本公司最新出版書目、購書優惠或企劃活動，歡迎您上網查詢或下載相關資料：http:// www.showwe.com.tw

您購買的書名：＿＿＿＿＿＿＿＿＿＿＿＿＿＿＿＿＿＿＿＿＿＿＿＿

出生日期：＿＿＿＿＿年＿＿＿＿＿月＿＿＿＿日

學歷：□高中 (含) 以下　　□大專　　□研究所 (含) 以上

職業：□製造業　□金融業　□資訊業　□軍警　□傳播業　□自由業
　　　□服務業　□公務員　□教職　　□學生　□家管　　□其它＿＿＿

購書地點：□網路書店　□實體書店　□書展　□郵購　□贈閱　□其他

您從何得知本書的消息？

　□網路書店　□實體書店　□網路搜尋　□電子報　□書訊　□雜誌

　□傳播媒體　□親友推薦　□網站推薦　□部落格　□其他＿＿＿＿＿＿

您對本書的評價：(請填代號　1.非常滿意　2.滿意　3.尚可　4.再改進)

　封面設計＿＿＿　版面編排＿＿＿　內容＿＿＿　文／譯筆＿＿＿　價格＿＿＿

讀完書後您覺得：

　□很有收穫　□有收穫　□收穫不多　□沒收穫


對我們的建議：＿＿＿＿＿＿＿＿＿＿＿＿＿＿＿＿＿＿＿＿＿＿＿＿

＿＿＿＿＿＿＿＿＿＿＿＿＿＿＿＿＿＿＿＿＿＿＿＿＿＿＿＿＿＿＿＿

＿＿＿＿＿＿＿＿＿＿＿＿＿＿＿＿＿＿＿＿＿＿＿＿＿＿＿＿＿＿＿＿

＿＿＿＿＿＿＿＿＿＿＿＿＿＿＿＿＿＿＿＿＿＿＿＿＿＿＿＿＿＿＿＿

11466
台北市內湖區瑞光路 76 巷 65 號 1 樓

**秀威資訊科技股份有限公司**　　　收

BOD 數位出版事業部

..............................................................................

（請沿線對折寄回，謝謝！）

姓　　名：＿＿＿＿＿＿＿＿　年齡：＿＿＿＿　性別：□女　□男

郵遞區號：□□□□□

地　　址：＿＿＿＿＿＿＿＿＿＿＿＿＿＿＿＿＿＿＿＿＿＿＿＿

聯絡電話：(日)＿＿＿＿＿＿＿＿　(夜)＿＿＿＿＿＿＿＿＿＿

E-mail：＿＿＿＿＿＿＿＿＿＿＿＿＿＿＿＿＿＿＿＿＿＿＿